NICCI FRENCH
DER FALSCHE FREUND

FÜR PATRICK UND NORMA

1. KAPITEL

Ich träume neuerdings immer wieder den gleichen Traum, und jedes Mal kommt es mir vor, als wäre der Traum Realität. Ich bin wieder auf der Schlittschuhbahn, an jenem Nachmittag, als ich Brendan kennen lernte. Ich spüre die Kälte auf meinem Gesicht, ich höre das Kratzen der Kufen auf dem Eis, und dann sehe ich ihn. Er schaut mit diesem seltsamen, für ihn so typischen Blick zu mir herüber, als würde er mich zwar irgendwie wahrnehmen, gleichzeitig aber an etwas anderes denken. Mir fällt jedes Mal von neuem auf, dass er gut aussieht, wenn auch auf eine Art, die wahrscheinlich nicht jeden ansprechen würde: Sein Haar ist so glänzend schwarz wie das Gefieder eines Raben, sein Gesicht oval. Er hat ausgeprägte Wangenknochen und ein markantes Kinn. Seine Miene wirkt amüsiert, als hätte er einen Witz vor allen anderen begriffen. Das gefällt mir an ihm. Wieder sieht er mich an, diesmal genauer, und dann kommt er herüber, um hallo zu sagen. Und in meinem Traum denke ich: *Gut. Ich bekomme eine zweite Chance. Es muss nicht passieren. Diesmal kann ich es beenden, bevor es überhaupt richtig angefangen hat.*

Aber ich tue es nicht. Ich lächle über das, was er zu mir sagt, und antworte etwas. Was ich sage, weiß ich nicht, ich kann die Worte nicht hören, aber es muss etwas Lustiges sein, denn Brendan lacht und erwidert etwas, woraufhin ich ebenfalls lache. Und so geht es weiter, hin und her. Wir sind wie Schauspieler in einer schon lange laufenden Fernsehserie; wir können unseren Text im Schlaf, und ich weiß genau, was mit diesem Jungen und diesem Mädchen passieren wird. Sie kennen sich noch nicht, aber er ist ein Freund eines Freundes von ihr, weshalb es sie beide wundert, dass sie sich noch nicht über den Weg gelaufen sind. In diesem Traum, von dem ich gleichzeitig weiß und nicht weiß, dass es ein Traum ist, versuche ich mir selbst Einhalt zu gebieten. Eine Schlittschuhbahn ist ein guter Ort zum Kennenlernen, vor allem, wenn weder der Junge noch das Mädchen Schlittschuh laufen können. Das bedeutet nämlich, dass sie sich aneinander lehnen müssen, um sich gegenseitig zu stützen. Der Junge ist fast gezwungen, den Arm um das Mädchen zu legen, und als die beiden trotzdem auf dem Eis landen, helfen sie einander auf und lachen über ihr gemeinsames Missgeschick. Hinterher hilft der Junge dem Mädchen beim Ausziehen der Schlittschuhe, deren Schnürsenkel gefroren sind, und sie legt dabei ihren Fuß auf seinen Schoß, weil es auf diese Weise leichter geht. Als sich die Gruppe aufzulösen beginnt, ist es nur normal, dass er das Mädchen nach seiner Telefonnummer fragt.

Zu ihrer eigenen Überraschung zögert sie kurz. Es hat Spaß gemacht, aber kann sie so etwas im Moment überhaupt gebrauchen? Sie betrachtet den Jungen. Seine Augen glänzen von der Kälte, und er lächelt sie erwartungsvoll an. Da fällt es ihr leichter, ihm die Nummer zu geben, auch wenn ich schon die ganze Zeit schreie, dass sie es nicht tun soll. Aber es ist ein stummes Schreien, und das Mädchen bin ja sowieso ich, bloß dass sie noch nicht weiß, was passieren wird – ich aber schon.

Ich frage mich, wie es kommt, dass ich es bereits weiß. Ich weiß, sie werden zweimal miteinander ausgehen – auf einen Drink, ins Kino – und dann, auf ihrem Sofa, wird sie denken: Na ja, warum eigentlich nicht? Und deswegen denke ich, dass gerade mein Wissen um das, was passieren wird, bedeutet, dass ich nichts daran ändern kann, kein noch so kleines Detail. Ich weiß, dass sie noch zweimal miteinander schlafen werden. Oder dreimal? Immer in der Wohnung des Mädchens. Nach dem zweiten Mal entdeckt sie eine fremde Zahnbürste neben ihrer eigenen. Einen Moment lang ist sie ziemlich perplex. Darüber wird sie erst noch nachdenken müssen. Sie wird nicht viel Gelegenheit dazu haben, denn am nächsten Nachmittag wird ihr die Entscheidung abgenommen. Ungefähr zu diesem Zeitpunkt – wenn das Mädchen nach Hause kommt und die Tür ihrer Wohnung öffnet – wache ich auf.

Nach Wochen grauen Nieselregens endlich wieder ein schöner Herbstnachmittag: ein leuchtend blauer Himmel, der erst jetzt gegen Abend ein wenig von seiner Intensität zu verlieren begann, dazu ein scharfer Wind, der bunte Blätter von den Bäumen wehte. Es war ein langer Tag gewesen, an dem ich die meiste Zeit auf einer Leiter gestanden und eine Zimmerdecke gestrichen hatte. Mein Nacken und mein rechter Arm schmerzten, mein ganzer Körper fühlte sich staubig und verspannt an. An den Handgelenken und im Haar hatte ich weiße Farbspritzer. Ich freute mich auf einen ruhigen Abend allein: ein heißes Bad, ein gemütliches Abendessen im Bademantel vor dem Fernseher. Käsetoast, dachte ich. Kaltes Bier.

Ich öffnete meine Wohnungstür und ging hinein, ließ meine Tasche auf den Boden fallen. In dem Moment sah ich ihn: Brendan saß auf dem Sofa, besser gesagt, er lag, ein Kissen unter den Füßen. Neben ihm auf dem Boden stand eine Tasse Tee, und er las etwas, das er zuklappte, als ich hereinkam.

»Miranda.« Er schwang die Beine von der Couch und stand auf. »So früh habe ich dich gar nicht erwartet.« Mit diesen Worten fasste er mich an den Schultern und küsste mich auf den Mund. »Möchtest du eine Tasse Tee? In der Kanne ist noch welcher. Du siehst ziemlich fertig aus.«

Ich war ratlos, was ich ihn als Erstes fragen sollte. Er wusste doch kaum etwas über meine Arbeit. Was machte er sich da Gedanken, wann ich nach Hause kam? Aber vor allem, was hatte er in meiner Wohnung zu suchen? Er benahm sich, als wäre er bei mir eingezogen.

»Was machst du hier?«

»Ich habe mich selbst reingelassen«, antwortete er. »Mit dem Schlüssel unter dem Blumentopf. Das ist doch in Ordnung, oder? Übrigens hast du Farbe im Haar.«

Ich griff nach dem Buch, das auf dem Sofa lag. Ein altes Schulheft mit einem festen roten Einband. Die Farbe war verblasst, der Rücken zerschlissen. Eins von meinen alten Tagebüchern.

»Das ist persönlich«, sagte ich. »Persönlich!«

»Ich konnte nicht widerstehen«, erklärte er mit seinem spitzbübischen Lächeln. Angesichts meiner wütenden Miene hob er entschuldigend die Hände. »Hab schon verstanden, tut mir Leid, es war nicht richtig. Aber ich möchte alles über dich wissen. Ich wollte bloß herausfinden, wie du warst, bevor ich dich kennen lernte.« Er berührte sanft meinen Kopf, als wollte er die Farbe aus meinem Haar entfernen. Ich trat einen Schritt zurück.

»Das hättest du nicht tun sollen.«

Wieder lächelte er.

»Ich werde es nicht wieder tun«, antwortete er halb scherzhaft, halb entschuldigend. »In Ordnung?«

Ich holte tief Luft. Nein, für mich war das nicht in Ordnung.

»Du hast es mit siebzehn geschrieben«, bemerkte er. »Ich finde es schön, mir vorzustellen, wie du mit siebzehn warst.«

Als ich Brendan ansah, schien er bereits in die Ferne zu rücken. Er stand auf dem Bahnsteig, während ich in dem Zug saß, der gerade losfuhr und ihn für immer hinter sich lassen würde. Ich überlegte, wie ich es ausdrücken sollte, damit es so klar und endgültig wie möglich klang. Man kann sagen: »Ich glaube, das mit uns funktioniert nicht mehr«, als wäre die Beziehung eine Maschine, die nicht mehr richtig läuft, weil ein wichtiges Teil verloren gegangen ist. Oder: »Ich glaube, es hat keinen Sinn«, als wäre man gemeinsam unterwegs zu einem bestimmten Ziel und würde plötzlich feststellen, dass der vor einem liegende Weg sich gabelt oder in Felsen und Dornen endet. Man kann auch sagen: »Ich will dich nicht mehr sehen«, womit man natürlich nicht nur sehen, sondern auch berühren, halten, spüren und lieben meint. Und wenn der Betreffende dann fragt, warum – »Warum ist es vorbei?« »Was habe ich falsch gemacht?« –, dann sagt man natürlich nicht zu ihm: »Du gehst mir auf die Nerven«, »Ich kann dein Lachen nicht mehr ertragen«, »Mir gefällt ein anderer«. Nein, natürlich sagt man: »Du hast nichts falsch gemacht. Es liegt nicht an dir, es liegt an mir.« Diese Dinge lernen wir alle irgendwann.

Ehe ich selbst so richtig wusste, was ich tat, sprach ich die Worte aus: »Ich glaube, wir lassen es besser sein.«

Einen Moment lang starrte er mich mit ausdrucksloser Miene an, dann trat er einen Schritt auf mich zu und legte mir eine Hand auf die Schulter. »Miranda.«

»Tut mir Leid, Brendan.« Ich wollte noch etwas hinzufügen, überlegte es mir dann aber anders.

Er hatte noch immer die Hand auf meiner Schulter.

»Du bist wahrscheinlich total erschöpft«, sagte er. »Wie wär's, wenn du erst mal ein Bad nimmst und dir saubere Sachen anziehst?«

Ich trat einen Schritt zurück.

»Brendan, ich meine es ernst.«

»Das glaube ich nicht.«

»Bitte?«

»Kriegst du deine Periode?«

»Brendan…«

»Es müsste in etwa so weit sein, oder?«

»Ich spiele keine Spielchen.«

»Miranda.« Seine Stimme hatte einen beschwörenden Ton, als wäre ich ein verängstigtes Pferd, dem er sich mit einem Stück Zucker auf der flachen Hand näherte. »Du kannst es doch nicht einfach so beenden. Dafür waren wir viel zu glücklich. Denk an all unsere wundervollen Tage und Nächte.«

»Acht«, sagte ich.

»Was?«

»Achtmal haben wir uns gesehen. Oder waren es bloß siebenmal?«

»Jedes Mal war irgendwie besonders.«

Ich verkniff mir die Antwort: für mich nicht, auch wenn das die Wahrheit war. Man kann dem anderen nicht sagen, dass es einem nicht viel bedeutet hat. Dass es nur eine Episode war, eine von den Geschichten, die sich eben so ergaben. Stattdessen zuckte ich nur mit den Achseln. Ich wollte nicht mit ihm darüber diskutieren. Ich wollte, dass er ging.

»Wir sind heute mit ein paar von meinen Kumpels auf einen Drink verabredet. Ich habe ihnen gesagt, dass du mitkommst.«

»Was?«

»In einer halben Stunde.«

Ich starrte ihn an.

»Bloß auf einen schnellen Drink.«

»Du willst wirklich, dass wir dahin gehen und so tun, als wären wir noch zusammen?«

»Wir müssen dem Ganzen Zeit lassen«, antwortete er.

Das klang so absurd – wie die heuchlerischen Worte eines Eheberaters, adressiert an ein viele Jahre verheiratetes Paar mit Kindern und einer Hypothek –, dass ich gegen meinen Willen lachen musste. Sofort kam ich mir sehr grausam vor und riss mich am Riemen. Brendan brachte ein verkrampftes Lächeln zustande, das mehr von einer Grimasse hatte – gespannte Lippen über fest zusammengebissenen Zähnen.

»Du kannst da noch lachen«, stieß er schließlich hervor. »Du kannst mir das antun und trotzdem noch lachen.«

»Tut mir Leid.« Meine Stimme klang noch immer ein bisschen zittrig. »Ich habe bloß aus Nervosität gelacht.«

»Hast du deine Schwester auch so behandelt?«

»Meine Schwester?« Die Luft um mich herum schien ein paar Grad abzukühlen.

»Ja. Kerry.« Er sagte den Namen sanft, fast nachdenklich. »Ich habe es in deinem Tagebuch gelesen. Ich weiß Bescheid. Hmm?«

Ich ging zur Tür hinüber und riss sie auf.

»Raus!«, sagte ich.

»Miranda.«

»Geh einfach.«

Er zögerte noch einen Moment, dann ging er. Nachdem ich behutsam die Tür geschlossen hatte, um nicht den Eindruck zu erwecken, als würde ich sie hinter ihm zuschlagen, überfiel mich ein heftiges Gefühl von Übelkeit. Ich hatte mich so auf mein gemütliches Essen vor dem Fernseher gefreut, aber inzwischen war mir der Appetit gründlich vergangen. Ich trank nur ein Glas Wasser und ging ins Bett, fand jedoch keinen Schlaf.

Meine Beziehung mit Brendan war so kurz gewesen, dass meine beste Freundin Laura, die zu der Zeit gerade in Urlaub war, nichts davon mitbekommen hatte. Als sie mich nach ihrer Rückkehr anrief, um mir zu berichten, was für eine wundervolle Zeit sie und Tony gehabt hätten, war die ganze Sache für mich so aus und vorbei, dass ich es gar nicht mehr der Mühe wert fand, Brendan zu erwähnen. Laura erzählte von dem Urlaub, dem Wetter und dem Essen, und ich hörte ihr zu. Als sie mich schließlich fragte, ob es in meinem Leben einen neuen Mann gebe, sagte ich nein. Sie antwortete, das sei aber seltsam, sie habe nämlich etwas Derartiges läuten hören. Ich entgegnete, die Sache sei nicht der Rede wert gewesen und außerdem vorbei, woraufhin sie kichernd meinte, sie wolle alles darüber hören. Ich antwortete, da gebe es nichts zu erzählen. Absolut gar nichts.

2. KAPITEL

Seit Brendans Abgang aus meiner Wohnung waren zwei Wochen vergangen. Es war halb drei Uhr nachmittags, und ich stand auf einer Leiter und streckte mich gerade, um mit meinem Pinsel die Ecke zu erreichen, als plötzlich mein Handy klingelte und mir klar wurde, dass es sich in meiner Jackentasche befand und ich meine Jacke nicht anhatte. Wir arbeiteten gerade an einem Neubau in Blackheath – lauter gerade Linien und viel Glas und Kiefernholz. Ich strich das Holz mit einer besonderen, fast transparenten Farbe auf Ölbasis, die für teures Geld aus Schweden importiert worden war.

Rasch stieg ich von der Leiter und legte den Pinsel auf den Deckel der Dose.

»Hallo?«

»Miranda, hier ist Kerry.«

Das war an sich schon ungewöhnlich. Wir trafen uns relativ regelmäßig, einmal im Monat oder so, meist bei meinen Eltern. Außerdem telefonierten wir etwa einmal die Woche, wobei ich immer diejenige war, die anrief. Sie fragte mich, ob ich abends schon etwas vorhätte. Ich war tatsächlich schon halbwegs verabredet, aber sie meinte, es sei wirklich wichtig, sie würde mich sonst nicht so kurzfristig fragen. Mir blieb also gar nichts anderes übrig, als ja zu sagen. Als ich einen Treffpunkt mit ihr vereinbaren wollte, stellte sich heraus, dass Kerry sich das alles schon genau überlegt hatte. In Camden habe vor kurzem ein ganz schlichtes französisches Restaurant eröffnet, dort werde sie für acht einen Tisch reservieren. Falls ich nichts mehr von ihr hörte, könne ich davon ausgehen, dass es geklappt habe.

Ich war völlig baff. Sie hatte noch nie etwas Derartiges arrangiert. Während ich die Farbe auf die große Kiefernwand klatschte, überlegte ich, was sie mir wohl zu sagen haben könnte. Die entscheidende Frage war natürlich, ob es sich um etwas Positives oder etwas Negatives handeln würde, aber nicht einmal darauf fiel mir eine plausible Antwort ein.

Innerhalb einer Familie ist man mit einem bestimmten Charakter geschlagen. Die anderen machen sich irgendwann ein Bild von einem, und dabei bleibt es dann, egal, was man tut. Man kann ein Kriegsheld werden, und trotzdem reden die Eltern immer nur über irgendeine vermeintlich lustige Angewohnheit, die man im Kindergarten hatte. Manche Menschen ziehen bis nach Australien, um das Bild hinter sich zu lassen, das ihre Familie von ihnen hat – oder von dem sie glauben, dass sie es hat. Das Ganze ist mit einem Raum voller Spiegel vergleichbar, mit Spiegelbildern und Spiegelbildern von Spiegelbildern und endlos so weiter. Man kann Kopfschmerzen davon bekommen.

Ich war nicht nach Australien geflohen, sondern lebte keine zwei Kilometer von dem Haus entfernt, in dem ich aufgewachsen war, und arbeitete für meinen Onkel Bill. Manchmal kann ich gar nicht fassen, dass er mein Onkel ist, weil er so gar keine Ähnlichkeit mit meinem Vater aufweist. Er hat langes Haar, das er hin und wieder zu einem Pferdeschwanz bindet, und rasiert sich so gut wie nie. Noch bemerkenswerter ist, dass sich eine Menge reiche und trendige Leute darum reißen, seine Dienste in Anspruch zu nehmen. Mein Vater bezeichnet ihn nach wie vor als Maler und Tapezierer, und ich kann mich daran erinnern, dass er damals, als ich ein Kind war, mit einer wild zusammengewürfelten Schar von Taugenichtsen arbeitete und meist mit einem verbeulten Lieferwagen herumfuhr, den er sich von irgendjemandem geliehen hatte. Inzwischen aber hat Onkel Bill – wie ich ihn nie nenne – eine richtige Firma, ein großes Büro, eine lukrative Geschäftsverbindung mit einem Architektenteam und eine lange Warteliste, in die man nur schwer Aufnahme findet.

Als ich eine Minute nach acht im La Table eintraf, war Kerry bereits da. Sie hatte ein Glas Weißwein vor sich stehen und daneben einen Kübel mit der Flasche, sodass ich sofort wusste, dass es sich um irgendeine gute Nachricht handeln musste. Sie schien von innen heraus zu strahlen, ihre Augen leuchteten richtig. Außerdem sah sie völlig verändert aus. Ich selbst trug mein Haar immer ziemlich kurz. Das gefiel mir, und außerdem bot es sich in meinem Fall an, weil meine Haare auf diese Weise nicht in Harz landen oder sich um einen Bohrer wickeln konnten, wenn ich arbeitete. Kerry hingegen war nie der Frauentyp gewesen, der einen bestimmten Look verkörperte; ich kannte sie eigentlich nur mit halblangem Haar und praktischer Kleidung. Jetzt hatte sie sich die Haare ebenfalls kurz schneiden lassen, was ihr sehr gut stand. Fast alles an ihr war anders. Sie war stärker geschminkt als sonst, wodurch ihre großen Augen besser zur Geltung kamen. Außerdem trug sie lauter neue Klamotten – eine dunkle Schlaghose, ein weißes Leinenhemd und eine Weste. Mit einer Weste hatte ich sie noch nie gesehen. Sie wirkte elfenhaft und irgendwie erwartungsvoll. Als sie mich entdeckte, winkte sie mich an den Tisch und schenkte mir ein Glas Wein ein.

»Cheers!«, sagte sie. »Du hast übrigens Farbe im Haar.« Am liebsten hätte ich ihr die Antwort gegeben, die mir immer auf der Zunge liegt, wenn ich das zu hören bekomme: dass es ganz normal ist, wenn ich Farbe im Haar habe, weil ich mein halbes Leben mit Streichen verbringe. Aber letztendlich sage ich es nie, und an diesem Abend würde ich es ganz bestimmt nicht sagen. Kerry sah so froh und erwartungsvoll aus. In froher Erwartung. Das konnte nicht sein, oder doch?

»Berufsrisiko«, antwortete ich.

Die Farbe befand sich an meinem Hinterkopf, wo ich sie ohne Spiegel schlecht lokalisieren konnte. Kerry begann in meinem Haar herumzuzupfen. Wir müssen ausgesehen haben wie zwei Schimpansen, die mitten im Lokal ihre Körperpflege betrieben. Ich weiß selbst nicht, wieso ich sie trotzdem gewähren ließ. Schließlich sagte sie, die Farbe gehe nicht ab, was ich irgendwie tröstlich fand. Ich nahm einen Schluck Wein.

»Scheint ein nettes Lokal zu sein«, stellte ich fest.

»Ich war letzte Woche schon mal hier«, erklärte Kerry. »Es ist großartig.«

»Dir geht's im Moment recht gut, stimmt's?«

»Du fragst dich wahrscheinlich, warum ich dich angerufen habe«, antwortete sie.

»Das muss ja keinen bestimmen Grund haben«, log ich.

»Ich habe Neuigkeiten für dich«, fuhr sie fort. »Ziemlich überraschende Neuigkeiten.«

Demnach war sie tatsächlich schwanger. Etwas anderes konnte es nicht sein. Was mich allerdings ein wenig erstaunte, war die Tatsache, dass sie Alkohol trank.

»Ich habe einen neuen Freund«, erklärte sie.

»Das freut mich, Kerry. Das ist eine großartige Neuigkeit.«

Ich war noch verwirrter als zuvor. Natürlich freute ich mich für sie, weil ich wusste, dass sie schon längere Zeit keinen Freund mehr gehabt hatte und deswegen bekümmert gewesen war. Meine Eltern hatten sich deswegen auch ein wenig gesorgt, was es für Kerry nicht gerade leichter machte. Trotzdem fand ich es seltsam, dass sie es auf diese förmliche Weise verkündete.

»Das Ganze ist ein bisschen problematisch«, fuhr sie fort. »Deswegen wollte ich zuerst mit dir darüber sprechen.«

»Was könnte daran problematisch sein?«

»Du hast Recht«, pflichtete sie mir sofort bereitwillig bei. »Du hast völlig Recht. Das habe ich auch gesagt. Es dürfte eigentlich überhaupt kein Problem sein, wenn wir keines daraus machen.«

Ich nahm noch einen Schluck Wein und zwang mich, geduldig zu sein. Das war eine weitere Eigenart von Kerry: Sie konnte so unkommunikativ sein, dass sie kein Wort von sich gab, aber auch ins andere Extrem verfallen und unzusammenhängendes Zeug vor sich hin plappern.

»Was für ein Problem?«

»Es ist jemand, den du kennst.«

»Wirklich?«

»Eigentlich sogar mehr als das. Du warst mal mit ihm zusammen. Es ist ein Exfreund von dir.«

Ich gab ihr darauf keine Antwort, weil meine Gedanken zu rasen begannen. Wer konnte das sein? Lucas und ich hatten uns nach einem Riesenkrach getrennt, außerdem lebte er inzwischen mit Cleo zusammen. Die Beziehung mit Paul hatte etwa ein Jahr gedauert, und bestimmt waren er und Kerry sich ein- oder zweimal über den Weg gelaufen. Alles Weitere waren uralte Geschichten. Natürlich hatte es am College ein paar Techtelmechtel gegeben, aber zu der Zeit hatte ich zu Kerry fast keinen Kontakt gehabt. Ich versuchte mir vorzustellen, welch unglaublicher Zufall meine Schwester mit einem Mann aus meiner fernen Vergangenheit zusammengebracht haben könnte, beispielsweise mit Rob. Damals waren die beiden sich nie begegnet, oder doch? Womöglich musste ich ja noch weiter zurückgehen, in die Urvergangenheit meiner Schulzeit. Tom kam mir in den Sinn. Das musste es sein. Vielleicht war sie auf einem Schultreffen gewesen...

»Es ist Brendan«, sagte sie. »Brendan Block.«

»Was? Was meinst du?«

»Ist das nicht erstaunlich? Er wird gleich kommen. Er hat gesagt, er fände es gut, wenn wir drei uns zusammensetzen würden.«

»Das kann nicht sein«, sagte ich.

»Ich weiß, dass es dir ein bisschen seltsam vorkommen muss...«

»Wo habt ihr euch kennen gelernt?«

»Das erzähle ich dir gleich«, antwortete sie. »Ich werde dir alles ganz genau berichten. Aber bevor Bren kommt, wollte ich dir noch schnell etwas anderes sagen.«

»Bren?«

»Meine schöne Miranda, ich möchte, dass du weißt, dass Bren mir alles erzählt hat. Ich hoffe, das ist dir nicht peinlich.«

»Was?«

Kerry beugte sich über den Tisch und legte die Hände auf meine. Aus ihren großen Augen sprach Mitgefühl.

»Miranda, ich weiß, dass eure Trennung sehr schmerzhaft für dich war.« Sie holte tief Luft und drückte meine Hände. »Ich weiß, dass Bren mit dir Schluss gemacht hat. Er hat mir erzählt, wie durcheinander du warst, wie wütend und verletzt. Aber er hofft, dass du inzwischen darüber hinweg bist. Er selbst hat kein Problem damit.«

»Er sagt, er hat kein Problem damit?«

In dem Moment betrat Brendan Block das Restaurant.

3. KAPITEL

Kerry ging Brendan entgegen. Sie trafen sich in der Mitte des Raums, und Brendan beugte sich zu ihr hinunter und küsste sie innig auf den Mund. Kerry, die neben seiner großen, mächtigen Gestalt sehr klein und zierlich wirkte, schloss für einen Moment die Augen. Dann stellte sie sich auf die Zehenspitzen und flüsterte ihm etwas ins Ohr, woraufhin er nickte und mit leicht schräg gelegtem Kopf zu mir herübersah, den Anflug eines Lächelns auf den Lippen. Er begrüßte mich, indem er ein weiteres Mal nickte, und kam dann mit ausgestreckten Armen auf mich zu. Ich wusste nicht so recht, was ich tun sollte. Zögernd erhob ich mich halb von meinem Stuhl, sodass ich, als er mich erreichte, in einer ziemlich lächerlichen Haltung über dem Tisch hing, den Stuhl in den Kniekehlen.

»Miranda«, sagte er, legte die Hände fest auf meine Schultern, wodurch meine Haltung noch ein wenig gebückter wurde, und blickte mir tief in die Augen. »Oh, Miranda.«

Er beugte sich zu mir herunter, um mir einen Kuss auf die Wange zu drücken, kam dabei aber meinem Mund viel zu nahe. Inzwischen war es Kerry gelungen, den Arm um Brendans Taille zu schlingen. Sie beugte sich ebenfalls zu mir herunter, und einen schrecklichen Moment lang waren unsere Gesichter nur ein paar Zentimeter voneinander entfernt, sodass ich den Schweiß in der Vertiefung über Brendans Oberlippe ebenso deutlich sehen konnte wie die kleine Narbe in Kerrys Augenbraue, wo ich sie mit einem Plastikspaten getroffen hatte, als ich vier und sie sechs war. Außerdem konnte ich seine Seife und ihr Parfüm riechen und noch einen anderen, leicht säuerlichen Geruch, der zwischen uns in der Luft hing. Ich wand mich aus Brendans Griff und sank erleichtert zurück auf meinen Stuhl.

»Dann hat Kerry es dir also schon gesagt?« Inzwischen hatte er sich zwischen mir und Kerry niedergelassen, sodass wir zu dritt nur einen kleinen Teil des Tisches in Anspruch nahmen und so dicht nebeneinander saßen, dass unsere Knie sich berührten. Während er sprach, legte er eine Hand auf Kerrys Oberschenkel, und sie blickte mit ihren leuchtenden Augen zu ihm auf.

»Ja. Aber ich …«

»Und es ist wirklich in Ordnung?«

»Wieso sollte es nicht in Ordnung sein?« Ich hörte selbst, wie genervt und angespannt ich klang. Jeder Mensch auf dieser Welt wäre in einer solchen Situation ein wenig genervt und angespannt gewesen. Ich sah die beiden einen Blick wechseln. »Wirklich, ich habe kein Problem damit.«

»Ich weiß, dass das sehr schwer für dich sein muss.«

»Es ist überhaupt nicht schwer für mich«, widersprach ich.

»Das ist sehr großzügig von dir«, sagte Brendan. »Ich habe

mit nichts anderem gerechnet. Du bist einfach ein großzügiger Mensch. Das habe ich zu Derek und Marcia auch gesagt. Ich habe ihnen gesagt, dass sie sich deinetwegen keine Sorgen zu machen brauchen.«

»Mum und Dad?«

»Ja«, antwortete Kerry. »Sie haben Bren vor ein paar Tagen kennen gelernt. Sie fanden ihn sehr sympathisch. Wie sollte es auch anders sein? Troy mochte ihn auch, und du weißt ja, wie schwer es ist, Gnade vor seinen Augen zu finden.«

Brendan lächelte bescheiden. »Ein lieber Junge«, bemerkte er.

»Und du hast ihnen gesagt …« Ich sprach den Satz nicht zu Ende. Mir war plötzlich eingefallen, dass meine Eltern vorgestern Abend angerufen, nacheinander mit mir gesprochen und mich beide gefragt hatten, wie ich mich im Moment fühlte. Ein Nerv unter meinem linken Auge begann leicht zu zucken.

»Dass du es sicher verstehen würdest, weil du eine Frau mit einem großen Herzen bist«, sagte Brendan.

Die Vorstellung, dass sie hinter meinem Rücken darüber gesprochen hatten, wie ich ihrer Meinung nach reagieren würde, ließ die Wut in mir hochsteigen.

»Wenn ich mich richtig erinnere …«

Brendan hielt eine Hand hoch – eine große, weiße Hand mit haarigen Gelenken. Haarige Gelenke, fleischige Ohrläppchen, ein dicker Hals. Bei mir kamen Erinnerungen hoch, die ich ganz schnell wieder verdrängte. »Lass uns jetzt nicht weiter darüber sprechen«, sagte er. »Gib der Sache Zeit.«

»Miranda«, mischte sich Kerry mit flehender Stimme ein. »Bren hat ihnen bloß gesagt, was wir beide für nötig hielten.« Als ich zu ihr hinüberblickte, sah ich auf ihrem

Gesicht wieder diesen ungewohnten Ausdruck strahlenden Glücks. Ich schluckte meine Antwort hinunter und starrte auf die Speisekarte.

»Sollen wir dann langsam mal bestellen?«

»Gute Idee. Ich glaube, ich nehme die *Daurade*«, sagte Brendan und rollte dabei das »R« ganz weit hinten im Hals.

Ich hatte eigentlich überhaupt keinen Appetit mehr.

»Ich werde mich auf ein einfaches Steak mit Pommes beschränken«, erklärte ich. »Ohne die Pommes.«

»Machst du dir immer noch Sorgen wegen deines Gewichts?«

»Was?«

»Das brauchst du wirklich nicht«, fuhr Brendan fort. »Du siehst gut aus. Nicht wahr, Kerry?«

»Ja. Miranda sieht immer gut aus.« Einen Moment lang wirkte ihre Miene leicht säuerlich, als hätte sie in ihrem Leben schon zu oft gesagt: »Miranda sieht immer gut aus.« Dann fügte sie hinzu: »Ich glaube, ich nehme den Lachs und einen grünen Salat.«

»Wie wär's mit einer Flasche Chablis?«, fragte Brendan. »Oder möchtest du zu deinem Steak lieber ein Glas Rotwein, Mirrie?«

Das war noch so eine Sache. Mir hatte der Name Miranda immer gefallen, weil man ihn nicht abkürzen konnte. Bis ich Brendan kennen lernte. »Mirrie.« Das klang wie ein Druckfehler.

»Weiß ist okay.«

»Bist du sicher?«

»Ja.« Ich umklammerte mit einer Hand die Tischkante. »Danke.«

Kerry stand auf, um zur Toilette zu gehen. Während sie sich zwischen den Tischen hindurchschlängelte, sah Brendan ihr nach. Dabei hatte er wieder dieses kleine Lächeln auf den Lippen. In dem Moment trat der Kellner an den Tisch, und Brendan bestellte für uns. Dann wandte er sich wieder mir zu.

»Also …«

»Miranda.«

Lächelnd legte er seine Hand über die meine.

»Ihr beide seid sehr unterschiedlich«, bemerkte er.

»Ich weiß.«

»Nein, ich wollte damit sagen, dass es zwischen euch Unterschiede gibt, von denen ihr unmöglich etwas wissen könnt.«

»Was?«

»Nur ich kann in der Hinsicht Vergleiche ziehen.« Noch immer lächelte er mich liebevoll an.

Es dauerte ein paar Sekunden, bis ich verstand. Rasch entzog ich ihm meine Hand.

»Brendan, hör zu …«

»Hallo, Liebes«, sagte er über meinen Kopf hinweg und stand auf, um den Stuhl für Kerry herauszuziehen. Nachdem sie wieder Platz genommen hatte, tätschelte er ihr kurz den Kopf. Unser Essen wurde serviert. Mein Steak war fett und blutig und rutschte mir immer wieder weg, als ich es zu schneiden versuchte. Brendan sah eine Weile zu, wie ich mich damit abmühte, und gab dann einer Kellnerin, die gerade vorbeiging, ein Zeichen. Nachdem er auf Französisch etwas zu ihr gesagt hatte, das ich nicht verstand, brachte sie mir ein anderes Messer.

»Brendan hat eine Weile in Paris gelebt«, erklärte Kerry.

»Aha.«

»Aber das weißt du ja wahrscheinlich?« Sie hob den Kopf und sah mich kurz an. Ich konnte ihren Gesichtsausdruck nicht deuten. War er misstrauisch, abweisend, triumphierend oder einfach nur neugierig?

»Nein, davon wusste ich nichts.« Ich wusste überhaupt nur sehr wenig über Brendan. Er hatte mir erzählt, dass er sich gerade nach einem neuen Job umsehe. Außerdem hatte er etwas von einem Psychologiekurs erwähnt und dass er ein paar Monate durch Europa gereist sei, aber darüber hinaus konnte ich mich an keine Details aus seinem Leben erinnern. Ich war nie in seiner Wohnung gewesen, hatte keinen seiner Freunde kennen gelernt. Über seine Vergangenheit hatte er nicht gesprochen, und was seine Zukunftspläne betraf, war er ziemlich vage geblieben. Natürlich waren wir nur so kurz zusammen gewesen und hatten uns gerade erst der Phase genähert, in der man einander von seinem Leben erzählt, als ich ihn dabei ertappt hatte, wie er sich auf seine eigene Art über mein Leben informierte.

Endlich schaffte ich es, mir ein Stück von meinem Steak in den Mund zu schieben. Während ich energisch darauf herumkaute, zog Brendan behutsam mit Daumen und Zeigefinger einen dünnen Knochen aus seinem Mund und legte ihn vorsichtig auf den Rand seines Tellers, ehe er den Rest mit Weißwein hinunterspülte. Ich wandte den Blick ab.

»Nun erzähl mal«, sagte ich zu Kerry. »Wie habt ihr beide euch kennen gelernt?«

»Oh«, sagte sie und blickte von der Seite zu Brendan auf. »Eigentlich ganz zufällig.«

»Nenn es nicht Zufall. Es war Schicksal«, widersprach Brendan.

»Eines Abends bin ich nach der Arbeit noch zum Luftschnappen in den Park, als es plötzlich zu regnen anfing und dieser Mann …«

»Damit meint sie mich …«

Kerry kicherte glücklich. »Ja. Bren. Er hat gesagt, ich käme ihm bekannt vor. ›Sind Sie nicht Kerry Cotton?‹, hat er mich gefragt.«

»Natürlich kannte ich ihr Gesicht von dem Foto, das ich bei dir gesehen hatte«, erklärte Brendan. »Und plötzlich stand sie vor mir im Regen.«

»Er hat mir erzählt, dass er dich kennt«, fuhr Kerry fort. »Nicht dass ihr … du weißt schon, was, sondern bloß, dass er dich kennt. Dann hat er mir angeboten, seinen Schirm mit mir zu teilen …«

»Ich bin nun mal ein Gentleman«, bemerkte Brendan. »Du kennst mich ja, Mirrie.«

»Gemeinsam sind wir weiter durch den Park spaziert, obwohl es mittlerweile wie aus Kübeln goss. Nach einer Weile waren wir klatschnass, in unseren Schuhen stand schon das Wasser.«

»Trotzdem sind wir weiter durch den Regen spaziert.« Brendan streichelte Kerry übers Haar. »Nicht wahr?«

»Wir waren völlig durchnässt, deswegen habe ich ihn eingeladen, mit zu mir zu kommen und sich ein bisschen aufzuwärmen …«

»Ich habe ihr das Haar frottiert«, fügte Brendan hinzu.

»Das reicht«, sagte ich mit einer abwehrenden Handbewegung und tat, als müsste ich lachen. »Wir belassen es beim Aufwärmen, okay?«

»Ich kann dir gar nicht sagen, wie erleichtert ich bin, dass du jetzt Bescheid weißt«, erklärte Kerry. »Als ich das mit euch beiden erfuhr, dachte ich eine Weile, das würde alles ruinieren. Ich könnte nie etwas tun, das dich verletzt, das weißt du doch, oder?« Sie wirkte in dem Moment erstaunlich hübsch: zart, schlank und strahlend. Ich spürte plötzlich einen leichten Schmerz in der Brust.

»Du verdienst es, glücklich zu sein«, sagte ich, wobei ich Brendan bewusst den Rücken zuwandte und nur Kerry ansprach.

»Ich bin glücklich«, antwortete sie. »Wir kennen uns

zwar erst seit ein paar Tagen, zehn, um genau zu sein, und es ist ja noch nicht so lange her, dass ihr beide – na ja, du weißt schon … Deswegen sollte ich das jetzt vielleicht nicht sagen, aber ich kann mich nicht daran erinnern, jemals so glücklich gewesen zu sein.«

»Ich freue mich für dich.« Zehn Tage, dachte ich.

Wir aßen weiter, tranken unseren Wein, stießen miteinander an. Ich lächelte und nickte, sagte an den richtigen Stellen ja und nein und versuchte dabei die ganze Zeit krampfhaft, nicht nachzudenken und die Erinnerungen an bestimmte Dinge nicht hochkommen zu lassen: den leichten Bauchansatz über seinen Boxershorts, die schwarzen Haare auf seinen Schultern.

Schließlich warf ich einen Blick auf meine Armbanduhr und tat sehr überrascht, obwohl es erst halb zehn war. Ich erklärte, dass ich am nächsten Tag früh rausmüsse und eine lange Fahrt vor mir hätte, deswegen bliebe leider keine Zeit mehr für einen Kaffee … Dann folgte eine lange Abschiedsprozedur. Kerry nahm mich fest in den Arm, Brendan küsste mich wieder knapp neben den Mund, und ich widerstand dem Drang, die feuchte Stelle mit dem Handrücken abzuwischen. Beide meinten, wir müssten das unbedingt bald wiederholen, und dankten mir, weil ich mich so großartig verhalten hätte; das sei so lieb von mir, einfach *wunderbar*.

Brendan begleitete mich zur Tür.

»Es hat geregnet«, bemerkte er.

Ich ignorierte seine Worte.

»Wirklich ein unglaublicher Zufall«, sagte ich.

»Was?«

»Ich trenne mich von dir, und ein paar Tage später triffst du meine Schwester auf der Straße, und schon seid ihr zusammen. Kaum zu glauben.«

»Es gibt im Leben keine Zufälle«, entgegnete Brendan. »Vielleicht ist es gar nicht so überraschend, dass ich mich in eine Frau verliebt habe, die aussieht wie du.«

Ich sah über Brendans Schulter zu Kerry hinüber, die noch am Tisch saß. Sie lächelte nervös und drehte dann den Kopf weg. Als ich mich wieder an Brendan wandte, bemühte ich mich, ebenfalls zu lächeln, damit unsere Unterhaltung auf Kerry einen freundlichen Eindruck machte.

»Soll das irgendeine seltsame Art von Scherz sein, Brendan?«

Er wirkte verblüfft und ein bisschen beleidigt.

»Ein Scherz?«

»Kann es sein, dass du nur mit meiner Schwester spielst, um es mir auf diese Weise heimzuzahlen?«

»Das klingt ganz schön egozentrisch«, antwortete Brendan, »wenn du mir die Bemerkung erlaubst.«

»Tu ihr bloß nicht weh«, sagte ich. »Sie hat es verdient, glücklich zu sein.«

»Verlass dich auf mich. Ich weiß genau, was ich tun muss, um sie glücklich zu machen.«

Ich konnte seine Gegenwart keine Sekunde länger ertragen. Draußen atmete ich erst mal tief durch. Die kalte Luft tat mir gut. Während ich durch die nassen Straßen nach Hause marschierte, gingen mir immer wieder dieselben Fragen durch den Kopf. Hatte er sich ernsthaft in Kerry verliebt? Spielte es wirklich eine Rolle, wie sie sich kennen gelernt hatten? Ich beschleunigte mein Tempo, bis meine Beine von der Anstrengung schmerzten.

Ich denke oft über die Rollenverteilung innerhalb der Familie nach, über den Unterschied, den es für einen selbst macht. Wäre ich ein anderer Mensch geworden, wenn ich das älteste Kind gewesen wäre? Wie wäre es Kerry ergangen, wenn sie statt meiner die Mittlere gewesen wäre? Wäre sie dann selbstbewusster und extrovertierter geworden, mehr so wie ich – beziehungsweise wie die Person, die meine Familie in mir sah? Und Troy, das Baby der Familie, der neun Jahre nach mir kam? Was hätte es für ihn bedeutet, wenn er nicht diese Sonderstellung als Nachkömmling und offensichtlicher Unfall eingenommen hätte? Oder wenn er zumindest Brüder gehabt hätte, die ihm hätten zeigen können, wie man mit dem Fußball schießt, seine Fäuste gebraucht und brutale Computerspiele spielt, statt zwei Schwestern, die ihn als Kleinkind verhätschelten und später ignorierten?

Aber wir mussten mit dem zurechtkommen, was uns gegeben worden war. Kerry war als die Erste gezwungen gewesen, die Rolle der Anführerin zu übernehmen, auch wenn sie diese Rolle hasste. Und ich als die Zweite hatte es kaum erwarten können, erwachsen zu werden, und war immer erpicht darauf gewesen, die Erste zu sein, hatte immer versucht, meine Schwester zur Seite zu drängen, um sie zu überholen. Und Troy war als der Dritte und einzige Junge in vieler Hinsicht der Letzte, andererseits aber auch fast schon wieder der Erste: schmalschultrig, verträumt, weltfremd, seltsam.

In meiner Wohnung angekommen, ging ich gleich ins Bett. Obwohl ich am nächsten Tag früh rausmusste, konnte ich eine ganze Weile nicht einschlafen. Ich wechselte immer wieder die Position und wendete das Kissen, um eine kühlere Stelle zu finden. Es gab in meiner Wohnung kein Foto von Kerry, aber da ich Brendans Geschichte sowieso nicht geglaubt hatte, spielte dieses Detail im Grunde keine Rolle. Er hatte sich an Kerry herangemacht, weil sie meine Schwester war. Aus einem gewissen Blickwinkel betrachtet, hatte das sogar etwas Romantisches.

4. KAPITEL

Als ich am nächsten Tag von der Arbeit nach Hause fuhr, schienen die Gebäude im Nieselregen zu schwanken, und die Skyline der Stadt wirkte weich und verschwommen. Im Sommer wäre es um diese Zeit noch hell gewesen, aber nun zogen die Leute bereits die Vorhänge zu und schalteten das Licht an. In meiner Wohnung befreite ich mich aus meinem Overall und stellte mich unter die lauwarme Dusche. Dann schlüpfte ich in eine bequeme Jeans und ein Langarmshirt. Ich stellte mich vor den Spiegel und zog den Bauch ein. Was hatte Brendan über mein Gewicht gesagt? Ich betrachtete mich von der Seite, unzufrieden mit dem, was ich sah. Vielleicht sollte ich anfangen zu joggen. Jeden Morgen vor der Arbeit eine Runde laufen. Was für eine schreckliche Vorstellung.

Ich wollte mich gerade auf dem Weg zu Laura machen, als das Telefon klingelte.

»Miranda?«

»Hallo, Mum.«

»Ich hab's schon ein paarmal bei dir probiert, dich aber nie erwischt. Ich konnte dir nicht mal was aufs Band sprechen.«

»Mein Anrufbeantworter hat den Geist aufgegeben.«

»Wie geht es dir? Alles in Ordnung?«

»Ja, alles bestens.«

»Wirklich?«

Ich hatte nicht vor, ihr zu Hilfe zu kommen.

»Es geht mir gut, Mum. Ich bin bloß ein bisschen müde. Jetzt, wo Bill nicht da ist, habe ich ziemlich viel zu tun. Wie geht's dir und Dad?«

»Ich habe mit Kerry gesprochen. Sie hat gesagt, ihr hättet einen schönen Abend miteinander verbracht.«

»Ja, es war schön, sie zu sehen.« Inzwischen tat sie mir fast schon ein bisschen Leid, deswegen fügte ich nach einer kurzen Pause hinzu: »Und Brendan.«

»Miranda, du bist in dieser Sache wirklich sehr tapfer. Uns ist durchaus bewusst, wie schwer das für dich sein muss. Ich wünschte nur, du hättest uns davon erzählt, als es passierte. Es ist für mich ein schrecklicher Gedanke, nicht zu wissen, wenn es dir schlecht geht.«

»Da gab es nichts zu erzählen. Ihr macht euch alle eine völlig falsche Vorstellung davon. In Wirklichkeit war das ganz anders.«

»Falls es dich irgendwie tröstet, Kerry ist völlig verwandelt. Du hast es ja selbst gesehen, sie ist ein ganz anderer Mensch. Ich bin darüber sehr glücklich, aber gleichzeitig macht es mir auch ein bisschen Angst.«

»Du meinst, weil Brendan sie wieder verlassen könnte?«

»Oh, sag so was nicht! Immerhin sieht es ja so aus, als würde er sie ebenfalls vergöttern.« Ich schwieg einen Moment zu lang, weshalb sie in scharfem Ton hinzufügte: »Miranda? Bist du anderer Meinung?«

»Sie machen beide einen sehr glücklichen Eindruck.«

»Und dir geht es wirklich gut?«

»Ja, wirklich. Aber ich muss weg, bin schon ein bisschen spät dran.«

»Eine Frage noch, bevor du losstartest: Hättest du Zeit, am Sonntag zu uns zum Mittagessen zu kommen? Dann wären wir mal alle zusammen.«

»Du meinst, mit Brendan?«

»Mit Kerry und Brendan, ja.«

Mein Magen zog sich zusammen.

»Ich weiß noch nicht, ob ich da kann.«

»Mir ist klar, wie schwer das für dich ist, Miranda, aber ich halte es für wichtig. Für Kerry, meine ich.«

»Es ist nicht schwer für mich. Überhaupt nicht. Ich weiß bloß noch nicht, ob ich Zeit habe, das ist alles.«

»Wir können es auch am Samstagmittag machen. Oder am Abend, wenn dir das besser passt.«

»Also gut. Am Sonntag«, gab ich mich geschlagen.

»Ein ganz zwangloses Essen. Du wirst dich bestimmt wohl fühlen.«

»Natürlich werde ich das. Da habe ich nicht die geringsten Bedenken. Ihr macht euch von der ganzen Sache eine völlig falsche Vorstellung.«

»Du kannst gerne jemanden mitbringen.«

»Was?«

»Einen Mann. Du weißt schon. Falls es jemanden gibt ...«

»Da gibt es zurzeit niemanden, Mum.«

»Ich nehme an, dafür ist es auch noch zu früh.«

»Ich muss jetzt wirklich weg, Mum.«

»Miranda?«

»Ja?«

»Oh, ich weiß auch nicht. Es ist bloß ... du warst immer der Glückspilz von euch beiden. Vielleicht ist jetzt mal Kerry an der Reihe. Steh ihr nicht im Weg.«

»Das ist doch albern.«

»Bitte.«

Ich stellte mir vor, wie sie mit angespannter Miene den Hörer umklammerte, während ihr wie immer eine Haarsträhne über die gerunzelte Stirn fiel.

»Ich bin sicher, das wird alles ganz wunderbar«, sagte ich, um sie endlich zufrieden zu stellen. »Ich verspreche dir, dass ich Kerrys Glück nicht im Weg stehen werde. Aber jetzt muss ich wirklich los. Wir sehen uns ja morgen, wenn ich Troy abhole.«

»Vielen Dank, meine liebe Miranda«, sagte sie in pathetischem Ton. »Vielen Dank!«

»Ich kenne ihn nicht, oder?«

Wir saßen im Schneidersitz auf dem Boden, den Rücken gegen das Sofa gelehnt, und futterten Ofenkartoffeln. Laura aß die ihre nur mit Sauerrahm, aber ich hatte meine oben ein wenig gespalten und quetschte mehrere große Butterkeile hinein, um das Ganze anschließend mit geriebenem Käse zu bestreuen. Allein schon der Anblick hatte etwas Wohltuendes. Draußen war es dunkel und nasskalt.

»Nein, dafür war die Zeit zu kurz. Es ging erst los, nachdem du nach Barcelona aufgebrochen warst, und als du zurückkamst, war es schon wieder vorbei.«

»*Du* hast Schluss gemacht?«

»Ja.«

»Was hast du dann für ein Problem damit?«

»Gar keines«, antwortete ich, noch bevor sie die Frage zu Ende gesprochen hatte.

»Doch, ich sehe es dir an.«

Ich überlegte einen Moment.

»Ja, stimmt. Irgendwie habe ich bei der Sache ein ungutes Gefühl. Es kommt mir fast ein bisschen wie Inzest vor. Außerdem nervt mich, dass Mum und Dad und wahrscheinlich auch der Rest der Welt glauben, dass er mir das Herz gebrochen hat. Bei dem Gedanken kriege ich so eine Wut, dass ich am liebsten alles kurz und klein schlagen würde.«

»Ich verstehe, dass dich das ärgert, aber irgendwo ist es doch auch lustig.«

»Nein«, widersprach ich. »Ganz und gar nicht. Sie nennt ihn ›Bren‹.«

»Tja …«

»Und er nennt mich ›Mirrie‹.«

»Familienstress«, meinte Laura vage. Sie wischte sich ein wenig Sauerrahm vom Kinn.

»Mirrie«, wiederholte ich. »Unglaublich. Oder findest du, dass ich überreagiere?«

»Vielleicht ein bisschen.«

»Wahrscheinlich hast du Recht.«

Von meiner Kartoffel war inzwischen nur noch die knusprige Schale übrig. Ich gab noch einmal Butter darauf und biss ein Stück ab. Dann nahm ich einen großen Schluck Wein. Am liebsten hätte ich mich gar nicht mehr von der Stelle bewegt. Hier im Raum war es warm, ich war satt und angenehm müde, während draußen der Wind in den Bäumen raschelte und die Autos durch große Pfützen fuhren.

»Wie läuft's mit Tony?«, erkundigte ich mich.

»Oh. Gut. Glaube ich.«

Ich sah sie an. Sie hatte sich ihr glänzendes schwarzes Haar hinter die Ohren geschoben und sah in dem Moment sehr jung aus.

»Du glaubst? Was heißt das?«

»Es läuft gut. Du weißt schon, ganz normal eben. Nur manchmal...« Sie hielt inne.

»Manchmal?«

»Manchmal frage ich mich, wie es weitergehen soll.« Mit gerunzelter Stirn schenkte sie uns den Rest des Weins ein. »Ich meine, wir sind nun schon fast drei Jahre zusammen. Sollen wir einfach so weitermachen? Ich glaube, Tony hätte nichts dagegen, Jahr für Jahr so weiterzuleben, vertraut wie ein altes Ehepaar, bloß mit separaten Wohnungen. Oder wir entschließen uns doch irgendwann dazu, zusammenzuleben – richtig, meine ich. Unter einem Dach. Mit einem gemeinsamen Kühlschrank und gemeinsamem Geschirr. Einer gemeinsamen Bücher- und CD-Sammlung. Du verstehst mich schon. Und wenn nicht, wieso sind wir dann überhaupt noch zusammen? Man muss sich doch irgendwie vorwärts bewegen, meinst du nicht auch?«

»Ich weiß nicht. Ich hatte noch nie eine so lange Beziehung.«

»Das ist noch so ein Punkt. In deinem Leben passiert so viel Dramatisches und Aufregendes.«

»Findest du?«

»Bei dir gibt es immer wieder etwas Neues, und alte Geschichten gehen zu Ende.«

»Dafür passieren gewisse andere Dinge bei mir überhaupt nicht.«

»Stimmt«, räumte sie zögernd ein. »Aber ich bin doch erst sechsundzwanzig. Ist dieser Teil meines Lebens wirklich schon ganz vorbei? War's das?«

»Würdest du denn gern mit ihm zusammenziehen?«

»Na ja, manchmal denke ich mir, es wäre …«

Aber in dem Moment hörten wir einen Schlüssel im Schloss, und die Tür schwang auf.

»Hallo!«, rief Tony fröhlich, ließ draußen in der Diele seine Tasche fallen und entledigte sich schwungvoll seiner Schuhe. Man hörte sie nacheinander über den Holzboden schlittern. Mit feuchtem Haar und von der Luft geröteten Wangen kam er in den Raum. »Oh, hallo, Miranda. Wie geht's dir?«

Er beugte sich zu Laura hinunter und küsste sie, woraufhin sie eine Hand an seine Wange legte und ihn anlächelte. Für mich sah das nicht so schlecht aus.

Ich hatte den Lieferwagen noch nicht mal richtig geparkt, als er bereits zur Tür herausstürmte und den Gartenweg entlanggelaufen kam. Er konnte nicht winken, weil er mit der einen Hand eine prall gefüllte Plastiktüte hielt und mit der anderen seinen Rucksack, aber sein blasses Gesicht strahlte, und er rief mir grinsend etwas zu, das ich nicht hören konnte. Dann stolperte er und wäre beinahe gestürzt. Sein Rucksack knallte gegen seine Beine, aber er hörte nicht auf zu lächeln und gleichzeitig Worte zu formen. Manchmal tat es fast mehr weh, Troy glücklich zu sehen als traurig.

»Hallo, junger Mann«, sagte ich, als er auf den Beifahrersitz kletterte und sein Rucksack sich dabei irgendwie mit seinem mageren Körper verhedderte. »Wie geht's?«

»Gut. Richtig gut.« Er schnallte den Sicherheitsgurt um sich und sein Gepäck. »Ich bringe mir gerade das Gitarrespielen bei, musst du wissen. Erinnerst du dich noch an deine alte Gitarre? Ich habe sie in der Rumpelkammer gefunden. Sie ist ziemlich ramponiert, aber das spielt im Moment noch keine große Rolle. Egal, auf jeden Fall habe ich mir gedacht, dass ich uns heute was Schönes zum Abendessen koche, okay? Die Zutaten sind in der Tüte. Du hast doch keine anderen Pläne, oder?«

»Nein«, antwortete ich. »Natürlich nicht. Was soll's denn geben?«

»Erst mal herzhafte Pfannkuchen«, informierte er mich. »Ich habe sie in einem von Mums Kochbüchern entdeckt. Angeblich sind sie total einfach. Ich weiß noch nicht, womit ich sie füllen werde, aber du hast bestimmt irgendwas, das ich reintun kann. Vielleicht Käse? Oder Thunfisch. Sogar du musst doch in irgendeinem Schrank eine Dose Thunfisch haben. Dann Kebab. Da muss ich vorher eine Marinade zubereiten, es könnte also eine Weile dauern. Das mache ich gleich als Erstes, wenn wir bei dir sind. Über die Nachspeise habe ich noch nicht nachgedacht. Willst du überhaupt eine? Vielleicht reichen uns die Vorspeise und der Kebab. Ich könnte uns natürlich einen Milchreis kochen. Ach nein, Reis gibt es ja schon zum Kebab, dann ist das wohl keine so gute Idee.«

»Lieber keine Nachspeise«, sagte ich. Ich sah schon vor meinem geistigen Auge, welches Chaos meiner Küche bevorstand.

Troy und ich treffen uns jeden Donnerstag. Wir ziehen das seit zwei Jahren ziemlich konsequent durch. Angefangen haben wir mit diesem Arrangement, als er fünfzehn war und in großen Schwierigkeiten steckte. Ich hole ihn nach der Arbeit bei Mum und Dad ab und bringe ihn abends wieder zurück oder lasse ihn auf meiner schon etwas durchgelegenen Ausziehcouch schlafen. Manchmal gehen wir ins Kino oder in ein Konzert. Gelegentlich unternehmen wir auch etwas mit meinen Freunden. Den Donnerstag zuvor waren wir mit Laura, Tony und ein paar anderen in einem Pub, aber es handelte sich um einen seiner lethargischen Tage, sodass er nach dem ersten Schluck Bier einfach den Kopf auf den Tisch legte und einschlief. Manchmal wirkt er schrecklich schüchtern, an anderen Tagen ist ihm einfach alles egal. Dann greift er mitten im Gespräch nach einem Buch, dreht sich um und verschwindet damit. Weil ihm gerade danach ist.

Ziemlich oft fahren wir einfach zu mir in die Wohnung und machen irgendwas miteinander. Seit ein paar Wochen ist er total versessen aufs Kochen, mit unterschiedlichem Erfolg. Er kann sich sehr schnell für etwas Neues begeistern, aber ebenso rasch flaut sein Enthusiasmus auch wieder ab. Es gab beispielsweise mal eine Phase, in der er nur Patiencen legen wollte. Solange er ein Spiel nicht beendet hatte, war er zu nichts anderem zu gebrauchen. Wenn es aufging, betrachtete er das als gutes Omen, was aber fast nie der Fall war. Im Sommer entdeckte er sein Faible für große Puzzles. Einmal brachte er eines mit, das sich »Das schwierigste Puzzle der Welt« nannte. Es bestand aus Tausenden von winzigen, beidseitig bedruckten Teilchen, und man wusste nicht, wie das fertige Bild aussehen sollte. Wochenlang konnte ich meinen Tisch nicht benutzen, weil darauf das angefangene Puzzle lag, außen herum die bereits fertigen Kanten und in der Mitte das langsam entstehende Bild einer Straßenszene. Von einem Tag auf den anderen fand er das Ganze dann plötzlich langweilig. »Was hat es eigentlich für einen Sinn, solche Puzzles zusammenzusetzen?«, fragte er mich. »Erst sitzt man ewig daran, und wenn man dann endlich fertig ist, nimmt man es wieder auseinander und legt es zurück in die Schachtel.« Obwohl er schon so viel Zeit darauf verwendet hatte, brachte er es nicht zu Ende. Es befindet sich noch immer in einer Schachtel unter meinem Bett.

Was ist bei ihm schief gelaufen? Das fragt meine Mutter manchmal, vor allem, wenn Troy stumm und in sich gekehrt in seinem Zimmer sitzt und sein Gesicht aussieht wie eine trotzige Maske. Er war von Anfang an ein sehr gescheites Kind gewesen, manchmal sogar auf verblüffende Weise: Er hatte schon mit einem Jahr ganze Sätze gesprochen, mit drei Jahren Lesen gelernt und später alle seine Lehrer mit seinen Fähigkeiten beeindruckt. Meine Eltern hatten vor ihren Freunden mit ihm angegeben. Er war bei Veranstaltungen zur Schau gestellt und mit Schulpreisen überhäuft worden. Das Lokalblatt hatte mehrfach über ihn berichtet, und am Ende wurde er in eine Klasse gesteckt, in der alle anderen Kinder ein, zwei Jahr älter waren als er – und einen halben Meter größer, weil er anscheinend nicht wuchs. Er war ein extrem kleiner Junge mit knochigen Knien und abstehenden Ohren.

Irgendwann begannen die Schikanen. Ich meine damit nicht nur, dass er auf dem Schulhof herumgeschubst und als Streber verspottet wurde. Nein, er wurde von einer Gruppe von Jungs systematisch gequält und von allen anderen geschnitten. Seine Peiniger nannten ihn »Troy Boy«, sperrten ihn auf der Schultoilette ein, banden ihn hinter dem Fahrradschuppen an einen Baum, warfen seine Bücher in den Dreck und trampelten darauf herum, ließen im Klassenzimmer Zettel herumgehen, auf denen sie ihn als Waschlappen und Tunte bezeichneten. Sie boxten ihn in den Magen, verfolgten ihn auf seinem Heimweg von der Schule. Er erzählte niemandem davon – und Kerry und ich waren so viel älter als er, dass wir zu dem Zeitpunkt bereits in einer anderen Welt lebten und nichts davon mitbekamen. Er beschwerte sich auch nicht bei seinen Lehrern oder unseren Eltern, die nur wussten, dass er still und »anders« war als die anderen Jungs in seiner Klasse. Er arbeitete einfach noch härter und eignete sich eine pedantische und leicht sarkastische Art an, die ihn nur noch mehr isolierte.

Als er dreizehn war, wurden meine Eltern in die Schule zitiert, weil man ihn dabei erwischt hatte, wie er auf dem Schulhof ein paar Jungs mit Knallkörpern bewarf. Er raste und heulte vor Wut und beschimpfte jeden, der in seine Nähe kam, als würden die Qualen von acht Jahren Schikane plötzlich alle auf einmal aus ihm herausbrechen. Er wurde für eine Woche vom Unterricht ausgeschlossen. Während dieser Woche »beichtete« er Mum alles, woraufhin sie in die Schule stürmte und einen Aufstand machte. Mehrere Jungs mussten vor dem Direktor erscheinen und wurden für ihr Verhalten bestraft. Aber wie soll man Kindern beibringen, jemanden zu mögen, noch dazu, wenn dieser Jemand so ist wie mein kleiner Bruder: schüchtern und voller Angst, in seinem sozialen Verhalten gestört und durch seine besondere Art von Intelligenz gehandikapt? Und wie ist ein Schaden wieder gutzumachen, der bis in die Grundfesten reicht? Ein Haus kann man in einem solchen Fall abreißen und neu aufbauen, aber bei einem Menschen geht das natürlich nicht.

Ich hatte mittlerweile meine Ausbildung am College abgeschlossen. Wie ernst die Lage tatsächlich war, begriff ich erst, als Troy seinen Abschluss machen sollte. Vielleicht hatte ich es einfach nicht sehen wollen. Alle rechneten damit, dass er hervorragend abschneiden würde. Er selbst sagte, es sei gut gelaufen, äußerte sich ansonsten aber nur sehr vage über die einzelnen Prüfungen. Wie sich herausstellte, war er zu keiner einzigen erschienen. Stattdessen hatte er sich in einen Park in der Nähe seiner Schule gesetzt, die Enten mit Brot gefüttert, den Müll am Rand des Teichs betrachtet und hin und wieder auf seine Uhr gesehen. Als es schließlich herauskam, waren meine Eltern völlig ratlos. Ich kann mich noch an einen Nachmittag erinnern, als Mum weinte und ihn immer wieder fragte, was sie denn falsch gemacht habe, ob sie wirklich so eine schlechte Mutter gewesen sei, und Troy einfach nur schweigend dasaß, während seine Miene eine Mischung aus Triumph und Scham zeigte, die mich erschreckte. Der Schulpsychologe, den meine Eltern hinzuzogen, erklärte, es handle sich um einen Hilferuf. Ein paar Monate später sagte er, die Verletzungen, die Troy sich selbst zufügte – Dutzende von flachen Schnitten an den Unterarmen –, seien gleichermaßen ein Hilferuf, und dass er an manchen Tagen einfach nicht aus dem Bett komme, sei ebenfalls so zu interpretieren.

Troy kehrte nicht an die Schule zurück. Er bekam einen Privatlehrer und jede Menge Therapiesitzungen. Dreimal die Woche geht er zu einer Frau mit ein paar Buchstaben hinter ihrem Namen, um mit ihr über seine Probleme zu sprechen. Ab und zu frage ich ihn, wie diese fünfundvierzig Minuten dauernden Sitzungen ablaufen, aber meist zuckt er nur grinsend mit den Achseln. »Oft schlafe ich einfach«, hat er einmal geantwortet. »Ich lege mich auf die Couch und schließe die Augen, und plötzlich sagt eine Stimme zu mir, dass meine Sitzung vorbei ist.«

»Wie geht's dir denn so?«, fragte ich, während ich uns eine Kanne Tee machte und er rote Paprikaschoten in Streifen schnitt. In der Küche herrschte bereits Verwüstung. Ein Topf mit Reis kochte so wild vor sich hin, dass der Dampf immer wieder den Deckel hochdrückte und Wasser über den Rand schwappte. Der Tisch war mit Eierschalen übersät, in der Spüle stapelten sich Schüsseln und Löffel. Der Boden war mit Mehl bestäubt, als hätte es in meiner Küche leicht geschneit.

»Ist dir schon mal aufgefallen, dass die Leute immer in einem besonders vorsichtigen, taktvollen Ton mit mir sprechen, wenn sie mich fragen, wie es mir geht?«

»Tut mir Leid«, sagte ich.

»Es langweilt mich zu Tode, immer nur über mich zu sprechen. Wie geht's denn dir?«

»Passt schon.«

»Nein, ich will es wirklich wissen. Das ist der Deal. Ich sage es dir, du sagst es mir.«

»Eigentlich trifft es ›passt schon‹ im Moment ziemlich genau. Bei mir gibt's zurzeit nicht viel zu berichten.«

Er nickte. »Brendan will mir das Fischen beibringen«, erklärte er.

»Ich wusste gar nicht, dass du dich dafür interessierst.«

»Tu ich ja auch nicht. Ich habe nie einen Gedanken daran verschwendet. Aber er sagt, wir könnten irgendwann ans Meer fahren, wo ein Freund von ihm ein Boot liegen hat, und damit Makrelen fischen. Er sagt, man zieht sie einfach aus dem Wasser, eine nach der anderen, und dann brät man sie über dem Feuer.«

»Klingt gut.«

»Er sagt, es mache sogar bei Regen Spaß, in einem Boot zu sitzen und zu warten, bis einer angebissen hat.«

»Demnach hast du ihn schon oft getroffen?«

»Ein paarmal.«

»Und du magst ihn?«

»Ja. Allerdings kann ich ihn mir nicht als deinen Freund vorstellen.«

»Warum nicht?«

Er zuckte mit den Achseln. »Er ist nicht dein Stil.«

»Was ist denn mein Stil?«

»Du bist eher der Katzen- als der Hundetyp.«

»Ich habe keinen blassen Schimmer, wovon du sprichst.«

»Er hat mehr von einem Hund als von einer Katze, findest du nicht? Eifrig und um Aufmerksamkeit bemüht. Katzen sind unabhängiger und hochnäsiger.«

»Dann bin ich also hochnäsig?«

»Zu mir nicht. Aber zu Leuten, die du nicht so gut kennst.«

»Und was bist dann du?«

»Ein Otter«, antwortete er wie aus der Pistole geschossen.

»Du hast über das Thema wirklich nachgedacht, hm?«

»Und Mum ist ein Känguru.«

»Ein Känguru?!«

»Ja, sie kann sich einfach nicht so richtig daran gewöhnen, dass wir nicht mehr in ihrem Beutel stecken. Mal abgesehen davon, dass ich noch ab und zu hinein- und wieder hinauskrieche.«

»Was ist Dad?«

»Brendan hatte auch schon mal so eine Art Zusammenbruch«, wechselte Troy das Thema. Er fing an, Lammfleischstücke und Paprikastreifen auf Holzspieße zu stecken.

»Wirklich? Das wusste ich nicht.«

»Er hat gesagt, er spricht sonst mit niemandem darüber. Mir hat er es nur deswegen erzählt, weil er mir klar machen wollte, dass Schmerz ein Fluch, aber zugleich auch ein Geschenk sein kann, und dass es möglich ist, etwas Positives darin zu sehen.«

»Das hat er gesagt?«

»Ja. Er hat manchmal ein bisschen was von einem Hippie.«

»Ich glaube, ich werde mir ein Bier genehmigen.«

»Dad ist eine Ente.«

»Ich glaube nicht, dass ihm das gefallen würde.«

»Enten sind ganz in Ordnung. Sie sind Optimisten.«

»Und Kerry?«

»Vielleicht eine Gazelle?«

»Hat Brendan irgendwas über mich gesagt?« Ich versuchte die Frage möglichst beiläufig zu stellen.

»Er hat gesagt, er habe dir wehgetan.«

»Aha.«

»Stimmt das?«

»Nein.«

»Und er hat gesagt, du seist zu stolz, um es zuzugeben.«

5. KAPITEL

Geht es dir gut?«, fragte Mum, sobald sie mir die Tür geöffnet hatte.

Es ging mir gut. Aber da sie mich ständig danach fragte, noch dazu in diesem mitfühlenden Ton, war mir diese Frage inzwischen sehr unangenehm. Als würde jemand mit Schleifpapier über meine Haut fahren. Ich wusste schon gar nicht mehr, was ich darauf sagen sollte. Ein einfaches »gut« reichte nicht mehr aus, das klang zu defensiv. Ich begann zu überlegen, was ein Mensch, dem es wirklich gut ging, auf diese Frage antworten würde – was ich zu meiner Mutter sagen konnte, um sie wirklich davon zu überzeugen, dass das Ganze überhaupt nichts Peinliches hatte, zumindest nicht für mich.

»Es geht mir bestens«, antwortete ich. »Das Ganze ist überhaupt kein Problem.«

Zu viel. Meine Mutter war schon wieder voller Mitgefühl.

»Du siehst sehr hübsch aus, Miranda«, sagte sie.

Ich sah in der Tat ganz annehmbar aus, auch wenn mir die Entscheidung, was ich anziehen sollte, sehr schwer gefallen war. Einem alten Klischee zufolge soll man, wenn man verlassen worden ist – was auf mich natürlich nicht zutraf, aber darum ging es im Moment nicht –, darauf achten, möglichst blendend auszusehen, damit demjenigen, der einen verlassen hat oder von dem die Leute glauben, dass er einen verlassen hat, bewusst wird, was er alles verpasst. Da es sich dabei aber um ein altes Klischee handelt, das jeder kennt, kann es am Ende auch ein wenig erbärmlich wirken, wenn man in einer solchen Situation zu viel Mühe auf sein Aussehen verwendet. Andererseits kann man aber auch nicht ins andere Extrem verfallen und den Eindruck erwecken, als hätte man den ganzen Tag weinend im Bett verbracht und nebenbei eine Flasche Sherry getrunken. Das Ganze hätte überhaupt kein Problem sein dürfen, war aber trotzdem eins, und ich konnte es nur lösen, indem ich mir überlegte, was ich angehabt hatte, als ich das letzte Mal in Gesellschaft unterwegs war – den Abend mit Kerry und Brendan nicht mitgezählt. Unglücklicherweise hatte es sich bei meinem letzten gesellschaftlichen Ereignis um einen Junggesellinnenabschied für eine alte Freundin gehandelt, zu dem ich ein gewagtes kleines Schwarzes getragen hatte, das für ein Sonntagsessen bei meinen Eltern völlig ungeeignet war. Das Mal davor aber war ein zwangloser Kneipenbesuch mit ein paar Freunden gewesen, und ich hatte eine Jeans, ein weißes Hemd und meine neue Jeansjacke mit dem Wildlederkragen getragen. Das konnte ich gut anziehen.

»Du siehst wirklich sehr hübsch aus«, betonte meine Mutter noch einmal. Langsam bekam ich das Gefühl, dass etwas nicht stimmte. »Die anderen sind schon alle da«, fuhr sie fort. »Kerry sieht phantastisch aus. Was natürlich nicht heißen soll…« Sie musterte mich verlegen. »Sollen wir zu ihnen hinausgehen?«

»Ist Troy auch da?«, fragte ich.

»Ja. Er scheint recht guter Laune zu sein. Nicht ganz so aufgedreht wie letzten Donnerstag, aber im grünen Bereich. Toi, toi, toi!«, fügte sie hinzu und klopfte gegen das Holz des Türrahmens.

Mit der Familie Cotton schien also alles in Ordnung zu sein. Kerry war glücklich, ich sah hübsch aus, Troy wirkte gut gelaunt. Ich war versucht, eine sarkastische Bemerkung zu machen, riss mich aber zusammen. Schließlich wollte ich mich heute von meiner besten Seite zeigen. Wie die Sonne, die zur Feier des Tages von einem strahlend blauen Himmel schien. Obwohl schon Oktober war, hatten sich alle draußen in dem langen, schmalen Garten hinter dem Haus versammelt. Alle außer Troy, der sich in Gruppen nicht wohl fühlte. Meist ließ er sich am Anfang kurz blicken und zog sich dann unauffällig zurück, um oben ein Buch zu lesen oder Musik zu hören.

Trotzdem wirkte der kleine Garten überfüllt. Bill und Judy waren ebenfalls da. Meine Eltern hatte mir gar nicht gesagt, dass sie meinen Chef eingeladen hatten. Demnach wusste er es also auch schon. Obwohl »wissen« hier das falsche Wort war, weil Brendans Geschichte ja gar nicht stimmte. Eigentlich hätte es für einen solchen Fall ein eigenes Wort geben müssen. Jedenfalls war das Wetter so schön, dass Dad den Grill angeheizt hatte. Ich sah ihn am hinteren Ende des Gartens in den Kohlen herumstochern, unterstützt von – tatsächlich, ich hatte mich nicht getäuscht – Brendan. Die beiden unterhielten sich angeregt, waren aber so weit von mir entfernt, dass ich nicht hören konnte, was sie sagten. Kerry stand bei Judy. Sie trug eine weite schwarze Hose und ein enges, geripptes rosa Oberteil. Sie sah, wie schon im La Table, glücklich und selbstbewusst aus.

Ich beschloss, alle potenziellen Peinlichkeiten so weit wie möglich hinauszuschieben, und ging zu Bill hinüber, der mir die neutralste Person im Garten zu sein schien. Er begrüßte mich mit einem freundlichen Nicken.

»Hallo, Miranda. Wie geht's dir?«

Auf dem Tisch neben ihm stand ein Vorrat an Bierdosen bereit. Er reichte mir eine.

»Was für eine nette Überraschung«, bemerkte ich. »Du bist hier ja nicht gerade ein häufiger Gast.«

»Marcia hat darauf bestanden.«

Ich nahm einen Schluck von dem Bier und betrachtete die Rückseite meines Elternhauses, die mit einem Baugerüst versehen war.

»Was hältst du davon?«, fragte ich.

»Wenn sie es jetzt nicht in Angriff genommen hätten, würde es nächstes Jahr nicht mehr stehen.«

»So schlimm?«

»Noch schlimmer. Man kann richtig zusehen, wie der Riss größer wird.«

»Miranda«, sagte mein Vater, der plötzlich von der Seite auftauchte. »Wie geht es dir?«

Ich ignorierte die Frage, nicht zuletzt, weil Brendan an seiner Seite klebte. Er trug eine neue, gebügelte Jeans und einen hellblauen Pullover, bei dem er die Ärmel bis knapp unter die Ellbogen hochgeschoben hatte.

»Hallo, Dad. Schön, dich zu sehen«, sagte ich und legte einen Arm um meinen Vater. Er tätschelte ein wenig verlegen meinen Rücken. Umarmungen sind nicht so sein Ding.

»Ich muss zugeben, dass Brendan ein echter Grillmeister ist«, erklärte er.

»Es kommt darauf an, die Kohle richtig aufzutürmen«, antwortete Brendan. »Man ordnet die Briketts zu einer Pyramide an, legt ein paar Anzünder darunter und sorgt dann dafür, dass das Ganze so richtig schön brennt. Man breitet die Kohlen erst aus, wenn die Flammen erloschen sind.«

»Bill und ich haben gerade über das Haus gesprochen«, wechselte ich das Thema.

»Du solltest aufpassen, was Brendan zu sagen hat«, meinte Dad. »Du könntest vielleicht etwas von ihm lernen.«

»Ich grille so selten in meiner Wohnung.«

»Irgendwann ist immer das erste Mal«, erwiderte Brendan.

»Ich glaube, Grillen ist doch eher ein Männersport«, gab ich zurück.

»Wir haben nie miteinander gegrillt, oder, Mirrie?«

Ich war versucht zu sagen: »Nein, Brendan. Wir haben nie miteinander gegrillt, weil wir nur ungefähr neun Tage zusammen waren, sodass wir gar keine Zeit dafür hatten, genauso wenig wie für viele andere Dinge.« Aber ich verkniff es mir. Stattdessen holte ich tief Luft. Es war ein stummes, metaphorisches Luftholen.

»Nein, das haben wir nicht«, antwortete ich.

»Ich fürchte, ich habe Brendan gelangweilt«, erklärte Dad. »Er hat mich über meine Arbeit reden lassen.«

»Schachteln«, sagte Brendan und rieb die Hände aneinander. »So einfach, und doch so wichtig. Stellt euch das Leben ohne Schachteln vor!«

Bill schnappte nach Luft. Sogar mein Vater wirkte angesichts von so viel Enthusiasmus ein wenig verblüfft.

»Nun ja«, antwortete er. »Dazu kann ich wenig sagen. Ich bin eher der praktische Typ. Ich stelle gern Dinge her. Und es hat mir immer Spaß gemacht, Probleme zu lösen. Problemlösungen zu finden. Dazu hat man in der Verpackungsbranche viel Gelegenheit.«

»Ich weiß genau, was du meinst«, pflichtete Brendan ihm bei. »Auf den ersten Blick scheint es eine ziemlich banale Arbeit zu sein. Aber ich weiß noch genau, was für Probleme es gab, als ich vor ein paar Jahren mit einem Typen namens Harry Vermont eine Dotcom-Firma gründete.«

»Was für eine Firma?«, fragte mein Vater.

Brendan lachte ein wenig kläglich.

»Eine von der Sorte, die uns alle zu Millionären machen sollte«, antwortete er. »Aber inzwischen existiert sie nicht mehr.«

»Worum ging's dabei?«, wollte Bill wissen.

»Die Grundidee war«, erklärte Brendan, »dass die Leute alle möglichen Waren im Internet bestellen konnten und wir sie liefern würden. Wir wollten die Mittelsmänner oder besser die Vermittler sein. Am Anfang dachte ich, es würde dabei hauptsächlich um technische Fragen gehen. Aber als wir dann so richtig loslegten, merkte ich, dass das nur zum Teil zutraf und es letztendlich auch um die Verpackung und Auslieferung ging. Man musste am richtigen Ort die richtige Firma finden und dafür sorgen, dass die Ware so schnell wie möglich verpackt wurde, damit wir sie pünktlich ausliefern konnten. Das war eine unglaubliche Herausforderung für uns.«

»Mit wem habt ihr zusammengearbeitet?«, fragte Dad.

»Bitte?«

»Die Verpackungsbranche ist in diesem Land eine kleine

Welt. Ich habe mich gerade gefragt, ob vielleicht jemand dabei war, den ich kenne.«

»Wir waren erst in der Planungsphase«, entgegnete Brendan. »Dann brach der ganze Dotcom-Markt zusammen, und unsere Finanzierung platzte. Der gute alte Harry ist darüber nie so ganz hinweggekommen.«

»Wenn es dich interessiert, Brendan, kann ich dich gern mal in der Firma herumführen.«

»Das wäre großartig«, antwortete Brendan. »Aber ich schätze, jetzt ist es erst mal an der Zeit, das Fleisch auf den Grill zu legen.«

Wie sich herausstellte, war es keineswegs an der Zeit, das Fleisch auf den Grill zu legen. Während wir uns unterhalten hatten, war das Grillfeuer wieder ausgegangen. Brendan meinte, das passiere manchmal, wenn die Briketts zu lange in einem Schuppen gelegen hätten und feucht geworden seien. Mein Vater wirkte hocherfreut und erklärte, er hätte es ohnehin nicht ertragen können, jemanden in der Familie zu haben, der sich besser aufs Grillen verstand als er, weil das seine Stellung als Herr und Meister gefährden würde.

Die Vorstellung, Brendan »in der Familie zu haben«, war mir so unangenehm, dass ich eine ganze Weile nichts mehr sagte. Erst nachdem ich mein Bier geleert und eine zweite Dose geöffnet hatte, begann ich das Ganze etwas lockerer zu sehen. Ich stand ein Stück von den anderen entfernt und beobachtete, wie Brendan um meine Familie herumscharwenzelte. Ich musste daran denken, dass dieser schmale Gartenstreifen einer von Dutzenden in der Straße war und es in London Millionen davon gab, und plötzlich fand ich es fast rührend, wie bemüht und eifrig Brendan zwischen dem Grill – der mittlerweile schnell und effektiv von Bill in Gang gesetzt worden war – und meinen Eltern hin und her wuselte. Ab und zu stahl er sich an Kerrys Seite und legte kurz den Arm um sie oder flüsterte ihr etwas zu oder sah sie einfach nur liebevoll an, woraufhin sie jedes Mal übers ganze Gesicht zu strahlen begann.

Er half meiner Mutter, das Hühnerfleisch und die Lachsstücke mit Marinade zu bestreichen. Dazwischen fand er irgendwie die Zeit, ins Haus zu gehen und Troy aus dem Winkel zu locken, in den er sich diesmal verkrochen hatte. Er trieb ihn nach draußen und überredete ihn dazu, die Teller zum Esstisch zu tragen und anschließend die Salate zu bringen, die Troy und meine Mutter am Vormittag gemacht hatten. Ein wenig beschämt wurde mir bewusst, dass ich selbst nichts zu den Vorbereitungen beigetragen hatte. Irgendwie ging ich davon aus, dass die Familie Cotton nur zu meinem Nutzen da war, wie eine Art Museum, in dem ich jederzeit auf einen Sprung vorbeischauen konnte, wenn mir danach war. Und bei dem ich mich darauf verlassen konnte, dass andere Leute es in Schuss hielten. Meine Eltern waren dafür da, alles Mögliche für mich zu tun und den Kopf hinzuhalten, wenn etwas schief ging. Hatte ich je einen Gedanken daran verschwendet, auch einmal etwas für sie zu tun?

Als ich schließlich bei meinem dritten Bier angelangt war, wurde meine Stimmung immer versöhnlicher; ich fühlte mich plötzlich mit nahezu allen Menschen auf dieser Welt verbunden, ganz bestimmt aber mit allen in diesem Garten, wenn auch nicht notwendigerweise auf eine besonders fassbare Art.

Brendan legte sich gerade so richtig ins Zeug, machte fünf Sachen gleichzeitig. Meine Mutter lief hektisch hin und her, trug Geschirr und Besteck heraus. Mein Vater hantierte mit dem Grillrost, der unter seiner Last aus Huhn und Fisch immer wieder zu kippen drohte. Kerry unterhielt sich mit Judy, und Troy spielte irgendwas mit Bills Kindern, Sasha und Mitch. Während ich mir das geschäftige Treiben ansah, fiel mir etwas Seltsames auf: Alle schienen sich prächtig zu amüsieren. Brendan brachte mir einen Teller mit gegrilltem Huhn und Salat, und ich begann gierig zu essen. Ich brauchte dringend etwas, um das viele Bier aufzusaugen. Vor lauter Hunger fiel mir erst gar nicht auf, dass ich die Erste gewesen war, der Brendan etwas gebracht hatte. Als diese etwas seltsame Tatsache schließlich doch in mein Bewusstsein drang, sah ich zu Kerry hinüber. Offenbar spürte sie meinen Blick, denn sie drehte sich zu mir um und lächelte. Ich lächelte zurück. Was für eine glückliche Familie.

6. KAPITEL

Ich weiß noch, wie ich Bill mit dreizehn oder vierzehn als unbezahlte Praktikantin in ein Haus in Finsbury Park begleiten durfte, ein kleines Haus mit winzigen Räumen und dunklen Möbeln. Wir standen im Wohnzimmer, wo der Boden mit Laken abgedeckt war. Mein Onkel drückte mir einen Vorschlaghammer in die Hand und forderte mich auf, damit ein Loch in die Wand zu schlagen, die das Zimmer von der Küche trennte. Er musste es mir zweimal sagen, weil ich nicht glauben wollte, dass er das ernst meinte. Die Wand wirkte so stabil, der Raum so klein und trist, dass ich mir einfach nicht vorstellen konnte, dass sich daran etwas ändern ließ. Außerdem konnte man doch nicht einfach so mir nichts, dir nichts eine Wand durchbrechen, oder doch? Aber Bill nickte nur und trat ein Stück zurück. Also hievte ich den Hammer, der so schwer war, dass ich ihn kaum heben konnte, auf meine linke Schulter und schwang ihn mit aller Kraft gegen die Mauer. Sein Gewicht riss mich mit, und ich verrenkte mir dabei fast den Arm. Verputz bröckelte von der Wand, und ein Spalt wurde sichtbar. Nach meinem zweiten Versuch wies die Mauer bereits ein Loch auf. Es hatte einen zackigen Rand und die Größe meiner Faust. Ein weiterer Schlag, und es war schon so groß, dass ich die Mitte der Küche sehen konnte, ein Abtropfbrett und eine Spüle mit tröpfelnden Hähnen, und dahinter ein kleines Stück des Gartens, an dessen Ende ein Lorbeerbaum stand. Und plötzlich war ich unglaublich aufgeregt – ein wundervolles Gefühl, Dinge auf diese Weise zu öffnen, mit jedem Hammerschlag neue Ausblicke zu schaffen und von einer Sekunde auf die andere Licht in einen so düsteren Raum zu bringen. Ich glaube, in dem Moment ging mir zum ersten Mal durch den Kopf, dass ich dasselbe machen wollte wie Bill, auch wenn er mir Jahre später, als ich ihm das zu erklären versuchte, lächelnd auf die Schulter klopfte und sagte: »Wir sind bloß Maler und Tapezierer, Miranda.«

Noch immer überkommt mich bei meiner Arbeit gelegentlich dieses Gefühl von Euphorie – als hätte ich eine riesige Luftblase in der Brust oder als würde ein Wind durch mich hindurchblasen. Ich spürte es beispielsweise bei dem Dachgarten in Clapham, der irgendwie den Deckel von dem ganzen Haus nahm, und ebenso damals, als wir einen zugemauerten Kamin öffneten, der so riesig war, dass man darin stehen und zu einem pennyförmigen Stück Himmel hinaufsehen konnte. Wände niederzureißen erfüllt mich immer mit frischer Energie. Hin und wieder empfinde ich dasselbe Hochgefühl auch in meinem Privatleben. Es geht mit Übergängen und Veränderungen einher, beispielsweise wenn es Frühling wird oder man sich verliebt. Oder wenn man in ein Land reist, das man noch nicht kennt. Oder eine Krankheit überstanden hat und sich plötzlich wie ein neuer Mensch fühlt.

Als ich von jenem Mittagessen nach Hause kam, fasste ich zwei Beschlüsse: Ich würde meine Wohnung einer Grundreinigung unterziehen, und ich würde zu joggen beginnen. Das war alles. Trotzdem schrieb ich beide Vorhaben auf die Rückseite eines alten Briefumschlags und unterstrich sie jeweils zweimal, als würde ich sie sonst gleich wieder vergessen. Dann ließ ich mich in meinen Sessel fallen. Ich hatte drei Dosen Bier getrunken und zwei Portionen mariniertes Huhn gegessen, außerdem ein Stück leicht verkohlten Lachs, drei Scheiben Knoblauchbrot und eine Schüssel Eis. Eigentlich hätte ich meine guten Vorsätze auf der Stelle in die Tat umsetzen und eine Runde laufen sollen, bevor es zu dunkel wurde, aber wahrscheinlich war es gar nicht so gesund, mit vollem Magen zu joggen. Außerdem wollte ich nicht mit meiner alten grauen Sporthose, bei der der Bund schon völlig ausgeleiert war, die Hauptstraße entlanglaufen.

Deswegen beschloss ich, mit der Wohnung anzufangen. Ich schlüpfte in eine bequeme Hose und ein ärmelloses Shirt und legte eine schwungvolle CD ein. Eigentlich putze ich meine Wohnung ganz gern. Sie liegt im ersten Stock und ist sehr klein – ein Schlafzimmer, ein Wohnzimmer mit einem Esstisch an der einen Wand, eine Kochnische, durch deren Fenster man auf einen Flickenteppich aus lauter schmalen Gärten hinaussieht, ein Bad. Ich genieße es, wenn alles wieder sauber ist – alle Oberflächen von Staub befreit, das Geschirr gespült und aufgeräumt, der Teppich gesaugt, der Boden gewischt, die Zeitungen sauber auf meinem Schreibtisch gestapelt, die Stifte in einer Tasse auf dem Kaminsims, die dreckige Wäsche im Korb, die restlichen Klamotten im Schrank. Es ist ein gutes Gefühl, wenn das Bad blitzt und alles nach Reinigungsmitteln, Politur und Seife riecht. Als ich schließlich fertig war, hatte ich schmutzige Füße und Arme und eine schweißnasse Stirn. Der

Nachmittag war in den Abend übergegangen, und nun, da ich aufgehört hatte, wie eine Wilde durch die Wohnung zu sausen, spürte ich die schneidende Kälte einer wolkenlosen Oktobernacht.

Einige meiner Freunde wohnen äußerst ungern allein. Sie betrachten es nur als Übergang. Ich dagegen finde es schön. Wenn ich die Haustür hinter mir zuziehe und die Treppe hinaufsteige, freue ich mich jedes Mal, dass oben meine stille Wohnung auf mich wartet. Ich brauche niemanden um Erlaubnis zu fragen, wenn ich mich zwei Stunden in die Wanne legen oder um halb neun ins Bett gehen möchte. Ich kann mitten in der Nacht Musik hören oder mir ein Glas Wein einschenken und mir irgendeine billige Quizshow anschauen. Ich genieße es sogar, allein zu essen, auch wenn ich im Gegensatz zu Troy über ein sehr begrenztes und konservatives Repertoire an Gerichten verfüge. Manchmal bereite ich mir mehrere Abende hintereinander das Gleiche zu. Eine Weile war es Rührei auf gebuttertem Roggentoast. Dann kam die Phase des griechischen Salats, den ich mittlerweile zur Perfektion gebracht habe: Ich mache ihn nicht nur mit Tomaten, Gurke und Feta-Käse, sondern zusätzlich mit Avocado, Fenchel und sonnengetrockneten Tomaten. Ein paar Wochen lang kombinierte ich eine Dose Tintenfischstücke mit einer Dose Kichererbsen, wovon ich inzwischen aber wieder Abstand genommen habe. Wenn Freunde zu Besuch kommen, gibt es entweder Hühnchenbrust mit Knoblauch, Rosmarin und Olivenöl – man braucht das Ganze bloß in den Herd zu schieben und eine halbe Stunde zu warten –, oder wir lassen uns was kommen. Meistens Letzteres.

Vielleicht war mir Brendan nicht zuletzt deswegen so schnell auf die Nerven gegangen, weil er es sich in meiner Wohnung gleich so gemütlich gemacht hatte. Als wäre es auch sein Zuhause. Aber ich wollte nicht mehr an Brendan denken. In meinem Leben würde ab jetzt wieder ein anderer Wind wehen.

In einem Laden in der Camden High Street, der Run Run Run hieß, erstand ich ein hübsches blaues Trikot, weiße Shorts, schwarze Wildlederlaufschuhe und ein Buch mit dem Titel *Lauf um dein Leben*, verfasst von einem Mann namens Jan, der auf der Rückseite abgebildet war und mit seinem Stirnband aussah wie ein Mitglied von Duran Duran. Anschließend besorgte ich mir im Spirituosenladen eine Flasche gekühlten Weißwein. Eine derart transparente Flüssigkeit konnte unmöglich eine größere Menge Kalorien enthalten. Dazu kaufte ich mir eine teure Packung Chips, die der Aufschrift zufolge mit einer besonders gesunden Sorte Sonnenblumenöl zubereitet worden waren. Zu Hause angekommen, sicherte ich die Tür mit der Kette und legte mich mit einer Schüssel Chips, einem Glas Weißwein und meinem Laufbuch in die Badewanne. Eine höchst wohltuende Kombination. Das erste Kapitel schien für Leute gedacht, die noch weniger fit waren als ich. Demnach sollte man das Lauftraining mit einem flotten zehnminütigen Marsch beginnen, dann etwa hundert Meter laufen, anschließend weitere zehn Minuten marschieren. Der mit dem Training beginnende Läufer sollte niemals ernstlich außer Atem kommen und schon beim leisesten Anzeichen von Unbehagen aufhören. Völlig verkehrt sei es, ohne jede Vorbereitung loszulaufen. »Es ist besser, langsam anzufangen und aufzubauen«, hieß es an einer Stelle in Kursivschrift, »als schnell anzufangen und schnell wieder aufzugeben.« Das klang für mich recht einleuchtend. Ich überblätterte einige Seiten. Wie es aussah, konnte ich ruhig ein paar Phasen überspringen und würde immer noch nicht Gefahr laufen, ins Schwitzen zu geraten.

Der Verfasser empfahl allen aufstrebenden Läufern und Läuferinnen, an das sportliche Training zu denken, das sie im Rahmen ihres ganz normalen Arbeitstages absolvierten. Demzufolge tat man sogar schon etwas für seinen Körper, wenn man einfach nur von seinem Schreibtisch aufstand und die paar Schritte zum Wasserspender ging. Ich machte viel mehr als das: Ich trug Leitern und Dielen durch die Gegend, strich in verrenkter Körperhaltung eine Zimmerdecke nach der anderen und hielt schwere Farbdosen minutenlang mit nur einer Hand. Die Lauferei würde das reinste Kinderspiel für mich werden. Ich stellte meinen Wecker eine halbe Stunde früher als sonst. Am nächsten Morgen wagte ich mich in meinem neuen Sportoutfit auf die Straße. Ich wünschte, ich hätte mir auch gleich noch eine Maske besorgt. Zum Aufwärmen marschierte ich erst mal fünf Minuten. Kein Problem. Dann rannte ich ungefähr hundert Meter in flottem Tempo. Ich befolgte Jans Rat und hörte sofort auf, als ich das erste Anzeichen von Schmerz verspürte. Nachdem ich wieder ein paar Minuten gegangen war, versuchte ich es noch mal mit Laufen. Diesmal kam der Schmerz schneller. Mein Körper realisierte langsam, was mit ihm geschah. Erneut drosselte ich mein Tempo und machte mich auf den Heimweg. Laut Jan war es am Anfang besonders wichtig, Verstauchungen oder Zerrungen infolge eines übertrieben ehrgeizigen Trainings zu vermeiden. Es gelang mir ohne größere Schwierigkeiten, diesen Ratschlag zu beherzigen.

»Hallo? Miranda? Ich wollte bloß …«

Ich griff nach dem Hörer.

»Hallo, Mum.«

»Ich habe dich doch nicht aufgeweckt, oder?«

»Nein, ich war schon auf dem Sprung.«

»Ich möchte dir nur für gestern danken. Eigentlich wollte ich dich gestern Abend noch anrufen, aber dann sind Kerry und Brendan so lange geblieben… Es ist alles recht gut gelaufen, nicht wahr?«

»Ja, es war sehr nett.«

»Findest du nicht auch, dass Kerry sehr glücklich wirkt?«

»Doch, ja.«

»Weißt du, was? Mir kommt es vor wie ein Wunder.«

»Mum…«

»Ein Wunder«, wiederholte sie. »Wenn ich daran denke, wie…« Die Worte verschwammen, und ich schloss ergeben die Augen. Ich wollte eine gute Tochter sein.

»Hallo, Miranda. Ich bin's, Kerry. Miranda? Bist du da?« Nach einer kurzen Pause war im Hintergrund eine Männerstimme zu hören, auch wenn ich nicht verstehen konnte, was sie sagte. Kerry kicherte, dann fuhr sie fort: »Wir wollten bloß hören, wie es dir geht. Es wäre nett, wenn wir uns bald mal wieder sehen würden. Was?… Oh, Brendan lässt dich auch schön grüßen…«

Ich drückte auf den Knopf, um die Nachricht zu löschen.

In der Woche ging ich dreimal zum Laufen, konnte aber noch keine erkennbaren Fortschritte verzeichnen. Meine Lunge begann jedes Mal zu schmerzen, wenn ich eine kurze Strecke gelaufen war, meine Beine fühlten sich immer noch an wie Blei und mein Herz wie ein Stein, der in meinem Brustkasten umherpolterte. Wenn ich auf einen Hügel hinauflief, wurde ich meist von flott marschierenden Fußgängern überholt. Immerhin gab ich nicht auf, das allein war schon ein gutes Gefühl.

Am Freitag war ich zu einer Party eingeladen, die meine Freunde Jay und Pattie veranstalteten. Ich tanzte, trank erst Bier, dann Wein und anschließend einen seltsamen Schnaps aus Island, den Pattie ganz hinten in ihrem Schrank fand, nachdem die meisten ihrer Gäste gegangen und wir in jene wundervolle Phase der Nacht eingetreten waren, in der man keinerlei Anstrengungen mehr zu unternehmen braucht. Etwa ein Dutzend von uns saßen noch in ihrem schummrig beleuchteten Wohnzimmer herum, das mit leeren Bierdosen, Kippen und nicht zusammenpassenden Schuhen übersät war, und nippten vorsichtig an dem Schnaps, der meine Augen tränen ließ. Ich hatte im Lauf des Abends einen Mann namens Nick kennen gelernt. Er saß im Schneidersitz vor mir auf dem Boden, bis er sich nach einer Weile an meine Knie lehnte. Ich spürte die Wärme seines verschwitzten Rückens. Nach ein paar Minuten fuhr ich mit der Hand durch sein kurzes braunes Haar. Es fühlte sich weich und flauschig an, wie das Fell eines Tiers. Er legte mit einem leisen Seufzer den Kopf zurück, sodass ich sein Gesicht sehen konnte. Er lächelte. Ich beugte mich vor und küsste ihn rasch auf sein Lächeln.

Als ich ging, fragte er mich, ob ich Lust hätte, ihn wiederzusehen.

»Ja«, antwortete ich. »Gern.«

»Ich rufe dich an.«

»Tu das.«

Wir sahen uns an. Anfänge sind etwas so Wundervolles, genau wie jenes erste winzige Loch in der Wand, durch das man die Welt auf der anderen Seite erahnen kann.

7. KAPITEL

Zwei Tage später rief Nick an. Es scheint ganz strenge Regeln zu geben, wann man jemanden anrufen darf, genau wie es früher bestimmte Regeln gab, die einem sagten, beim wievielten Rendezvous man sich das erste Mal küssen durfte. Wenn man noch am selben Tag anruft, grenzt das fast schon an Belästigung. Ruft man am nächsten Tag an, wirkt man unter Umständen ein bisschen verzweifelt, denn da der erste Tag absolut tabu ist, ist der zweite Tag im Grunde die erste Möglichkeit. Wenn jemand überhaupt anruft, dann spätestens am dritten Tag. Wartet man länger als bis zum dritten Tag, kann man es genauso gut ganz bleiben lassen, denn dann ist die betreffende Person entweder schon verheiratet oder ausgewandert. Ich persönlich habe nie auf diesen Kodex geachtet. Für solchen Unsinn ist das Leben viel zu kurz. Wenn es nach mir gegangen wäre, hätte ich angerufen, sobald ich von der Party nach Hause gekommen wäre.

Jedenfalls rief Nick an, und von da an war alles ganz einfach. Wir verabredeten uns für den nächsten Abend in einer Bar in Camden Town. Ich kam fünf Minuten zu früh, er fünf Minuten zu spät. Er trug eine ausgewaschene Jeans und ein lässiges Karohemd, darüber eine Lederjacke. Er war unrasiert, und seine Augen waren so dunkelbraun, dass sie fast schwarz wirkten.

»Du arbeitest für eine Maler- und Tapezierfirma«, begann er. »Das hat mir Pattie erzählt. Außerdem hast du Farbe im Haar.«

Ich zupfte verlegen in meinem Haar herum.

»Ich kann nichts dagegen machen«, erklärte ich. »Immer ist irgendwo hinten am Kopf ein Fleck, den ich übersehe. Irgendwann geht die Farbe dann von selbst ab.«

Wenn ich neue Leute kennen lerne, finden sie es meist aufregend, dass ich als Frau einer solchen Arbeit nachgehe. Als würde ich Bomben entschärfen. Nun ja, immerhin liefert mein Job einen guten Ausgangspunkt für ein Gespräch. Außerdem ist es ein bisschen so, als wäre ich Ärztin. Die Leute fragen mich um Rat. Sie wollen von mir wissen, wie sie ihr Zuhause neu gestalten sollen.

Als Nächstes fragte mich Nick, was ich denn danach tun wolle.

»Wann, danach?« Ich tat, als hätte ich ihn nicht verstanden.

»Na ja, ich meine – möchtest du diesen Job dein ganzes Leben lang machen?«

»Du meinst, statt mir einen richtigen Beruf zu suchen?«

»So ungefähr«, gab er verlegen zu.

»Ja«, antwortete ich nur. »Das ist genau die Arbeit, die ich mir vorstelle.«

»Entschuldige. Das hat wahrscheinlich sehr gönnerhaft geklungen.«

Das hatte es in der Tat, weshalb ich mich nun meinerseits bei Nick erkundigte, was er denn beruflich so mache. Er erklärte, dass er für eine Werbeagentur arbeite. Ich fragte, ob es irgendeine bekannte Werbung von ihnen gebe. Jede Menge, antwortete er, unter anderem den Spot mit dem sprechenden Plüschschwein. Leider hatte ich den nicht gesehen. Als ich ihn fragte, womit er sich im Moment beschäftige, erzählte er, sie hätten soeben einen großen Auftrag von einer Ölfirma an Land gezogen, und er arbeite gerade an einem Konzept zur Vorbereitung der Kampagne.

Aber das war alles nicht so wichtig. Viel wichtiger waren die Untertöne unserer Unterhaltung, die Dinge, die wir nicht aussprachen. Nach einer Weile, die mir sehr kurz erschien, warf ich einen Blick auf meine Uhr und stellte zu meiner Überraschung fest, dass wir schon über eine Stunde miteinander redeten.

»Ich muss jetzt leider aufbrechen«, informierte ich ihn. »Ich bin noch verabredet. Mit einer alten Freundin, Laura«, fügte ich hinzu, um klarzustellen, dass ich mich nicht mit einem Mann traf, bei dem es sich womöglich um einen Freund, Exfreund oder potenziellen neuen Freund handelte.

»Schade«, sagte er. »Ich hatte gehofft, wir könnten miteinander zu Abend essen. Oder etwas anderes unternehmen. Aber daraus wird dann heute wohl nichts. Wie wär's mit… ich weiß auch nicht… Donnerstag?«

Mit Troy war ich diese Woche schon am Mittwoch verabredet, sodass mir Donnerstag recht gut passte. Ja, dachte ich, als ich die Kneipe verließ, ich war mir sicher, zumindest ziemlich sicher, dass zwischen uns etwas passieren würde. Mir ging noch ein anderer, fast ein wenig beängstigender Gedanke durch den Kopf: Vielleicht war genau das der beste Teil der ganzen Geschichte. Wahrscheinlich würden wir während der nächsten Tage oder Wochen eine gewisse Aufregung darüber empfinden, etwas Neues in unserem Leben zu haben, das wir erforschen und kennen lernen konnten. Wir würden einander Fragen stellen, uns gegenseitig sorgsam bearbeitete Geschichten über unser früheres Leben erzählen. Wir würden besonders nett zueinander sein, besorgt und zuvorkommend und unendlich neugierig. Und dann? Dann würde es entweder langsam nachlassen oder ganz schnell zu Ende gehen, und wir würden uns aus den Augen verlieren und füreinander zu einer Erinnerung werden. Aus irgendeinem Grund wurde nie eine nette Freundschaft daraus. Dahin führte kein Weg. Oder wir würden ein Paar werden, und selbst dann würden wir in irgendeiner Art von Normalität enden, in der wir unsere Jobs machten, Jahrestage feierten, die gleichen Ansichten zu bestimmten Themen hatten und die Sätze des anderen zu Ende sprachen. Das konnte auch schön sein. Zumindest behaupteten es die Leute. Trotzdem würde es nie wieder die schier unendlichen Möglichkeiten des Anfangs haben. Diese Gewissheit machte mich ein wenig melancholisch, was gut zur Tageszeit passte. Auf der einen Seite der Straße wurden die Autos, die Ladenfronten und die von der Arbeit heimkehrenden Menschen von den letzten Sonnenstrahlen in ein goldenes Licht getaucht, auf der anderen Straßenseite waren sie bereits in tiefen Schatten versunken.

Als Laura mich sah, erkannte sie sofort, dass etwas im Busch war, was ja eigentlich gar nicht stimmte. Zumindest noch nicht.

»Du brauchst gar nichts zu sagen«, begrüßte sie mich. »Ich sehe es dir ganz deutlich an.« Ich entgegnete, sie solle nicht albern sein, ich hätte mich bloß auf einen Drink mit jemandem getroffen. Er mache einen netten Eindruck, aber ich sei mir noch nicht sicher.

In Wirklichkeit war ich überzeugter, als ich zugab. Der Donnerstag lief ebenfalls gut. Wir aßen in einem Lokal gleich bei mir um die Ecke, und der Abend verging wie im Flug. Plötzlich waren wir die letzten Gäste im Restaurant, und der Koch kam mit einem Glas Wein aus der Küche und unterhielt sich mit uns. Zwanzig Minuten später standen wir in meinem Hauseingang und küssten uns. Nach einer Weile löste ich mich von ihm und lächelte.

»Ich würde dich ja gern noch zu mir einladen«, sagte ich.

»Aber …?«

»Bald«, antwortete ich. »Ganz bald. Es war so ein schöner Abend, ich habe mich sehr wohl gefühlt, und ich mag dich wirklich sehr gern. Ich bin bloß noch nicht …«

»Sicher?«

»Bereit. Ich bin sicher, Nick.«

»Kann ich dich morgen sehen?«

»Ja, natürlich ...« Dann fiel es mir wieder ein. »Mist. Tut mir Leid. Ich muss ... Du wirst es nicht glauben, aber ich muss zu meinen Eltern. Das ist im Moment alles ein bisschen kompliziert. Ich werde es dir erzählen. Aber nicht jetzt.«

»Wie wär's mit übermorgen?«

»Das wäre wunderbar.«

Als ich bei meinen Eltern eintraf, hatte ich ziemlich schlechte Laune. Ich war über die Einladung ohnehin nicht gerade begeistert gewesen, und dann rief mich meine Mutter auch noch in letzter Sekunde an und bat mich, mich besonders fein zu machen. Ich hatte meine Hose und das lässige Oberteil wieder ausgezogen und war stattdessen in mein blaues Samtkleid geschlüpft, das ich schon so lange besaß, dass sich mittlerweile der Saum wellte.

»Du siehst sehr hübsch aus, Liebes«, sagte meine Mutter, als sie mich hereinließ.

Ich brummte bloß etwas vor mich hin. Wenigstens hatte sie mich nicht gefragt, wie es mir gehe. Meine Eltern hatten sich so richtig in Schale geworfen. Troy war ebenfalls da. Er trug eine seiner üblichen Kombinationen, eine Kordhose und einen ausgewaschenen grünen Pulli, der ihm eigentlich sehr gut stand. Troy ist ein ziemlich gut aussehender junger Mann oder könnte es zumindest sein, aber irgendetwas an ihm wirkt immer eine Spur schräg.

»Schön, dich zu sehen, Miranda«, begrüßte mich mein Vater. »Zurzeit sehen wir uns recht oft, nicht?«

»Wo sind denn die Turteltäubchen?«, fragte ich.

»Miranda!«, erwiderte meine Mutter in vorwurfsvollem Ton.

»Wieso? Das habe ich doch nicht böse gemeint.«

»Sie müssten eigentlich jeden Moment…« Noch ehe sie den Satz zu Ende sprechen konnte, klingelte es. Sie lächelte mich an. »Du kannst ihnen gleich aufmachen«, meinte sie und schob mich in Richtung Eingang.

Ich öffnete die Tür, und da waren die beiden: eng umschlungen, lachend, verliebt. Bevor sie ins Haus stürmten, nutzten sie die Gelegenheit, mich mit einer ihrer Gruppenumarmungen zu begrüßen. Als ich sie dann anschließend im Licht des Wohnzimmers genauer betrachtete, stellte ich fest, dass sie auffallend schick wirkten: Kerry trug ein violettes Satinkleid, das ich noch nie an ihr gesehen hatte. Es schmiegte sich eng um Hüften und Brüste. Jedes Mal, wenn sie Brendan ansah, sprach aus ihrem Blick Begierde. Die beiden wirkten wie ein Paar, das ungefähr acht Sekunden zuvor miteinander im Bett gewesen war. Brendan trug einen teuer aussehenden Anzug aus einem glänzenden Stoff und dazu eine große farbenfrohe Krawatte, auf der eine mir unbekannte Comicfigur prangte. Er hatte eine Einkaufstüte dabei, aus der er nun zwei schimmernde, mit Wassertropfen bedeckte Champagnerflaschen hervorholte. Auf dem Tisch standen bereits sechs Sektkelche bereit. Nachdem er die Flaschen abgestellt hatte, griff er nach einem der Gläser und schlug mit dem Finger leicht dagegen, sodass es klang wie eine kleine Glocke.

»Ohne große Vorrede«, begann er. »Ich freue mich so, dass ihr alle hier seid. Kerry und ich wollten, dass ihr es als Erste erfahrt.« Ich spürte, wie sich mein Magen verkrampfte. »Gestern Abend habe ich Kerry zum Essen ausgeführt. Und ich muss zu meiner Schande gestehen, dass ich kurz vor dem Dessert für ziemliches Aufsehen gesorgt habe. Ich bin nämlich neben ihr auf die Knie gesunken und habe sie gefragt, ob sie meine Frau werden möchte. Und ich bin sehr glücklich, euch berichten zu können, dass sie ja gesagt hat.«

Kerry hob mit einem scheuen Lächeln die Hand, um uns ihren Ring zu zeigen. Ich sah zu meiner Mutter hinüber, der bereits die Tränen über die Wangen liefen. Sie ging mit ausgestreckten Armen auf die beiden zu. Nachdem sie sie umarmt hatte, trat ich ebenfalls vor.

»Kerry«, sagte ich, »ich freue mich so für dich.«

»Moment, Moment«, warf Brendan ein, »das kann warten. Ich würde gern noch etwas sagen. Ich habe den Großteil meines Lebens bei Pflegeeltern verbracht, wurde von einer Familie zur nächsten weitergereicht. Ich war ein einsamer kleiner Junge und wusste nicht, was es heißt, wirklich zu einer Familie zu gehören und von ihr geliebt und akzeptiert zu werden.« Während er sprach, rollten zwei große Tränen genau parallel seine Wangen hinunter. Er wischte sie nicht weg. »Als ich zum ersten Mal hierher kam«, fuhr er fort, »und euch, Derek und Marcia, kennen lernte, hatte ich plötzlich das Gefühl, heimgekommen zu sein. Ich fühlte mich bei euch zu Hause. Was kann ich noch sagen? Vielen, vielen Dank. Und nun lasst uns den Champagner aufmachen, damit ihr auf unser Glück anstoßen könnt.«

Nun brach allgemeines Chaos aus. Meine Mutter nahm Brendan erneut in den Arm, mein Vater gratulierte per Handschlag. Zwischendrin schaffte Brendan es irgendwie, den Champagner zu öffnen. Troy erklärte achselzuckend, er finde das Ganze wirklich toll und wünsche ihnen Glück. Meine Mutter drückte Kerry so fest, dass ich schon befürchtete, sie würde ihr die Rippen brechen. Als der Champagner ausgeschenkt war, stieß mein Vater ein Hüsteln aus. O Gott, dachte ich. Noch eine Rede.

»Nur ein paar Worte«, begann er. »Das alles ist ziemlich schnell gegangen, das muss ich schon sagen.« Er lächelte meine Mutter an. Es war ein scheues Lächeln, das ihn plötzlich sehr jungenhaft aussehen ließ. »Aber wenn ich mich richtig erinnere, haben ein paar andere Leute in diesem Raum auch ziemlich impulsiv gehandelt, als sie sich kennen lernten.« Meine Eltern waren sich 1974 auf der Hochzeit von Freunden begegnet und hatten zwei Monate später geheiratet. »Manchmal sollten wir tatsächlich auf unsere Instinkte vertrauen. Und noch eins: Ich habe Kerry noch nie so freudestrahlend und schön gesehen. Brendan, ich glaube, du kannst dich glücklich schätzen, dass du sie bekommst.«

»Ich weiß«, antwortete Brendan, und wir mussten alle lachen.

»Und nun lasst uns auf das glückliche Paar trinken«, fuhr mein Vater fort.

»Auf das glückliche Paar!«, riefen wir und stießen alle miteinander an.

Ich betrachtete Kerry. Sie war den Tränen nahe. Meine Mutter weinte richtig. Brendan putzte sich mit einem Taschentuch die Nase und wischte dann über seine feucht glänzenden Wangen. Sogar mein Vater hatte verdächtig nasse Augen. In dem Moment schwor ich mir etwas. Ich würde alles in meiner Macht Stehende tun, damit die beiden miteinander glücklich wurden. Oder ihrem Glück zumindest nicht im Weg stehen. Jemand stupste mich von der Seite an.

»Einen Penny für deine Gedanken«, sagte Brendan.

»Herzlichen Glückwunsch«, erwiderte ich. »Ich freue mich sehr für euch.«

»Das bedeutet mir viel.« Er blickte sich um. Mum, Dad, Kerry und Troy standen am andern Ende des Raums beieinander und unterhielten sich lachend. Brendan beugte sich ein wenig zu mir herunter.

»Als ich vorhin die große Neuigkeit verkündete, habe ich

dich angesehen«, erklärte er. »Du hast einen geschockten Eindruck gemacht.«

»Ich war nur überrascht«, antwortete ich. »Das ist alles so schnell gegangen.«

»Ich kann verstehen, dass es schwierig für dich ist.«

»Überhaupt nicht.«

»Während ich sprach, habe ich auf deinen Mund geschaut«, fuhr er fort.

»Bitte?«

»Du hast einen schönen Mund.« Er rückte noch ein Stück näher an mich heran. Ich spürte seinen säuerlich riechenden Atem auf meinem Gesicht. »Und ich musste daran denken, dass ich in diesem Mund gekommen bin.«

»Was?«

»Das ist schon seltsam.« Er sprach inzwischen sehr leise. »Ich heirate deine Schwester und denke an mein Sperma in deinem Mund.«

»Was?«, wiederholte ich, diesmal etwas zu laut.

Die anderen hörten zu reden auf und sahen zu uns herüber. Ich spürte etwas Heißes, Fiebriges auf meiner Haut.

»Entschuldigt mich«, sagte ich. Mein Mund fühlte sich seltsam klebrig an. Ich stellte mein Glas ab und verließ rasch den Raum. Im Gehen hörte ich Brendan etwas sagen. Ich schaffte es gerade noch rechtzeitig. Über die Kloschüssel gebeugt, übergab ich mich immer wieder, bis nichts mehr übrig war als heiße Flüssigkeit, die in meinem Mund und meinem Hals brannte.

8. KAPITEL

Bist du sicher, dass du das machen willst, Miranda?«

»Was? Ja, klar. Wir werden bestimmt Spaß dabei haben.«

Meine Gedanken waren ganz woanders. Mit Nick im Bett. Er war die ganze Nacht geblieben. Irgendwann waren wir endlich eingeschlafen, in den frühen Morgenstunden aber schon wieder aufgewacht. Benommen vor Müdigkeit, hatten wir in der Dunkelheit die Arme nach dem anderen ausgestreckt. Und am Morgen war er immer noch da gewesen. Das Gesicht eines Fremden auf meinem Kopfkissen. Ein seltsames Gefühl. Blinzelnd lächelte ich Kerry an. Meine Lippen waren wund, mein ganzer Körper prickelte.

»Ich habe vier Besichtigungen vereinbart«, sagte sie gerade. »Und die Termine so gelegt, dass wir keinen Leerlauf dazwischen haben. Eigentlich müssten wir es in einer Stunde schaffen, vielleicht sogar noch schneller. Man weiß ja nie so genau, was von den Angaben der Makler im Einzelnen zu halten ist, nicht wahr?«

»Vielleicht können wir hinterher noch zusammen Mittag essen.«

»Das wäre schön. Ich bin zwar schon mit Brendan verabredet, aber wir können ihn ja anrufen und irgendeinen Treffpunkt vereinbaren. Er wollte eigentlich sowieso mitkommen, aber er hatte Dad versprochen, ihm beim Schleppen der Möbel zu helfen, bevor morgen früh die Handwerker erscheinen und das Haus in seine Einzelteile zerlegen. Nachmittags hatte er keine Zeit, weil dieser Mann kommt, um sich meine Wohnung ein zweites Mal anzusehen.«

»Schauen wir erst mal, wie lange wir brauchen«, trat ich den Rückzug an. »Vielleicht muss ich hinterher doch gleich weg. Auf mich wartet ein Dachbodenausbau.«

»Es ist doch Sonntag«, protestierte sie. »Du arbeitest zu viel.« Ihr Glück hatte sie großzügig gemacht. Sie wollte, dass alle anderen auch glücklich waren. »Du siehst müde aus.«

»Wirklich?« Ich berührte sanft mein Gesicht, wie Nick es getan hatte. »Es geht mir gut, Kerry, ich habe letzte Nacht bloß ein bisschen zu wenig Schlaf erwischt, das ist alles.«

Wir waren im Kino gewesen. Der Film hatte uns nicht besonders gefallen, was in diesem Fall aber keine große Rolle spielte. Wir hatten uns eng aneinander geschmiegt. Nick hatte seine Hand auf meinen Oberschenkel gelegt, ich meinen Kopf an seine Schulter gelehnt. Hin und wieder hatten wir uns geküsst, nur ganz leicht: ein Versprechen. Er hatte gesalzenes Popcorn besorgt, aber wir aßen nicht viel davon. Uns war beiden klar gewesen, dass es in dieser Nacht passieren würde, der Film war nur eine Art Warten im Dunkeln, das dazu diente, all die anderen Dinge aus unseren Gedanken zu verdrängen. In meinem Fall bedeutete das, dass ich zu vergessen versuchte, was Brendan am Vorabend zu mir gesagt hatte. Die Art, wie er sich vorgebeugt und es mir zugeflüstert, wie er mit einem Lächeln jene Worte ausgesprochen hatte. Ich durfte nicht mehr daran denken, musste das alles ganz schnell wieder aus meinem Kopf herausbekommen, wo es wie eine fette, schmutzige Fliege umhersummte. Deswegen betrachtete ich die Bilder, die über die Leinwand flimmerten, und sah zwischendrin immer wieder Nick an. Gelegentlich schloss ich für einen Moment die Augen.

Als wir aus dem Kinosaal in das Foyer traten, war es draußen bereits dunkel. Nick nahm meine Hand und küsste sie. »Und nun?«

»Meine Wohnung liegt näher als deine«, antwortete ich.

Wir stiegen in einen Doppeldeckerbus und setzten uns oben ganz nach vorn. Ich presste die Stirn an das Fenster und spürte das Vibrieren des Motors, sah unten auf der Straße die Menschen dahineilen. Die meisten hatten den Kopf eingezogen, weil so ein starker Wind blies. Mir wurde bewusst, wie nervös ich war. Bald würde ich Sex mit diesem Mann haben, der jetzt wortlos neben mir saß und mit dem ich mich erst zweimal getroffen hatte. Wie würde es sein? Sex kann ganz locker und problemlos ablaufen, aber manchmal erscheint er einem auch sehr bedeutsam und schwierig, fast unmöglich. Zwei Menschen mit all ihren Hoffnungen, Erwartungen, Neurosen und Wünschen, zwei miteinander kollidierende Welten.

»Hier müssen wir raus«, sagte ich.

Er stand auf und zog mich hoch. Seine Hand fühlte sich warm und fest an. Er lächelte. »Alles in Ordnung?«

Es war in Ordnung. Schön. Hinterher machten wir uns aus einem der halbfertigen Baguettes, die ich auf Vorrat hatte, ein Sandwich mit Ziegenkäse und Tomaten und tranken dazu ein Glas Wein. Dann zogen wir uns erneut ins Schlafzimmer zurück, und diesmal war es mehr als nur in Ordnung. Es war wundervoll. Während ich nun in Kerrys Wagen saß, ließ mich der bloße Gedanke daran vor Sehnsucht dahinschmelzen. Anschließend hatten wir zusammen ein Bad genommen, unsere Beine in der kleinen Wanne ineinander verschlungen und uns dabei wie zwei Idioten angegrinst.

»Über was grinst du so?«

»Hmm? Oh, nichts.«

»Hier. Das ist das Erste.« Kerry parkte am Randstein und starrte mit zweifelnder Miene auf ihre Unterlagen. »Hier steht, es handle sich um eine Maisonette mit zwei Schlafzimmern. Angeblich sind viele Details aus der Entstehungszeit des Hauses erhalten geblieben.«

»Steht da auch, dass es direkt neben einem Pub liegt?«

»Nein.«

»Na ja, sehen wir es uns trotzdem mal an.«

Ein Häuserkauf ist immer eine gefährliche Sache. Normalerweise weiß man schon auf den ersten Blick, ob man ein Haus mag, noch bevor man einen Fuß hineingesetzt hat. Es ist fast wie bei einer Beziehung, da heißt es ja auch immer, das Entscheidende sei der erste Eindruck, die wenigen Momente, bevor das Gehirn sich einschalte. Man muss sich in das Haus verlieben, das man kauft. Alles andere – ob das Dach in Ordnung ist, die Rohre gut sind, die Anzahl der Räume ausreicht – ist am Anfang zweitrangig. Mauern kann man einreißen, Rohre erneuern, aber die Liebe kann man nicht erzwingen. Ich war als Expertin dabei, als die Stimme, die zur Vorsicht mahnte.

Als Kerry klopfte, flog sofort die Tür auf, als hätte uns die Frau bereits durch ihren Spion beobachtet.

»Hallo, kommen Sie herein. Bitte stolpern Sie nicht über die Stufe. Soll ich Sie herumführen, oder möchten Sie selbst schauen, dann könnten Ihnen allerdings ein paar Details entgehen. Hier herein, kommen Sie erst mal hier herein, das ist das Wohnzimmer. Sie müssen entschuldigen, dass so ein Chaos herrscht…« Sie war groß und atemlos und sprach sehr hektisch, ihre Worte überschlugen sich fast. Sie lotste uns über wild gemusterte Teppiche von einem Raum in den nächsten. An den Wänden hingen unzählige Teller, die sie gesammelt hatten, aus Venedig, Amsterdam, Scarborough, Cardiff, Stockholm, und ihr Anblick bewirkte, dass mir die Frau Leid tat. Sie zog schwungvoll Türen auf, zeigte uns den Wäschetrockenschrank und den neuen Boiler, die zweite Toilette, die in eine von der Küche abgeknapste Nische gezwängt war, die Dimmerschalter in dem winzigen Schlafzimmer, das Gästezimmer, das eher wie eine Besenkammer aussah und ebenfalls nachträglich abgeteilt worden war, noch dazu von einem Pfuscher. Als die Frau einen Moment nicht hersah, lehnte ich mich gegen die Wand und spürte, wie sie nachgab. Kerry murmelte höfliche Kommentare und blickte sich mit glänzenden Augen um. Wahrscheinlich überlegte sie schon, wo sie das Kinderbett hinstellen sollte.

»Fühlen Sie sich durch das Pub gestört?«, fragte ich die Frau.

»Das Pub?« Sie tat überrascht, zog die Stirn kraus. »Ach, das. Nein. Das hört man kaum. Vielleicht mal am Samstagabend …«

Wie aufs Stichwort setzte nebenan laute Musik ein. Man spürte durch die Wand sogar das Vibrieren der Bässe. Die Frau errötete, redete dann aber weiter, als hätte sie nichts gehört. Ich warf einen Blick auf die Uhr: Es war halb zwölf am Sonntagvormittag. Wir sahen uns den Rest des Hauses trotzdem noch an, priesen die schöne Aussicht, die man vom Bad aus hatte, bewunderten den keilförmigen Garten. Je weniger einem ein Haus gefiel, desto mehr musste man so tun, als ob. Allerdings hatte ich nicht den Eindruck, dass uns die Frau auf den Leim ging.

»Was meinst du?«, fragte mich Kerry, nachdem wir wieder draußen waren. »Wenn wir …«

»Auf keinen Fall. Nicht mal für den halben Preis.«

»Die Hütte ist am Einfallen«, erklärte ich, nachdem wir das zweite Haus verlassen hatten.

»Aber …«

»Daher auch der günstige Preis. Das Haus ist auf den ersten Blick erschwinglich, aber um es herzurichten, müsstest du noch mal die gleiche Summe hineinstecken. Ich bezweifle, dass es dir jemand versichern würde.«

»Es ist so ein hübsches Haus.«

»Es ist eine Ruine. Die schlimmsten Stellen in der Diele sind neu verputzt und gestrichen worden, aber man sieht trotzdem noch, dass es überall feucht ist. Ich habe außerdem den Eindruck, dass das ganze Haus abgesackt ist. Das müsste man erst mal von einem Statiker überprüfen lassen. Die Fensterrahmen sind definitiv schon halb verrottet, und die Elektrik stammt aus der Steinzeit. Verfügst du über das nötige Kapital, um es zu renovieren?«

»Vielleicht, wenn Bren einen Job gefunden hat…«

»Ist er denn auf der Suche?«

»O ja. Er denkt ständig darüber nach, was das Richtige für ihn sein könnte. Er sieht es als Chance, noch mal ganz von vorn anzufangen und endlich die Art von Leben zu führen, die ihm für sich vorschwebt.« Sie errötete. »Für uns«, fügte sie hinzu.

»Aber bis er etwas gefunden hat, kann er erst mal keine großen Sprünge machen, und ihr seid auf das angewiesen, was deine Wohnung einbringt und was du selbst verdienst.«

»Mum und Dad waren sehr großzügig.«

»Ja?« Ich versuchte den Anflug von Groll zu unterdrücken, den ich verspürte, als ich das hörte. »Das hast du auch verdient. Aber verpulvere es nicht für dieses Haus.«

Man muss in der Lage sein, sich Fehlendes vorzustellen und Vorhandenes wegzudenken, hinter die Dinge zu blicken und ihnen den eigenen Geschmack aufzupfropfen. Das dritte Haus war dreckig und roch nach Zigaretten und jahrelang geschlossenen Fenstern. Die Wände waren braun und fleckig oder mit Blumentapeten beklebt, die meisten Räume mit einem hässlichen lilafarbenen Teppich ausgelegt. Die Trennwand zwischen dem Wohnzimmer und dem Koch-/Essbereich musste herausgerissen werden, um im Erdgeschoss einen weiten, offenen Raum zu schaffen. Außerdem musste der Rigips vom Kamin geklopft werden.

»Man könnte die Küche mit einem großen Sonnendach überspannen, das Ganze vielleicht sogar zu einem Wintergarten erweitern. Das hätte einen phantastischen Effekt.«

»Meinst du?«

»Mit diesem Garten schon. Der ist ja fast zwanzig Meter lang.«

»Das ist groß für London, stimmt's? Aber er besteht bloß aus Unkraut.«

»Stell dir vor, was man daraus machen könnte!«

»Hast du gesehen, in welchem Zustand die Küche ist?«

»Er hat jahrelang hier gelebt, ohne sich um irgendwas zu kümmern. Aber das ist gleichzeitig das Schöne daran – du kannst daraus machen, was immer du willst.«

»Ich hätte nicht gedacht, dass wir für den Preis ein so großes Haus kriegen könnten. Und all die Simse und Stuckleisten … und richtige Erkerfenster!«

»Soweit ich es auf die Schnelle beurteilen konnte, scheint die Bausubstanz ganz in Ordnung zu sein. Ich werde dir helfen, es zu renovieren.«

»Wirklich? Das würdest du tun?«

»Natürlich.«

»Und du meinst, es ist das Richtige für uns?«

»Die Entscheidung liegt bei dir. Du musst es wollen, und was ich meine, spielt keine Rolle. Aber man könnte wirklich etwas Tolles daraus machen.«

Kerry drückte meinen Arm. »Ich kann es kaum erwarten, Brendan davon zu erzählen.«

Ich hörte meinen Anrufbeantworter ab.

»Hallo, Mirrie. Wie ich höre, hast du gerade unser neues Zuhause für uns ausgesucht. Das ist sehr lieb von dir. Aber auch ein bisschen seltsam, nicht wahr? Ich schätze, daran müssen wir uns erst noch gewöhnen.«

Ich drückte auf Löschen. Meine Hände zitterten.

Tony, Laura, Nick und ich besuchten gemeinsam ein Pub. Inzwischen waren wir in die Phase eingetreten, in der man als Paar mit anderen Paaren ausging. Alle waren sehr nett zueinander, bemüht, gut miteinander auszukommen. Zuerst gab Nick eine Runde aus, dann Laura, und dann, als alles gerade so gut lief, ertappte ich mich dabei, dass ich schon wieder über Brendan sprach.

»Eigentlich sollte ich mich ja freuen«, sagte ich. »Immerhin schwebt Kerry im siebten Himmel.«

»Um wen geht es?«, fragte Nick in liebenswürdigem Ton, während er sich nebenbei ein paar Chips in den Mund schob.

»Brendan. Kerrys Freund«, antwortete ich. »Ihren Verlobten, um genau zu sein. Die beiden kennen sich erst ein paar Wochen, sind aber schon verlobt.«

»Wie romantisch.«

»Daneben sehen Laura und ich ziemlich spießig und langweilig aus«, bemerkte Tony grinsend, was ihm einen wütenden Blick von Laura einbrachte, den er geflissentlich übersah.

»Aber irgendwas stimmt mit ihm einfach nicht«, fuhr ich fort. »Ich bekomme in seiner Gegenwart jedes Mal eine Gänsehaut.«

»Zum Glück brauchst *du* ihn ja nicht zu heiraten.«

»Warst du nicht auch kurz mit ihm zusammen?«, fragte Tony. Laura bedachte ihn mit einem weiteren vernichtenden Blick. Ich bin mir nicht sicher, ob sie ihm unter dem Tisch nicht sogar einen Tritt versetzte.

»Nicht wirklich«, antwortete ich.

»Wie ist man denn ›nicht wirklich‹ mit jemandem zusammen?«

»Nicht lange, wollte ich sagen. Es war überhaupt nicht der Rede wert.« Mir war klar, dass es besser gewesen wäre, das Thema zu wechseln, konnte es aber aus irgendeinem Grund nicht. »Ich habe mit ihm Schluss gemacht«, fuhr ich fort. »Es war andersherum, als er es allen erzählt.«

Nick starrte mich verwirrt an und machte Anstalten, etwas zu sagen, aber Tony kam ihm zuvor.

»Wo liegt dann das Problem?«

»Na ja, zum Beispiel hat er mir gegenüber so eine Bemerkung gemacht, nachdem sie uns über ihre Hochzeitspläne informiert hatten.«

»Was für eine Bemerkung?«

»Es war ziemlich pervers. Er hat gesagt…« Abrupt brach ich ab. Ich spürte, wie mir die Röte ins Gesicht stieg. Schlagartig begann ich zu schwitzen. »Er hat etwas total Widerliches gesagt.«

»Was denn? Erzähl!« Nur Tony schien sich der Peinlichkeit der Situation nicht bewusst zu sein. Laura starrte mich verlegen an, Nick fingerte an seinem Bierdeckel herum.

»Es war etwas ganz Blödes. Ich weiß gar nicht, warum ich es erwähnt habe.«

»Nun komm schon, Miranda. Sonst bin ich gezwungen, meine Phantasie spielen zu lassen.«

»Ich möchte es nicht sagen.« Wie prüde das klang! »Lassen wir das Thema.«

»Du hast selbst damit angefangen.«

»Ich weiß. Das war ein Fehler. Es handelt sich nur um blöden Familienkram.«

»Meintest du widerlich im Sinn von sexuell anzüglich?« Tony konnte es einfach nicht lassen.

»Er hat bloß gesagt…« Ich zögerte einen Moment. »Er hat gesagt, ich hätte einen schönen Mund.«

»Oh.« Nick schob sich eine weitere Hand voll Chips in den Mund. Tony starrte mich überrascht an. »Aber das ist doch nicht so schlimm, oder?«

»Nein«, antwortete ich kläglich. »Lasst uns nicht mehr darüber reden. Vergesst es einfach.«

»Vor mir gab es also diesen Brendan.«

»Ja. Eigentlich waren wir gar nicht richtig zusammen. Es dauerte bloß zwei Wochen oder so. Ich bin da irgendwie reingerutscht. Das Ganze war ein Fehler. Nicht mal ein wichtiger Fehler, bloß ein ganz kleiner, unwichtiger. Das Seltsame an der Sache ist nur, dass er auf diese Weise wieder aufgetaucht ist…« Warum um alles in der Welt sprachen wir im Bett über Brendan? »Wer war denn meine Vorgängerin?«, wechselte ich das Thema.

»Eine Frau namens Frieda, aber das ist schon eine ganze Weile her…«

Auf diese Weise bewegten wir uns in weniger gefährliche Gewässer, erzählten einander von unseren früheren Liebschaften, verrieten einander unsere Geheimnisse, wie es die meisten frisch gebackenen Liebespaare tun: Der hat mich vergöttert, der hat mir gar nichts bedeutet, der hat mir das Herz gebrochen… Ich hatte im Radio mal eine Diskussion gehört, bei der jemand sagte, man könne sich nur drei- oder viermal im Leben richtig verlieben. Während ich so in Nicks Armen lag, fragte ich mich, wie oft ich mich eigentlich schon verliebt hatte. War das, was ich jetzt empfand, Liebe? Woran erkennt man, dass man verliebt ist?

Ein paar Tage später standen sie unangemeldet bei mir vor der Tür. Ich hatte mal wieder einen schweißtreibenden Tag auf einer Leiter hinter mir und war gerade völlig erledigt in ein heißes Bad gestiegen. Fluchend schlüpfte ich in einen alten Bademantel und ging an die Tür. Nasskalte Abendluft schlug mir entgegen. Kerry lächelte etwas verkniffen, Brendan schwenkte einen Strauß Blumen.

»Kommen wir ungelegen?«

»Ich war gerade in die Wanne gestiegen.« Ich zog meinen Bademantel fester zu und hielt ihn oben am Hals zusammen.

»Wir können es uns ja gemütlich machen, während du weiterbadest«, meinte Brendan. »Nicht wahr, Kerry?«

»Nein, schon in Ordnung. Kommt herein.«

Widerwillig trat ich zur Seite, dann folgten sie mir ins Wohnzimmer. Kerry ließ sich auf dem Sofa nieder, aber Brendan baute sich mitten im Raum auf und blickte sich um, als wäre er der Wohnungseigentümer.

»Du hast die Möbel umgestellt.«

»Ein bisschen.«

»Mir hat es vorher besser gefallen. Möchtest du die Blumen nicht ins Wasser stellen?«

»Ja. Danke.« Am liebsten hätte ich sie in meinen überquellenden Mülleimer gestopft.

»Hast du schon gegessen?«, fragte er, als wäre ich bei ihm hereingeschneit und nicht umgekehrt.

»Nein, ich bin noch nicht hungrig. Ich werde mir später eine Kleinigkeit machen.« Ich holte tief Luft, dann fragte ich: »Wollt ihr einen Kaffee? Oder was Alkoholisches?«

»Ein Glas Wein wäre nett«, antwortete er.

Ich holte die Flasche aus dem Kühlschrank, die Nick beim letzten Mal mitgebracht hatte.

»Soll ich sie für dich aufmachen?«, fragte Brendan.

»Das kann ich sehr gut allein.«

Mit einer theatralischen Geste hob er die Hände. »Entschuldige! Natürlich kannst du das, Mirrie. Ich wollte nur höflich sein.«

Ich rammte den Flaschenöffner in den Korken und drehte ihn etwas schief nach unten. Als ich anzog, kam nur die Hälfte des Korkens heraus. Brendan sah mir mit einem mitleidigen Lächeln zu, wie ich vorsichtig die bröselnden Reste des Korkens aus der Flasche pulte und drei Gläser füllte. Er hielt das seine ans Licht und fischte behutsam ein paar kleine Korkstückchen heraus, bevor er den ersten Schluck nahm.

»Wir hätten selbst eine Flasche mitbringen sollen«, meinte Kerry. »Weil wir dich nämlich um einen Gefallen bitten möchten.«

»Ja?«, fragte ich argwöhnisch.

»Nun ja, etwas Erstaunliches ist passiert. Du weißt doch, dass am Sonntag ein Mann kommen wollte, um sich meine Wohnung ein zweites Mal anzusehen?«

»Ja?«

»Er hat uns ein Angebot gemacht. Es liegt nur knapp unter dem, was wir uns vorgestellt haben.«

»Das ist ja großartig.«

»Er scheint die Wohnung unbedingt zu wollen.«

»Aber nur, wenn er sofort einziehen kann. Spätestens in zwei Wochen«, warf Brendan ein.

»Aha.« Mir schwante Schreckliches.

»Das Problem ist, dass Bren seine Wohnung bereits gekündigt hat und wir nicht so schnell in unser neues Zuhause können«, erklärte Kerry. »Auch wenn der Besitzer bereits im Altersheim ist und die Maklerin uns versprochen hat, alles so schnell wie möglich abzuwickeln.«

»Tja«, sagte Brendan und lächelte mich an. Er schenkte

sich ein zweites Glas Wein ein und nahm gleich einen großen Schluck.

»Deswegen stecken wir jetzt ein wenig in der Klemme«, fuhr Kerry fort. »Wir haben uns gefragt, ob wir vielleicht bei dir wohnen könnten. Nur für ein paar Tage oder eine Woche, allerhöchstens zwei.«

»Was ist mit…?«

»Natürlich würden Derek und Marcia uns sofort aufnehmen«, antwortete Brendan. »Bloß dass deren Haus in den nächsten Monaten aussehen wird, als hätte dort eine Bombe eingeschlagen. Du weißt wahrscheinlich besser als wir, was für ein Albtraum es ist, auf einer Baustelle zu leben. Womöglich müssen sie sogar selbst für eine Weile ausziehen.«

»Wäre das möglich, Miranda?«, fragte Kerry.

Es wunderte mich, dass Kerry diese Möglichkeit überhaupt in Betracht zog. Wäre es andersherum gewesen, hätte ich versucht, für einen großen Sicherheitsabstand zwischen Brendan und seiner Ex zu sorgen, und sie ganz bestimmt nicht in einer kleinen Wohnung zusammengebracht, selbst wenn – oder gerade wenn – es sich bei dieser Ex um meine Schwester handelte. Vielleicht war ich bloß misstrauischer als sie. Oder vielleicht musste sie sich selbst, mir und Brendan beweisen, dass sie nichts zu befürchten hatte. Ich sah sie an, konnte ihren Gesichtsausdruck aber nicht deuten.

»Meine Wohnung ist so klein«, sagte ich lahm. »Ich habe nicht mal ein Gästezimmer.«

»Du hast deine Ausziehcouch«, meinte Brendan.

»Vielleicht können wir ja doch eher in das neue Haus, sodass wir deine Gastfreundschaft gar nicht in Anspruch nehmen müssen«, meinte Kerry. »Und falls es sich tatsächlich nicht vermeiden lassen sollte, werden wir dir ganz bestimmt nicht im Weg sein und dafür sorgen, dass alles ordentlich bleibt, und für dich kochen. Und ehe du dich versiehst, sind wir wieder weg. Eine Woche.«

»Habt ihr denn keine Freunde mit einer größeren Wohnung? Wo ihr euch wohler fühlen würdet?«

»Miranda, du bist meine Schwester!« Kerry hatte Tränen in den Augen. Sie warf Brendan einen Hilfe suchenden Blick zu, woraufhin er ihre Hand nahm und sie streichelte. »Du bist *Familie*. Worum wir dich bitten, ist doch keine so große Sache. Mum und Dad waren sicher, dass es dir nichts ausmachen würde. Ich war auch dieser Meinung. Ich habe mir sogar eingebildet, du würdest dich vielleicht freuen, uns für ein paar Tage bei dir zu haben. Mir wäre nie in den Sinn gekommen, dass ...«

»Vielleicht empfindet Mirrie es immer noch als schmerzlich«, bemerkte Brendan in sanftem Ton.

»Was?!«

»Wir hätten dich nicht fragen sollen«, fuhr Brendan fort. »Das war nicht fair. Vielleicht bist du dafür einfach noch nicht bereit.«

Ich umklammerte mein Weinglas so fest, dass es mich nicht gewundert hätte, wenn es zerbrochen wäre.

»Aber irgendwie schuldest du es Kerry, meinst du nicht?« Seine Stimme klang immer noch sanft, hatte jetzt aber einen viel sagenden Unterton. »Nach allem, was passiert ist. Hmm? Hmm?«

»Wie meinst du das?«, fragte Kerry.

Ich starrte Brendan an. Am liebsten hätte ich ihm den Wein ins Gesicht gekippt und das Glas gleich hinterhergeworfen.

»Miranda?«, versuchte meine Schwester es noch einmal. »Nur für ein paar Tage?«

Ich wandte mich ihr zu, versuchte mich auf ihren vorwurfsvollen Gesichtsausdruck zu konzentrieren. Die Vorstellung, in meinem Bett zu liegen und zu wissen, dass Brendan ein paar Meter von mir entfernt mit meiner Schwester auf dem Sofa lag, war mir unerträglich. Morgens aufzustehen und ihn am Küchentisch sitzen zu sehen, als gehörte er dorthin. Ihm auf dem Weg ins Bad über den Weg zu laufen… Aber vielleicht konnte ich ein, zwei Nächte bei Nick bleiben oder sogar bei Laura. Eventuell übers Wochenende irgendwohin fahren. Egal, wohin.

»Na schön«, sagte ich. »Eine Woche.«

Kerry nahm meine Hand, und Brendan kam mit ausgestreckten Armen auf mich zu. Wenn er mich jetzt berührte, würde ich laut schreien, mich übergeben, gewalttätig werden. Ich flüchtete in Richtung Bad.

»Ich werde jetzt mein unterbrochenes Bad fortsetzen«, erklärte ich. »Ihr könnt gerne in Ruhe euren Wein austrinken.«

Das Wasser war inzwischen lauwarm, aber ich ließ mich trotzdem wieder hineinsinken, schloss die Augen und tauchte unter, bis mein wild schlagendes Herz sich einigermaßen beruhigt hatte. Als ich hochkam, um Luft zu holen, hörte ich es an der Tür klopfen. Brendan rief meinen Namen.

»Was ist?«

»Telefon für dich. Ich bin rangegangen. Ich hoffe, das war in Ordnung.«

»Wer ist es?«, fragte ich, während ich bereits nach einem Handtuch griff.

»Jemand namens Nick«, antwortet Brendan. »Er schien ein bisschen überrascht, mich an der Strippe zu haben.«

Nachdem ich erneut in meinen Bademantel geschlüpft war, riss ich wütend die Tür auf und marschierte ins Wohnzimmer. »Ich nehme das Gespräch im Schlafzimmer an. Du kannst auflegen.«

»Ist das dein neuer Freund?« Obwohl ich ihm darauf keine Antwort gab, legte er den Arm um Kerry, zog sie an sich und sagte: »Das sind ja wundervolle Neuigkeiten, Mirrie. Wir freuen uns so für dich!«

Ich knallte demonstrativ die Schlafzimmertür hinter mir zu und griff nach dem Hörer.

»Nick?«

»Ich wollte nur deine Stimme hören. Wie geht es dir?«

»Jetzt, wo ich mit dir rede, gleich viel besser.«

Plötzlich hörte ich ein Atemgeräusch. Da war noch jemand in der Leitung. Ich wartete, bis es leise Klick machte. Kurz darauf hörte ich, wie die Wohnungstür ins Schloss fiel.

9. KAPITEL

Ich beugte mich über mein Currygericht und räusperte mich.

»Ich möchte dir etwas sagen. Nichts Schlimmes«, fügte ich hinzu, als ich sein erschrockenes Gesicht sah. »Ich hatte nur das Gefühl, dass an dem Abend mit Laura und Tony ein paar Sachen missverständlich gewesen sein könnten.«

»Kein Grund, sich deswegen graue Haare wachsen zu lassen«, antwortete Nick.

»Ich weiß. Aber ich habe nachgedacht. Ich möchte ganz offen zu dir sein.«

»Warst du das denn bisher nicht?«

»Doch, aber beim letzten Mal habe ich es so wirr erzählt, dass es am Ende ganz falsch rüberkam. Deswegen würde ich dir das Ganze gern noch mal erklären. Es ist im Grunde ganz einfach.«

Ich nahm einen Schluck Wein und schilderte kurz, was mit Brendan, Kerry und meiner Familie passiert war.

»Nun weißt du Bescheid«, sagte ich schließlich. »Er war jemand, für den ich nicht besonders viel empfand, ganz abgesehen davon, dass ich ihn am Ende für einen ziemlichen Mistkerl hielt. Aber jetzt ist er mit meiner Schwester zusammen, und alle sind ganz begeistert, weil sie glücklicher zu sein scheint als je zuvor, und deswegen …«

»Deswegen fragst du dich vielleicht, ob du einen Fehler begangen hast.«

»Wie meinst du das?«

»Als du mit ihm Schluss gemacht hast.«

Ich zog eine Grimasse.

»O Gott, nicht für den Bruchteil einer Sekunde. Ich bin davon ausgegangen, dass ich ihn nie wieder zu Gesicht bekommen würde, und nun gehört er sozusagen zum Mobiliar.«

Nick nahm sich ein Stück von dem Tandoori-Huhn und aß es bedächtig.

»Warum hast du überhaupt etwas mit ihm angefangen, wenn er so ein Mistkerl ist?«, fragte er schließlich.

»Wir haben uns doch bloß ein paarmal gesehen. Dann habe ich das Ganze beendet.«

»Für mich ist es eine seltsame Vorstellung, dass du mit so jemandem zusammen warst.«

»Hattest du noch nie etwas mit einer Frau, die dir dann doch nicht so sympathisch war?«

»Ich weiß nicht«, antwortete Nick nachdenklich.

»Du hast dich nie von einer angezogen gefühlt und dann später festgestellt, dass es bloß ein Strohfeuer war?«

»Ich frage mich gerade, zu welchem Ergebnis du kommen wirst, wenn du *mich* besser kennst.«

»Ich glaube, das weiß ich schon«, antwortete ich. »Und

genau deswegen liegt mir so viel daran, dir diese Sache zu erklären.«

»Du brauchst mir gar nichts zu erklären.«

»Aber…«

»Lass uns nach Hause gehen.«

Hinterher kuschelten wir uns in meinem dunklen Schlafzimmer aneinander. Nur an den Rändern des Vorhangs fiel von draußen ein wenig Licht herein. Ich hatte den Kopf auf Nicks Brust gelegt und streichelte sanft seinen Bauch, bis hinunter zum Rand seiner Schambehaarung. Er atmete so ruhig und gleichmäßig, dass ich schon glaubte, er wäre eingeschlafen. Aber dann fragte er plötzlich: »Was hat er gesagt?«

»Was?«

»Brendan. Was hat er gesagt? Ich meine, was hat er *wirklich* gesagt?«

Ich stützte mich auf einen Ellbogen und sah auf ihn hinunter.

»Du weißt, dass du mich alles fragen kannst.«

»Deswegen frage ich dich ja.«

»Ich wollte eben noch hinzufügen, dass es manchmal besser ist, etwas nicht zu wissen. Manche Dinge können einem ganz schön zu schaffen machen.«

»Stimmt. Seit du diese Sache erwähnt hast, geht sie mir nicht mehr aus dem Kopf. Und genau deswegen muss ich wissen, was er gesagt hat. So schlimm kann es doch gar nicht gewesen sein.«

Ich spürte plötzlich eine eisige Kälte auf meiner Haut, als hätte ich Fieber und würde gleichzeitig frieren.

»Er hat gesagt…« Ich holte tief Luft und stieß es dann schnell hervor. »Er hat gesagt, er müsse daran denken, wie er in meinem Mund gekommen sei. Ich fühlte mich – na ja, du kannst es dir vielleicht vorstellen. Ich bin aus dem Zimmer gerannt und habe mich übergeben. So, jetzt weißt du es. Jetzt kennst du die Wahrheit.«

»Lieber Himmel«, sagte er. Dann schwieg er eine Weile, und ich wartete. »Hast du es jemandem erzählt?«, fragte er schließlich.

»Du bist der Erste.«

»Warum hast du es deiner Familie nicht gesagt? Sie hätten ihn bestimmt auf der Stelle hinausgeworfen.«

»Glaubst du? Ich weiß nicht. Er hätte es abstreiten können. Wahrscheinlich hätte er behauptet, ich hätte ihn falsch verstanden. Irgendwas wäre ihm bestimmt eingefallen. Außerdem konnte ich in dem Moment keinen klaren Gedanken fassen. Ich hatte das Gefühl, als hätte mir jemand gleichzeitig ins Gesicht und in den Magen geboxt. Und? Was sagst du dazu? Ist es schlimmer, als du es dir vorgestellt hast?«

»Ich weiß nicht so recht«, antwortete er zögernd. Dann schwiegen wir beide. Allerdings konnte ich lange nicht einschlafen, und ich weiß nicht, wie es ihm erging. Irgendwann murmelte ich etwas, aber er reagierte nicht. Nur sein gleichmäßiger Atem war zu hören. Ich lag noch eine Weile schlaflos neben ihm und starrte zur Zimmerdecke, über die hin und wieder das Licht eines Scheinwerfers glitt.

Als meine Mutter die Bar betrat, wurde mir plötzlich klar, dass sich nicht nur meine Schwester verändert hatte. Mum sah sehr hübsch aus und irgendwie jünger als das Bild, das ich mir in meiner Vorstellung von ihr machte. Ihr Haar war hochgebürstet, und sie trug einen Regenmantel mit Gürtel, dessen Stoff beim Gehen raschelte, lange Ohrringe und einen dunkelroten Lippenstift. Lächelnd hob sie eine behandschuhte Hand, während sie den Raum durchquerte. Als sie sich herunterbeugte, um mir einen Kuss zu geben, roch ich eine Mischung aus Parfüm und Gesichtspuder.

Aus heiterem Himmel fiel mir eine Episode aus meiner Kindheit ein. Wir hatten eine Radtour gemacht, und ich war weit hinter den anderen zurückgeblieben. So sehr ich mich auch abmühte, ich kam einfach nicht voran, und der Abstand zwischen mir und den anderen wurde immer größer. Nach einer Weile warteten sie, bis ich sie eingeholt hatte. Dann ließen sie mich wieder hinter sich zurück. Ich weiß noch, dass ich vor Wut und Erschöpfung Tränen in den Augen hatte, aber beharrlich weiterstrampelte. Als wir wieder zu Hause waren, nahm mein Vater mein Fahrrad genauer unter die Lupe und stellte fest, dass mit meiner Bremse etwas nicht stimmte und dadurch einer meiner Reifen während der gesamten Fahrt abgebremst worden war. Vielleicht ist das eine zu einfache Metapher für Phasen, in denen uns alles besonders schwer zu fallen scheint – als würden wir mit angezogener Bremse fahren. Gerade fragte ich mich, ob meine Mutter vielleicht jahrelang mit angezogener Bremse gefahren war und nun, da Kerry sich verliebt hatte, endlich befreit durchstarten konnte.

»Ich habe uns eine Flasche Weißwein kommen lassen«, sagte ich.

»Eigentlich sollte ich nichts trinken«, antwortete sie, was in Mutter-Sprache so viel hieß wie »vielen Dank«.

»Keine Sorge«, erwiderte ich. »Das ist hier ein besonderes Angebot. Man bestellt zwei Gläser Wein, und sie geben einem die ganze Flasche. Du weißt, dass ich bei Schnäppchen nie widerstehen kann.«

Nachdem ich ihr Glas voll geschenkt hatte, stießen wir miteinander an, natürlich mal wieder auf Kerry und Brendan. Ich versuchte meinen Groll zu unterdrücken und nicht auf die fünfjährige Miranda in mir zu hören, die ihrerseits im Mittelpunkt der Aufmerksamkeit stehen wollte.

»Kerry hat mir erzählt, wie sehr du ihr bei der Wohnungssuche geholfen hast und dass du sie bei dir wohnen lässt und all das«, sagte Mum. »Ich weiß, dass sie ihre Dankbarkeit manchmal nicht so zeigen kann. Wahrscheinlich aus Verlegenheit. Aber es bedeutet ihr sehr viel. Und mir auch.«

»Das mit der Wohnungssuche war wirklich nicht der Rede wert«, entgegnete ich.

»Ich bin wegen Kerry so glücklich, dass ich es kaum ertragen kann. Ich halte die ganze Zeit die Finger überkreuzt, und nachts liege ich oft wach und bete stundenlang, dass alles gut geht.«

»Warum sollte es nicht?«

»Es ist fast zu schön, um wahr zu sein«, antwortete meine Mutter. »Als würde zurzeit eine gute Fee die Hand über sie halten.«

»Es ist kein Märchen, Mum. Und Brendan kein Märchenprinz.«

»Ich weiß, ich weiß. Aber ich hatte bei Kerry schon immer das Gefühl, dass ihr alle Möglichkeiten offen stehen würden, wenn sie nur ein wenig mehr Selbstvertrauen hätte. Das hat Brendan ihr gegeben.«

»Irgendwie ist das beängstigend«, bemerkte ich, während ich den bernsteinfarbenen Wein in meinem Glas schwenkte. »Von welch verschiedenen Dingen Glück abhängen kann. Das macht es so zerbrechlich.«

»Dich habe ich in dieser Hinsicht immer ganz anders eingeschätzt«, erklärte meine Mutter. »Auch wenn es noch so sehr auf und ab ging, bei dir war ich immer sicher, dass du deinen Weg machen würdest.«

»Oh«, sagte ich lahm. Aus irgendeinem Grund stimmten mich ihre Worte nicht besonders fröhlich.

»Jetzt ist Troy unser letztes Sorgenkind«, fuhr meine Mutter fort. »Aber komischerweise habe ich, was ihn betrifft, neuerdings auch ein besseres Gefühl. Als würde gerade eine Glückssträhne beginnen.« Ich schenkte ihr Wein nach. Sie wartete, bis ich fertig war, dann holte sie tief Luft und sagte: »Da wir gerade von Kerry und Troy sprechen, scheint es mir ein guter Zeitpunkt zu sein, über ein paar Dinge zu reden, die dein Vater und ich noch nie so richtig mit dir diskutiert haben.«

»Was für Dinge?« Ich hatte plötzlich ein ungutes Gefühl.

Sie griff nach einer der kleinen Papierservietten, die man zum Wein bekam, und begann sie zu drehen und zu falten, als wollte sie ein Papierflugzeug bauen.

»Natürlich wissen wir alle, was für ein wundervoller Junge unser Troy ist. Trotzdem wird er immer finanzielle Unterstützung brauchen. Du weißt, dass wir schon seit Jahren in einen Treuhandfonds für ihn einzahlen.«

»Vielleicht bekommt er ja doch einen Job«, sagte ich zögernd. »Man muss nur den richtigen Bereich für ihn finden.«

»Ich hoffe, du hast Recht, Miranda. Ich hoffe es sehr. Aber das ist im Moment nicht unser dringendstes Problem. In zwei Monaten werden Kerry und Brendan heiraten. In einem ganz bescheidenen Rahmen. Die beiden werden eine Weile arm wie Kirchenmäuse sein. Derek hat mit Brendan gesprochen und war sehr beeindruckt. Brendan hat eine ganze Reihe von Ideen. Die verschiedensten Pläne. Vorerst aber werden Kerry und er Unterstützung brauchen, beispielsweise, was den Kauf der Wohnung betrifft. Wie du weißt, haben wir im Moment Schwierigkeiten mit unserem eigenen Haus, aber wir werden ihnen trotzdem unter die Arme greifen, so gut wir können, und einen kleinen Teil der Kosten für die Wohnung übernehmen.«

»Das freut mich«, sagte ich. »Aber warum erzählst du mir das?«

»Du kommst so gut zurecht«, antwortete meine Mutter und drückte meine Hand. »Das war bei dir immer schon so. Manchmal denke ich, dass du dir gar nicht vorstellen kannst, wie schwer Troy und Kerry es im Vergleich zu dir hatten.«

»Ich arbeite in einem Maler- und Tapezierbetrieb. Ich bin keine Börsenmaklerin.«

Meine Mutter schüttelte den Kopf. »Du bist in deinem Beruf sehr gut. Ich habe mit Bill gesprochen. Er hält große Stücke auf dich.«

»Dann wünschte ich, er würde mir mehr bezahlen.«

»Das kommt schon noch, Miranda. Dir sind keine Grenzen gesetzt.«

»Worauf willst du hinaus?«

»Du bist so großzügig, Miranda, und ich weiß, du wirst in dieser Sache nicht lange überlegen, wie andere es vielleicht täten. Genau wie deinem Vater und mir ist sicher auch dir klar, dass Troy und Kerry auf eine Art und Weise finanzielle Unterstützung brauchen und immer brauchen *werden*, wie du sie niemals benötigen wirst.«

»Worauf willst du hinaus?«, wiederholte ich. Dabei wusste ich ganz genau, worauf sie hinauswollte.

»Ich will damit nur sagen, dass wir besondere Ressourcen für Troy und Kerry bereitstellen werden. Dein Vater und ich halten das einfach für nötig, und wir hoffen, du siehst das auch so.«

Konkret meinte sie damit – natürlich –, dass sie Geld aus jenem Stück des Familienkuchens, der rein theoretisch auf irgendeine Weise für mich bestimmt gewesen war, stattdessen Troy und Kerry geben würden. Was sollte ich dazu sagen? Nein? Ich will nicht, dass ihr meinem Bruder und meiner Schwester helft? Eine kleine, ungefähr haselmausgroße Miranda in einer Ecke meines Gehirns stimmte ein wütendes, klägliches Geheul an, aber ich stopfte ihr einen metaphorischen Knebel in den Mund.

Am liebsten hätte ich ebenfalls losgeheult. Es ging mir nicht um das Geld, zumindest glaube ich das. Es ging mir um die Gefühle, die hinter dem Geld steckten. Wir werden niemals erwachsen genug, um nicht mehr das Bedürfnis zu haben, von unseren Eltern verhätschelt und umsorgt zu werden. Ich lächelte breit. »Natürlich«, antwortete ich.

»Ich wusste, dass du einverstanden sein würdest«, sagte meine Mutter erleichtert.

»Dann muss ich mir jetzt wohl einen reichen Ehemann suchen«, meinte ich, immer noch lächelnd.

»Du wirst alles bekommen, was du dir wünschst«, antwortete meine Mutter.

10. KAPITEL

Sie kamen früher als erwartet, sodass ich noch im Bademantel Kaffee trank und dazu ein Stück Vanillecremetorte aß, das ich vor ein paar Tagen auf dem Heimweg von der Arbeit gekauft hatte. Kein sehr gesundes Frühstück, aber die Creme schmeckte bereits ein wenig fad, und wenn ich die Torte jetzt nicht vertilgte, würde ich sie wegwerfen müssen. Außerdem war ich schon joggen gewesen, hatte an diesem wunderschönen, wenn auch kalten Oktobermorgen keuchend acht Kilometer hinter mich gebracht. Den qualvollen Lauf glich die Torte wieder aus. Ich hatte eigentlich vorgehabt, mir noch die Zehennägel zu lackieren, das

Wohnzimmer ein wenig aufzuräumen und Nick anzurufen, um mich mit ihm zum Mittagessen zu verabreden, damit ich einen guten Vorwand hatte, gleich nach ihrem Eintreffen die Flucht zu ergreifen.

Leider war ich noch nicht dazu gekommen, diesen Vorsatz in die Tat umzusetzen, als es dreimal energisch klingelte. Bevor ich ihnen öffnen konnte, hörte ich schon einen Schlüssel im Schloss kratzen. Obwohl ich ihn Kerry selbst gegeben hatte, verspürte ich einen Anflug von Groll. Ich fand, sie hätten mir trotzdem Gelegenheit geben sollen, sie bei ihrer Ankunft wie Gäste in mein Reich einzulassen. Das kratzende Geräusch dauerte an. Ich hörte erst leises Fluchen, dann Gelächter. Rasch stopfte ich mir das letzte Stück Torte in den Mund, band im Gehen den Gürtel meines Bademantels fester und riss die Tür auf. Mit ihr zog ich Brendan in die Wohnung, der immer noch an dem im Schloss steckenden Schlüssel herumfummelte. Wir waren ungefähr sechs Zentimeter voneinander entfernt. Er trug einen dicken Mantel, der meinem Vater gehörte, und einen langen gesprenkelten Schal, der aussah wie der, den ich Troy im Vorjahr zu Weihnachten geschenkt hatte. In der linken Hand hielt er eine große Nylontasche. Ich konnte einen Pyjama sehen, einen Bademantel, Rasierschaum. Seine Augen leuchteten, sein dunkles Haar glänzte. Sein Mund wirkte röter als sonst.

»Hallo«, sagte ich kurz angebunden und trat beiseite, um ihn hereinzulassen, aber er stellte sich einfach vor mich hin, als wären wir Partner bei einem Tanz, und blickte auf mich herab. Sein aufgestellter Mantelkragen streifte mein Kinn. Ich spürte seinen Atem auf meiner Wange.

»Hallo, Mirrie«, begrüßte er mich. Er hob einen Daumen, und bevor ich ihn davon abhalten konnte, wischte er mir sanft einen Tortenkrümel von der Oberlippe. Dann beugte er sich zu mir herunter und drückte mir seine roten Lippen auf die Wange. Ich roch Minze und darunter etwas Säuerliches.

Rasch wandte ich mich ab und wischte mit der Hand über die Stelle, wo er mich geküsst hatte. Dann zog ich mich weiter in die Diele zurück. Brendan folgte mir. Hinter ihm trat Kerry in die Wohnung. Sie hatte einen leuchtend roten Dufflecoat an und von der Kälte gerötete Wangen. Ihr helles Haar trug sie wie ein kleines Mädchen zu Zöpfen geflochten. Sie war mit einer Schachtel beladen: Kleie, Kräutertee, Vitamintabletten, Alfalfabohnen, Holunderblütensirup aus biologischem Anbau. Bevor sie mich umarmen konnte, musste sie erst die Schachtel auf dem Boden abstellen.

»Lass die Tür bitte auf«, sagte sie. »Wir haben noch jede Menge im Wagen. Mum, Dad und Troy kommen dann mit dem Rest.«

»Keine Angst«, meinte Brendan. »Wir haben nur das Allernötigste dabei.«

»Ich ziehe mir was an, dann helfe ich euch beim Tragen.«

»Wie wär's, wenn du stattdessen Kaffee für uns machst?«, schlug Brendan vor. »Gefrühstückt haben wir auch noch nicht, stimmt's, Kerry? Wir waren so im Stress.«

»*Ihr* wart so im Stress. Ich weiß gar nicht, wo ihr die Energie hernehmt.«

Er grinste einen Moment süffisant, dann sagte er: »Bloß Toast und Marmelade, das reicht uns völlig. Oder hast du Tahini?«

»Was?«

»Kerry und ich versuchen, uns möglichst gesund zu ernähren.« Er streckte seine große, haarige Hand aus und tätschelte Kerrys Kopf. »Wir wünschen uns ein langes gemeinsames Leben, nicht wahr, Liebling?«

»Wir haben einen Fragebogen aus dem Internet ausgefüllt«, erklärte Kerry. »Man musste angeben, wie viel Sport man macht und was man isst, und am Ende kam heraus, in welchem Alter man sterben wird. Ich werde zweiundneunzig, Brendan sechsundneunzig.«

»Ich habe nur Marmelade«, antwortete ich.

Nachdem ich ins Schlafzimmer zurückgekehrt war, setzte ich mich erst mal aufs Bett und atmete ein paarmal tief durch, um mich wieder zu beruhigen. Dann zog ich mich in aller Ruhe an, bürstete mir unnötigerweise das Haar, machte das Bett. Das Telefon klingelte, aber draußen nahm jemand ab, ehe ich rangehen konnte.

Als ich das Schlafzimmer wieder verließ, stand die Wohnungstür immer noch offen. Inzwischen waren auch meine Eltern und Troy eingetroffen. Auf einem der Sessel thronte ein kleiner Fernsehapparat. Auf dem Küchentisch standen ein Computer samt Drucker, ein tragbarer CD-Player, neben dem ein paar CDs gestapelt waren, außerdem eine Nachttischlampe, deren Kabel auf den Boden hing. Neben der Tür sah ich drei große, prall gefüllte Taschen. Am schlimmsten fand ich den Berg aus Schuhen, seine vermischt mit ihren, der für mich fast schon etwas erschreckend Intimes hatte. Daneben lehnten zwei Tennisschläger an der Wand, ein Trimmrad versperrte den Eingang zum Bad. Auf den Arbeitsflächen in der Küche war allerlei Krimskrams verteilt: zwei elektrische Zahnbürsten, eine Flasche Kontaktlinsen-Reinigungsflüssigkeit – wieso war mir gar nicht aufgefallen, dass Brendan Kontaktlinsen trug, als wir zusammen waren? –, Antischuppenshampoo, ein Schminktäschchen, ein zweiter Toaster, ein Bügeleisen, ein gerahmtes Foto, das Brendan und Kerry Arm in Arm auf einer Holzbank zeigte, stapelweise Reiseprospekte, ein verheddertes Glockenspiel, das Kerry schon seit ihrer Teenagerzeit besaß. Wie hatten die beiden es bloß geschafft, in so kurzer Zeit so viel Zeug anzusammeln?

Ich blieb einen Moment lang im Türrahmen stehen und starrte sie an. Brendan mahlte Kaffeebohnen, und Kerry machte für alle Toast mit Marmelade. Es roch bereits tröstlich nach verbranntem Brot. Mum war lässiger gekleidet, als ich es von ihr gewöhnt war. Sie trug eine alte Kordhose und ein kariertes Hemd. Sie hatte sich das Haar hinter die Ohren gestrichen, und einen Moment lang war ich verblüfft, wie unbekümmert sie wirkte. Sie hielt einen Strauß bunter Dahlien in der Hand. Brendan legte den Arm um sie, woraufhin sie sich lachend an ihn lehnte und ihm die Blumen unter die Nase hielt. Ich warf einen Blick zu meinem Vater hinüber, aber den schien das nicht im Geringsten zu stören. Er blickte sich gerade mit strahlender Miene im Raum um. Er war unrasiert und hatte Marmelade am Kinn.

Troy saß auf einer zusammengefalteten Steppdecke am Boden, den Rücken gegen das Sofa gelehnt. Er war mit einer Art Puzzle beschäftigt, das ich ihm am Donnerstag zuvor geschenkt hatte, bestehend aus einer Reihe von Styroporformen, die sich laut Anleitung auf der Verpackung zu einem Würfel zusammenfügen ließen. Ich betrachtete sein konzentriertes Gesicht. Er wirkte schmal, blass und müde. Seinen Augenringen nach zu urteilen hatte er geweint, aber er strahlte auch etwas Friedliches aus. Troy ist der einzige Mensch, den ich kenne, der gleichzeitig glücklich und traurig sein kann. Er schob die letzte Form an ihren Platz – tatsächlich, das Ganze ergab einen Würfel – und lächelte zufrieden, bevor er anfing, die Teile wieder auseinander zu nehmen. Ich spürte, wie ein Gefühl von Zärtlichkeit in mir aufstieg, und wäre am liebsten in Tränen ausgebrochen.

»Hallo, ihr alle!« Ich küsste meine Eltern auf die Wange und zerzauste Troy das Haar.

»Der Kaffee ist fertig«, verkündete Brendan fröhlich.

»Wahrscheinlich habe ich sämtliche Kaffeebohnen aufgebraucht.«

»Wo willst du das alles bloß unterbringen?«, fragte ich Kerry. »Ich weiß wirklich nicht, wo wir eure Klamotten aufhängen sollen.«

»Wir haben von Dad einen Kleiderständer bekommen«, antwortete sie. »Für die schöneren Sachen und meine Arbeitsklamotten. Wir können ihn hinter das Sofa stellen. Den Rest lassen wir einfach in den Taschen.«

Ich brachte nur ein schwaches, zustimmendes Achselzucken zustande. Während ich Mum dabei zusah, wie sie die Dahlien in ein Glas stellte, versuchte ich einen Anfall von Selbstmitleid zu unterdrücken. Mir hatte sie keine Blumen mitgebracht, als sie das letzte Mal hier war.

»Bitte schön«, sagte Brendan. »Mit Milch, aber ohne Zucker, richtig?« Dabei zwinkerte er zufrieden, als hätte er gerade eine Quizfrage korrekt beantwortet.

Ich ließ mich neben Troy nieder und sah zu, wie Kerry eine Schachtel Müsli nach der anderen in meine Küchenschränke räumte. Brendan nahm einen Stapel Bücher aus einem großen Regalfach und stellte stattdessen den kleinen Fernseher hinein. »So können wir im Bett fernsehen«, sagte er. »Ist deine Ausziehcouch bequem, Mirrie? Ich habe noch nie darauf geschlafen.«

»Wie geht es dir?«, wandte ich mich an Troy, obwohl ich an seinem kalkweißen Gesicht und seiner gebeugten Haltung sehen konnte, wie er sich fühlte: bedrückt und kraftlos.

Plötzlich war der Raum von lauter Musik erfüllt.

»Mozart«, verkündete Brendan. »Wir lieben Mozart, stimmt's, Kerry?«

»Geht schon«, antwortete Troy. »Gut.« Er griff wieder nach den Styroporteilen und begann von neuem.

»Hier, Kumpel.« Brendan ging neben ihm in die Knie und reichte ihm eine Scheibe Toast. »Du brauchst Blutzucker.« Er legte die Hand unter Troys Kinn und hob es an. »Du siehst müde aus. Hast du letzte Nacht nicht gut geschlafen?«

»Nicht besonders.«

»Das ist schlecht. Aber jetzt iss erst mal deinen Toast. Später machen wir dann einen strammen Spaziergang. Das hilft gegen Schlaflosigkeit. Hmm?«

»Ich weiß nicht«, antwortete Troy. Er wandte den Blick ab und biss in seinen Toast. »Ich weiß nicht, ob mir nach Spazierengehen zumute ist.«

»Ich sollte euch vielleicht vorwarnen, dass ich demnächst weg muss«, wechselte ich das Thema. »Tut mir Leid. Ich habe das schon vereinbart, bevor ich wusste, wann ihr kommt.«

»Wie schade«, sagte meine Mutter. »Kannst du es nicht absagen?«

»Wen triffst du denn?«, fragte Brendan.

»Niemanden, den du kennst.«

»Miranda!«, rügte mich meine Mutter. »Ich weiß, du meinst es nicht so, aber das hat eben ein bisschen unhöflich geklungen.«

Ich musste mich zusammenreißen, meiner Mutter darauf keine wirklich unhöfliche Antwort zu geben.

»Er heißt Nick«, sagte ich.

»Nick?« Brendan hob die Augenbrauen.

»Ja.«

»Wie seltsam. Ich habe gerade mit ihm telefoniert. Als du dich angezogen hast. Tut mir Leid, ich hätte es dir gleich sagen sollen. Ich habe gesagt, du würdest ihn zurückrufen – aber er schien nichts von eurer Verabredung zu wissen. Hmm? Ich habe ihn ganz spontan eingeladen herüberzukommen und mit uns zu essen. Ich wusste, dass du nichts dagegen haben würdest. Wir haben uns gedacht, wir könnten so etwas wie eine Einstandsparty feiern. Die Küche von Derek und Marcia hat ja im Moment nur drei Wände und ist nicht zu benutzen.«

Ich schloss für einen Augenblick die Augen. Als ich sie wieder aufschlug, stand er immer noch lächelnd vor mir.

»Ich kann nicht…« Ich wusste nicht, wie ich den Satz zu Ende führen sollte. Ich ballte die Fäuste, bis sich meine Nägel tief in die Handflächen gruben.

»Er hat sich über die Einladung gefreut.«

»Wir müssen ihn ja sowieso irgendwann kennen lernen«, mischte sich Mum ein. Sie war gerade damit beschäftigt, Kerrys und Brendans Schuhe zu Paaren zu ordnen und an der Wand entlang aufzureihen.

»Troy kann uns was Feines kochen«, schlug Brendan vor.

»Ich weiß nicht, ob mir heute nach Kochen zumute ist«, entgegnete Troy.

»Ihr scheint das alles ja schon wunderbar geplant zu haben«, stellte ich fest.

»Du brauchst keinen Finger zu rühren«, antwortete Brendan. »Wir werden dich mal so richtig verwöhnen. Das machen wir gern, Mirrie.«

11. KAPITEL

Ich ergriff trotzdem die Flucht, weil ich es in der Wohnung nicht mehr aushielt – in meiner eigenen Wohnung, die sich nicht mehr wie meine eigene anfühlte, seit Brendans Rasierschaum in meinem Bad und Kerrys Fernseher in meinem

Regal stand. Durch meine Räume schallte jetzt ihre Musik, ihre Sojamilch stand in meinem Kühlschrank, ihre Sachen für die Nacht hingen über der Rückenlehne meines Sofas.

Nachdenklich wanderte ich über die Heath. Unter meinen Füßen raschelte das Laub, mein Atem bildete in der kalten klaren Luft weiße Dampfwolken. Es war ein schöner Tag, und in meinem Leben gab es einen Mann, den ich gern hatte. Eigentlich hätte ich mich glücklich fühlen müssen – aber das Einzige, was ich spürte, war dieses nagende Gefühl, das sich wie Säure in meine Magenwände fraß. Ich konnte nicht anders, ich musste mir ständig vorstellen, wie Brendan auf meinem Klo saß, in meiner Badewanne lag, ganz in meiner Nähe sein Essen zu sich nahm, sich an meine Schwester und meine Mutter schmiegte… Seine Haare in meiner Bürste, seine Hand auf meiner Schulter, sein Atem auf meiner Wange. Schaudernd beschleunigte ich mein Tempo, versuchte meine Wut und meinen Abscheu auf diese Weise abzureagieren.

Während ich ein Häufchen Rosskastanien aus dem Weg kickte und beobachtete, wie sie davonrollten, sagte ich mir, dass ich Kerry zuliebe nett und freundlich sein musste. Bloß ein paar Tage, höchstens ein, zwei Wochen, dann würden sie damit beschäftigt sein, ihre eigene Wohnung herzurichten und ihre Hochzeit zu planen, und ich brauchte sie kaum mehr zu sehen. Aber während ich versuchte, mir das einzureden, hörte ich wieder seine Stimme, hörte ihn von meinem schönen Mund sprechen. Ich musste an seine feuchten Lippen an meiner Wange denken, und sofort war mir wieder kotzübel.

Mein Handy klingelte.

»Hallo?«

»Miranda, ich bin's.«

»Nick. Ich hätte dich auch gleich angerufen.«

»Ich bin gerade bei Greg. Ich freue mich schon auf heute Abend, auch wenn es eine etwas erschreckende Vorstellung ist, deine ganze Familie auf einmal kennen zu lernen. Soll ich irgendwas mitbringen?«

»Du brauchst nicht zu kommen, wenn du nicht magst.«

»Möchtest du nicht, dass ich komme?«

»Doch, natürlich. Ich dachte bloß, es wäre dir vielleicht zu viel. Die ganze Familie. Außerdem sind Kerry und Brendan gerade mit ihrem halben Hausstand bei mir eingezogen. In meiner Wohnung herrscht ein schreckliches Chaos.«

»Brendan klang recht sympathisch.«

»Ach ja?«

»Ja, wirklich. Ich glaube, er hat sich große Mühe gegeben, nett zu mir zu sein.«

»Vielleicht wäre es doch besser, du würdest meine Familie ein anderes Mal kennen lernen.«

»Was genau bereitet dir Sorgen?«

»Gar nichts.«

»Es ist wegen Brendan, stimmt's? Du möchtest nicht, dass ich ihn kennen lerne.«

»Ich habe dabei nur an dich gedacht.«

»Ich habe gesagt, dass ich komme, also komme ich auch.« Nach einer kurzen Pause fügte er steif hinzu: »Es sei denn, du hast etwas dagegen.«

»Warum sollte ich?«

»Gut. Dann also bis sieben?«

»Ja. Bis dann.«

Troy und ich zogen los, um fürs Abendessen einzukaufen. Mum hatte versprochen, einen Nachtisch mitzubringen. Wir brauchten also nur die Zutaten für den Hauptgang zu besorgen. Troy konnte sich nicht entscheiden, was er kochen wollte. Wir fuhren mit unserem Wagen immer wieder die

Gänge auf und ab. Er griff nach Tüten mit Linsen und Bohnen und exotischen Reissorten, starrte sie unschlüssig an und legte sie dann zurück ins Regal. Sein Gehirn schien durch die große Auswahl, die vielen Farben und das grelle Licht überfordert zu sein.

»Pasta«, sagte ich. »Lass uns doch was mit Pasta kochen.«

»Ja, vielleicht.«

»Oder was mit Reis.«

»Reis?«

»Ja, Reis. Eine gute Idee?«

»Ich weiß nicht.«

»Wir könnten auch schummeln. Wir kaufen ein Fertiggericht und tun so, als hätten wir es selbst gekocht.«

Ich nahm aufs Geratewohl eine Packung Kabeljau-in-Käsesauce aus der Tiefkühltruhe und hielt sie ihm hin. »Ein paar von denen hier«, schlug ich vor. »Wir können sie in einen großen Topf umfüllen, dann merkt es keiner. Und wenn sie es doch merken, spielt es auch keine Rolle. Da ist doch nichts dabei.«

»Das Zeug sieht widerlich aus.«

Ich warf die Packung zurück in die Gefriertruhe. »Dann entscheide du.«

Er sah sich um, ließ den Blick über all die Regale schweifen, die voll gepackten Einkaufswagen der anderen Kunden. »Mir ist eigentlich gar nicht nach Kochen zumute. Ich bin nicht in der Stimmung.«

»Wir hängen hier nun schon eine halbe Stunde herum«, sagte ich und versetzte unserem Einkaufswagen einen entnervten Stoß. »Und das Einzige, was wir bisher haben, sind Kaffeebohnen und ein paar Bananen. Ich nehme jetzt einfach irgendwas, okay?«

»Okay.« Er starrte mich so hilflos an, dass meine ganze Wut sofort verpuffte.

Ich legte einen Arm um seine schmalen Schultern und drückte ihn an mich. »Ist schon gut, Troy. Das ist überhaupt kein Problem. Überlass es einfach mir.«

Kerry und Brendan waren in der Wohnung geblieben, um aufzuräumen, aber als Troy und ich am Spätnachmittag zurückkehrten – draußen begann es langsam zu dämmern, und am Horizont hing bereits eine schmale Mondsichel –, hatte sich an dem Chaos kaum etwas geändert. Einen hoffnungsvollen Moment lang dachte ich, sie wären nicht da, aber dann hörte ich hinter der geschlossenen Badtür Stimmen und Wasserrauschen. Die beiden nahmen ein gemeinsames Bad. Troy und ich begannen mit den Vorbereitungen für das Essen. Ich half ihm, den Knoblauch zu zerkleinern und das Gemüse aufzuschneiden. Während wir in einvernehmlichem Schweigen arbeiteten, hörten wir die beiden hin und wieder Wasser einlassen oder wohlige Laute ausstoßen. Ich warf einen Blick zu Troy. Dem gelegentlichen Geplantsche nach zu urteilen, war dort drinnen Sex im Gang. Ich legte eine CD ein und drehte die Anlage ziemlich laut. Als ich zum Spülbecken zurückkehrte, wurde mir bewusst, wie sehr meine Schultern schmerzten und dass ich mich insgesamt ziemlich verschwitzt und verspannt fühlte. Ich würde auch noch rasch baden und mir die Haare waschen. Vielleicht schaffte ich es sogar, ein wenig Make-up aufzulegen, ehe Nick kam. Nach einem Blick auf die Uhr überlegte ich einen Moment, ob ich an die Tür klopfen sollte, ließ es dann aber sein.

Als sie schließlich in Handtücher gehüllt herauskamen und dabei eine duftende Dampfwolke in die Wohnung entließen, wirkten sie beide rosig und erhitzt.

»Ich nehme auch noch schnell ein Bad«, erklärte ich und legte das scharfe Messer beiseite. Sie fingen gerade an, in ihren Taschen nach Klamotten zu wühlen.

Das heiße Wasser war aus. Eine unbändige Wut stieg in mir auf. Ich wusch mir am Waschbecken das Gesicht und putzte mir die Zähne, aber als ich in mein Schlafzimmer gehen wollte, um mich wenigstens noch umzuziehen, klingelte es. Mist. Brendan riss die Tür auf. Draußen lächelten sich Nick und meine Eltern gerade verlegen an.

»Nick.« Brendan streckte ihm die Hand entgegen. »Kommen Sie herein. Wir warten schon alle darauf, Sie kennen zu lernen.«

»Hallo«, begrüßte ich ihn. Ich überlegte einen Moment, ob ich auf ihn zugehen und ihn küssen sollte, blieb dann aber neben dem Herd stehen. »Du hast es dir wahrscheinlich schon gedacht, aber der Chefkoch hier ist mein Bruder, Troy.« Troy drehte sich um und schwenkte einen Holzlöffel. »Meine Eltern, Marcia und Derek. Meine Schwester Kerry.« Die, wie ich gerade feststellte, phantastisch aussah. Sie trug ein rotes Samtkleid und eine eng anliegende Kette, die ihren Hals sehr lang und schlank wirken ließ. »Und Brendan.«

Während sich alle per Handschlag begrüßten, zog ich die Steppdecke und die Mäntel vom Sofa, aber niemand setzte sich. Ich räusperte mich.

»Wie war dein Tag?«, fragte ich Nick quer durch den Raum. Ich bemühte mich um einen munteren Ton.

»Ganz in Ordnung.«

»Wundervolles Wetter, nicht?«

Wir starrten uns verlegen an.

»Drinks!«, rief Brendan. Er holte die zwei Flaschen Wein, die ich gekauft hatte, aus dem Kühlschrank und öffnete sie gleich beide. »Kümmerst du dich um die Chips, Kerry? Es ist immer eine nervenaufreibende Sache, die Eltern kennen zu lernen, stimmt's? Als ich Marcia und Derek zum ersten Mal gegenüberstand, war ich wie gelähmt vor Angst.« Er stieß ein fröhliches Lachen aus.

»Wirklich?«, fragte mein Vater. »Davon haben wir aber nichts bemerkt.« Er wandte sich an Nick. »Miranda hat mir erzählt, Sie arbeiten im Bereich Werbung.«

»Ja«, bestätigte Nick. »Und Sie in der Verpackungsbranche.«

»Ja.«

»Ich habe mir auch mal überlegt, in die Werbung zu gehen«, füllte Brendan die Pause. »Aber dann kamen mir Bedenken. Ich wollte nicht für Dinge werben müssen, hinter denen ich nicht wirklich stand.«

»Nun ja …«, begann Nick.

Brendan ließ ihn nicht ausreden. »Zum Beispiel für eine dieser multinationalen Ölgesellschaften.« Nick sah mich scharf an. Er glaubte offenbar, dass ich Brendan von seinem neuen Auftrag erzählt hatte. »Das wäre für mich undenkbar«, fuhr Brendan fort. »Hmm? Ich möchte mit Menschen arbeiten. Das hat für mich oberste Priorität. Bitte schön, hier kommt Ihr Wein.«

»Was das betrifft, geht es uns Werbeleuten ein bisschen wie den Anwälten«, erklärte Nick. »Man kann sich nicht immer nur das herauspicken, was den eigenen Überzeugungen entspricht.«

»Sie meinen, auch schlechte Firmen verdienen eine gute Werbung?« Brendan nahm einen großen Schluck aus seinem Glas. »Ein interessanter Standpunkt.«

Das Geschirr passte nicht zusammen, der Tisch war zu klein, jeder saß zwischen seine Nachbarn eingezwängt. Inzwischen wurde bereits die dritte Flasche Wein geöffnet und ausgeschenkt. Nick aß langsam und wirkte ziemlich still. Brendan hingegen schlang seine Portion schnell hinunter und bat um eine zweite.

»Du wirst mir beibringen müssen, wie man das zubereitet«, sagte er zu Troy. Dann wandte er sich in liebenswürdigem Ton an Nick. »Hat Mirrie schon mal für Sie gekocht, Nick?«

»Ja, einmal.«

»Lassen Sie mich raten. Hühnerbrust mit Knoblauch und Olivenöl?«

»Ich glaube, ich habe es Kerry gegenüber erwähnt«, erklärte ich.

»Stimmt«, sagte Nick. Er lächelte mich liebevoll an.

Und als ich es ihm servierte, sagte ich…

»Und als sie es Ihnen hinstellte, lief das ungefähr folgendermaßen ab.« Brendans Stimme kletterte höher. Er zog die Augenbrauen hoch. »*Da-daaa*! Lassen Sie es sich schmecken, Mister!« Sogar ich konnte hören, dass es ein bisschen nach mir klang.

Er lachte. Ich sah zu Nick. Er lächelte ein wenig verkrampft. Kerry auch. Alle lächelten. Verlegen starrte ich auf meinen Teller. Ich fand Brendans Benehmen abstoßend, fragte mich aber, ob er mit dieser widerlichen Art womöglich auch mich – zumindest für Nick – in einem schlechten Licht erscheinen ließ.

»Alles in Ordnung?« Kerry, die neben mir saß, legte ihre kühle Hand auf meine verschwitzte. Der Duft ihrer Seife und ihres Parfüms stieg mir in die Nase.

»Natürlich. Alles in Ordnung.« Ich zog meine Hand weg.

»Mirrie?«

Plötzlich starrten mich alle an.

»Alles in Ordnung«, wiederholte ich.

»Wir sind doch eine Familie«, sagte Brendan in sanftem Tonfall. »Eine Familie. Da muss einem doch nichts peinlich sein.«

Ich wandte mich ihm zu. »*Ich habe mit dir Schluss*

gemacht«, hörte ich mich sagen. *»Ich war diejenige, die Schluss gemacht hat.«*

Das einzige Geräusch, das man im Raum noch hören konnte, war das Kratzen von Nicks Gabel auf seinem Teller.

»Was war denn eben mit dir los?«

Wir hatten uns rasch verabschiedet und gingen Richtung U-Bahn.

»Ich weiß auch nicht. Egal. Auf jeden Fall war es albern von mir.«

»Ist das alles?«

»Ich fühlte mich bloß so – oh, ich weiß auch nicht. So erdrückt.«

»Niemand wollte dir etwas Böses. Du bist einfach ausgerastet.«

»Das verstehst du nicht, Nick. Es geht um die Dinge zwischen den Zeilen. Dinge, die nicht ausgesprochen werden, von denen ich aber weiß, dass sie da sind.«

»Für mich klingt das ein wenig paranoid.«

»Ja? Das liegt wahrscheinlich daran, dass du nicht zu meiner Familie gehörst.«

»Brendan hat doch bloß versucht, nett zu sein.«

»Zumindest wollte er bei dir diesen Eindruck erwecken. Er möchte dich auf seine Seite ziehen.«

»Lieber Himmel, Miranda, du solltest dich mal reden hören.«

»Ach, vergiss es.« Ich rieb mir die Augen. »Ich habe mich zum Narren gemacht, das ist mir durchaus bewusst. Ich komme mir sowieso schon so blöd und lächerlich vor. Da muss ich nicht noch stundenlang darüber reden.«

»Ganz wie du willst.« Seine Stimme klang kühl.

Wir hatten die U-Bahn erreicht. Ein warmer, staubiger

Wind blies von unten herauf. Ich hatte das Gefühl, kaum Luft zu bekommen. Verlegen griff ich nach Nicks Hand.

»Es tut mir Leid. Können wir das Ganze nicht einfach vergessen?«

»Ich schon«, antwortete er. »Aber kannst du es auch?«

12. KAPITEL

Nun komm schon, Miranda«, sagte Kerry. »Ich könnte das völlig problemlos für dich organisieren. Du könntest schon morgen Abend in einem Flugzeug sitzen! Nun komm schon!« Nach einer kurzen Pause fügte sie in fast herrischem Ton hinzu: »Ich glaube, du brauchst mal eine Auszeit.«

»Nicht nötig, es geht mir gut«, gab ich gereizt zurück.

»Ich versuche doch bloß, dir zu helfen. Wir machen uns alle ein bisschen Sorgen um dich.« Zornig ballte ich die Fäuste. Es fiel mir schwer, ruhig zu bleiben.

Ich hatte bereits den Mund geöffnet, um nein zu sagen, als ich mir plötzlich dachte, warum eigentlich nicht? Warum nicht für ein paar Tage entfliehen? Lange Nächte, heiße Bäder, Straßencafés, Zimmerservice, neue Eindrücke, neue Gesichter, die fremden Laute einer anderen Sprache im Ohr, Sonne auf der Haut, Austern, Karaffen voller Wein. Und wenn ich wieder zurückkam, vielleicht kein Brendan mehr. Kein Brendan, der mit offenem Bademantel am Tisch saß, wenn ich morgens schlaftrunken in die Küche stolperte, und gerade genüsslich auf meiner letzten Scheibe Brot herumkaute. Kein Brendan, der mich »Mirrie« nannte oder mir widerliches Zeug ins Ohr flüsterte. Obwohl er sich erst seit etwa vierundzwanzig Stunden in meiner Wohnung aufhielt, hatte ich bereits das Gefühl, kaum noch Luft zu bekommen. Gerade hatte ich ihn losgeschickt, Toilettenpapier zu besorgen, und während der paar Minuten, die er weg war, kam es mir vor, als wäre ein Felsbrocken von meiner Brust gewälzt worden.

»Also gut«, sagte ich. »Nur für zwei oder drei Tage. Schließlich muss ich es ja wirklich mal ausnutzen, dass ich eine Reisebürokauffrau als Schwester habe.«

»Gut. Das ist genau das, was du jetzt brauchst, und ich bin sicher, dass du dich hinterher viel besser fühlen wirst.«

»Ich könnte wirklich ein paar Tage Urlaub vertragen«, stellte ich fest. Damit hatte das Kind auch schon einen Namen: Miranda hat sich überarbeitet. Ich begann rasch zu rechnen: Wenn ich morgen Abend oder übermorgen abreiste und den Rest der Woche blieb, würden sie vielleicht wirklich schon weg sein, wenn ich zurückkam. Kerry zufolge schien mit ihrem Hauskauf alles glatt zu laufen.

»Wo möchtest du denn hin? Wenn es nur für ein paar Tage ist, sollte es natürlich nicht zu weit sein.« Sie stand auf und holte ihre Aktentasche hinter dem Sofa hervor. »Schau, die hier habe ich einfach mal mitgebracht, nur für den Fall... Wir bieten so genannte Miniurlaube an, und um diese Jahreszeit lässt sich da immer etwas finden – du bekommst es über mich zu einem Viertel des Preises.« Sie breitete eine ganze Reihe von Prospekten auf dem Tisch aus. »Wie wär's mit Prag? Oder Madrid? Hier hätten wir ein paar Tage in der Normandie, direkt am Meer. Wobei das um diese Jahreszeit schon ein bisschen kalt sein könnte. Wenn ich du wäre, würde ich lieber Richtung Süden reisen.«

»Italien.« Ich griff nach einem Prospekt und schlug ihn auf.

»Rom?«

»Rom kenne ich schon. Ich möchte irgendwohin, wo ich noch nie war.«

»Da hätten wir Florenz, Venedig, Siena oder Neapel. Jeweils vier Tage. Oder sieh dir das hier an, ein wirklich schönes Hotel auf Sizilien, auf einem Felsen mit Blick aufs Meer.«

Ich sah mir die schönen Hochglanzbilder an. Kirchen in Grau und Rosa, Kanäle mit Gondeln, Hotelzimmer mit großen Betten.

»Moment«, sagte ich. Ich griff nach dem Telefon und wählte.

»Nick, hier ist Miranda... ja... ja, ich fühle mich schon viel besser, danke. Tut mir wirklich Leid, ich weiß auch nicht, was in mich gefahren ist, wahrscheinlich bin ich einfach überarbeitet... Hör zu...«

Es regnete. Es regnete bereits, als wir am Flughafen auf das Vaporetto warteten, das uns in die Stadt bringen sollte. Der Himmel war stahlgrau. Der Regen fiel so heftig, dass es aussah, als würden sich Pfeile in die Straße bohren und das Wasser hochspritzen lassen. Innerhalb kürzester Zeit waren wir völlig durchnässt. Es regnete während der ganzen Überfahrt, und als wir die Stadt erblickten, erschien sie uns grau und verschwommen – wie eine Geisterstadt erhob sie sich aus dem Wasser. Von unserer Haltestelle bis zum Hotel waren es fünf Minuten zu gehen. Wir schleppten unsere Taschen, in denen sich statt wasserdichter Kleidung nur leichte Sachen befanden, einen schmalen Kanal entlang, an dem die Boote alle auf der Seite vertäut und mit Planen abgedeckt waren.

Es regnete jeden Tag. Wir trieben uns hauptsächlich in Kirchen und Kunstgalerien herum, und dazwischen suchten wir Zuflucht in kleinen Cafés, wo wir Espresso oder heiße Schokolade tranken. Ich hatte von langen, gemächlichen Spaziergängen durch das Labyrinth der Kanäle geträumt, von romantischem Verweilen auf Brücken, von denen aus man eng umschlungen den Booten zusehen konnte, von Sex unter dünnen Laken, während draußen die Sonne auf die heruntergelassenen Jalousien brannte. Stattdessen gingen wir ständig zum Essen und gaben deshalb viel zu viel Geld aus. Eigentlich hatten wir vorgehabt, uns hauptsächlich von Brot, Käse und Pizza zu ernähren, aber unsere Picknickpläne waren im wahrsten Sinne des Wortes ins Wasser gefallen. Bei diesem Wetter war es einfach besser, sich in ein Lokal zu setzen und zwei angenehme Stunden mit dem Drei-Gänge-Touristenmenü und einer Karaffe Hauswein zu verbringen. Nick kaufte mir eine Ledergeldbörse und einen Ring aus venezianischem Glas. Ich machte ein Foto von ihm, wie er ziemlich durchnässt auf der Rialtobrücke stand. Abends aßen wir in winzigen Restaurants, und wenn wir ins Bett gingen, hörten wir den Regen gegen die kleinen Fenster unseres Zimmers trommeln. Nick schnarchte ziemlich laut, reinigte seine Zähne morgens und abends jeweils fünf Minuten mit Zahnseide und liebte Schokolade und Eis.

Hin und wieder hörte der Regen für kurze Zeit auf, und durch einen Schleier aus Wolken und Dunst tauchte zögernd die Sonne auf. Dann schimmerten die Pfützen, die vollen Kanäle glitzerten im Licht, die Steine begannen zu dampfen. Es war die stillste, schönste Stadt, in der ich je gewesen war, und ein- oder zweimal ertappte ich mich dabei, dass ich mir wünschte, ich wäre allein hergekommen und bräuchte mir keine Gedanken über unsere Beziehung zu machen, mich auf keinen anderen Menschen einzustellen. Ich wäre stundenlang die verlassenen Wege entlangspaziert, hätte alle Eindrücke in mich aufgesogen. Der Regen hätte mich überhaupt nicht gestört.

Als ich am Sonntagnachmittag zurückkam, waren sie immer noch da. Sie schienen sich sogar noch häuslicher eingerichtet zu haben als zuvor. Ihre Habseligkeiten begannen meine Regale zu füllen, ihre Wäsche drehte sich in meiner Waschmaschine, ihre Zahnbürsten lehnten in meiner London-Underground-Tasse. Auf dem Tisch türmten sich zwei dicke Stapel Hochzeitseinladungen: Samstag, 13. Dezember, vier Uhr nachmittags. Gemeinsam listeten sie auf, wen sie einladen wollten und was bis wann entschieden und erledigt werden musste. Sie machten beide einen aufgekratzten, geschäftigen Eindruck.

Ich packte meine Taschen aus und fuhr dann zu Laura. Aber es waren ein paar von Tonys Freunden da, sodass ich mich nach einer halben Stunde wieder verabschiedete. Zu Brendan und Kerry sagte ich, ich hätte Kopfschmerzen. Ich zog mich mit einem Teller Rührei und einer Tasse Tee in mein Schlafzimmer zurück, wo ich mich aufs Bett setzte und den Geräuschen in der Wohnung lauschte. Nebenan wurde ferngesehen, telefoniert und gelacht. Ich hörte Wasser rauschen und die Federn der Ausziehcouch quietschen. Während ich in meinem Essen herumstocherte, bis es kalt und unappetitlich geworden war, starrte ich auf meine Bücherregale und die sich stapelnden Papiere auf meinem Schreibtisch. Bildete ich mir das nur ein, oder sah tatsächlich alles ein wenig anders aus – als hätte sich jemand an meinen Sachen zu schaffen gemacht? Ich legte mich hin und schaltete das Licht aus. Draußen lachte Brendan laut auf, fast als wäre ihm daran gelegen, gehört zu werden. Als wollte er, dass ich ihn hörte.

Am nächsten Morgen jedoch brachen sie früh auf, um in dem Haus, das sie kaufen wollten, die Räume zu vermessen. Sie sagten, sie bräuchten die Maße für Vorhänge und Bücherregale. Anschließend würde Kerry gleich ins Reisebüro weiterfahren. Ich beschloss, später als sonst zur Arbeit zu gehen, um vorher noch ein wenig Zeit allein in meiner Wohnung verbringen zu können.

Später ging ich alles, was ich in dieser wundervoll ruhigen Stunde tat, immer wieder im Geist durch. Als Erstes räumte ich den Küchen- und Wohnbereich auf, verstaute die Steppdecke und die Bettlaken im großen Eckschrank, schob die Ausziehcouch zusammen, stopfte herumliegende Klamotten in Tüten, spülte die Teller und Gläser vom Vorabend. Dann öffnete ich die Fenster, so weit es ging, um den Raum zu lüften und von seinem ungewohnten Geruch zu befreien, wischte über die Fliesen, saugte den Teppich. Als ich fertig war, nahm ich ein ausgiebiges Bad und wusch mir die Haare. Hinterher zog ich den Stöpsel heraus und putzte die Wanne, ehe ich mich im Bademantel zum Frühstück niederließ, ein Handtuch wie einen Turban um mein feuchtes Haar geschlungen. Ich aß Müsli mit Joghurt und trank dazu eine große Tasse Kaffee. Ich machte mir sogar die Mühe, die Milch für den Kaffee vorher zu wärmen. Dann zog ich mich an, putzte mir die Zähne, griff nach meinem Overall, verließ die Wohnung und sperrte die Tür hinter mir ab. Ich weiß, dass ich all das getan habe. Ich kann mich genau erinnern.

Ich arbeitete nach wie vor in dem großen Haus in Hampstead. Gegen Mittag schaute Bill vorbei und lud mich auf einen Salat ein. Um halb sechs hörte ich auf, wusch meine Pinsel aus und fuhr nach Hause. Ich war an diesem Abend nicht mit Nick verabredet, und Kerry hatte etwas von Kino gesagt, sodass ich hoffte, noch ein wenig Ruhe zu haben. Ich lechzte regelrecht danach, allein zu sein. Vielleicht würde ich mir irgendwo was zu essen mitnehmen und ein wenig Musik hören. Ein Buch lesen. Faulenzen.

Als ich vor meiner Wohnung parkte, war es fast halb sieben. Es brannte kein Licht. Mein Herz tat vor Freude einen kleinen Sprung. Beschwingt lief ich die Treppe hinauf. Ich hörte es schon, während ich die Tür öffnete. Ein tröpfelndes, plätscherndes Geräusch. Als hätte jemand einen Wasserhahn nicht ganz zugedreht. Aber gleichzeitig irgendwie anders. Gewaltiger, komplizierter. Dann ging ich hinein.

Überall war Wasser. Auf dem Küchenboden stand es drei Zentimeter hoch, der Wohnzimmerteppich war ebenfalls klatschnass. Unter der Badezimmertür quoll Wasser hervor. Ich öffnete sie und stieg in die Flut. Die Überreste des Buches, das ich am Morgen in der Badewanne gelesen hatte, trieben zusammen mit einer matschigen Rolle Klopapier neben der Toilettenschüssel. Über den Rand der Wanne ergoss sich ein ständiger Wasserfall. Das heiße Wasser war halb aufgedreht. Ich watete quer durch den Raum und drehte den Hahn zu. Obwohl ich meine Jacke noch anhatte, tauchte ich den Arm in die Wanne und tastete nach dem Stöpsel. Mir war vor Schreck und Sorge richtig übel. Ich musste an die Wohnung unter mir denken, und mir wurde gleich noch viel übler. Nachdem ich den Stöpsel herausgezogen hatte, schnappte ich mir die Kehrichtschaufel und begann das Wasser vom Boden in die sich langsam leerende Wanne zu schöpfen. Ich brauchte fünfundvierzig Minuten, um das Bad einigermaßen vom Wasser zu befreien. Dann verteilte ich überall Zeitungen, die den Rest aufsaugen sollten, und begann mit der Küche. Kurz darauf klingelte es an der Tür.

Er schrie schon, bevor ich richtig aufgemacht hatte. Wütend stürmte er herein, stapfte über den klatschnassen Teppich, schrie mich weiter an. Sein Gesicht war violett angelaufen. Ich hatte Angst, dass er eine Herzattacke oder einen Schlaganfall erleiden könnte oder sein Kopf einfach explodieren würde.

»Es tut mir so Leid!«, sagte ich immer wieder. Ich konnte mich nicht mal an seinen Namen erinnern. »Ich weiß gar nicht, wie…«

»Sie bringen das alles wieder in Ordnung, haben Sie mich verstanden? Jeden noch so kleinen Schaden!«

»Natürlich. Wenn Sie mir die genauen Daten Ihrer Versi…«

In dem Moment kamen Brendan und Kerry Arm in Arm die Treppe herauf. Beide hatten von der frischen Abendluft rote Wangen.

»Was um alles in der Welt…?«, begann Kerry.

»Dreimal darfst du raten!« Wütend wandte ich mich an Brendan. »Sieh dir an, was du angerichtet hast! Nicht genug, dass du dich hier einnistest, meinen Kühlschrank leer räumst, meinen Kaffee und meinen Wein trinkst und jeden freien Millimeter besetzt, sodass ich keinen Schritt mehr tun kann, ohne dir in die Arme zu laufen. Nein, du musst auch noch jeden Mittag baden und dann…« Inzwischen schäumte ich richtig vor Wut. »Und dann lässt du auch noch den Stöpsel drin und das Wasser laufen. Sieh dir das an! Sieh dir das an!«

»Und das ist noch gar nichts im Vergleich zu unten«, fügte mein Nachbar grimmig hinzu.

»Miranda«, sagte Kerry. »Ich bin sicher…«

»Puh!« Brendan hielt beide Hände hoch. »Nun beruhige dich erst mal, Mirrie.«

»Miranda. Ich heiße Miranda. Den Namen ›Mirrie‹ gibt es nicht!«

»Deswegen brauchst du nicht gleich hysterisch werden.«

»Ich bin nicht hysterisch. Ich bin wütend.«

»Ich war heute gar nicht hier.«

»Was?«

»Ich war heute nicht hier.«

»Du musst hier gewesen sein.«

»Nein. Jetzt setzt euch doch erst mal, ich mache uns Tee. Oder brauchen wir etwas Härteres?« Er wandte sich an meinen Nachbarn. »Was meinen Sie, Mr., ähm …«

»Lockley. Ken.«

»Ken. Whisky? Ich glaube, Whisky haben wir da.«

»Meinetwegen«, brummte er.

»Gut.«

Brendan holte die Whiskyflasche und vier Gläser aus dem Schrank.

»Du musst hier gewesen sein«, sagte ich noch einmal. »Anders ist es gar nicht möglich.«

»Ich habe erst mit Kerry das Haus vermessen, und dann war ich beim Einkaufen«, antwortete Brendan. »Danach habe ich mich mit Kerry zum Essen getroffen.« Kerry nickte. Sie wirkte immer noch geschockt über meinen Ausbruch von vorhin. »Dann bin ich zu Derek und Marcia, um Troy zu besuchen.« Er legte mir eine Hand auf die Schulter. »Ich habe heute Mittag kein Bad genommen, Mirrie.«

»Aber …«

»Hast du selbst vielleicht gebadet, bevor du gegangen bist?«

»Ich würde niemals den Stöpsel stecken und das Wasser laufen lassen. So etwas passiert mir nicht.«

»Das passiert so leicht. Wir haben so was in der Art doch alle schon mal gemacht.« Er wandte sich an Ken. »Sind Sie nicht auch dieser Meinung? Ich bin sicher, Miranda wird sich um alles kümmern. Außerdem ist sie ja vom Fach, deswegen kann sie Ihnen bestimmt beim Streichen und all dem helfen. Hmm?«

»Ich war es nicht«, erwiderte ich hilflos.

»Miranda«, mischte sich Kerry ein. »Niemand macht

dir einen Vorwurf. Aber du hast als Letzte die Wohnung verlassen und vorher ein Bad genommen, oder?«

»Aber ich …« Ich hielt inne. Eine unendliche Müdigkeit ergriff von mir Besitz. »Ich kann mich genau daran erinnern, dass ich die Wanne geputzt habe.«

»Keine Sorge«, sagte Brendan in sanftem Ton. »Wir helfen dir, dieses Chaos wieder zu beseitigen.«

»Ich verstehe das nicht.« Zu meinem eigenen Entsetzen spürte ich, dass mir die Tränen über die Wangen liefen.

»Miranda! Hör zu …« Kerrys Stimme klang scharf.

»Schhh!«, machte Brendan. Er nahm sie sogar kurz beiseite. Ich sah, wie sie das Gesicht verzog. Einen Moment lang wirkte ihr Mund hart.

»Ist ja gut, ist ja gut!«, gurrte er anschließend in mein Ohr. »Ich bin ja da, Mirrie. Ich bin bei dir!«

Ich zog die Schlafzimmertür hinter mir zu und griff nach dem Telefon.

»Laura!« Ich sprach so leise, dass man mich nebenan nicht hören konnte. »Laura, du glaubst nicht, was passiert ist. Ich muss unbedingt mit jemandem darüber reden …«

»Habe ich das jetzt richtig verstanden?«, fragte Laura, nachdem ich zu Ende erzählt hatte. »Willst du allen Ernstes behaupten, Brendan habe sich in deine Wohnung zurückgeschlichen und sie *absichtlich* überflutet?«

»Ja.«

»Warum um alles in der Welt sollte er das tun?«

»Weil er ein ganz merkwürdiger Typ ist. Er hat in Bezug auf mich irgendeine Macke.«

»Jetzt hör aber auf. Ich habe das Bad schon oft überlaufen lassen«, erklärte sie. »So was passiert ganz schnell.«

»Mir nicht.«

»Es gibt bei allem ein erstes Mal. Auf jeden Fall ist es

eine plausiblere Erklärung als die deine, meinst du nicht auch?«

»Ich kann mich ganz genau daran erinnern, dass ich die Wanne sauber gemacht habe. Ich sehe es noch richtig vor mir.«

»Na bitte, da haben wir es ja schon. Du hast den Stöpsel wieder reingeschoben, die Wanne ausgespült und dann das Wasser laufen lassen.«

Ich gab auf. Ich würde es nicht schaffen, sie zu überzeugen. Mittlerweile hielt ich es selbst schon fast für möglich, obwohl ich ganz genau wusste, dass es nicht so passiert war. Abgesehen davon fand ich es einfach zu anstrengend.

13. KAPITEL

Das Paar, das in dem Haus in Ealing wohnte, hatte zwei große Müllcontainer gemietet, die inzwischen fast voll waren. Als ich ging, spähte ich hinein. Zwischen alten Teppichen, angeschlagenen Tellern und kaputten Möbeln entdeckte ich einen noch recht neu aussehenden Computer, einen Laserdrucker, zwei Telefone, ein großes Ölgemälde von einem Windhund, mehrere Kochbücher, eine Stehlampe, einen Weidenkorb. Eigentlich müsste ich mich mittlerweile daran gewöhnt haben. Ich bekomme oft mit, dass die Leute Geräte wegwerfen, bei denen noch nicht mal die Garantie abgelaufen ist: Fernsehgeräte, Kochherde, voll funktionstüchtige Kühlschränke. Es gehört zu meinem Beruf, ständig neue Dinge herauszureißen und durch noch neuere zu ersetzen. Was letztes Jahr modern war, ist im nächsten schon wieder out. Ganze Küchen verschwinden in

Müllcontainern, ebenso Badewannen, Betten und Schränke, Gartenhäuschen und kilometerweise Regale. In den Wertstoffsammelstellen türmen sich ganze Berge von unmodern gewordenen Möbeln und Elektrogeräten. Die Leute, für die wir arbeiten, sprechen immer davon, ihren Stil von Grund auf ändern zu wollen – als würden die Wohnlandschaften aus Edelstahl und Glas, die im Moment so angesagt sind, nicht bald wieder durch einen neuen Trend zum guten alten Holz abgelöst werden. Alles kehrt zurück. Irgendwann fällt jedes Jahrzehnt in Ungnade, um dann in leicht veränderter Form wieder aufzuerstehen, genau wie der Schlag meiner Hosen, über die Bill immer lacht, weil sie ihn an die Siebziger erinnern, als er noch ein junger Mann war.

Verstohlen griff ich hinein und zog ein Kochbuch heraus. Wenigstens das würde ich retten. Rezepte aus Spanien. Ich steckte es in die Tasche zu meinen Pinseln.

Zu Hause spülte Brendan gerade mit großem Brimborium ein paar Schüsseln ab, während Kerry am Herd stand und in einem Topf herumrührte. Sie wirkte gereizt.

»Wir kochen heute für dich«, erklärte sie.

»Das ist nett.«

Ich nahm ein Bier aus dem Kühlschrank und zog mich ins Bad zurück. Heißes Wasser von außen und kühlen Alkohol von innen, genau das brauchte ich jetzt. Ich lag in der Badewanne und fühlte mich angenehm benebelt, als plötzlich die Tür aufging und Brendan hereinkam. Erschrocken fuhr ich hoch und zog die Beine vor den Körper. Als wäre er ganz allein im Raum, stellte er sich vor die Kloschüssel gleich neben der Wanne und pinkelte. Nachdem er seinen Reißverschluss wieder zugezogen und sich die Hände gewaschen hatte, drehte er sich mit einem Lächeln zu mir um.

»Entschuldige mal!«, sagte ich in scharfem Ton.

»Ja?« Er baute sich vor mir auf.

»Raus hier!«

»Bitte?«

»Beweg sofort deinen Arsch hier aus! Ich bade gerade.«

»Dann hättest du die Tür zusperren sollen.«

»Du weißt genau, dass sie sich nicht absperren lässt.«

»Tja, so ein Pech.«

»Und runtergespült hast du auch nicht. Lieber Himmel!« Ich stand auf und wollte nach dem Handtuch greifen, aber Brendan war schneller. Er zog es von der Stange und hielt es mir so hin, dass ich es gerade nicht erreichen konnte. Mit einem seltsamen Gesichtsausdruck, einer Art triumphierendem Grinsen, betrachtete er meinen nackten Körper. Er kam mir vor wie ein kleiner Junge, der noch nie eine nackte Frau gesehen hatte.

»Gib mir das verdammte Handtuch, Brendan.«

»Sei nicht so prüde, ich habe dich schließlich schon öfter nackt gesehen.«

Er gab mir das Handtuch, und ich wickelte mich darin ein.

In dem Moment ging die Tür auf, und Kerry kam herein. Überrascht starrte sie uns an.

»Was ist denn hier los?«, fragte sie in scharfem Ton.

»Miranda hat die Tür nicht abgesperrt«, antwortete Brendan. »Ich wusste nicht, dass sie im Bad ist.«

»Oh. Verstehe.« Sie sah mich an. Ich spürte, wie mir die Röte ins Gesicht stieg, und zog das Handtuch noch fester um meinen Körper.

»Die Tür hat kein Schloss«, erklärte ich, aber sie schien mir gar nicht zuzuhören.

»Das Essen ist gleich fertig«, sagte sie nach einer kurzen Pause. »Brendan? Kann ich mal kurz mit dir sprechen?«

»Oje«, antwortete Brendan mit einem Zwinkern in

meine Richtung. »Nun kriege ich wohl eine auf den Deckel.«

Während ich mich anzog, sagte ich mir, dass es nun ja nicht mehr lange dauern konnte. Ein paar Tage würde ich es schon noch aushalten, dann konnte ich endlich wieder mein normales Leben führen.

Kerry hatte alles allein zubereitet, und das, obwohl sie mit Kochen eigentlich nicht viel am Hut hatte. Es gab Makkaroni mit Käse, Erbsen und Hackfleisch. Das Ganze war ziemlich pampig und leicht versalzen. Während meine Schwester mir eine riesige Portion auf den Teller lud, entkorkte Brendan schwungvoll eine Flasche Rotwein. Er schenkte mein Glas viel zu voll. Was soll's, dachte ich. Vielleicht würde es mir gut tun, mich ein bisschen zu betrinken. Brendan hob sein Glas.

»Auf die Köchin!«, sagte er.

»Auf die Köchin!«, stimmte ich ein und nahm einen kleinen Schluck.

»Und auf dich«, antwortete Kerry und sah mich an. »Unsere Gastgeberin. Danke, dass du uns Unterschlupf gewährst.«

Sie stießen beide mit mir an.

»Ist mir ein Vergnügen«, sagte ich, weil ich das Gefühl hatte, dass sie darauf eine Antwort erwarteten.

»Es freut uns, das zu hören«, sagte Brendan. »Vor allem in Anbetracht der Umstände.«

»Wie meinst du das?«

»Wir wollten dich etwas fragen«, antwortete Kerry.

»Was denn?«

»Na ja, also… das mit unserer neuen Wohnung hat nicht geklappt.«

Mein Gesicht fühlte sich plötzlich an wie eine Maske aus angetrocknetem Ton.

»Wieso denn das, um Gottes willen? Ihr hattet doch gesagt, es sei nur noch eine Frage von Tagen, bis ihr einziehen könnt.«

»Die Maklerfirma wollte uns verarschen«, erklärte Brendan.

»Inwiefern?«

»Ich glaube nicht, dass dich die Details interessieren.«

»Doch.«

»Fakt ist, dass wir ausgestiegen sind.«

»*Du* bist ausgestiegen«, sagte Kerry mit plötzlicher Schärfe.

»Wie auch immer.« Er wischte ihre Bemerkung beiseite, als handelte es sich dabei ebenfalls um ein unwichtiges Detail. »Ich fürchte, wir werden deine Gastfreundschaft noch ein bisschen länger in Anspruch nehmen müssen.«

»Aus welchem Grund seid ihr ausgestiegen?«, hakte ich nach.

»Da sind eine Menge Dinge zusammengekommen.«

»Miranda? Ist das für dich in Ordnung?«, fragte Kerry. »Das Ganze ist uns sehr unangenehm. Wir suchen verzweifelt nach irgendeiner Übergangslösung.«

»Lass dir deswegen keine grauen Haare wachsen«, antwortete ich müde.

Den Rest des Abends war ich ziemlich still. Das Essen schmeckte für mich plötzlich wie Tapetenkleister. Am liebsten hätte ich mich auf der Stelle übergeben. Kerry nötigte mich zu einer zweiten Portion. Als Dessert hatte sie gefrorene Zitronen-Meringue besorgt. Nachdem ich auch davon ein kleines Stück gegessen hatte, fragte ich die beiden, ob sie mir böse wären, wenn ich gleich ins Bett ginge. Ich behauptete, starke Kopfschmerzen zu haben.

Sobald ich in meinem Zimmer war, riss ich die Fenster auf und atmete ein paarmal tief durch, als wäre die Luft im

Raum verseucht. Ich hatte eine schreckliche Nacht. Lange Zeit lag ich wach und überlegte, wie es nun weitergehen sollte. Dabei kamen mir eine Menge verrückte Ideen. Ich konnte beispielsweise Nick heiraten. Gegen drei Uhr morgens begann ich ernsthaft über eine Auswanderung nachzudenken und im Geist eine Liste der infrage kommenden Länder zusammenzustellen. Das entscheidende Kriterium war, wie weit sie von Nord-London entfernt waren. Neuseeland fand ich besonders verlockend. Aus diesen Überlegungen glitt ich in einen Traum hinüber: Ich war im Begriff, irgendwohin abzureisen, und musste einen Zug erwischen, hatte aber so viel zu packen, dass ich nie aus meinem Zimmer herauskam. Dann war der Traum plötzlich zu Ende, und ich starrte wieder in die mich umgebende Dunkelheit. Einen Moment lang fragte ich mich, was mich wohl aufgeweckt hatte, dann schrie ich erschrocken auf. Im Halbdunkel stand eine Gestalt. Trotz meines umnebelten Zustands überriss ich relativ schnell, dass es Brendan war, der da auf mich herunterstarrte. Ich schaltete das Licht an.

»Was zum Teufel …?«

»Schhh!«

»Von wegen ›schhh‹!«, zischte ich, geschockt und wütend. »Was hast du in meinem Zimmer zu suchen?«

»Ich, ähm … ich wollte mir was zu lesen holen.«

»Verschwinde, sofort!«

Statt meiner Aufforderung nachzukommen, ließ er sich auf der Bettkante nieder und legte doch tatsächlich seine Hand über meinen Mund. Dann beugte er sich über mich und flüsterte: »Bitte nicht schreien. Sonst weckst du womöglich Kerry auf. Sie könnte falsche Schlüsse ziehen.«

Ich schob seine Hand weg.

»Das ist ja wohl nicht mein Problem.«

»Wenn du dich da bloß nicht täuschst.« Er lächelte mich

an und ließ den Blick durchs Zimmer schweifen. Irgendwie hatte ich den Eindruck, dass er das alles als eine Art Spiel betrachtete.

Ich zog mir die Bettdecke über die Schultern und zwang mich, ruhig und sachlich zu sprechen.

»Brendan, das kann so nicht weitergehen.«

»Du meinst, das mit dir und mir?«

»Zwischen uns beiden ist nichts.«

Er schüttelte den Kopf.

»Erinnerst du dich, als wir das zweite Mal miteinander geschlafen haben, Miranda? Ich hatte mich schneller ausgezogen als du und lag schon im Bett. In diesem Bett. Ich lag da, wo du jetzt liegst, und habe dir zugesehen. Bevor du deinen BH ausgezogen hast, hast du dich ein bisschen von mir abgewandt, als wolltest du noch nicht, dass ich dich nackt sehe, obwohl du ja im Begriff warst, mit mir ins Bett zu gehen. Als du dich dann wieder zu mir gedreht hast, lag auf deinem Gesicht ein seltsames kleines Lächeln. Ich fand es sehr schön und fragte mich, ob es vor mir wohl schon mal jemandem aufgefallen war. Weißt du, ich achte auf solche Dinge, und merke sie mir.« Trotz meiner Verwirrung und Wut, meiner Verzweiflung und Frustration war ich in dem Moment in der Lage, die Situation mit kalter Logik zu analysieren. Wäre ich in Brendan verliebt gewesen, hätte ich das alles unglaublich lieb und schön gefunden. Da dies aber nicht der Fall war, empfand ich es als derart abstoßend, dass mir regelrecht vor ihm grauste. Als wäre er ein Parasit, der sich in mein Fleisch gefressen hatte und den ich nun nicht mehr loswurde.

»Das muss ein Ende haben«, sagte ich. »Ihr könnt nicht hier bleiben.«

»Das spielt keine Rolle«, antwortete er. »Hast du denn nicht gehört, was ich gesagt habe? Du hast so ein geheimes

Lächeln. Ich habe es gesehen. Ich kenne dich auf eine Art und Weise, wie dich niemand sonst kennt. Das verbindet uns. Gute Nacht, Miranda.«

Als ich am nächsten Morgen aufwachte, hatte ich zunächst das Gefühl, aus einem schlimmen Traum erwacht zu sein, aber dann wurde mir plötzlich klar, dass es kein Traum gewesen war. Brendan war tatsächlich in meinem Zimmer gewesen und hatte diese verrückten Dinge zu mir gesagt. Mein Mund fühlte sich an, als wäre er voller trockener Flusen. Mein Kopf schmerzte, und ich spürte ein Stechen hinter den Augen. Ich ging unter die Dusche, zog mich an und trank eine Tasse schwarzen Kaffee. Außer mir war noch niemand auf. Bevor ich zur Arbeit aufbrach, kehrte ich noch mal in mein Zimmer zurück. Ich betrachtete meine Bücherregale, versuchte durch bloße Konzentration festzustellen, ob etwas anders war als sonst. Ich griff nach einem alten Roman, den ich als junges Mädchen geschenkt bekommen hatte. Das Buch war mein Notfall-Geldversteck. Zwischen den Seiten steckten immer ein paar Scheine. Ich zählte das Geld. Fünfundsiebzig Pfund. Während ich die Scheine wieder in das Buch legte und es zurück an seinen Platz stellte, überlegte ich, was ich tun konnte. Mir fiel etwas ein, das ich mal in einem Film gesehen hatte. Ich riss von einem Zettel einen ganz schmalen, etwa drei Zentimeter langen Streifen ab. Als ich ging, schob ich das Papier in den Türspalt, genau auf Höhe der unteren Angel. Während ich die Wohnung verließ, fragte ich mich, wie ich es überhaupt ertragen konnte, unter Bedingungen zu leben, die mich zu solchen Maßnahmen zwangen.

Den ganzen Tag musste ich daran denken. Sosehr ich mich auch bemühte, es ging mir nicht aus dem Kopf. Inzwischen tat es mir fast Leid, dass ich zu der List mit dem Streifen gegriffen hatte, denn irgendwie war es, als hätte ich damit eine ätzende Säure auf meinen Körper geschüttet und müsste nun zusehen, wie mir das Zeug das Fleisch von den Knochen fraß. Was brachte mir das Ganze überhaupt? Falls ich feststellen sollte, dass der Streifen noch da war, würde ich dann wirklich beruhigt sein? Und wenn er auf dem Boden lag, was bewies das? Womöglich war Kerry in mein Zimmer gegangen, um sich mein Deo auszuleihen oder netterweise den Boden zu saugen. Aber vielleicht wollte ich ja genau das? Konnte es sein, dass ich nach Möglichkeiten suchte, noch wütender und misstrauischer zu werden?

Als ich abends nach Hause kam, war meine Wohnung ausnahmsweise mal verlassen. Sofort lief ich zur Schlafzimmertür und fand dort eine Variante vor, die ich überhaupt nicht in Erwägung gezogen hatte. Der Papierstreifen steckte noch fest in der Tür – allerdings fast einen halben Meter höher, als ich ihn am Morgen platziert hatte.

14. KAPITEL

Nick«, fing ich an.

»Mmm?«

Wir spazierten über die Heath, unter unseren Füßen raschelte dürres, bernsteinfarbenes Laub. Inzwischen waren die Bäume fast kahl, und die Sonne stand bleich und tief am Himmel. Es war noch nicht mal vier, aber die Uhren waren vorgestellt worden, sodass es schon sehr früh dunkel wurde. Ich hatte meine kalte Hand in Nicks warme geschoben, mein Atem bildete weiße Wolken. Wir hatten uns in einem Bistro in der Nähe seiner Wohnung auf ein spätes Mittagessen getroffen, und abends würden wir auf eine

Party gehen, die ein Freund von ihm gab. Hinterher würde ich bei ihm übernachten, auch wenn er das noch nicht wusste. Ich hatte meine Zahnbürste und einen extra Slip in der Tasche.

»Ich wollte dich was fragen …«

»Ja?«

Ich verlangsamte meine Schritte.

»Du weißt doch, dass Kerry und Brendan noch ein bisschen länger bei mir bleiben müssen, und …«

»Du möchtest, dass wir heute bei mir schlafen und nicht bei dir? Ist es das, was du mich fragen wolltest?«

»Ja, das auch, aber …«

»Ich wollte dir das sowieso vorschlagen. Wir zwei brauchen auch mal ein bisschen Privatsphäre, oder?« Er drückte meine Hand.

»Was hältst du davon, wenn ich für ein paar Tage zu dir kommen würde? Bloß, bis sie wieder weg sind.«

Als ich hochblickte, sah ich auf seinem Gesicht einen Anflug von Stirnrunzeln, und für einen Moment wirkte seine Mundpartie leicht verkniffen.

»Vergiss es, das war keine gute Idee«, sagte ich genau in dem Augenblick, als er antwortete: »Wenn sie dich wirklich so nerven …«

»Ich hätte dich gar nicht erst fragen sollen.«

»Natürlich, wieso denn nicht?«, entgegnete er eine Spur zu munter. »Du weißt ja, wie klein meine Wohnung ist, und es ist vielleicht ein bisschen früh, aber ich wollte vorhin sagen, dass du gerne …«

»Nein. Vergiss, dass ich überhaupt gefragt habe.«

Aber er würde es nicht vergessen, und ich auch nicht – dieses kurze Aufflackern von Bestürzung und Missbilligung, die kleine Pause, in die all unsere Zweifel flossen. In dem Moment wusste ich ganz sicher, was ich spätestens seit Venedig schon geahnt hatte: dass es nicht von Dauer sein würde. Es würde doch nichts Großes daraus werden, sondern eine nette kleine Affäre bleiben. Wir hatten uns ineinander verliebt und dabei jenes rauschhafte Glücksgefühl empfunden, das fast mit dem fiebrigen, leicht umnebelten Zustand vergleichbar ist, in den man verfällt, wenn man die Grippe bekommt. Wir hatten schlaflose Nächte miteinander verbracht und tagsüber oft aneinander gedacht, uns daran erinnert, was der andere gesagt hatte, uns danach gesehnt, uns wieder im Arm zu halten. Für kurze Zeit, eine Woche oder so, hatten wir vielleicht sogar geglaubt, dass der andere der Richtige für uns sein könnte. Aber nein, es würde irgendwann zu Ende gehen. Nicht heute, nicht diese Woche, aber bald, weil die Flut, die uns mitgerissen hatte, bereits wieder am Verebben war und nur ein paar mitgeschwemmte Trümmer hinterlassen würde.

Tränen brannten in meinen Augen, und ich ging schneller, zog Nick hinter mir her. Ich wusste, dass ich nicht wirklich ihn vermissen würde, sondern eher den Zustand, mit jemandem zusammen zu sein. Voller Vorfreude nach Hause zu eilen. Gemeinsame Unternehmungen zu planen. Morgens gut gelaunt aufzuwachen, sich energiegeladen und beschwingt zu fühlen. Begehrt zu werden. Das Gefühl zu haben, schön zu sein. Verliebt zu sein. Deswegen wollte ich nicht, dass es endete. Blinzelnd versuchte ich die Tränen und das Selbstmitleid zu unterdrücken.

»Komm«, sagte ich. »Es wird kalt.«

»Hör zu, Miranda, wenn du möchtest …«

»Nein.«

»Es wäre wirklich kein Problem …«

»Nein, Nick.«

»Ich weiß nicht, wieso du plötzlich so beleidigt bist, nur weil ich nicht sofort …«

»Hör auf«, sagte ich. »Lass es sein. Bitte.«

»Was?«

»Du weißt schon.«

»Nein, weiß ich nicht.« Er verzog das Gesicht.

Plötzlich hatte ich das ungute Gefühl, dass es schon an diesem Abend vorbei sein würde, wenn wir noch lange so weitermachten.

»Lass uns nach Hause gehen und ein Bad zusammen nehmen«, sagte ich. »Ja?«

»Ja.«

»Kann ich über Nacht bleiben?«

»Natürlich. Unbedingt. Und wenn du möchtest…«

Ich legte meine Hand auf seinen Mund. »Schhhh.«

»Laura?«

»Miranda? Hallo.« Im Hintergrund lief Musik, und Tony rief irgendwas. Ich bekam sofort Heimweh nach meiner eigenen Wohnung, in der Kerry und Brendan gerade zu Abend aßen und sich nebenbei ein Video ansahen. Ich hatte zu ihnen gesagt, ich würde mich mit Freunden treffen, was aber nicht stimmte. Stattdessen saß ich nicht weit von meiner Wohnung entfernt in einem kleinen, schlecht beheizten Café vor meiner zweiten Tasse Kaffee und wünschte, ich hätte mich wärmer angezogen.

»Störe ich?«

»Überhaupt nicht. Wir essen zwar demnächst, aber das ist kein Problem.«

»Ich wollte dich um einen Gefallen bitten.«

»Schieß los.«

»Es ist ein ziemlich großer Gefallen. Würdet ihr mir Asyl gewähren?«

»Asyl?« Ich hörte ein lautes malmendes Geräusch, als hätte sie sich eine Karotte oder einen Apfel in den Mund geschoben. »Klar. Heute Nacht, meinst du? Geht's dir nicht gut?«

»Nein. Doch. Ich meine, es geht mir gut, jedenfalls so einigermaßen. Und es muss nicht unbedingt gleich heute sein, aber vielleicht morgen oder übermorgen. Bloß für ein paar Tage …«

»Warte mal einen Moment, ich verstehe dich so schlecht, die Musik ist so laut, und außerdem kocht gerade was über. Moment.« Kurz darauf wurde die Musik leiser gedreht. »So, bin wieder da.«

Ich holte tief Luft. »Kerry und Brendan kaufen das Haus nun doch nicht. Gott allein weiß, warum, auf jeden Fall werden sie nun noch länger bei mir wohnen, und das ertrage ich einfach nicht.« Ich hörte, wie schrill meine Stimme plötzlich klang. »Ich muss da raus, Laura, oder es passiert ein Unglück. Wenn ich bleibe, ersteche ich ihn mit einem Küchenmesser, oder ich schütte ihm kochendes …«

»Verstehe«, unterbrach mich Laura.

»Ich weiß, dass es verrückt klingt.«

»Ein bisschen. Für wie lange?«

»Bloß ein paar Tage.« Ich schluckte. Eine junge Frau mit rasiertem Schädel trat zu mir, hob die zwei Tassen hoch, wischte mit einem Lappen über die Tischplatte, stellte die Tassen wieder ab. »Hoffe ich zumindest. Ich habe keine Ahnung. Ein paar Tage, schätze ich, höchstens eine Woche, länger bestimmt nicht.« Das hatten Brendan und Kerry am Anfang auch gesagt. Nun füllte sich meine Wohnung mit ihrem ganzen Zeug, und statt dass sie wieder gingen, ging ich. Ich spürte, wie Zorn in mir aufstieg. Am liebsten hätte ich vor Wut geschrien. »Glaubst du, Tony ist damit einverstanden?«

»Der wird überhaupt nicht gefragt«, antwortete Laura trotzig. »Natürlich kannst du kommen. Morgen, sagst du?«

»Wenn es dir recht ist.«

»Klar. Du würdest dasselbe doch auch für mich tun.«

»Ja, so ist es«, antwortete ich mit Nachdruck. »Und ich werde dich auch ganz bestimmt nicht stören. Oder Tony.«

»Das klingt alles ein bisschen drastisch, Miranda.«

»Es ist wie eine Allergie«, erklärte ich. »Ich kann den Typen einfach nicht ertragen.«

»Hmmm«, sagte Laura.

Ich wollte keine dritte Tasse Kaffee, aber es war noch zu früh, um wieder nach Hause zu gehen. Ein Stück die Straße hinauf gab es einen Bagel-Laden, der rund um die Uhr geöffnet hatte. Dort kaufte ich mir einen Bagel, gefüllt mit Räucherlachs und Frischkäse. Er war noch warm, und ich aß ihn gleich auf dem Gehsteig, während sich die Leute an mir vorbeischoben. Es war Sonntagabend, die meisten befanden sich wahrscheinlich auf dem Weg nach Hause, wo vielleicht schon ein köstliches Essen auf sie wartete, ein heißes Bad, ihr eigenes Bett.

»Ich dachte, es wäre besser so«, sagte ich zu Brendan und Kerry. »Ihr beide müsst doch auch mal allein sein.«

Kerry setzte sich an den Küchentisch, stützte das Kinn in die Hände und starrte mich an. Sie wirkte nicht mehr so glücklich wie am Anfang. Ihr Gesicht hatte einen leicht verkniffenen, kummervollen Ausdruck, fast wie früher, bevor Brendan ihr das Gefühl gab, geliebt zu werden.

»Das geht doch nicht, Miranda«, sagte sie. »Verstehst du das denn nicht? Wir können nicht zulassen, dass du unsretwegen deine eigene Wohnung verlässt.«

»Ich habe es mit Laura schon so vereinbart.«

»Wenn es Miranda so lieber ist«, meinte Brendan in sanftem Ton.

»Ist es so schrecklich für dich, uns hier zu haben?«

»Nein, natürlich nicht. Ich dachte nur, es wäre die naheliegendste Lösung.«

»Tu, was du für richtig hältst«, sagte sie. »Das tust du ja sowieso immer.« Mit diesen Worten stand sie auf und stürmte aus dem Raum. Sie knallte die Wohnungstür hinter sich zu, und kurz darauf hörten wir die Haustür zufallen.

»Was versprichst du dir davon?«, fragte Brendan in beängstigend liebenswürdigem Ton. Er trat zu mir und baute sich vor mir auf.

»Wie meinst du das?«

»Du kapierst es nicht, oder?«, fuhr er fort. »Du kannst nicht gewinnen. Schau her.« Er griff nach einem Glas, das noch halb voll Saft war und schlug es so hart auf die Tischplatte, dass es zerbrach und der Saft über den ganzen Tisch spritzte. Ein Teil der Scherben landete auf dem Boden.

»Mist!«, schimpfte ich. »Was soll das?«

»Schau her«, sagte er noch einmal, während er sich setzte, ein paar von den Scherben auf seine Handfläche legte und dann die Hand zur Faust ballte. »Ich gewinne immer. Ich kann Dinge ertragen, die du nicht ertragen kannst.«

»Was zum Teufel …?«

»Hmm?« Er lächelte mich an, auch wenn er mittlerweile ziemlich blass wirkte.

»Du bist doch verrückt! Lieber Himmel!«

Ich griff nach seiner Faust und versuchte, seine Finger auseinander zu ziehen, zwischen denen bereits Blut hervorquoll.

»Ich höre erst auf, wenn du mich darum bittest«, erklärte er.

»Du bist doch verrückt!«

»Sag bitte.«

Ich starrte auf das Blut, das aus seiner Hand quoll. Unten war die Haustür zu hören, dann Kerrys Schritte auf der

Treppe. Sie kam herein und begann sich dafür zu entschuldigen, dass sie einfach so hinausgestürmt war, brach dann aber mitten im Satz ab und fing laut zu schreien an. Brendan lächelte mich immer noch an. »Hör auf«, sagte ich. »Bitte!«

Er öffnete seine Hand und ließ die Scherben auf den Tisch fallen. Seine Hand blutete heftig.

»Das hast du jetzt davon«, sagte er, bevor er das Bewusstsein verlor.

Im Krankenhaus nähten sie Brendans Wunde mit zwölf Stichen und verpassten ihm eine Tetanusspritze. Nachdem seine Hand verbunden worden war, sagte man ihm, er solle alle vier Stunden Paracetamol nehmen.

»Wie ist denn das bloß passiert?«, fragte Kerry ungefähr zum zehnten Mal.

»Ein Unfall«, erklärte Brendan. »Blöd, oder? Es war nicht wirklich Mirries Schuld. Wenn überhaupt jemand Schuld hatte, dann ich.«

Ich öffnete den Mund, um etwas zu sagen. »Es war kein…«, begann ich. »Es war ganz…« Dann hielt ich inne, erstickt durch all die Dinge, die ich nicht sagen konnte, weil niemand mir glauben würde und ich selbst schon fast nicht mehr wusste, ob ich mir glauben sollte. »Ach, was soll's«, sagte ich, mehr zu mir selbst.

Brendan lächelte zufrieden, wenn auch ein wenig benommen. Sein Kopf lag auf Kerrys Schulter, seine bandagierte Hand auf ihrem Schoß. Sein Hemd war blutbespritzt.

»Ihr zwei Mädels solltet euch versöhnen«, sagte er. »Das war sowieso ein ganz blöder Streit. Es ist sehr nett von Mirrie, uns für eine Weile ihre Wohnung zur Verfügung zu stellen.«

Kerry strich ihm das Haar aus der Stirn. »Ich weiß«, antwortete sie sanft. Sie blickte kurz zu mir und sagte: »Danke.« Dann wandte sie sich wieder Brendan zu. Sie sah ihn an, als wäre er eine Art Kriegsheld.

»So was kommt in jeder Familie mal vor«, meinte Brendan und schloss die Augen. »Kleine Meinungsverschiedenheiten. Mein größter Wunsch wäre, dass alle glücklich sind.« Kerry drückte seine unverletzte Hand.

Ich ließ meine Schwester bei ihm zurück und fuhr nach Hause, um zu packen.

15. KAPITEL

Mein Auszug war mir wie eine unvermeidliche Reaktion auf eine Krisensituation erschienen, vergleichbar mit dem Ziehen der Notbremse in einem Zug. Aber wie so vieles in meinem Leben hatte ich das Ganze nicht gründlich genug durchdacht. Ich musste an einen Freund denken, der mal ein großes Abendessen gegeben hatte. Irgendwann waren er und ein Gast sich derart in die Haare geraten, dass er der betreffenden Person am Ende ein »Du kannst mich mal!« an den Kopf warf und hinausstürmte. Erst nachdem er die Tür hinter sich zugeschlagen hatte und unten auf den Gehsteig hinaustrat, wurde ihm bewusst, dass er gerade aus seiner Wohnung gestürmt war. Er musste umkehren, an seiner eigenen Tür klingeln und kleinlaut darum bitten, wieder hineingelassen zu werden.

Ich war nun ebenfalls draußen und kam mir vor wie eine Idiotin. Ich hatte einen überstürzten Abgang gemacht, aber keinen Plan, wie es weitergehen sollte. An meinem zweiten Abend bei Laura blieben wir lange auf und tranken eine von mir besorgte Flasche Whisky. Ich hatte außerdem ein halbes Dutzend Flaschen Wein mitgebracht, frische Ravioli und Sauce aus dem Feinkostladen, an dem ich auf dem Heimweg vorbeigekommen war, und zwei Tüten mit Salat, den man nur noch anzumachen brauchte. Tony hatte einen Männerabend, sodass ich ein Essen nur für uns zwei zubereitete. Es war schön, mal wieder einen solchen Abend mit Laura zu verbringen. Das erinnerte mich an unsere Zeit an der Uni, als wir oft die ganze Nacht durchgemacht hatten. Aber wir waren nicht mehr an der Uni, und wir hatten beide ein Leben zu führen. Ich fragte mich, wie lange es dauern würde, bis ihre Geduld erschöpft war. Ich schenkte uns noch etwas von dem Whisky ein.

»Irgendwie«, sagte ich, »verbinde ich solche Augenblicke immer mit Whisky.« Meine Aussprache wurde bereits ein wenig undeutlich, aber Laura ging es genauso. »Wenn ich an Whisky und dich und mich denke, dann denke ich an lange Nächte, in denen häufig eine von uns vor sich hin heulte, bis die andere irgendwann auch anfing. Und geraucht haben wir auch meistens. Weißt du noch, wie ich mal mit dem Rad unterwegs war und von einem Taxi angefahren wurde?«

»Natürlich«, antwortete Laura und nahm einen Schluck, woraufhin sie das Gesicht verzog, als hätte sie zu viel erwischt. »Warum musste es eigentlich immer Whisky sein?«

»Warum nicht?«, fragte ich zurück. »Bin ich verrückt?«

»Bezieht sich diese Frage jetzt noch auf den Whisky?«, wollte Laura wissen.

Ich trank ebenfalls einen Schluck und schüttelte den Kopf.

»Lass uns die Fakten noch mal durchgehen«, sagte ich. »Ich trenne mich von Brendan. Ehe ich michs versehe, ist er mit meiner Schwester verlobt. Ich stelle fest, dass ich seinen Anblick nicht mehr ertragen kann. Kurze Zeit später zieht er mit Kerry bei mir ein. Für mich ist es ganz schrecklich, die beiden in der Wohnung zu haben. Ehe ich michs versehe, bin ich ausgezogen. Nach Tagen des Manövrierens ist das Ergebnis, dass ein Mann, dessen Anwesenheit bei mir einen akuten Brechreiz auslöst, in meiner Wohnung lebt und ich selbst obdachlos bin.«

»Du wohnst hier bei mir«, widersprach Laura. »Du bist nicht obdachlos.«

Ich nahm sie in den Arm und drückte sie fest.

»Das ist so lieb von dir«, sagte ich und floss dabei vor Rührung fast über.

Einen unbeteiligten Beobachter hätte unser Anblick in dem Moment wahrscheinlich an zwei Betrunkene nach einem Pubbesuch erinnert.

»Wobei ich allerdings sagen muss, dass ich neugierig bin«, fuhr Laura fort.

»Worauf?«

»Auf diesen Brendan. Nach allem, was du erzählst, muss er so schrecklich sein, dass ich ihn mir wirklich gern mal ansehen würde. Wie eine von den skurrilen Attraktionen in einem alten Zirkus. Wer traut sich, einen Blick auf die bärtige Dame zu werfen?«

»Du glaubst, ich übertreibe.«

»Ich möchte ihn einfach mal live erleben«, entgegnete Laura mit einem Lachen. »Ich möchte sehen, was nötig ist, um dich zum Kotzen zu bringen.«

Am nächsten Tag fuhr ich früh zur Arbeit, damit Tony und Laura ein bisschen allein sein konnten. Ich war noch immer in dem Haus in Hampstead beschäftigt, weil den Besitzern ständig etwas Neues einfiel, was sie geändert haben wollten. Sie waren zu dem Schluss gekommen, dass ihnen die Beleuchtung im Wohnzimmer nicht gefiel, und entschieden sich statt für Wandlampen für Halogenstrahler an der Decke. Das venezianische Rot im Schlafzimmer war ihnen zu dunkel, nein, eigentlich war es ihnen zu rot... vielleicht hätten sie doch lieber das Erbsengrün nehmen sollen. Der Herr des Hauses, ein gewisser Sam Broughton, hatte angekündigt, dass er mittags vorbeikommen würde, um die Feinheiten mit mir zu besprechen. Ich verbrachte den Vormittag damit, das graustichige Holz der Türen und Fußleisten glänzend weiß zu streichen.

Als Sam Broughton schließlich aus der City eintraf, informierte er mich darüber, dass er höchstens zwanzig Minuten Zeit habe. Ich zückte gerade meinen Notizblock, um mir bei unserer Runde durch das Haus seine Änderungswünsche aufzuschreiben, als mein Handy läutete.

»Tut mir Leid«, sagte ich zu ihm. »Nach diesem Gespräch schalte ich es ab. Hallo?«

»Miranda? Gott sei Dank erwische ich dich.«

»Ich bin gerade mitten in einer Besprechung, Mum. Könntest du mich ein bisschen später noch mal anrufen, sagen wir in...«

»Es handelt sich um einen Notfall, sonst würde ich dich nicht stören.«

Ich drehte mich ein wenig von Broughton weg, der seine Ungeduld zum Ausdruck brachte, indem er alle drei Sekunden auf die Uhr schaute. Durchs Fenster sah ich ein Eichhörnchen reglos in einem Kastanienbaum sitzen. »Was ist passiert?«

»Ich habe gerade einen Anruf von Troys Privatlehrerin bekommen. Sie sagt, Troy ist nicht zum Unterricht erschienen.«

»Das ist kein richtiger Notfall, Mum.«

»Er war schon seit Tagen nicht mehr bei ihr.« Sie schwieg einen Moment. »Fast die ganze letzte Woche.«

»Das klingt allerdings nicht gut.«

»Es ist genau wie damals. Er tut, als ginge er, taucht dort aber nicht auf. Und ich dachte, es würde besser!« Ich hörte sie schlucken. »Ich mache mir Sorgen, Miranda. Ich habe zu Hause angerufen, aber da ist er nicht, zumindest geht er nicht ran. Ich habe keine Ahnung, wo er sein oder was er tun könnte, und draußen ist es kalt, und es regnet.« Wieder schluckte sie.

»Was soll ich tun?«

»Ich stecke hier in der Arbeit fest. Ich kann wirklich nicht weg.« Meine Mutter arbeitete in einer Zahnarztpraxis. »Außerdem ist es von hier aus viel zu weit, ich würde eine Ewigkeit brauchen. In deiner Wohnung habe ich auch schon angerufen, aber da meldet sich bloß der Anrufbeantworter. Deswegen habe ich mir gedacht, du könntest vielleicht schnell zu uns rüberfahren und nachsehen, ob er zu Hause ist. Und falls nicht, nach ihm suchen.«

»Nach ihm suchen?«

Hinter mir räusperte Broughton sich wütend, während er gleichzeitig mit seinen auf Hochglanz polierten Schuhen auf den frisch lackierten Bodendielen herumklopfte.

»Du kannst viel leichter weg, Bill hat bestimmt nichts dagegen. Und wenn etwas passiert ist ...«

»Ich werde rüberfahren und nachsehen«, unterbrach ich sie.

»Mir wird das einfach alles zu viel«, erklärte meine Mutter. »Was stimmt nur mit uns nicht? Ich dachte, nun würde alles gut werden.«

»Das wird es bestimmt«, sagte ich mit zu viel Nachdruck. »Ich fahre gleich los.«

Nachdem ich das Gespräch beendet hatte, drehte ich mich zu Broughton um.

»Ich muss weg.«

Sein wütender Blick wurde noch wütender.

»Ist Ihnen klar, wie teuer meine Zeit ist?«, fragte er.

»Es tut mir sehr Leid«, antwortete ich. Am liebsten hätte ich gesagt, dass meine Zeit auch etwas wert sei. Aber ich verkniff es mir. Ich dachte an Troy, der womöglich irgendwo im Regen herumlief.

Als Erstes fuhr ich zum Haus meiner Eltern. Die Handwerker waren nicht da, obwohl es im Erdgeschoss wie auf einer Baustelle aussah, was es natürlich im Moment auch war. Die Küche stand mehr oder weniger im Freien, der Boden war überall mit gelbem Londoner Lehm bedeckt. Ich ging von Raum zu Raum, rief immer wieder Troys Namen. In seinem Zimmer zog ich die Vorhänge auf und strich sein zerknittertes Bett glatt, damit es einladender aussah, wenn er zurückkam. Auf dem Boden lag ein aufgeschlagenes Buch über die Wanderrouten der Zugvögel. Ich merkte es mit einem Papierstreifen ein und legte es auf sein Kopfkissen.

Ich wusste nicht so recht, wo ich nach ihm suchen sollte. Wo würde ich an seiner Stelle hingehen, um herumzuhängen, bis der Tag vorüber war? Ich wanderte die Hauptstraße entlang und spähte in Cafés, CD-Läden, die nächstgelegene Buchhandlung. Ich versuchte es auch in der Bibliothek, aber sie war geschlossen. Inzwischen hatte sie nur noch zwei Tage die Woche geöffnet. Ich warf einen Blick in die Mini-Einkaufspassage, wo ein paar Jungs, die wahrscheinlich ebenfalls blaumachten, in der verrauchten Düsternis mit den Spielautomaten zugange waren. Troy hasste solche Orte, sie verursachten ihm Beklemmungen.

Ich ging in den Park und wanderte im Regen umher. Es waren nicht viele Leute unterwegs, nur ein paar Penner, die auf den Bänken saßen, und eine junge Mutter, die mit verbissener Miene einen Kinderwagen schob. Aus seinem

Inneren drang ein Heulen, das sich mehr nach einer Sirene als nach einem Baby anhörte. Kein Troy. Ich sah nach, ob er sich vielleicht auf dem Spielplatz untergestellt hatte, aber der war verwaist. Nur ein paar Tauben hüpften durch die Pfützen. Als Nächstes schaute ich in der kleinen Snackbar vorbei, die an sonnigen Tagen Eis verkaufte, aber dort befand sich nur ein einziger Gast, eine Frau.

Im Grunde konnte er überall sein. Ich rief Mum in der Arbeit an, aber sie hatte nichts von ihm gehört. Ich rief Dad an, der sich geschäftlich in Sheffield aufhielt, aber die Verbindung war sehr schlecht, ich konnte ihn kaum verstehen, und nach kurzer Zeit brach sie ganz ab. Sicherheitshalber rief ich auch in meiner Wohnung an, nur für den Fall, dass Troy aus irgendeinem Grund dort gelandet war. Nach zweimaligem Läuten schaltete sich der Anrufbeantworter ein, und meine eigene Stimme teilte mir mit, dass im Moment niemand zu Hause sei. Ich hinterließ trotzdem eine Nachricht: »Troy? Troy? Bist du da? Kannst du mich hören? Falls du da bist, könntest du bitte rangehen? Bitte geh ran. Troy?« Ich hörte die Angst in meiner Stimme.

Wenn man jemanden sucht, glaubt man ihn überall zu sehen, wenn auch oft nur aus dem Augenwinkel, aber sobald man sich in die entsprechende Richtung wendet, merkt man, dass man sich getäuscht hat. Oder man sieht ihn aus der Ferne auf sich zukommen, aber wenn der Betreffende sich einem dann nähert, stellt sich heraus, dass er es doch nicht ist. Oder man meint ihn ein Stück weiter vorne zu entdecken, aber dann dreht sich die Person um, und es handelt sich um ein ganz anderes Gesicht. Ich wanderte etwa eine Stunde herum, sagte mir aber wohl nicht ganz zu Unrecht, dass ich mir keine allzu großen Sorgen zu machen brauchte. Schließlich kehrte ich nass und frierend zu meinem Wagen zurück, der noch vor dem Haus meiner Eltern stand, und ging sicherheitshalber ein zweites Mal hinein, um nachzusehen, ob er inzwischen eingetroffen war.

Die Dielentür stand ein kleines Stück offen, und durch den Spalt konnte ich Troy auf dem alten Sofa sitzen sehen. Das Haar klebte ihm am Kopf, er hatte eine dicke Wolldecke um die Schultern, darunter war er nackt. Er wirkte so niedergeschlagen und in sich zusammengesunken, dass mich sein Anblick schmerzte. Ich musste erst einmal tief Luft holen, ehe ich auf ihn zuging. Er hob den Kopf und lächelte halbherzig zu jemandem hinauf, den ich nicht sehen konnte. Dann versperrte mir plötzlich eine große Gestalt die Sicht.

»Troy«, sagte ich. »Brendan. Was geht hier vor?«

Ich weiß nicht, was ich dachte, aber mein Ton war scharf. Ich schob mich an Brendan vorbei und kniete mich neben Troy, packte ihn an den schmalen Schultern.

»Troy? Alles in Ordnung?«

Er gab mir keine Antwort, sah mich nur an. Sein Blick ging durch mich hindurch. Er kam mir vor wie eins der Katastrophenopfer, die man in den Nachrichten immer sieht. Als wäre er aus den Trümmern eines Flugzeugs oder von einem sinkenden Schiff gerettet worden.

»Schätzchen«, sagte ich, als wäre er noch ein Baby. Am liebsten hätte ich auf der Stelle losgeheult. »Was ist passiert?«

»Ich habe dir ein schönes warmes Bad eingelassen«, meldete sich Brendan zu Wort. »Da legst du dich jetzt rein, und dann bringe ich dir eine heiße Schokolade. Einverstanden, Kumpel?«

Troy nickte.

»Und deine Mum rufen wir wohl besser auch an, hm?«

»Ich begleite dich ins Bad«, erklärte ich.

Ich ließ Troy in der Wanne zurück und ging in die Küche, wo Brendan in dem Chaos, das die Baufirma angerichtet hatte, einen Krug Milch für Troys Schokolade in die Mikrowelle schob. Für ihn war das ein schwieriges Unterfangen, weil er nur seine unverletzte Hand benutzen konnte.

»Ich hatte Marcias Nachricht auf dem Anrufbeantworter. Anscheinend weiß sie noch nicht, dass du ausgezogen bist«, sagte er. Die Mikrowelle piepte. Er nahm den Krug heraus, schüttete Kakao und Zucker hinein und rührte um, bis es schäumte. »So.« Er nahm einen kleinen Schluck und fügte noch ein wenig Zucker hinzu. »Deswegen hielt ich es für das Beste, selbst nach ihm zu suchen.«

»Wo war er?«

»Unten bei den verlassenen Lagerhallen. Ich weiß auch nicht, wieso ich dort hinunter bin – ich hatte einfach so ein Gefühl, dass er dort sein könnte. Es war wie ein Instinkt. Ich *wusste* es irgendwie. Manche Menschen besitzen diese Fähigkeit, glaubst du nicht auch?«

Ich zuckte mit den Achseln.

»Wer weiß, was passiert wäre, wenn ich ihn nicht gefunden hätte. Ich glaube, es war mir vorherbestimmt, ihn zu retten. Es war Schicksal. Und deswegen habe ich einen Entschluss gefasst.« Er goss die Schokolade in eine große Tasse. »Ich werde meine Jobsuche aufschieben, bis es Troy wieder gut geht. Troy wird mein neuer Job.«

»O nein«, antwortete ich. »Das halte ich für keine gute Idee. Ganz und gar nicht. Wenn du mich fragst ...«

»Ich frage dich aber nicht«, unterbrach er mich mit ruhiger Stimme.

»Ich sage es dir trotzdem. Troy braucht dich nicht. Ganz im Gegenteil. Was Troy – abgesehen von allem anderen – jetzt am dringendsten braucht, ist, dass du aus seinem Leben ...«

»Ich bringe ihm die Schokolade«, unterbrach er mich. »Du brauchst eigentlich nicht hier zu bleiben. Bestimmt wartet eine Menge Arbeit auf dich.«

»Ich bleibe«, erwiderte ich wütend. »Glaub bloß nicht, dass ich ihn mit dir allein lasse.«

»Ganz wie du meinst«, antwortete er.

16. KAPITEL

Ich dachte, dir ginge es besser. Ich dachte, es würde endlich alles wieder normal werden.« Meine Mutter lief aufgeregt im Raum auf und ab. Ihr zu einem Knoten geschlungenes Haar hatte sich halb gelöst und hing ihr in Strähnen ins Gesicht. Außerdem trug sie ihren Pullover verkehrt herum.

»Was genau meinst du mit ›besser‹?«, fragte Troy. »Und was ist schon normal? Kein Mensch ist normal.«

Er saß auf demselben Sofa, auf dem ich ihn am Vorabend gefunden hatte. Auch seine Haltung wirkte wieder genauso schlaff, als hätte er keinen einzigen Knochen im Leib.

»Ach, hör doch auf!«, fauchte meine Mutter.

»Beruhige dich, Liebes«, sagte mein Vater, der mit dem Rücken zum Fenster stand. Er war früher aus Sheffield zurückgekommen und trug noch seinen Anzug. Allerdings hatte er sich nicht rasiert, und der Knoten seiner Krawatte war gelockert. Er sah nicht gerade nach einem totalen Nervenzusammenbruch aus, aber doch ein wenig seltsam, fast verwegen.

»Ich soll mich beruhigen? Ist das alles, was dir dazu einfällt? Diesen Rat gibst du mir jedes Mal, wenn etwas schief läuft. Warum kommst du zur Abwechslung nicht mal auf die Idee, uns allen eine schöne Kanne Tee zu kochen?«

»Marcia…«

»Ich möchte, dass mal jemand anders sich um alles kümmert, nicht immer nur ich.«

Ich warf einen Blick zu Troy. Durchs Fenster schien die Sonne auf sein seidiges Haar, und er machte einen ruhigen Eindruck. Als er meinen Blick spürte, hob er den Kopf, zog die Augenbrauen hoch und schenkte mir ein kleines Lächeln.

»Eine Tasse Tee wäre wirklich schön«, sagte er. »Und hungrig bin ich auch. Ich habe den ganzen Tag nichts gegessen.«

Ich stand auf.

»Ich mache uns gleich was«, erklärte ich. »Getoastete Käsesandwiches?«

»Gott sei Dank war Brendan zur Stelle«, sagte Mum voller Inbrunst. Ich zuckte leicht zusammen. Ich war auch zur Stelle gewesen, oder etwa nicht? »Wenn er ihn nicht gefunden hätte…«

»Ich befinde mich im selben Raum wie du, Mum«, unterbrach sie Troy. »Du musst nicht in der dritten Person über mich reden.«

»Was habe ich bloß falsch gemacht?«

»Was hat das Ganze mit dir zu tun?«

»Genau«, pflichtete mein Vater ihm bei. »Es bringt uns überhaupt nicht weiter, wenn du jetzt wieder mit deinen Schuldgefühlen anfängst. Hier geht es um Troy.«

Meine Mutter öffnete den Mund, um etwas zu erwidern, überlegte es sich dann aber anders. Sie setzte sich aufs Sofa und nahm Troys Hand.

»Ich weiß«, erklärte sie. »Ich habe mir nur solche Sorgen gemacht. Die ganze Zeit dachte ich…« Sie sprach den Satz nicht zu Ende.

»Ich hatte nicht vor, mich umzubringen oder so was«, bemerkte Troy.

»Was wolltest du dann?«, fragte Dad. »Es muss doch irgendeinen Grund haben, wenn du nicht in die Schule gehst, sondern stattdessen in der Stadt herumwanderst.«

Troy zuckte mit den Achseln.

»Ich wollte einfach meine Ruhe«, sagte er schließlich. »Ich konnte es nicht mehr ertragen, dass ständig jemand um mich herumscharwenzelt. Dass sich ständig jemand Gedanken über mein Wohlergehen macht.«

»Du meinst mich«, sagte meine Mutter. »Ich bin diejenige, die um dich herumscharwenzelt. Das ist mir durchaus bewusst. Ich versuche ja auch, mich zu bremsen, aber ich schaffe es einfach nicht. Ich habe das Gefühl, wenn es mir gelänge, dich zurück auf die richtige Spur zu bringen, dann würde mit dir wieder alles in Ordnung kommen.«

»Ihr solltet mir einfach vertrauen.«

»Wie können wir dir vertrauen«, fragte mein Vater, »wenn du nicht in den Unterricht gehst und uns anlügst?«

»Es ist mein Leben«, antwortete Troy trotzig. »Ich bin siebzehn. Wenn ich blaumachen will, dann ist das meine eigene Entscheidung. Wenn ich Mist baue, dann ist das mein eigener Mist, nicht eurer. Ihr behandelt mich wie ein kleines Kind.«

»Oh!«, sagte meine Mutter. Es klang wie ein Stöhnen.

»Wenn du wie ein Erwachsener behandelt werden willst, dann musst du dich auch wie einer benehmen«, erklärte mein Vater. Er rieb sich einen Moment die Stirn, dann fügte er hinzu: »Es ist doch nur, weil wir dich lieben, Troy.«

Mein Vater sagte sonst nie solche Sachen.

»Ich mache uns jetzt die Sandwiches.« Mit diesen Worten verschwand ich in die halb in Trümmern liegende Küche.

Als ich nach einer Weile ins Wohnzimmer zurückkam, beladen mit einem Tablett, auf dem vier Tassen Tee und ein Teller mit getoasteten Käsesandwiches standen, hatte meine Mutter verweinte Augen. »Troy sagt, er möchte für eine Weile bei dir wohnen«, informierte sie mich.

»Oh«, sagte ich. »Das fände ich wunderbar, Troy, wirklich großartig. Das Problem ist nur, dass ich im Moment selbst nicht bei mir wohne. Brendan und Kerry haben die Wohnung übernommen.«

»Aber nicht für lange«, entgegnete Troy. »Ich kann ja ein paar Wochen mit ihnen dort wohnen, und dann kommst du zurück. Okay?«

»Du weißt, wie gern ich dich bei mir hätte«, antwortete ich. »Aber kannst du nicht noch ein bisschen warten? Eine Woche oder so?«

»Warum?«

Ich starrte ihn hilflos an. »Bist du sicher, dass du dich bei Kerry und Brendan wohl fühlen wirst?«

Er zuckte mit den Achseln. »Bestimmt werden sie auch um mich herumscharwenzeln. Mit dir wird es besser sein.«

»Dann warte.«

»Das kann ich nicht.«

»Na schön«, sagte ich. »Ich werde so oft wie möglich vorbeischauen. Und wenn du mich brauchst, rufst du mich einfach an. Einverstanden?«

»Einverstanden.«

Am nächsten Tag nahm ich mir frei und ging mit Troy ins Aquarium. Wir verbrachten zwei Stunden dort, drückten uns an den Scheiben die Nase platt. Troy gefielen am besten die tropischen Fische, die wie farbige Glasscherben funkelten, mir dagegen die Plattfische mit ihren eigenartigen, auf dem Kopf stehenden Gesichtern, die immer freundlich und ein wenig verblüfft wirkten, während sie mit ihrem sich wellenden Körper durchs Wasser glitten. Hinterher fuhr ich ihn zum Haus meiner Eltern zurück, damit er seine Sachen packen konnte. Brendan und Kerry würden ihn in ein paar Stunden abholen. Ich nahm ihn fest in den Arm.

»Ich werde dich ganz bald besuchen«, versprach ich. »In ein, zwei Tagen.«

In Wirklichkeit verging kaum eine Stunde, in der mir nicht etwas einfiel, das ich vergessen hatte. Ich lief ständig mit Papier und Stift herum, um mir die fehlenden Sachen gleich zu notieren. Ich konnte mir schließlich nicht alles neu kaufen. Die Liste wurde immer länger: T-Shirts. Nagelschere. Haarspülung. Wollmütze. Scheckbuch. Straßenkarte. Irgendwie kam mir das Ganze total lächerlich vor. Am nächsten Tag begab ich mich nach der Arbeit mit meiner Liste in die Wohnung. Brendan und Troy spielten im Wohnzimmer Karten. Sie musterten mich ziemlich erstaunt. Brendan sagte etwas, aber ich konnte ihn wegen der lauten Musik nicht verstehen. Ich drehte sie leiser.

»Jetzt kann man fast nichts mehr hören«, beschwerte sich Troy. »Da muss man ja ein Stethoskop an die Box halten.«

»Ich hole bloß schnell ein paar Sachen«, erklärte ich.

»Schon gut«, antwortete Brendan. »Nur zu.«

Allein schon die Tatsache, dass Brendan so gnädig sein Einverständnis gab, obwohl es sich um meine eigene Wohnung handelte, weckte in mir den Wunsch, ihm einen Topf kochendes Wasser über den Kopf zu schütten. Einen Moment lang war ich sprachlos vor Wut, aber dann sagte ich doch etwas.

»Wie geht es dir, Troy?«

»Recht gut, oder?«, antwortete Brendan. Troy lächelte mich an und hob die Augenbrauen.

Ich ging in mein Zimmer. Wie erwartet, war es vorübergehend von Troy in Besitz genommen worden, und schon nach einem einzigen Tag sah es dort so aus, wie es in seinem Zimmer immer aussah: Das Bett war nicht gemacht, auf dem Boden lagen Klamotten und aufgeschlagene Bücher herum und ein ganz eigener, leicht schweißiger Geruch hing in der Luft. So schnell ich konnte, warf ich ein paar Sachen in die Plastiktüte, die ich zu diesem Zweck mitgebracht hatte. Dann griff ich nach dem Buch, in dem ich das Geld versteckt hatte. Ich zählte es. Sechzig Pfund. Plötzlich hatte ich eine Gänsehaut. Ich zählte noch einmal. Sechzig. Hätte er nicht einfach alles nehmen können? Was für ein Spiel spielte er mit mir? Ich steckte den Rest des Geldes in meine Börse und ging wieder ins Wohnzimmer.

»Ich hatte in meinem Zimmer ein bisschen Geld«, sagte ich.

Brendan drehte sich mit fröhlicher Miene zu mir um.

»Ja?«

»Ein Teil fehlt. Hat sich vielleicht jemand von euch was davon geborgt?«

»Nicht schuldig«, meinte Brendan achselzuckend. »Wo war es denn?«

»Was spielt das für eine Rolle?«

»Vielleicht ist es irgendwo runtergerutscht.«

»Egal«, sagte ich. »Meine Tampons kann ich auch nicht finden.«

»Vielleicht hat Kerry sie sich ausgeliehen«, antwortete Brendan. »Sie hat gerade ihre Tage.«

»Ausgeliehen?«

»Ja«, sagte Brendan. »Im Moment gibt's nur Analsex.«

Ich traute meinen Ohren nicht. Hatte ich mich vielleicht verhört? Ich spürte, wie mir der saure, scharfe Geschmack von Galle aufstieß.

»Bitte?«

»War bloß ein Witz.« Brendan grinste Troy an, dessen Miene zu einer Maske erstarrt war. »Miranda mag es, wenn ich sie necke. Zumindest glaube ich das. Du bist dran.«

Nachdem ich im Geist alles noch einmal durchgegangen war, versuchte ich es Nick zu erklären. Ich erzählte ihm, wie ich den Streifen in die Tür gesteckt und bei meiner Rückkehr an einer anderen Stelle vorgefunden hatte. Wir saßen in einem Weinlokal an der Tottenham Court Road, ein paar hundert Meter von seiner Wohnung entfernt.

»Ich hatte mir das nicht so kompliziert vorgestellt«, erklärte ich. »Du kennst das doch bestimmt aus irgendwelchen Filmen. Da stecken sie auch immer so einen Papierstreifen in die Tür, und wenn sie ihn dann am Boden finden, wissen sie, dass jemand im Zimmer war.«

»Ja«, antwortete Nick. »Zum Beispiel in *Der Clou*. Robert Redford hat es gemacht, weil die Gangster hinter ihm her waren.«

»Wirklich?«, fragte ich. »Ich glaube, ich habe den Film vor Jahren im Fernsehen gesehen. An diese Stelle kann ich mich gar nicht erinnern, aber ich habe sowieso ein fürchterliches Gedächtnis, was Filme betrifft. Ich kann mir die Einzelheiten einfach nicht merken.« Ich nahm einen Schluck von meinem Wein. Irgendwie hatte ich das Gefühl, viel mehr zu trinken als Nick. Er saß ganz ruhig und nüchtern da, während ich redete und trank. »Der schwierige Teil war für mich, dass der Papierstreifen so demonstrativ an einer anderen Stelle platziert war. Verstehst du, was ich meine?«

»Nein«, antwortete Nick.

Es fiel mir ja selbst schwer, es zu erklären. Das Ganze war eine richtige Denksportaufgabe. Mir schwirrte schon der Kopf davon.

»Die Sache ist die«, begann ich. »Die meisten Menschen würden den Papierstreifen gar nicht bemerken. Vielleicht fünf Prozent würden ihn bemerken und sich die allergrößte Mühe geben, ihn wieder genau dorthin zu stecken, wo er vorher war, um auf diese Weise zu vertuschen, dass sie die Tür geöffnet haben. Aber nur fünf Prozent von diesen fünf Prozent würden den Streifen ganz bewusst an eine andere Stelle stecken, um zu demonstrieren, dass sie den Trick durchschaut haben. Verstehst du?«

Ich merkte, dass Nicks Aufmerksamkeit nachließ und er langsam ungeduldig wurde, aber ich konnte nicht aufhören. Irgendwie wollte ich ihn wohl auf die Probe stellen. Wenn man jemanden mag – oder liebt –, dann macht es einem nichts aus, wenn der oder die Betreffende von etwas besessen ist. Es macht einem nicht einmal etwas aus, wenn er oder sie mal langweiliges Zeug erzählt. Vielleicht wollte ich herausfinden, wie geduldig er mir gegenüber sein konnte.

»Brendan spielt mit mir. Er hat den Papierstreifen absichtlich ein Stück höher angebracht, damit ich merke, dass er sich daran zu schaffen gemacht hat. Gleichzeitig wollte er mir damit aber auch zeigen, dass er keineswegs zu vertuschen versuchte, in meinem Zimmer gewesen zu sein.« Ich nahm einen weiteren Schluck von meinem Wein. »Er wollte mir auf diese Weise eine Nachricht übermitteln. Mir damit Folgendes sagen: ›Du verdächtigst mich, in deinem Zimmer gewesen zu sein. Ich weiß, dass du mich verdächtigst. Ich möchte dir hiermit zeigen, dass ich es weiß. Und ich möchte dir zeigen, dass es mir völlig egal ist, ob du es weißt oder nicht. Außerdem weißt du deswegen noch lange nicht, was ich gemacht habe, als ich in deinem Zimmer war.‹ Da ist noch so eine Sache. Ich hatte in einem Buch fünfundsiebzig Pfund versteckt. Meine geheime Notreserve.«

»Kannst du nicht wie jeder andere Mensch zum Bankautomaten gehen?«, fragte Nick.

»Das hilft einem nicht immer weiter. Manchmal geht diesen Automaten nämlich das Geld aus. Man sollte also irgendwo ein bisschen Bargeld versteckt haben. Egal, jedenfalls hätte jeder normale Dieb das ganze Geld geklaut. Brendan aber hat nur fünfzehn Pfund genommen. Nur um mich zu ärgern. Er versucht, mich in den Wahnsinn zu treiben.«

»Was sollte ihm das bringen?«

»Immerhin hat er sich schon in meiner gottverdammten Wohnung eingenistet, und ich sitze total genervt hier in dieser Bar.«

Nick schwieg eine ganze Weile. Ich kam mir vor wie eine Komikerin, die sich vergeblich bemüht hatte, ihr Publikum zum Lachen zu bringen.

»Ich kann das nicht mehr«, sagte Nick schließlich.

»Wie meinst du das?«, erkundigte ich mich, obwohl ich es genau wusste.

»Darf ich ganz ehrlich zu dir sein?«

»Natürlich.« Wenn jemand so fragte, bedeutete das in der Regel nicht, dass der oder die Betreffende vorhatte, einem etwas besonders Nettes zu sagen.

»Weißt du, was ich glaube?«

»Nein, keine Ahnung.«

»Ich glaube es nicht, ich weiß es«, fuhr Nick fort. »Du bist immer noch in Brendan verliebt.«

»Was?« Damit hatte ich wirklich nicht gerechnet.

»Du bist richtig besessen von ihm. Du kennst gar kein anderes Thema mehr.«

»Natürlich bin ich besessen von ihm«, erwiderte ich. »Er ist wie ein Wurm, der mich befallen hat. Der nicht aufhört, an mir zu nagen.«

»Ganz genau. Es war wundervoll, Miranda.«

»War«, wiederholte ich dumpf.

Nun trank er endlich auch einen Schluck von seinem Wein.

»Es tut mir Leid«, sagte er.

Am liebsten hätte ich ihn angeschrien, ihm ins Gesicht geschlagen. Ein paar Augenblicke später wollte ich das plötzlich nicht mehr. Ich suchte in meiner Börse herum, fand einen Zwanzig-Pfund-Schein und legte ihn neben mein leeres Glas. Ein wenig wackelig beugte ich mich zu Nick und küsste ihn.

»Mach's gut, Nick«, sagte ich. »Es war wirklich der falsche Zeitpunkt.«

Ich drehte mich um und verließ die Bar. Noch einer von diesen überstürzten Abgängen. Eigentlich hatte ich vorgehabt, bei Nick zu übernachten. Zumindest hatte ich das Laura versprochen. Ein weiteres Versprechen, das ich nicht halten konnte.

17. KAPITEL

Am nächsten Morgen blieb ich ziemlich lange auf Lauras Sofa liegen, bevor ich mich zwang aufzustehen und dem Tag ins Auge zu blicken. Draußen war es windig und noch halb dunkel. Mich fror, und ich war müde. Mein Haar musste dringend gewaschen werden, und meine Zunge fühlte sich an, als wäre sie zu dick für meinen Mund. Ich war seit Tagen nicht mehr gejoggt, meine Beine kamen mir schon ganz steif und eingerostet vor. Während ich mit geschlossenen Augen dalag und dem Gemurmel lauschte, das aus Lauras Schlafzimmer drang, hatte ich das Gefühl, einen Hang hinunterzurutschen, ohne Halt zu finden. Alles, was ich zu fassen bekam, entglitt mir sofort wieder.

Ich dachte an den vor mir liegenden Tag. Ich musste wieder in das blöde Haus in Hampstead und eine rote Wand grün streichen. In meiner Mittagspause sollte ich Kerry im Reisebüro abholen und mit ihr eine weitere überteuerte Wohnung besichtigen. Abends würde ich so spät wie möglich hierher zurückkommen, um Laura und Tony ja nicht mit meiner ständigen Gegenwart auf die Nerven zu gehen.

Ich traf ein bisschen zu früh im Journey's End ein, dem Reisebüro, in dem Kerry arbeitete. Froh, das stürmische Wetter hinter mir lassen zu können, druckte ich die Tür auf. Am ersten Schreibtisch versuchte Kerrys Chef Malcolm gerade einen übergewichtigen Mann im Anzug davon zu überzeugen, dass es unbedenklich sei, nach Ägypten zu reisen. Ein paar andere Kunden standen vor dem Regal mit den Prospekten und betrachteten Bilder von Sonne und Meer und lachenden jungen Menschen mit strahlend weißen Zähnen und blondem Haar. Kerry sprach am anderen Ende des Raums mit einem Mann, der einen langen Mantel trug. Obwohl er mir den Rücken zuwandte, erkannte ich ihn auf den zweiten Blick als Brendan und blieb ein paar Schritte von ihnen entfernt stehen.

»Ich habe mein Konto doch schon überzogen«, sagte Kerry gerade in flehendem Tonfall.

»Vierzig Pfund müssten mir eigentlich reichen.«

»Aber…«

»Kerry.« Er sprach leise, aber sehr eindringlich. Ich bekam allein schon vom Zuhören eine Gänsehaut. »Gönnst du es mir etwa nicht? Nach allem, was ich für dich und deine Familie getan habe?«

»Du weißt genau, wie dankbar ich dir dafür bin«, antwortete sie und begann gleichzeitig, ein paar Geldscheine aus ihrer Börse zu fischen.

»Tatsächlich? Dann frage ich mich, warum du so knausrig bist, Kerry. Ich bin wirklich sehr erstaunt. Enttäuscht.«

»Sag doch so was nicht, Bren. Hier. Mehr habe ich im Moment nicht.«

»Wie kann ich es jetzt noch annehmen?«

»Bitte, Bren. Nimm es.« Kerry hielt ihm eine Hand voll Scheine hin und schaute gleichzeitig auf, sodass sie mich entdeckte. Die Röte schoss ihr in die Wangen, und sie sah sofort wieder weg, richtete den Blick auf Brendan.

»Ich muss sagen, dass du heute ein bisschen farblos aussiehst«, erklärte er, während er das Geld entgegennahm und in seine Tasche stopfte. »Hmm?«

Ich sah Kerry zusammenzucken, als hätte er ihr eine Ohrfeige verpasst. Sie hielt eine Hand vor ihr Gesicht, als wollte sie sich dahinter verstecken.

»Der Mantel steht dir ausgezeichnet«, sagte ich eine Dreiviertelstunde später zu meiner Schwester. Kerry und ich saßen inzwischen in einem schäbigen kleinen Café in Finsbury Park.

»Findest du?« Sie fingerte unsicher an ihrem Kragen herum. »Macht er mich nicht ein bisschen blass?«

»Es ist November. Wir sind alle ein bisschen blass. Du siehst großartig aus.« Ich sagte das betont fröhlich, als säße ich an ihrem Krankenbett, bemüht, sie davon zu überzeugen, dass sie sich auf dem Weg der Besserung befand.

»Danke«, antwortete sie so kleinlaut, dass ich sie am liebsten geschüttelt hätte.

»Außerdem dauert es nicht mehr lang, dann bist du auf

Hochzeitsreise und lässt dir die Sonne auf den Pelz brennen – wohin fliegt ihr noch mal? Auf die Fidschis?«

»Ja.« Sie zwang sich zu einem Lächeln.

»Phantastisch.«

Wir schwiegen einen Moment. Ich griff nach meiner leeren Kaffeetasse und tat, als hätte ich noch einen Rest zu trinken.

»Hat Brendan sich schon entschieden, was er machen möchte?«, fragte ich dann.

»Du meinst, beruflich?«

»Ja.«

»Er will sich zuerst um Troy kümmern.«

»Das halte ich für gar keine gute Idee.«

»Ich weiß auch nicht so recht.« Sie klang teilnahmslos.

»Sogar Troy selbst sagt, dass er mehr in Ruhe gelassen werden möchte«, fuhr ich fort. »Deswegen ist er ja von zu Hause ausgezogen.«

»Ich weiß.« Sie biss sich nervös auf die Unterlippe. »Mehr oder weniger dasselbe habe ich auch Brendan gesagt.«

»Ist mit euch beiden alles in Ordnung?«

»Natürlich«, antwortete sie kurz angebunden. »Wieso auch nicht?«

»Jedenfalls könnte er langsam mal anfangen, mehr an euch beide zu denken. Dort sollten seine Prioritäten liegen. Was hat er denn vorher gemacht?«

»Na ja«, erwiderte Kerry, »viele verschiedene Sachen.« Sie kaute einen Moment auf der Ecke eines Fingernagels herum. »Er hat eine Weile Psychologie studiert und dann irgendeinen Job gemacht, der damit zu tun hatte, ihm auf Dauer aber nicht gefiel. Er ist einfach zu sehr Einzelgänger. Dann war er an verschiedenen Geschäftsprojekten beteiligt. Du kennst ihn ja, er geht gern Risiken ein. Und natürlich ist er viel gereist.«

»Natürlich. Verstehe.«

Ich versuchte mich an Einzelheiten zu erinnern, die er erzählt hatte. Plötzlich tauchte aus den Tiefen meines Gedächtnisses ein Name auf, den er bei dem Grillfest im Garten meiner Eltern erwähnt hatte. Vermont. Genau. Harry Vermont und die Dotcom-Firma. Nachdem Kerry gegangen war, nahm ich mein Handy und rief bei der Auskunft an.

Am nächsten Morgen um halb neun saß ich in einem großen, warmen Büro mit riesigen Fenstern, durch die man einen schönen Blick auf die Themse gehabt hätte, wenn sie auf die andere Seite des Gebäudes hinausgegangen wären. So aber sah man nur einen Block mit Sozialwohnungen, von denen die meisten mit großen Metallplatten zugenagelt waren. Harry Vermont bot mir einen Kaffee an, aber wir waren beide in Eile – und wie sich herausstellte, dauerte unsere Unterhaltung auch gar nicht lang. Ich erklärte ihm, dass ich eine Bekannte von Brendan Block sei.

»Ach ja?«

»Sie und Brendan haben doch irgendwann mal eine Dotcom-Firma gegründet, oder?«

»Was?«

»Ich wollte etwas über Ihr gemeinsames Projekt erfahren.«

»Über unser gemeinsames Projekt?«, fragte er in sarkastischem Ton.

»Gibt es da ein Problem?«, fragte ich. »Können Sie darüber reden?«

»O ja«, sagte er. »Das kann ich.«

»Hast du viel Geld verloren, als eure Dotcom-Firma zusammenbrach?«, fragte ich fröhlich, ehe ich mir ein Stück bröckeligen Stilton in den Mund schob. Es war Bills Geburtstag, und er hatte uns alle zu sich nach Hause zum Mittagessen eingeladen. Draußen war es neblig und kalt, aber drinnen brannte ein loderndes Feuer im Ofen. Judy und Bill kochen sehr gut, viel besser als meine Eltern, und sie hatten uns mit einem Wildbraten und viel Rotwein bewirtet. Inzwischen waren wir bei Käse und Kräckern angelangt. Kerry saß am anderen Ende des Tisches und versuchte, Sasha zu überreden, ihre Brautjungfer zu machen. Aber Sasha, die mit ihren zwölf Jahren wie einundzwanzig aussieht und nur extreme Schlaghosen und Kapuzenshirts trägt, erklärte gerade, dass sie für niemanden auf der Welt ein pfirsichfarbenes Satinkleid anziehen würde. Dad und Bill aber hörten mir zu. Troy saß Brendan gegenüber. Es war schwer zu sagen, ob er dem Gespräch folgte oder nicht, da er gerade eine seiner lethargischen Phasen hatte.

»Auf jeden Fall zu viel«, antwortete Brendan und lachte wehmütig, ganz Mann von Welt.

»Und die anderen?«, fragte ich. Nachdem ich mein Glas geleert hatte, sprach ich so laut weiter, dass Kerry und Judy zu uns herübersahen. »Haben alle Geld verloren? Auch dieser Harry, von dem du uns damals erzählt hast? Wie war noch mal sein Name?«

Brendan sah mich verwirrt an.

»Hieß er nicht Vermont?«, fragte ich.

»Wie um alles in der Welt konntest du dir das merken?« Meine Mutter lachte, erfreut darüber, dass ich so viel Interesse zeigte und freundlich zu Brendan war.

»Mitch und Sasha, räumt doch bitte die Teller in die Küche«, sagte Judy. Die beiden erhoben sich murrend.

»Ich weiß noch, dass ich damals dachte: Vermont wie in Neuengland«, antwortete ich.

Bill schenkte mir nach, und ich nahm einen großen

Schluck. Mitch griff nach meinem Käseteller und ließ dabei das butterverschmierte Messer in meinen Schoß fallen.

»Der arme alte Harry«, meinte Brendan. »Er war völlig am Ende.«

»Was macht er denn jetzt? Bist du noch mit ihm in Kontakt?«

»Man kann seine Freunde doch nicht einfach fallen lassen, bloß weil sie eine schlechte Phase durchmachen«, erwiderte er salbungsvoll.

»Ich habe mit ihm gesprochen«, erklärte ich.

»Was?«

»Er hat gesagt, er habe dich irgendwann mal kennen gelernt, aber ihr hättet nie zusammengearbeitet, und er sei auch nie in der Verpackungsbranche tätig gewesen. Außerdem hast du den Job damals sowieso nicht bekommen.«

Ich nahm einen großen Schluck Wein.

»Kaffee?«, fragte Bill.

»Das wäre wunderbar, Bill«, antwortete meine Mutter mit einer Spur von Panik in der Stimme.

»Also?«, fragte ich Brendan.

»Du bist zu Harry Vermont und hast mit ihm gesprochen?« Brendans Ton klang sehr sanft. »Warum, Miranda? Warum hast du nicht erst mit mir darüber geredet?«

Alle sahen mich an. Ich legte beide Hände um die Tischkante.

»Ihr habt niemals zusammengearbeitet«, sagte ich. »Du hast mit ihm kein Geld verloren. Du kennst den Mann kaum.«

»Warum tust du so etwas?« Er schüttelte verwundert den Kopf, wandte sich an die ganze Runde. »Warum?«

»Weil du nicht die Wahrheit gesagt hast«, erklärte ich. Ein Gefühl von Übelkeit stieg in mir hoch. Ich spürte, wie mir der kalte Schweiß ausbrach.

»Wenn du mich vorher gefragt hättest, dann hätte ich es dir erklärt, Miranda.«

»Harry Vermont hat gesagt…«

»Harry Vermont hat alle im Stich gelassen, mit denen er zusammengearbeitet hat«, fiel mir Brendan ins Wort. Er lehnte sich ein wenig zurück, wandte sich wieder an die ganze Runde. »Er wollte die Lorbeeren, aber nicht die Verantwortung. Trotzdem habe ich ihm verziehen. Er war mein Freund.«

»Er hat gesagt…«

»Miranda!«, zischte meine Mutter, als könnten die anderen nicht sowieso jedes Wort hören. »Jetzt reicht es aber!«

»Ich wollte herausfinden…«

»Es reicht, habe ich gesagt!« Sie schlug mit der Hand so fest auf die Tischplatte, dass das Besteck klirrte. »Schluss damit! Lasst uns Kaffee trinken.«

Judy wandte sich an Bill und nickte ihm zu. Die beiden erhoben sich und verließen den Raum. In der Küche ließ jemand ein Glas fallen.

Ich überlegte, ob ich aufstehen und gehen sollte, aber ich saß zwischen Tisch und Wand eingezwängt, und Troy hätte aufstehen müssen, um mich hinauszulassen. Stattdessen ergriff ich noch einmal das Wort: »Du hast uns angelogen.« Ich wandte mich an die anderen. »Er hat uns angelogen«, wiederholte ich.

Brendan schüttelte den Kopf.

»Ich habe euch vielleicht nicht die ganze hässliche Geschichte erzählt, weil er mein Freund war und mir Leid tat. Ich wollte ihn nicht bloßstellen. Aber ich habe euch nicht angelogen. Nein, Miranda.« Er schwieg einen Moment und lächelte mich an. »Was das betrifft, solltest du nicht von dir auf andere schließen. Nicht jeder ist so skrupellos wie du.«

Draußen in der Diele hörte ich die Standuhr ticken.

Durch die Terrassentür sah ich die kahlen Äste der großen Rotbuche im Wind schwanken.

»Ich muss gerade daran denken, wie du damals Kerry hintergangen hast«, fügte er hinzu.

»Hört auf«, sagte Troy. »Ich mag das nicht. Bitte, hört auf.«

»Was?«, fragte Kerry im selben Moment in scharfem, angsterfülltem Ton. »Was meinst du damit?«

»Aber ich bin sicher, dass Kerry dir verziehen hat. Sie ist ja zum Glück nicht nachtragend. Hmm?«

»Wovon redest du überhaupt, Brendan? Nun sag schon!« Ich sah die Angst in Kerrys Gesicht.

»Du warst ja schließlich erst siebzehn«, fuhr Brendan fort, immer noch an mich gewandt.

»Brendan, es tut mir Leid, wenn ich ...«

»Und wie alt warst du, Kerry? Neunzehn, nehme ich an.«

»Wie alt war ich wann?«

»Du weißt schon, damals, als Miranda dir deinen Freund ausgespannt hat. Wie hieß er noch mal? Mike, oder?«

Um uns herum war es plötzlich totenstill.

Brendan schlug die Hand vor den Mund.

»Sag bloß, du hast das nicht gewusst! Miranda hat es dir nie gesagt? Ich hatte ja keine Ahnung! Mir hat sie es ganz beiläufig erzählt, als wir uns gerade mal ein paar Tage kannten, und deswegen dachte ich ... deswegen bin ich einfach davon ausgegangen, dass ihr das alle wisst, ihr seid schließlich eine Familie, und da weiß man ja normalerweise ...« Er sprach den Satz nicht zu Ende.

Ich öffnete den Mund, um richtig zu stellen, dass ich es ihm keineswegs erzählt hatte, sondern dass er es in einem Tagebuch gelesen hatte, das ihn überhaupt nichts anging, ließ es dann aber sein. Wen interessierte jetzt noch, wie er davon erfahren hatte? Tatsache war, dass es stimmte.

»Kerry«, sagte ich schließlich. »Lass uns das nicht hier besprechen. Können wir irgendwo in Ruhe darüber reden?«

Sie starrte mich an. »Verstehe«, sagte sie. »Und jetzt versuchst du es wieder.«

18. KAPITEL

Obwohl Judy mich an der Tür zurückhalten wollte, stürmte ich aus dem Haus, stieg in mein Auto und fuhr bis ans Ende der Straße, wo ich an einer Bushaltestelle anhielt. Mich fröstelte, aber zugleich schwitzte ich, und meine Hände zitterten so sehr, dass ich kaum in der Lage war, den Motor abzustellen. Ich hatte einen ekelerregenden Geschmack im Mund, eine Mischung aus Wildbraten, Schimmelkäse, Rotwein und Angst. Einen Moment lang befürchtete ich, mich übergeben zu müssen. Ich blieb eine Weile sitzen und starrte einfach geradeaus, ohne richtig wahrzunehmen, wie der Verkehr an mir vorüberströmte, während es langsam düster zu werden begann, als würde die Farbe aus allem entweichen und die Welt in tristem Grau zurücklassen.

Hinter mir ertönte lautes Hupen, und als ich in den Rückspiegel blickte, sah ich, dass ein Bus wartete. Rasch ließ ich den Wagen an und ordnete mich wieder in den Verkehr ein, auch wenn ich keine Ahnung hatte, mit welchem Ziel. Eine Weile fuhr ich in Richtung meiner Wohnung, aber das war der letzte Platz auf der Welt, wohin ich mich jetzt flüchten konnte. Ich hatte mein Zuhause immer geliebt, es war mein Hafen gewesen. Das war nun vorbei.

Natürlich konnte ich zurück zu Laura, aber ich sehnte mich verzweifelt danach, allein zu sein, weswegen ich immer weiter stadtauswärts fuhr, vorbei an Läden, die alte Kühlschränke verkauften, Mobiltelefone, Gaststättenbedarf, billige Videos, Gartenzwerge, Bodenfliesen, Windspiele... Die Straßen machten einen immer tristeren Eindruck, die Brücken, unter denen ich hindurchfuhr, waren mit Graffiti bedeckt, die kleinen Cafés, an denen ich vorbeikam, wirkten heruntergekommen, die Metzgereien, die immer noch geöffnet hatten und in deren Schaufenstern riesige Fleischstücke baumelten, alles andere als einladend. An einer Ampel klopfte ein junger Mann im Kampfanzug an mein Fenster und forderte mich auf, ihm mein Geld zu geben. Nachdem ich eine Überführung und mehrere große Kreuzungen hinter mir gelassen hatte, sah die Gegend wieder ansehnlicher aus. An die Stelle der Reihenhäuser traten einzelne, von Gärten umgebene Häuser. Überall gingen die Lichter an. Straßenlampen erhellten die Dämmerung. Schließlich wurde es ländlich. Große, fast kahle Bäume säumten die Straße, zu beiden Seiten erstreckten sich Felder, zwischen denen sich ein Fluss hindurchschlängelte.

Ich bog aufs Geratewohl nach links in eine kleine Straße ein, dann noch einmal nach links in eine noch kleinere, wo ich schließlich neben einem Feld anhielt, auf dem ein Stück entfernt ein paar Kühe standen. In einer Stunde etwa würde es dunkel sein, und als ich die Tür öffnete, spürte ich die beißende Kälte. Ich war nicht für draußen gekleidet, trug auch nicht die richtigen Schuhe, aber das war mir egal. Froh über den schneidenden Wind, der mir die Haare ins Gesicht peitschte, ging ich die Straße entlang. Ein paar Minuten lang marschierte ich so schnell dahin, dass meine Waden zu schmerzen begannen. Erst dann ließ ich meinen Gedanken freien Lauf.

Mit neunzehn war Kerry sehr hübsch, aber da sie selbst nicht dieser Meinung war und meist den Kopf einzog, fiel sie den Leuten kaum auf. Zumindest den meisten Jungen. Michael war nicht ihr erster Freund, aber der Erste, in den sie sich richtig verliebte, und vielleicht auch der Erste, mit dem sie Sex hatte. Sie erzählte es mir nicht, und ich fragte sie auch nie danach. Anfangs, weil ich auf den passenden Moment wartete, und später, weil mir bewusst war, dass dieser Moment nie kommen würde. Es war in den letzten Sommerferien, bevor sie mit dem Studium begann. Sie hatte einen Ferienjob in unserem Stammcafé, wo sie Geschirr spülte und den Gästen Kaffee und Kuchen servierte. Er war zwei oder drei Jahre älter als sie und studierte in Hull Hoch- und Tiefbau, verbrachte aber die Ferien zu Hause und sah Kerry ein paarmal im Café. Eines Tages beugte er sich über den Tresen, bestellte eine Tasse Tee und fragte sie bei der Gelegenheit, ob sie Lust hätte, abends mit ihm etwas trinken zu gehen.

Vielleicht lag es daran, dass er nichts über sie wusste und nicht zu der Welt gehörte, in der sie immer nur am Rand stand. Vielleicht war sie einfach auch bereit dafür. Auf jeden Fall wirkte sie ziemlich begeistert von ihm, und gleichzeitig war sie stolz auf sich selbst, weil er älter war als sie und wenn auch nicht wirklich gut aussehend, so doch sehr extrovertiert und ein großer Charmeur. An seiner Seite fühlte sie sich sicherer und attraktiver als je zuvor. Sie blühte sichtlich auf… ähnlich, wie sie mit Brendan aufgeblüht war, dachte ich, während ich in der hereinbrechenden Dunkelheit die Straße entlangging.

Und dann… ich hatte zu viele Jahre versucht, nicht daran zu denken, sodass ich mich jetzt zwingen musste, mich der verdrängten Erinnerung zu stellen. Das mit Kerry und Michael dauerte nicht sehr lange, und schon nach ein paar

Tagen war klar, dass sie sich mehr verliebt hatte als er. Zumindest war ich damals dieser Meinung, und später dann erst recht. Anfangs hatte er keine Notiz von mir genommen. Ich war vier oder fünf Jahre jünger als er und noch Jungfrau. Ich glaube nicht, dass ich so richtig mit ihm geflirtet habe, aber ich erinnere mich an den Blick, mit dem er mich eines Tages musterte – es war ein plötzlicher, abschätzender Blick, direkt über Kerrys Kopf hinweg, und noch heute erinnere ich mich ganz genau an das triumphierende Gefühl, von dem ich schlagartig durchdrungen war. Gleichzeitig empfand ich einen heftigen Abscheu vor mir selbst. Ab diesem Zeitpunkt musste ich ständig an ihn denken, nur weil er mich so angesehen hatte – in aller Öffentlichkeit, aber zugleich sehr intim. Ich glühte vor geheimer, schuldbewusster Lust.

Irgendwann gab er mir vor Kerrys Schlafzimmer einen hastigen Kuss. Ich ließ ihn gewähren, redete mir ein, dass es nichts bedeutete. Ein Kuss zählte nicht, ich hatte nichts Schlimmes getan. Eines Nachmittags hatten wir dann Sex auf meinem Bett, während Kerry rasch zum Kiosk um die Ecke ging, um Zigaretten für ihn zu holen. Das Ganze dauerte zwei schmerzhafte, schreckliche Minuten, und noch bevor wir richtig angefangen hatten, wurde mir bewusst, dass ich dabei war, den schlimmsten Fehler meines Lebens zu begehen. Danach konnte ich den Anblick seiner oberflächlichen, selbstzufriedenen Miene einfach nicht mehr ertragen und vermied jedes weitere Zusammentreffen mit ihm. Bevor er kam, verließ ich das Haus, und wenn das Telefon klingelte, ging ich nicht mehr ran. Ich wartete darauf, dass die Welle der Scham, die mich überflutet hatte, langsam wieder abebben würde. Er und Kerry waren nur noch kurze Zeit zusammen. Er rief immer seltener an und reagierte auch nicht mehr auf ihre Anrufe. Etwa eine Woche später, nachdem er wieder nach Hull zurückgekehrt war, begann Kerry mit ihrem Studium. Ich war sicher, dass er sie sowieso verlassen hätte. Ich versuchte Entschuldigungen zu finden, die mein Verhalten rechtfertigten, damit ich mich nicht mehr so schlecht zu fühlen brauchte, aber irgendwie gelang es mir nie so recht. Ich weiß nicht, ob Kerry ihm sehr nachtrauerte, ich wollte es auch gar nicht wissen. Ich konnte damals selbst kaum glauben, was passiert war. Und das ging mir noch heute so. Ich hatte es nie jemandem anvertraut. Außer meinem Tagebuch. Es aufzuschreiben war fast so eine Art Therapie gewesen, eine Möglichkeit, es aus meinem Kopf herauszubekommen und in einen Gegenstand zu verwandeln, den ich wegwerfen oder zumindest verstecken konnte. Aber letztendlich brachte ich es nie fertig, mein Tagebuch wegzuwerfen. Das wäre gewesen, als würde ich ein Stück von mir selbst wegwerfen.

Die entscheidende Frage war nun, ob ich damals nur deswegen mit ihm geschlafen hatte, weil er mit meiner älteren Schwester zusammen war. Ich erreichte einen Zaunübertritt und ließ mich darauf nieder. Spürte durch meine Kleidung die Feuchtigkeit des Holzes, spürte die Nässe des Bodens unter meinen dünnen Sohlen. Ich legte den Kopf in meine kalten Hände, presste die Daumen gegen die Ohren, um mich besser in mein Inneres versenken zu können. Denn falls dem tatsächlich so war, was sagte das über meinen Charakter aus? Welch seltsame, hässliche Replik des damaligen Geschehens lief da ab, diesmal aber für alle sichtbar und von allen mitverfolgt? Im Geist hörte ich wieder die gezischten Anweisungen meiner Mutter, die flehenden Worte Troys. Ich sah, wie sie mich alle anstarrten. Kerrys bleiches Gesicht. Brendans Lächeln.

Eine noch brennendere Frage war, wie es jetzt weitergehen sollte. Ich schlug die Augen auf und erhob mich.

Inzwischen war es dunkel, der mondlose Himmel von Wolken verhüllt. Hier stand ich nun, auf einer abgelegenen Straße, umgeben von Wiesen und Wäldern, und hatte keine Ahnung, was ich als Nächstes tun sollte. Ein Teil von mir wollte einfach nur weglaufen und sich um nichts mehr kümmern müssen. Aber selbst zum Weglaufen brauchte man ein Ziel, man musste entscheiden, auf welcher Straße man in welche Stadt gelangen, wo man essen und in welchem Bett man schlafen wollte ...

Am Ende ging ich einfach zu meinem Wagen und fuhr dieselbe Strecke zurück, die ich gekommen war. Ich fror so, dass meine schlecht funktionierende Autoheizung nicht mehr ausreichte, um mich aufzuwärmen. Kurz vor Lauras Wohnung hielt ich an einem Laden an und besorgte Milch, Kakaopulver und Kekse. Als ich die Wohnungstür aufsperrte, hörte ich, dass im Bad gerade jemand Wasser einließ, also beschränkte ich mich darauf, mir eine große Tasse heiße Schokolade zu machen und mich damit auf der Couch niederzulassen. Ich zog die Beine unter den Körper und trank die Schokolade ganz langsam, in kleinen Schlucken, um möglichst lange etwas davon zu haben.

19. KAPITEL

Ich nahm meinen ganzen Mut zusammen und rief in meiner Wohnung an. Brendan ging ran. Mir rutschte das Herz in die Hose, und am liebsten hätte ich sofort wieder aufgelegt, aber Brendan hätte bestimmt herausgefunden, dass ich es gewesen war, und hätte zurückgerufen oder sich sonst was ausgedacht, und alles wäre wieder irgendwie übel ausgegangen. Zumindest für mich. Deswegen sagte ich hallo.

»Geht es dir gut, Miranda?«, fragte er.

»Wie meinst du das?«

»Das Ganze muss sehr schmerzhaft für dich gewesen sein.«

»Und wessen Schuld ist das?«, gab ich zurück und verfluchte mich sofort dafür. Nun war ich in derselben Situation wie ein Boxer, der gerade freiwillig seine Deckung aufgegeben hatte. Der Schlag ins Gesicht blieb nicht aus.

»Miranda, Miranda, Miranda«, sagte er in schrecklich besänftigendem Ton. »Nicht ich habe Kerry hintergangen, sondern du.«

»Trotzdem hast du gelogen«, erwiderte ich. »Du weißt von der Geschichte, weil du in meinem Tagebuch herumgeschnüffelt hast, aber den anderen gegenüber hast du behauptet, ich hätte es dir erzählt.«

»Spielt es wirklich eine Rolle, wie ich davon erfahren habe? Vielleicht ist es besser so, Miranda. Geheimnisse sind schlecht für eine Familie. Es kann etwas Reinigendes und Befreiendes haben, wenn sie ans Tageslicht kommen.«

Einen Moment lang fragte ich mich, ob ich im Begriff war, wahnsinnig zu werden. Nicht nur das, was Brendan sagte, verursachte mir einen Brechreiz, nein, ich hatte sogar am Telefon das Gefühl, allein schon von seiner Stimme körperlich verseucht zu werden, als würde sie wie ein kleines schleimiges Lebewesen in mein Ohr hineinkriechen.

»Ich wollte bloß sagen, dass ich morgen kurz vorbeikomme, um ein paar von meinen Sachen abzuholen.« Nach einer kurzen Pause fügte ich hinzu: »Wenn das für euch in Ordnung ist.«

»Weißt du schon, wann?«

Am liebsten hätte ich geantwortet, was denn das für

eine Rolle spiele, verkniff es mir aber. Ich wollte mich nicht schon wieder in irgendeine Art von Streit hineinziehen lassen und am Ende als die Dumme dastehen.

»Wenn ich von der Arbeit zurückkomme.«

»Wann wird das ungefähr sein?«

»Schätzungsweise so gegen halb sieben«, antwortete ich. »Spielt das eine Rolle?«

»Wir sind immer gern vorbereitet, wenn du kommst, Miranda. Damit wir dich gebührend empfangen können.«

»Ist Kerry da?«

»Nein.«

»Könntest du ihr ausrichten, dass sie mich doch bitte anrufen soll?«

»Natürlich«, antwortete er in liebenswürdigem Ton.

Nachdem ich mit einer ziemlich heftigen Bewegung den Hörer aufgeknallt hatte, sah ich Laura schuldbewusst an. Ihr Telefon zu demolieren war keine besonders gute Art, mich in ihrem Haushalt nützlich zu machen. Sie musterte mich besorgt. Schon wieder erwies sie sich als gute Freundin.

»Was ist los?«, fragte sie.

»Glaub mir, du willst es nicht wissen«, antwortete ich. »Es ist ein ziemlich beschissenes Gefühl, wenn man einen Termin vereinbaren muss, um seine eigene Wohnung betreten zu dürfen. Tut mir Leid. Erst sage ich, du willst es nicht wissen, und dann erzähle ich es dir doch.« Lächelnd nahm sie mich in den Arm. »Es wird jetzt wirklich Zeit, dass du mit Tony ein paar Kinder in die Welt setzt«, fügte ich hinzu. »Das ist dir doch hoffentlich klar, oder?«

»Wieso denn das?«

»Weil ich mindestens acht Jahre babysitten muss, um wieder gutzumachen, was du alles für mich getan hast.«

Sie lachte.

»Ich werde darauf zurückkommen«, meinte sie. »Aber Tony gegenüber solltest du das besser nicht erwähnen. Jedes Mal, wenn von Kindern die Rede ist, fällt ihm die Kinnlade herunter.«

Laura und Tony machten sich gerade zum Ausgehen fertig. Sie hatten sich offenbar gestritten, denn Laura war ihm gegenüber sehr kühl und kurz angebunden, und Tony schmollte. Ich würde einen einsamen Sonntagabend in ihrer Wohnung verbringen und mich in meinem Selbstmitleid suhlen. Ich hatte alles schon genau geplant. Erst mal würde ich mir ein paar Gläser Wein genehmigen. Als Abendessen würde es ein Schinken-Avocado-Sandwich mit viel Mayonnaise geben, die Zutaten hatte ich schon vorher besorgt. Dazu noch mehr Wein. Dann würde ich mir ein Bad gönnen und hinterher sturzbetrunken ins Bett fallen. Zwischendrin standen ein paar Schluchz- und Heuleinlagen auf dem Programm. Wann sie im Einzelnen stattfinden sollten, hatte ich noch nicht entschieden.

Ich muss ausgesehen haben wie ein Kind auf einem Poster, denn plötzlich hörte ich hinter mir leises Gemurmel, dann flüsterte Laura etwas, das ich nicht verstehen konnte, und Tony fragte mich, ob ich nicht mitkommen wolle.

»Was? Ich?«, fragte ich verlegen. Mir war klar, dass ich ihnen Leid tat, und kam mir richtig erbärmlich vor. »Nein, nein. Ich mache mir lieber einen gemütlichen Abend auf der Couch.«

»Nun sei nicht albern«, meinte Laura. »Wir gehen zu einer Party. Es werden jede Menge Leute da sein. Du wirst dich bestimmt amüsieren. Und *uns* störst du ganz bestimmt nicht.« Letzteres war eher an Tony gerichtet als an mich. Er wandte sich von ihr ab und warf einen Blick in meine Richtung, wobei er verschwörerisch die Augenbrauen hochzog. Ich tat, als würde ich es nicht bemerken.

»Lieber nicht. Ich bin doch gar nicht eingeladen.«

»Ach was«, gab Laura zurück. »Die Gastgeberin ist eine Freundin von mir, Joanna Gergen. Kennst du sie?«

»Nein.«

»Aber sie kennt dich. Ich hab ihr schon öfter von dir erzählt.«

»Was? Dass ich verrückt bin?«

»Nein, dass du meine beste Freundin bist. Sie gibt eine Hauseinweihungsparty. Das wird bestimmt lustig.«

Sie ließen nicht locker, sodass sie es am Ende doch schafften, mich zu überreden. Ich brauchte dreißig Sekunden, um zu duschen, und weitere fünfundvierzig Sekunden, um in mein schwarzes Kleid zu schlüpfen. Dann saß ich auf dem Rücksitz ihres Wagens und versuchte unter höchst widrigen Umständen, Wimperntusche und Lippenstift aufzutragen.

Joannas Wohnung lag in einer Seitenstraße der Ladbroke Grove und musste ein Vermögen gekostet haben, mindestens... Ich versuchte, nicht weiter über den Preis nachzudenken, ich befand mich schließlich nicht in der Arbeit. Der Abend sollte mich ja gerade von dem jämmerlichen Leben ablenken, das ich im Moment führte. Joanna, die perfekt gestyltes blondes Haar hatte und ein ausgesprochen verruchtes rotes Kleid trug, wirkte ein wenig überrascht, als sie mich wie ein lästiges Anhängsel hinter Laura und Tony stehen sah.

»Das ist Miranda«, stellte Laura mich vor.

Auf Joannas Gesicht breitete sich ein Lächeln aus.

»Dann sind Sie also die Frau, die aus ihrer eigenen Wohnung vertrieben worden ist?«, fragte sie.

Laura warf mir einen entschuldigenden Blick zu. »Ich habe Joanna erzählt, dass du meine beste Freundin bist und zurzeit mit ein paar Problemen zu kämpfen hast.«

Es spielte sowieso keine Rolle, und irgendwie brach es das Eis. Joanna geleitete mich hinein und begann mir in allen Einzelheiten zu erklären, was an dem Haus alles verändert worden war und wie lange es gedauert hatte. Offenbar wusste sie auch noch andere Dinge über mich.

Es war eine unerwartet gute Party. Zu der äußerst geräumigen Wohnung gehörte ein schöner Garten, in den man durch eine Terrassentür in der Küche gelangte. Der ganze Garten funkelte, weil überall Marmeladengläser mit Kerzen verteilt waren. Im Wohnzimmer spielte eine Live-Band Salsa, und die Badewanne war randvoll mit Eis und Bierflaschen. Abgesehen von Laura und Tony kannte ich keinen Menschen, was mir aber nichts ausmachte, ganz im Gegenteil. Eine Party mit lauter fremden Menschen zu besuchen ist, als würde man einen Abend auf einem anderen Planeten verbringen. Ich kämpfte gerade mit dem Verschluss einer Flasche, als ein Mann neben mich trat und sie mir aus der Hand nahm. Nachdem er sie mit Hilfe seines Feuerzeugs geöffnet hatte, gab er sie mir wieder zurück.

»Da, bitte«, sagte er.

»Sie sehen aus, als wären Sie jetzt mächtig stolz auf sich«, stellte ich fest.

»Ich bin Callum«, antwortete er, ohne auf meine Bemerkung einzugehen.

Ich betrachtete ihn argwöhnisch. Er war groß und hatte dunkles, krauses Haar. Außerdem trug er eins von diesen merkwürdigen, briefmarkengroßen Bärtchen unter der Unterlippe. Er ertappte mich dabei, wie ich es anstarrte.

»Sie können es gern anfassen, wenn Sie möchten«, erklärte er.

»Gibt es eine Bezeichnung dafür?«, fragte ich.

»Keine Ahnung.«

»Ist es schwierig, so was hinzukriegen?«

»Verglichen womit?«, wollte er wissen. »Mit einer Gehirnoperation?«

»Mit einem normalen Bart.«

»Bis jetzt hatte ich keine größeren Schwierigkeiten damit.«

»Ich heiße Miranda.«

»Ich weiß«, antwortete er. »Sie sind die Frau, die aus ihrer eigenen Wohnung ausgezogen ist.«

»Es ist nicht so aufregend, wie es klingt. Das Ganze ist eine ziemlich jämmerliche und deprimierende Geschichte.«

»So wie sie mir erzählt wurde, klang sie ziemlich komisch«, entgegnete Callum.

»Das mag schon sein«, räumte ich ein. »Aber in Wirklichkeit ist sie ziemlich traurig.«

Obwohl ich mir allmählich vorkam wie Coleridges alter Seemann, schilderte ich ihm die ganze Story. Während ich redete, bugsierte er mich zum Buffet hinüber und drückte mir einen Teller mit Schweinebraten und zwei Sorten Salat in die Hand. Ich hatte die Geschichte inzwischen ja schon mehreren Leuten erzählt, aber seltsamerweise klang sie diesmal tatsächlich komisch, was zum Teil wohl daran lag, dass Callum ungefähr zehn Zentimeter größer war als ich und ihm die ganze Zeit sein krauses Haar in die Stirn fiel, während er mit leicht fragendem Gesichtsausdruck zu mir herunterblickte. Außerdem ist es schwierig, ernst und würdevoll zu bleiben, wenn man gleichzeitig eine Geschichte erzählen, aus einer Flasche trinken, einen Teller halten und obendrein noch von diesem essen soll.

»Das Beste wäre«, erklärte Callum, nachdem ich zu Ende erzählt hatte, »Sie würden sie einfach rauswerfen.«

»Das kann ich nicht«, antwortete ich wie aus der Pistole geschossen.

»Dann tun Sie doch so, als würden Sie Urlaub machen,

nur dass Sie eben nicht im Hotel, sondern zu Hause übernachten. Sie haben jemanden, der auf Ihre Wohnung aufpasst, sodass Sie jeden Tag losziehen und sich in London amüsieren können.«

Unser Gespräch wandte sich nun anderen Themen zu. Er wusste bereits, was ich beruflich machte, und wie die meisten anderen Menschen war er äußerst beeindruckt davon, dass ich mir meinen Lebensunterhalt verdiente, indem ich auf Leitern stieg oder Holzstücke auseinander sägte. Zum Schluss fragte er mich nach meiner Telefonnummer, worauf ich ihm zur Antwort gab, ich hätte keine, das sei doch der Knackpunkt meiner ganzen Geschichte, er habe mir wohl nicht richtig zugehört. Lachend antwortete er, er sei ein Freund von Tony und werde mich dort anrufen.

Ein wenig verlegen stellte ich fest, dass Laura und Tony wohl schon eine ganze Weile in der Nähe gestanden und auf mich gewartet hatten, weil sie allem Anschein nach aufbrechen wollten. Obwohl doch eigentlich ich diejenige war, der es nicht gut ging, schien ich mich auf der Party ihrer Freundin besser amüsiert zu haben als sie selbst. Während der Heimfahrt musste ich wieder an das denken, was Callum gesagt hatte.

»Ich werde sie rauswerfen«, erklärte ich.

Laura wandte sich mit einem fragenden Blick zu mir um. »Was?«

»Ich habe mich in diesen ganzen Mist so tief reinziehen lassen, dass ich schon gar nicht mehr klar denken konnte«, erklärte ich. »Doch ab sofort werde ich mich wieder wie ein normaler Mensch benehmen. Ich werde für Kerry und Wiehießernochmal eine andere Lösung finden, und wenn ich die beiden in einem Hotel unterbringen muss!«

»Du kannst aber wirklich noch bei uns bleiben«, sagte Laura. »Nicht wahr, Tony?«

»Was?«

»Miranda kann doch noch bei uns bleiben, oder?«

»Du bist der Boss.«

»Oh, mein Gott!«

Ich mischte mich ein.

»Nein, ihr wart beide ganz wunderbar. Ich habe nur das Gefühl, in einem Raum eingesperrt zu sein, in dem die Heizung läuft und die Vorhänge zugezogenen sind und irgendwas vor sich hin fault. Ich werde die Vorhänge öffnen und die Fenster aufreißen.«

»Und was machst du mit dem fauligen Ding?«, fragte Laura.

»Das hat wahrscheinlich nur in meiner Einbildung existiert. Wenn andere Leute glauben, sich seltsam verhalten zu müssen, dann ist das deren Problem. Ich werde von jetzt an wieder mein eigenes Leben leben.«

»Es ist schön, dich so reden zu hören. Woher der plötzliche Sinneswandel?«

Ich lachte.

»Vielleicht war es das Gespräch mit Callum. Ich hatte das Gefühl, mich in einer griechischen Tragödie zu befinden. Dabei ist es wahrscheinlich nur eine Situationskomödie.«

20. KAPITEL

Ich schnürte meine Laufschuhe und trank ein Glas Wasser, ehe ich die Haustür öffnete. Es war halb sieben Uhr morgens, noch dunkel draußen und viel kälter als am Vortag. Auf dem Gehsteig lag Frost, und sämtliche Autofenster waren vereist. Einen kurzen Moment ging mir durch den

Kopf, dass mein Vorhaben etwas Masochistisches hatte. Statt mich wie eine mittelalterliche Nonne zu kasteien, sollte ich lieber wieder ins warme Bett gehen – oder zumindest zurück auf die Ausziehcouch. Rasch schob ich den Gedanken beiseite, zog die Tür hinter mir zu und begann meinen Lauf, der mich durch kleine Nebenstraßen in den Park führen würde.

Ich war schon lange nicht mehr gelaufen. Anfangs fror ich und fühlte mich noch ein wenig steif, aber dann fand ich allmählich meinen Rhythmus, und während ich so dahinjoggte – vorbei am Zeitungshändler, der gerade seine Metallrollläden hochzog, vorbei an der verwaisten Grundschule und der Wertstoffsammelstelle –, wurde die Morgendämmerung langsam vom Tag abgelöst. In den Häusern gingen die Lichter an, die Straßenlampen erloschen, und die ersten Wagen wurden, der Kälte wegen stotternd, angelassen. Der eben noch dunkelgraue Himmel hellte sich zusehends auf und bekam rosafarbene Streifen. Der Briefträger drehte bereits seine Runde. Eine Frau, die drei riesige Hunde an der Leine führte, eilte an mir vorüber. Ich musste an die Leute denken, die sich gerade im Bett umdrehten und ihren Wecker abstellten, an die Kinder, die sich gähnend streckten und dann noch mal für ein paar Minuten unter ihre Bettdecke kuschelten, an prasselnde Duschen, dampfende Wasserkessel, knuspriges Brot… Und plötzlich überkam mich für einen Moment ein richtiges Glücksgefühl, durch die leeren Londoner Straßen zu laufen, während die aufgehende Sonne einen prächtigen Herbsttag verhieß.

Auf dem Rückweg machte ich kurz Halt und erstand eine Packung Speck und Weißbrot. In der Wohnung rührte sich noch niemand, sodass ich schnell unter die Dusche ging und mich dann anzog. Anschließend füllte ich den Kessel mit Wasser für den Kaffee und machte mich daran, den

Speck zu braten. Die Schlafzimmertür ging auf, und Laura streckte verschlafen den Kopf heraus. Mit ihrem zerzausten Haar und den rosigen Wangen sah sie aus wie ein junges Mädchen. Sie schnüffelte und murmelte etwas, das ich nicht verstand.

»Kaffee und Sandwiches mit Speck«, verkündete ich. »Möchtest du im Bett frühstücken?«

»Es ist Montagmorgen!«

»Ich dachte, wir sollten die Woche gut anfangen.«

»Wie lange bist du denn schon auf?«

»Ungefähr eine Stunde. Ich war joggen.«

»Warum bist du denn auf einmal so schwungvoll und fröhlich?«

»Ich nehme mein Leben wieder in die Hand«, erklärte ich. »Das ist mein neues Ich.«

»Mein Gott!«, sagte sie und zog den Kopf zurück. Einen Moment später saß sie eingehüllt in einen dicken Bademantel bei mir in der Küche und sah zu, wie ich den Speck zwischen dicke Brotscheiben legte und Milch für den Kaffee heiß machte. Nachdem ich ihr ein Sandwich gereicht hatte, biss sie vorsichtig ein kleines Stück ab. Ich stürzte mich hungrig auf meines.

»Was hast du denn heute für Pläne?«, fragte sie.

Ich schlürfte meinen Kaffee. Wohlige Wärme breitete sich in meinem Körper aus.

»Mir ist in der Nacht eine Idee gekommen. Ich werde alle Leute anrufen, von denen ich weiß, dass sie sich in der nächsten Zeit eine Weile im Ausland aufhalten wollen. Das sind eine ganze Menge. Viele unserer Kunden lassen irgendwelche Arbeiten an ihren Häusern machen, wenn sie nicht da sind. Ich werde fragen, ob jemand Interesse daran hat, dass ein zuverlässiges Paar in der Zwischenzeit auf ihr Haus aufpasst. Es ist eine Familie mit vielen Haustieren darunter, die sowieso zweimal am Tag gefüttert werden müssen. Vielleicht wären die Leute froh, Kerry und Brendan im Haus zu haben. Ich bin sicher, dass ich jemanden finden werde – das ist viel besser, als Unmengen von Zeitungsannoncen zu durchforsten.« Ich schenkte mir eine zweite Tasse Kaffee ein und griff nach einem weiteren Sandwich. »Wenn sich die beiden nicht selbst um eine Übergangslösung bemühen, muss ich das eben für sie in die Hand nehmen«, fuhr ich fort. »Dann können Troy und ich uns wie geplant die Wohnung teilen. Außerdem muss ich heute mit Bill ins Reclamation Centre. Danach mache ich meine Buchhaltung, und wenn ich damit fertig bin, fahre ich in meine Wohnung, hol ein paar Sachen und sag den beiden, bis wann sie draußen sein müssen. Das war's.«

»Puh! Da werde ich ja schon vom Zuhören müde.«

»Ihr seid mich also bald los.«

»Ich hab dich gern hier.«

»Wirklich lieb von dir, aber ich habe trotzdem das Gefühl zu stören. Ich möchte deine Geduld auf keinen Fall überstrapazieren.«

»Soll ich uns heute Abend was Schönes kochen?«

»Ich bring was mit«, antwortete ich. »Curry und Bier.«

Nachdem Laura in die Arbeit aufgebrochen war und ich den Frühstückstisch abgeräumt hatte, schaltete ich die Waschmaschine ein und saugte das Wohnzimmer. Ich nahm mir vor, ein großes Geschenk für Laura zu besorgen, wenn ich ihre Wohnung verließ.

Dann fuhr ich in Bills Büro, das nur ein paar hundert Meter von seinem Haus entfernt lag, und begann herumzutelefonieren. Die Familie mit den Haustieren hatte bereits jemanden organisiert, der auf das Haus aufpassen würde. Die junge Frau, die in Shoreditch wohnte, wollte niemand

Fremden in der Wohnung haben. Das Paar mit dem schönen Wintergarten hatte seine Pläne geändert und würde erst in ein paar Monaten ins Ausland gehen, aber die beiden Männer mit dem kleinen Haus in London Fields waren interessiert. Sie würden mich zurückrufen, sobald sie es miteinander besprochen hatten.

Während ich wartete, begann ich mit der Buchhaltung. Es dauerte nicht lange, bis das Telefon klingelte. Sie würden in acht Tagen nach Amerika aufbrechen, voraussichtlich für drei Monate, möglicherweise aber auch länger, wenn alles gut lief. Sie hatten eigentlich nicht vorgehabt, sich jemanden ins Haus zu holen, aber nachdem es sich um eine persönliche Empfehlung handelte, hielten sie es eigentlich für eine gute Idee, vorausgesetzt, die neue Küche wurde während ihrer Abwesenheit trotzdem eingebaut, Kerry und Brendan zahlten eine kleine Miete, hielten das Haus sauber und gossen die Dattelpalme und den Orangenbaum im Bad.

»In acht Tagen?«, fragte ich.

»Ja.«

Es handelte sich um ein sehr schönes Haus, viel größer als meine Wohnung und mit einem wunderbaren Blick auf einen Park. Es war mit einem runden Bad und dicken Teppichen ausgestattet, und sobald wir mit dem Einbau fertig waren, konnten Kerry und Brendan auch noch über eine neue Küche mit Edelstahlherd und Ceranfeld, schönen Fliesen und einem riesigen Sonnendach verfügen. Nicht einmal Brendan könnte etwas daran auszusetzen haben. In acht Tagen wäre meine Wohnung wieder frei. Ich würde mein Schlafzimmer gelb streichen und sämtliche Möbel austauschen, die Fenster putzen und alles rauswerfen, was mir nicht mehr gefiel.

»Großartig«, antwortete ich. »Einfach großartig. Sie glauben gar nicht, was für einen Gefallen Sie mir damit tun.«

Sofort rief ich Troy an und erzählte ihm die Neuigkeit. Durchs Telefon hörte ich ihn lächeln.

Ich traf ein wenig früher als angekündigt in meiner Wohnung ein. Es brannte Licht, obwohl ich Kerrys Wagen nirgendwo entdecken konnte. Auf der Straße war es dunkel. Mühsam fummelte ich den Schlüssel ins Schloss und schob die Haustür auf. Ich hoffte, dass niemand da sein würde, aber wenn doch, würde ich ihnen von dem Haus in London Fields erzählen und versuchen, mit Kerry zu reden. Am Tag zuvor hatte ich das Gefühl gehabt, dass sie mir niemals verzeihen würde, aber heute sah die Sache ganz anders aus. Dabei hatte sich eigentlich nichts geändert, außer in meinem Kopf.

Während ich die Treppe hinaufging, stieg mir ein Geruch in die Nase, der mich wütend vor mich hinmurmeln ließ. Es war schon schlimm genug, dass sie mich aus meinem Zuhause vertrieben hatten, da konnte man doch zumindest erwarten, dass sie die Wohnung sauber hielten. Als ich die Tür aufschob, stieß sie gegen etwas, das aber nachgab, als ich ein wenig fester drückte.

Was ich als Erstes sah? Was ich als Erstes fühlte? Ehrlich gesagt, ich weiß es nicht. Ich werde es nie wissen. Das alles bildet in meinem Kopf einen dicken, verworrenen Knoten schrecklicher Erinnerungen, von denen ich mich niemals werde befreien können.

Stiefel mit abgestoßenen Spitzen, die ich schon Hunderte von Malen gesehen hatte, nur dass sie diesmal dreißig Zentimeter über dem Boden baumelten, darüber seine Segeltuchhose mit einem Fleck am Knie, in der Taille von einem Gürtel mit Schnalle zusammengehalten. In der Luft hing der Geruch von Kot. Auf dem Boden lag ein umgekippter Stuhl. In meinem Hals steckte wie ein dicker Aal die Angst.

Ich schaffte es nicht hochzublicken. Aber ich musste. Ich musste ihm ins Gesicht sehen. Sein Kopf hing schief, sein Mund stand leicht offen. Ich konnte die Zungenspitze sehen. Um die Lippen war seine Haut bläulich verfärbt. Seine Augen standen offen, starrten ins Leere. Mein Blick fiel auf den Strick, an dem er baumelte.

Vielleicht lebte er ja noch. O Gott, vielleicht lebte er noch. Bitte, bitte, bitte! So schnell ich konnte, stellte ich den Stuhl auf und sprang hinauf, verlor vor lauter Aufregung fast das Gleichgewicht. Dann presste ich seinen Körper an mich, versuchte ihn anzuheben, damit ihm die Schlinge nicht mehr die Luft abschnürte, und bemühte mich, den Knoten zu lösen, aber meine Finger zitterten zu sehr. Ich spürte sein Haar an meiner Wange, seine kalte Stirn, seinen schlaffen Körper. Trotzdem können Menschen noch leben, auch wenn sie schon tot wirken. Man liest manchmal von Fällen, in denen jemand wiederbelebt wird, obwohl eigentlich schon gar keine Hoffnung mehr bestand. Aber ich konnte den Knoten nicht lösen, und er war so schwer und roch schon nach Tod. Nach Kot und nach Tod, und seine Haut war kalt.

Ich sprang vom Stuhl, ließ seinen baumelnden Körper dort hängen und raste in die Küche. Das Brotmesser lag in der Spüle. Ich griff danach und rannte zu Troy zurück. Rasch stieg ich wieder auf den Stuhl, stellte mich auf die Zehenspitzen und begann an der Schnur zu säbeln, während ich erneut versuchte, seinen Körper hochzustemmen. Plötzlich war er frei, und wir stürzten gemeinsam zu Boden. Sein Körper lag auf meinem.

Ich schob ihn von mir herunter und robbte zum Telefon, wählte voller Panik die Notrufnummer.

»Hilfe!«, stieß ich hervor. »Hilfe! Er hat sich aufgehängt! Bitte kommen Sie, und helfen Sie mir! Was soll ich tun?«

Die Stimme am anderen Ende der Leitung blieb ruhig. Sie stellte mir Fragen, ich stammelte Antworten, und die ganze Zeit lag Troy nur eine Armlänge von mir entfernt. Ich fragte immer wieder: »Aber was soll ich tun, was soll ich tun?«

»Die Notfall-Einsatzkräfte werden so schnell wie möglich bei Ihnen eintreffen«, antwortete die Stimme.

»Soll ich Mund-zu-Mund-Beatmung machen? Wie kann ich sein Herz wieder in Gang bringen? Sagen Sie mir, was ich tun soll!«

Während ich sprach, sah ich zu Troy. Seine Haut war kalkweiß, abgesehen von den blauen Rändern um seine Lippen. Die Zunge hing ihm ein wenig aus dem Mund. Seine offenen Augen blickten ins Leere. Die Schlinge lag inzwischen ganz locker um seinen Hals, aber dort, wo sie ihn eingeschnürt hatte, war die Haut blutunterlaufen. Mein kleiner Bruder.

»Beeilen Sie sich!«, flüsterte ich ins Telefon. »Beeilen Sie sich!«

Nachdem ich aufgelegt hatte, kroch ich zu ihm zurück. Ich bettete seinen Kopf in meinen Schoß und strich ihm das Haar aus der Stirn. Dann beugte ich mich zu ihm hinunter und küsste ihn erst auf die Wangen, dann auf den Mund. Ich griff nach seiner kalten Hand, legte sie zwischen meine beiden warmen Hände. Ich sah, dass an seinem Hemd ein Knopf offen war, und machte ihn zu. In einer Minute würde ich nach dem Telefon greifen und meine Eltern anrufen. Wie sagte man: »Euer Sohn ist tot!«? Der Gedanke war so entsetzlich, dass ich für einen Moment die Augen schloss.

Als ich sie wieder öffnete, fiel mein Blick auf seinen Pulli, der über der Rückenlehne des Sofas hing. Auf dem Tisch lag ein aufgeschlagenes Buch. An der Wand tickte die Uhr vor sich hin. Ich betrachtete die Zeiger: fünfundzwanzig Minuten nach sechs. Wenn es doch nur möglich wäre, sie so weit zurückzudrehen, dass Troy noch nicht mit der Schlinge um den Hals auf den Stuhl gestiegen wäre. Wenn ich doch nur eher gekommen wäre. Wenn ich, statt eine Käsesemmel zu essen, meine Buchhaltung zu machen und im warmen Büro herumzutrödeln, doch gleich in meine Wohnung gefahren wäre. Ich ließ die Finger durch sein Haar gleiten. Nichts würde jemals wieder sein, wie es war.

Als es an der Tür klingelte, legte ich Troys Kopf ganz sanft zurück auf den Teppich und stand auf, um sie hereinzulassen. Während sie sich um Troy scharten, griff ich nach dem Telefon.

»Mum«, begann ich. Ohne ihr Zeit zu lassen, sich nach meinem Befinden zu erkundigen oder mir irgendeine von ihren Neuigkeiten zu erzählen, sagte ich: »Hör zu …«

21. KAPITEL

Alles erschien mir zusammenhanglos, verzerrt, in einem seltsamen Licht, wie einer fremden Sprache zugehörig. Meine Wohnung fühlte sich nicht mehr wie die meine an. Mir war, als befände ich mich draußen auf der Straße, kurz nachdem ein Unfall passiert war. Menschen, die nichts mit mir zu tun hatten, liefen ein und aus, darunter drei Personen in grünen Overalls, die sich erst sehr schnell bewegten und einander hektische Anweisungen zuriefen, dann aber plötzlich langsam und still wurden, weil wir alle zu spät gekommen waren und es keinen Grund zur Eile mehr gab. Unter den Menschen, die ein und aus liefen, befanden sich auch ein Polizist und eine Polizistin. Sie mussten ebenfalls sehr schnell eingetroffen sein. Ich warf einen Blick auf meine Armbanduhr, konnte aber nicht richtig erkennen, wie spät es war. Ich hatte den Eindruck, als wären die Zahlen zu weit weg und außerdem durcheinander geraten. Jemand reichte mir eine Tasse mit einer heißen Flüssigkeit, an der ich mir die Lippen verbrannte. Es war ein gutes Gefühl. Ich wollte, dass es wehtat. Ich wollte wieder etwas spüren, aus dieser Taubheit erwachen.

Ich hatte mit meiner Mutter telefoniert. Das war mit das Erste gewesen, was ich getan hatte. Zunächst hatte ich vorgehabt, es ihr schonend beizubringen. So wäre es am besten gewesen. Ich wollte so etwas sagen wie: »Troy geht es sehr schlecht. Sehr, sehr schlecht.« Das hätte es für sie eventuell leichter gemacht, aber ich war dazu einfach nicht in der Lage. Er war zu kalt und tot, seine offenen Augen zu leer. Deswegen konnte ich nur sagen, dass Troy tot sei und sie vielleicht kommen sollten, dass es aber nicht unbedingt nötig sei, weil ich mich auch allein um alles kümmern könne. Ich hörte sie nach Luft schnappen und dann stammelnd Fragen stellen. »Tot? Bist du sicher?« Dann hörte ich nur noch ein Stöhnen. Schließlich meinte sie, sie habe geglaubt, Troy gehe es besser, so was in der Art, aber ich glaube, ich ließ sie nicht ausreden, weil ich mich sowieso nicht auf das konzentrieren konnte, was sie sagte.

Eine Hand legte sich auf meinen Arm, ein weibliches Gesicht schob sich vor meines. Es war eine Polizistin, jünger als ich, mit einem blassen Gesicht und roten Flecken auf den Wangen, die wie Ausschlag aussahen. Sie fragte mich, ob es einigermaßen gehe. Ich nickte. Dann wollte sie Einzelheiten wissen. Troys Namen. Sein Alter. Meinen Namen. Ich spürte, wie die Wut in mir aufstieg. Wie konnten sie mir in einem solchen Moment so blöde Fragen stellen? Dann riss ich mich zusammen, weil mir bewusst wurde, dass diese Fragen nun mal gestellt werden mussten. Ich sah die Situation plötzlich aus dem Blickwinkel dieser jungen Polizistin. Sie machte hier nur ihren Job. Bestimmt wurde sie ständig zu einem solchen Einsatz gerufen, genau wie die Leute mit der grünen Uniform. Sie taten, was zu tun war, und abends fuhren sie nach Hause und sahen fern. Die Beamtin war wahrscheinlich speziell dafür ausgebildet, mit Menschen wie mir umzugehen. Für sie war ich bloß eine von vielen, mit denen sie sich herumschlagen musste, eine von vielen, für die diese Situation völlig neu war. Wahrscheinlich fragte sie sich gerade, ob ich zu der Sorte gehörte, die Probleme machte. Bestimmt war es mit manchen Menschen sehr schwierig, viele weinten vermutlich, andere waren wie betäubt und konnten nicht sprechen. Und es waren sicher auch welche dabei, die ausflippten oder sogar gewalttätig wurden. Zu welcher Sorte würde ich gehören?

Es würde so vieles zu organisieren sein, dachte ich. Formulare waren auszufüllen, Briefe zu versenden, Verwandte und Bekannte zu informieren. In dem Moment traf es mich wie eine Welle, die durch alle Zellen meines Körpers lief. Ich musste den Mund weit aufreißen und nach Luft schnappen, als wäre in meiner Wohnung plötzlich der Sauerstoff knapp geworden. Mein Kopf fühlte sich seltsam leicht an, und ich begann zu schwanken. Wieder tauchte der Kopf der Frau vor meinem Gesicht auf.

»Ist Ihnen nicht gut, Miranda?«, erkundigte sie sich, während sie mir die Tasse aus der Hand nahm. Ein Teil der heißen Flüssigkeit war bereits auf meiner Hose gelandet. Einen Moment lang hatte ich die Hitze auf meiner Haut gespürt, aber inzwischen waren die Flecken kalt. »Miranda? Ist Ihnen schlecht?«

Ich sagte nur: »Geht schon«, weil ich ihr nicht vermitteln konnte, wie ich mich wirklich fühlte, nachdem mich gerade die schreckliche Erkenntnis getroffen hatte, dass dies das

Ende von Troys Geschichte war. Mir schwirrte der Kopf vor lauter Erinnerungen an ihn: Ich sah ihn als kleinen Jungen vor mir, wie er am Strand auf einer Sandburg thronte. Wie er als Schulanfänger mit einer Zahnlücke nach Hause kam, nachdem er beim Spielen auf dem Pausenhof gegen einen Zaun gerannt war. Wie er jedes Mal auf seiner Unterlippe herumbiss, wenn er zeichnend oder malend über ein Blatt Papier gebeugt saß. Ich erinnerte mich an seine guten Phasen, wenn er seine Lachanfälle hatte und wie ein Besessener auf dem Boden herumtollte oder wenn seine Augen zu funkeln begannen, weil er vor neuen Ideen nur so sprudelte und gar nicht wusste, von welcher er zuerst erzählen sollte. Und an die anderen, weitaus häufigeren Phasen, wenn er apathisch auf seinem Bett lag und dreinblickte wie drei Tage Regenwetter und keiner von uns an ihn herankam. Seine langen, zarten weißen Finger und seine großen Augen, die manchmal fast zu groß für sein Gesicht zu sein schienen. All die Gespräche, die in seiner Abwesenheit über ihn geführt wurden, das Problemkind Troy. Das war mir aus meiner Jugendzeit mit am deutlichsten in Erinnerung geblieben: der gequälte Gesichtsausdruck meiner Mutter, wenn sie ihn ansah. Was sollen wir bloß mit Troy machen? Sie hatten so vieles versucht. Sie waren mit ihm zum Arzt und zum Therapeuten gegangen. Sie hatten versucht, ihm seine Ruhe zu lassen, ihm Mut zu machen, wenn es ihm schlecht ging. Sie hatten es mit Drohungen versucht, mit Schreien und Weinen. Zeitweise hatten sie auch versucht, so zu tun, als wäre alles ganz normal. Tausende von Erinnerungen wirbelten durch meinen Kopf, unzählige Bruchstücke von Geschichten. All die Wege von all diesen Erinnerungen führten in meine Wohnung, zu einem Strick und einem Balken und diesem Ding auf meinem Boden, das Troy war und zugleich nicht mehr Troy, und um das sich nun fremde Leute scharten.

Wieder erschien das Gesicht der Polizistin vor mir. Sie hielt einen ganzen Berg Papiertaschentücher in der Hand. Erst jetzt merkte ich, dass ich hemmungslos vor mich hin schluchzte und die Leute in meiner Wohnung mich verlegen anstarrten. Ich versteckte mein Gesicht hinter den Taschentüchern, wischte die Tränen weg und putzte mir die Nase. Ich konnte einfach nicht aufhören zu weinen. Wir hatten versagt, wir hatten alle versagt. Es war, als hätten wir mein ganzes Leben lang zugesehen, wie Troy langsam ertrank. Wir hatten dieses und jenes unternommen, wir hatten geredet, uns Sorgen gemacht, uns immer wieder überlegt, wie wir ihm helfen könnten, aber am Ende hatte alles nichts genützt, er war trotzdem untergegangen. Allmählich ließ mein Schluchzen nach. Ich fühlte mich seltsam leer, wie ausgepresst.

Die Polizistin sagte mir, dass sie Vicky Reeder heiße. Neben ihr stand ein Mann im Anzug, den sie mir als Detective Inspector Rob Pryor vorstellte. Er bat mich, ihm zu berichten, wie ich Troy gefunden hatte. Ich war überrascht über die Ruhe und Präzision, mit der ich ihm antwortete. Während ich sprach, nickte er immer wieder. Alles, was ich zu sagen hatte, lag ohnehin auf der Hand. Danach nahmen er und ein Mann in Uniform den Balken in Augenschein, auf den ich in meiner Aufregung überhaupt nicht geachtet hatte. Als der Detective zu mir zurückkam, sprach er in leisem, respektvollem Ton, als wäre er nicht Polizist, sondern Leichenbestatter. Mir wurde bewusst, dass ich nun zu einer ganz besonderen Spezies gehörte, und zwar der der Hinterbliebenen, die dem normalen Leben vorübergehend ein Stück entrückt sind und mit Respekt, ja sogar einer gewissen Ehrerbietung behandelt werden müssen. Er erklärte mir, dass sie nun Troys Leiche wegbringen würden. Das könnte mich unter Umständen aufregen, fuhr er fort, und vielleicht wolle ich lieber für ein paar Minuten in ein anderes Zimmer gehen. Ich schüttelte den Kopf. Ich wollte alles sehen. Ich zwang mich, Troy anzuschauen. Er trug seine khakifarbene Hose und einen marineblauen Pulli, dazu seine alten Stiefel, die mir so vertraut waren. Über ihren Rand sah ich seine fröhlichen rot-blau gestreiften Socken hervorspitzen. Ich musste daran denken, wie er sie am Morgen angezogen hatte. Ob er da schon gewusst hatte, dass er sie nie wieder ausziehen würde? Stand sein Entschluss da schon fest, oder war es aus einem spontanen Impuls heraus geschehen? Hätte es einen Unterschied gemacht, wenn ich ihn nachmittags noch einmal angerufen und ausgiebig mit ihm geplaudert hätte? Ich musste aufhören, solche Sachen zu denken. Er war mein Bruder, er war in meiner Wohnung gestorben, und ich war nicht da gewesen. Ich fragte mich, was ich wohl in dem Moment getan hatte, als der Stuhl umgekippt war und er jene letzten Sekunden in der Luft zappelte. Nein. Ich musste aufhören, mich mit solchen Gedanken zu quälen.

Einer der Sanitäter rollte neben Troy einen großen Plastiksack auseinander. Das Ding sah aus wie ein überdimensionales Federmäppchen. Ein anderer der Männer blickte verlegen zu mir auf, als wäre er im Begriff, etwas sehr Ungehöriges zu tun. Es war für mich in der Tat ein schlimmer Augenblick. Sie fassten ihn an Füßen und Schultern und hievten ihn auf den Plastiksack. Es dauerte eine Weile, bis sie ihn richtig darin verstaut hatten. Anschließend mussten sie noch das lose Ende der Schnur hineinschieben, die er um den Hals hatte. Dann wurde der große Reißverschluss zugezogen. Nun konnte er in den Krankenwagen transportiert werden, ohne dass die Öffentlichkeit über seinen Anblick erschrak.

In dem Moment hörte ich draußen Stimmen, und meine

Eltern kamen zur Tür herein. Sie blickten sich um, als wären sie gerade aufgewacht und wüssten noch nicht so recht, wo sie sich befanden oder was gerade passierte. Sie wirkten beide um Jahre gealtert. Mein Vater war im Anzug. Anscheinend kam er direkt von der Arbeit und hatte nur einen Zwischenstopp eingelegt, um meine Mutter abzuholen. Mums Blick fiel auf den Plastiksack. Das war wieder einer der besonders schlimmen Momente. Sie wirkte geschockt und ungläubig, als könnte sie die brutale Realität des Ganzen noch gar nicht fassen. Nachdem der Detective sich vorgestellt hatte, entfernten sich er und mein Vater ein paar Schritte und sprachen leise miteinander. Ich empfand ein Gefühl der Erleichterung. Nun konnte ich wieder Kind sein. Mein Dad würde sich um alles kümmern. Ich brauchte niemanden anzurufen und keine Formulare auszufüllen, meine Eltern würden diese Dinge erledigen.

Meine Mutter kniete neben dem Bündel nieder, das einmal Troy gewesen war. Ganz sanft legte sie ihre Hand auf die Stelle, wo sich seine Stirn befinden musste. Ich sah, dass sie die Lippen bewegte, konnte aber nichts hören. Sie blinzelte ein paarmal, stand dann auf und kam zu mir. Mir fiel auf, dass sie nicht über Troys Körper stieg, sondern umständlich um ihn herumging. Dabei ließ sie ihn keine Sekunde aus den Augen, als wäre er ein Abgrund, in den sie fallen könnte. Nachdem sie einen Stuhl herangezogen hatte, setzte sie sich neben mich und nahm meine Hand, sah mich aber nicht an. Als die Sanitäter schließlich das Bündel hochhoben, blickte ich zu meiner Mutter hinüber. Sie weinte nicht, aber ich sah, dass ihr Mund zitterte.

Mein Vater verabschiedete sich von Rob Pryor, als hätte ihm der Detective Inspector geholfen, einen Reifen zu wechseln. Ich beobachtete, dass Pryor etwas auf ein Stück Papier schrieb und es meinem Vater reichte, dann gaben sie sich die Hand. Pryor ging, ebenso alle anderen, und wir blieben allein zurück. Ein seltsames Gefühl. War es das nun gewesen? Die Behörden hatten ihre Schuldigkeit getan, sie waren gekommen und hatten Troy mitgenommen, ihn irgendwo hingebracht. Und wir? Was sollten wir jetzt tun? Wollten sie denn nichts mehr von uns? Mussten wir nicht noch irgendwelche Pflichten erfüllen? Ich hatte mit meinen Eltern bis jetzt kein Wort gesprochen.

»Troy«, sagte ich schließlich und schwieg dann wieder. Es gab nichts zu sagen und gleichzeitig doch so vieles.

Ich rechnete irgendwie damit, dass meine Mutter nun wie ich zuvor in Tränen ausbrechen würde, sodass ich sie in den Arm nehmen konnte und uns das Reden oder Denken noch eine Weile erspart bleiben würde, aber sie starrte bloß weiterhin verwirrt vor sich hin. Mein Vater kam zu uns und ließ sich mir gegenüber nieder. Er machte einen sehr ruhigen Eindruck.

»Kam das überraschend?«, fragte er.

Am liebsten hätte ich geschrien: Ja, verdammt noch mal, natürlich kam das überraschend. Aber dann musste ich daran denken, dass meine Eltern gerade ein Kind verloren hatten, und sagte bloß: »Ja.«

»Hat es irgendwelche Anzeichen gegeben, die wir hätten erkennen müssen?«

»Wir haben doch sein ganzes Leben lang Anzeichen gesehen«, antwortete ich. Sein ganzes Leben lang. Die Bedeutung dieser Worte hatte sich verändert. Mum begann wie im Schlaf zu reden. Sie sprach über Troys Zustand während der letzten Wochen, dass es ihm schlecht gegangen sei, sie aber trotzdem geglaubt habe, dass es insgesamt besser geworden sei. Er habe doch früher schon wesentlich schlimmere Phasen durchgemacht und sich immer wieder gefangen. Sie habe sich bereits den Kopf zermartert, ob es irgendein Signal oder Anzeichen gegeben habe, aber ihr falle nichts ein. Dann sprach sie über die Vergangenheit, als Troy noch jünger war. Es handelte sich dabei nicht um wehmütige oder nostalgische Erinnerungen. Das würde später kommen, dafür hatten wir noch den Rest unseres Lebens Zeit. Nein, sie sprach darüber, was sie alles für ihn getan und wie sie sich nach jedem gescheiterten Versuch gefragt hatten, ob sie es irgendwie anders hätten machen sollen. Aus ihren Worten sprach weder Selbstmitleid noch Bitterkeit, sondern echte Neugier, als könnten ich oder mein Vater ihr eine Antwort geben, die sie zufrieden stellen würde.

Dad wirkte auf eine verrückte Weise geschäftsmäßig. Nachdem er Tee gemacht hatte, suchte er sich ein Stück Papier und einen Stift und begann aufzulisten, was alles zu tun war: Leute mussten informiert werden, vieles war zu organisieren. Am Ende war eine ganze Seite mit seiner ordentlichen, geraden Handschrift bedeckt.

Nach all dem Schrecken nun auch noch diese seltsame Situation: Wir saßen zu dritt in meiner Wohnung, meine Mutter noch im Mantel, mein Vater mit seiner Liste. Es gab so viel zu erledigen, aber niemand machte Anstalten, etwas zu tun. Keiner wollte etwas essen, keiner irgendwohin fahren. Es gab eine Menge Leute, die davon erfahren mussten, aber das hatte noch Zeit. Es war, als müssten wir erst noch eine Weile hier zusammensitzen und das Geheimnis für uns behalten, ehe wir es in die Welt hinausposaunten. Ich war noch immer ganz erfüllt von der Schrecklichkeit des Geschehenen, so, als hätte ich die Finger in eine Steckdose gesteckt und würde nun immer wieder von neuem spüren, wie der Strom durch meinen Körper pulsierte.

Auf diese Weise vergingen Stunden, und es war schon kurz vor neun, als wir draußen auf der Treppe plötzlich jemanden reden und lachen hörten. Wenige Augenblicke später platzten Kerry und Brendan in den Raum. Sie wirkten überrascht, uns zu sehen.

»Was verschafft uns die Ehre?«, fragte Brendan mit einem Lächeln.

22. KAPITEL

Es war feucht und unnatürlich warm. In weniger als vier Wochen würde Weihnachten sein. In sämtlichen Hauptstraßen der Innenstadt hing schon die Weihnachtsdekoration: Santa Claus, Glocken, Disneyfiguren. In den Schaufenstern funkelten Lametta und anderes Glitzerzeug. Vor den Obst- und Gemüseläden lehnten die ersten verschnürten Christbäume. Stechpalmenkränze zierten so manche Tür in meiner Straße. Die Tiefkühltruhen der Supermärkte waren voll gestopft mit Truthähnen, die Regale gefüllt mit Knallbonbons, Früchtebrot, Adventskalendern, abgepackten Datteln, riesigen Pralinenschachteln, Flaschen mit Portwein und Sherry, kleinen Körbchen mit Badesalz und Seifen, CDs mit Weihnachtsmusik, heiteren Büchern und billigen kleinen Geschenken für den Weinachtsstrumpf. Vor Woolworth's spielte eine Blaskapelle »O Little Town of Bethlehem«. Frauen in dicken Mänteln klapperten in der Kälte mit Sammelbüchsen.

Was würden wir Weihnachten machen? Würden wir im halb abgerissenen Haus meiner Eltern einen Christbaum aufstellen? Oder gar in meinem Wohnzimmer, wo sich vor neun Tagen mein Bruder Troy umgebracht hatte? Würden wir alle um einen Tisch herumsitzen und Truthahn mit Maronifüllung, Rosenkohl und Bratkartoffeln essen? Würden wir Knallbonbons aufziehen, uns alberne Hüte über den Kopf stülpen und einer nach dem anderen die Witze vorlesen? Konnten wir überhaupt irgendwie Weihnachten feiern, ohne dass es grotesk wirkte? Wie kann man jemals wieder zur Normalität übergehen, wenn etwas Derartiges passiert ist?

Zu Troys Beerdigung erschienen nicht allzu viele Leute. Er war ein einsamer Junge und ein eigenbrötlerischer junger Mann gewesen. Der Kontakt zu seinen wenigen Schulfreunden war abgerissen, nachdem er mit der Schule aufgehört hatte, auch wenn ein paar von ihnen mit dem stellvertretenden Direktor und Troys altem Physiklehrer auftauchten. Seine Privatlehrerin kam auch, außerdem mehrere Freunde der Familie, die Troy von klein auf gekannt hatten. Natürlich waren auch Bill, Judy und die Kinder da, ebenso Mums Schwester Kath, die mit ihrer Familie aus Sheffield angereist war, und ein paar andere Verwandte sowie Carol, eine Freundin Kerrys, außerdem noch Tony und Laura.

Und natürlich wir: Mum und Dad, ich und Kerry. Und Brendan. Brendan sah leidgeprüfter aus als wir alle, er hatte rote Augen und einen leichten Bluterguss an der Stirn, der sich langsam gelblich verfärbte. Sogar ich musste zugeben, dass er während der letzten Woche wundervoll gewesen war: unermüdlich, unverzichtbar, ein Fels in der Brandung. »Wundervoll« in Anführungszeichen. Hinter Brendan steckte mehr, als ich zunächst gesehen hatte. Ich begriff es nicht so ganz, was auch immer »es« war, aber er war gut darin. Ideenreich, energisch, aufmerksam, überzeugend, kooperativ, immer auf die Bedürfnisse und Gefühle der anderen achtend. Er hatte feine Antennen für das, was die Leute um ihn herum gerade brauchten.

Er hatte angeboten, sich um alles zu kümmern, was im Zusammenhang mit der Beerdigung zu tun war, um der Familie diese Bürde abzunehmen, aber Mum hatte ihm ruhig erklärt, dass es ihr helfe, eine Aufgabe zu haben. Er hatte den Telefondienst übernommen, Formulare ausgefüllt, kannenweise Tee gekocht, Einkäufe erledigt, seine und Kerrys Sachen ins Haus meiner Eltern zurückgeschafft, damit ich wieder in meine Wohnung konnte. In nur zwei Tagen würden sie in das Haus ziehen, das ich für sie organisiert hatte.

Eine Woche nach Troys Tod sprachen wir über die Hochzeit. Kerry wollte sie verschieben, aber meine Eltern meinten, Liebe sei das Einzige, was uns durch diese schlimme Zeit retten könne. Brendan nickte dazu, streichelte Kerrys Hand und sagte in weisem, nachdenklichem Ton: »Ja, die Liebe wird uns retten.« Dabei leuchteten seine Augen. Zu einer anderen Zeit hätte mich das in den Wahnsinn getrieben. Mir war zwar immer noch bewusst, wie pathetisch seine Worte klangen, aber ich fühlte mich viel zu benommen, um mich darüber aufzuregen.

»Hier, ich habe was für dich, das ist besser als Tee.«

Bill drückte mir ein Glas Whisky in die Hand und stellte sich neben mich, während ich gleich einen großen Schluck nahm. Wir waren alle zusammen ins Haus meiner Eltern zurückgekehrt und standen nun in ihrem zugigen Wohnzimmer herum, tranken Tee und wussten nicht so recht, worüber wir reden sollten. Was sagt man nach einem solchen Ereignis?

»Danke.«

»Geht es dir gut?«

»Ja.«

»Blöde Frage. Wie sollte es dir nach alledem gut gehen?«

»Wenn er durch einen Unfall gestorben wäre oder durch eine Krankheit oder sonst was, dann wäre es etwas anderes gewesen, aber so ...« Ich brauchte den Satz nicht zu Ende zu sprechen.

»Marcia wird sich den Rest ihres Lebens fragen, was sie falsch gemacht hat.«

»Ja.«

»Das scheint bei einem Selbstmord immer so zu sein. Tatsache ist, dass sie alles in ihrer Macht Stehende getan hat. Das habt ihr alle.«

»Nein. Er hätte sich nicht umbringen dürfen.«

»Nein, natürlich nicht.«

»Ich meine, ich begreife es einfach nicht. Mum sagt, dass sie das Gefühl gehabt habe, er sei auf dem Weg der Besserung gewesen. Und es war wirklich so, Bill. Es hat tatsächlich so ausgesehen, als würde es ihm langsam besser gehen.«

»Man kann in einen Menschen einfach nicht hineinsehen.«

»Ja, so ist es.«

Ich nahm einen weiteren großen Schluck Whisky.

»Er war ein unglücklicher junger Mann.«

»Ja.«

Ich musste an Troys Kicheranfälle denken. Er hatte oft blöde Witze gerissen und dann grinsend zu mir hochgeblickt. Die ganze Zeit hatte ich sein Gesicht vor Augen, wie es in seinen glücklichen Phasen aussah, wenn er vor Energie nur so sprühte.

Bill schenkte mir noch mal nach und ging dann mit der Whiskyflasche zu Dad. Ich wanderte aus dem überfüllten Wohnzimmer zu der Baustelle, die einmal die Küche gewesen war, und dann durch das Loch in der Wand, wo sich einst die Tür befand, nach draußen in den vom Regen aufgeweichten Garten. Herausgerissene, gesplitterte Bodendielen und Stücke der alten Küchenelemente stapelten sich entlang des Zauns. Ich lehnte mich gegen ein altes Regalteil und sah mich um. Es war leicht neblig, alle Umrisse wirkten eine Spur verschwommen, aber vielleicht lag das auch am Whisky. Nach meinem Gespräch mit Bill befand ich mich in einem Zustand, in dem ich für alle Zweifel offen war. Dabei hatte die Autopsie eindeutig Selbstmord durch Erhängen ergeben. Ich rief mir das Gespräch mit Troy an jenem Morgen ins Gedächtnis. Ich hatte ihn angerufen, um ihm von dem Haus zu erzählen, das ich für Brendan und Kerry gefunden hatte, und wir hatten über unsere Pläne gesprochen. Er hatte sich ein wenig müde, ansonsten aber relativ fröhlich angehört. Ich hatte ihm gesagt, wie sehr ich mich darauf freute, die Wohnung mit ihm zu teilen, worauf er leicht verlegen geantwortet hatte, er freue sich auch. Meine brennenden Augen füllten sich erneut mit Tränen, obwohl ich geglaubt hatte, völlig leer geweint zu sein. Ich musste daran denken, wie Brendan mich am Vortag gefragt hatte, um welche Zeit ich denn in die Wohnung kommen würde, um meine Sachen abzuholen, und ich geantwortet hatte, so gegen halb sieben. Ich zwang mich, mich daran zu erinnern, wie ich um die vereinbarte Zeit die Tür aufgeschoben und Troys Leiche dort baumeln gesehen hatte. Sein kalkweißes Gesicht und seine starren Augen. Den umgekippten Stuhl zu seinen Füßen.

Ich schalt mich selbst hysterisch. Verrückt. Ich wünschte mir so sehr, dass Troy sich nicht umgebracht hatte und meine Eltern und ich uns wegen seines Todes nicht schuldig fühlen mussten, und mir graute so sehr davor, mir die Verzweiflung vorzustellen, die ihn zu dieser Tat getrieben hatte, dass ich mir stattdessen lieber Horrorgeschichten ausdachte.

Es begann ein wenig zu regnen. Ich leerte meinen Whisky und kehrte ins Wohnzimmer zurück, blieb aber in der Nähe der Tür stehen, weil es mir widerstrebte, mit jemandem über Troy zu sprechen, ich zugleich aber auch über nichts anderes sprechen wollte. Kerry hatte sich bei meinem Vater untergehakt. Ihre Wimperntusche war verschmiert, und sie hatte rote Flecken am Hals. Brendan stand allein auf der anderen Seite des Raums. Unsere Blicke trafen sich einen Moment, dann sah er wieder weg und verzog gequält das Gesicht. Ich hatte plötzlich das Gefühl, dass er das nur für mich inszenierte, ein Schauspiel ganz allein für mich. Tränen liefen ihm übers Gesicht. Er ballte eine Hand zur Faust, presste sie an den Mund und krümmte sich dabei zusammen, als müsste er einen Schrei unterdrücken.

Laura ging zu ihm und legte ihm eine Hand auf die Schulter. Sie blieb eine Weile neben ihm stehen, während sein massiger Körper zuckte, als würde er von einem Weinkrampf geschüttelt. Als er sich schließlich wieder aufrichtete, nahm sie ihre Hand weg, und die beiden redeten miteinander. Nach einer Weile sah ich sie zu mir herüberblicken.

Ich wandte mich ab und ging nach oben, um meine Mutter zu suchen, die ich nirgendwo entdecken konnte. Ich fand sie in Troys altem Zimmer – das wohl jetzt das Zimmer von Kerry und Brendan war, zumindest standen ihre Taschen neben der Tür. Sie saß auf seinem Bett, zupfte an der Bettwäsche herum und starrte müde ins Leere. Zum ersten Mal fiel mir auf, was für Tränensäcke sie bekommen hatte und wie alt und faltig ihr Gesicht geworden war. Sogar ihr Haar hatte an Glanz verloren. Ich setzte mich neben sie und legte ihr eine Hand aufs Knie. Sie blickte auf.

»Ich musste mich mal kurz zurückziehen«, erklärte sie.

»Das ist doch verständlich«, antwortete ich.

»Irgendwie fühle ich mich so rastlos«, fuhr sie fort. »Ich halte es nirgendwo lange aus.«

»Ich weiß, was du meinst.«

»Miranda?«

»Ja.«

»Er war auf dem Weg der Besserung. Ganz bestimmt.«

»Ich weiß.«

Ich blieb noch eine Weile neben ihr sitzen, dann ging ich wieder nach unten, wo sich bereits einige verabschiedeten, und sah mich nach der Whiskyflasche um.

Laura brachte mich nach Hause, weil ich viel zu viel Whisky getrunken hatte, um noch selbst fahren zu können. Sie begleitete mich nach oben in meine Wohnung, half mir aus dem Mantel, bugsierte mich aufs Sofa und zog mir die Schuhe aus.

»So«, sagte sie. »Was möchtest du: Tee oder Kaffee?«

»Es wäre doch schade um den schönen Rausch«, entgegnete ich. »Whisky?«

»Kaffee«, erklärte sie energisch. »Und ich lasse dir ein Bad einlaufen.«

»Das ist nett von dir. Musst du aber nicht. Ich komme schon klar.«

»Ich mache es gern.«

Sie füllte den Kessel mit Wasser.

»Wir wollten uns diese Wohnung teilen«, bemerkte ich.

»Ich weiß. Möchtest du etwas essen?«

»Ich habe einen schrecklichen Geschmack im Mund«, antwortete ich. »Was hat Brendan denn gesagt?«

»Gesagt?« Sie sah mich fragend an.

»Du hast dich doch mit ihm unterhalten. Nachdem er seine Tränenshow abgezogen hatte.«

»Das ist nicht fair, Miranda.«

»Ach nein?«

»Er ist am Boden zerstört, möchte es vor euch aber nicht zeigen. Er glaubt, für die Familie stark sein zu müssen.«

»Das hat er gesagt?«

»Ja.«

»Das ist doch alles bloß Show.«

»Du irrst dich«, widersprach sie. »Ich weiß, wie du über ihn denkst, aber ihr seid ihm wirklich wichtig. Ihr seid schließlich die einzige Familie, die er hat. Troy war für ihn so eine Art kleiner Bruder.«

»Du also auch.« Ich fühlte mich plötzlich unendlich müde.

»Was?«

»Er hat dich auch schon auf seine Seite gezogen.«

»So ein Unsinn.«

»Das sagt er auch, aber er lügt. Er steht auf einer Seite und ich auf der anderen. Jetzt noch mehr als vorher. Glaub mir, du kannst nicht auf beiden Seiten stehen, und du kannst auch nicht die Vermittlerin spielen, als wärst du eine Botschafterin der Vereinten Nationen. Du musst dich entscheiden.« Wir schwiegen einen Moment. »Du bist schon übergelaufen, stimmt's?« Ich merkte selbst, dass ich bereits ein bisschen undeutlich sprach. Mein Kopf schmerzte vom Alkohol und dem ganzen Elend.

»Miranda, du bist meine beste Freundin. Bitte sag so etwas nicht.«

»Entschuldige«, sagte ich. Aber ich konnte es nicht sein lassen. »Du hast ihn sympathisch gefunden, oder?«

»Er hat mir Leid getan.«

Während sie den Kaffee aufbrühte, holte ich die Whiskyflasche aus dem Regal.

»Sieh dir das an«, sagte ich. »Wie habe ich es bloß geschafft, seit vorgestern so viel Whisky zu trinken?«

Ich war fast ein bisschen stolz auf mich, als hätte ich eine Leistung erbracht. Ich griff nach einem benutzten Weinglas, schenkte mir ein und nahm einen großen Schluck.

»Morgen wird es dir ziemlich schlecht gehen«, meinte Laura.

»So oder so«, gab ich ihr zur Antwort.

»Möchtest du, dass ich über Nacht bleibe?«

»Nein. Du warst sehr lieb.«

»Gehst du morgen zur Arbeit?«

»Mir wird nichts anderes übrig bleiben. Es ist ein ganz normaler Arbeitstag.«

»Dann rufe ich dich abends an.«

»Musst du aber nicht.«

»Nein, aber ich werde es trotzdem tun.«

»Was würde ich bloß ohne dich machen?«

Ich trank weiter, bis die Flasche leer war. Wenn ich die Augen schloss, wurde mir sofort schwindlig, sodass ich krampfhaft versuchte, sie ein wenig offen zu halten, auch wenn das Licht wehtat. Ich wankte in mein Schlafzimmer und setzte mich aufs Bett, das für kurze Zeit Troys Bett gewesen war. Inzwischen hatte ich es frisch bezogen, aber ein paar von seinen Sachen waren noch da – seine Uhr auf dem Nachttisch, seine Jacke am Haken an der Tür, seine im ganzen Zimmer verteilten Bücher. Ich bildete mir sogar ein, dass noch ein wenig von seinem Geruch in der Luft hing. Ich griff nach einem Buch übers Brotbacken, das er wohl gerade gelesen hatte, und presste es an meine Brust.

»Oje«, sagte ich laut. Meine Zunge fühlte sich an, als wäre sie geschwollen. »Oje, Troy. Was soll ich jetzt bloß machen?«

Später, gegen zwei Uhr morgens, torkelte ich ins Bad, um mich zu übergeben. Über die Kloschüssel gebeugt, würgte ich vor mich hin, bis mein Magen nichts mehr enthielt, was er noch von sich geben konnte. Meine Augen brannten, mein Hals schmerzte, und in meinem Schädel pochte es, aber trotzdem fühlte ich mich ein wenig besser. Ich trank drei Becher Wasser und legte mich wieder ins Bett. In meinem Kopf hörte ich Troys Stimme, seine letzten Worte: »Dann bis später.« Für ihn hatte es kein Später gegeben, er hatte mich nicht mehr gesehen. Ich ihn schon. Ich würde ihn auch in Zukunft sehen. Die ganze Zeit.

23. KAPITEL

In der Nacht war es mir bereits schlecht gegangen, aber als ich am nächsten Morgen aufwachte, ging es mir noch viel schlechter. Ich würde sterben, und wenn ich tot war, würde man mich konservieren und in einem großen Glas ausstellen. Ein Etikett würde mich als den ersten Mensch ausweisen, der an einem Kater gestorben war. In meinem Zustand bereitete mir sogar das Denken Schmerzen. Alles bereitete mir Schmerzen.

Gegen halb zehn unternahm ich den Versuch aufzustehen, legte mich aber gleich wieder hin. Ich konnte mich nicht erinnern, jemals einen so schlimmen Kater gehabt zu haben. Ich hatte die üblichen Symptome, aber in extrem verstärkter Form: die trockene, ledrige Zunge, die rasenden Kopfschmerzen, als würde mein Gehirn von kleinen Nagern aufgefressen, das schreckliche Gefühl, mich vergiftet zu haben, das widerliche Schaudern, als würden Krabbeltiere über meine Haut huschen. Jeder Teil meines Körpers tat mir weh, sogar mein Haar schmerzte. Neu war, dass ich mich immer noch betrunken fühlte, auch wenn mein Zustand ein schlechter Abklatsch der Betrunkenheit vom

Vorabend zu sein schien. Von den guten Elementen – falls es überhaupt solche gegeben hatte – war nichts mehr zu spüren, aber der Boden schwankte immer noch, der ganze Raum drehte sich. Deswegen musste ich mich auch sofort wieder hinlegen, was allerdings nicht viel brachte. Ich fühlte mich wie auf einem Wasserbett. Plötzlich musste ich daran denken, dass man zwar nicht an einem Kater, sehr wohl aber an einer Alkoholvergiftung sterben konnte. Ob es das war? Mir fiel ein, dass ich einen Gesundheitsratgeber besaß. Der erste Haken an der Sache war jedoch, dass ich niemanden hatte, der mir das Buch hätte bringen können, der zweite, dass es bei den Kochbüchern stand, sodass ich, als ich es schließlich doch schaffte, mit schlingerndem Magen durch die Wohnung zu wanken, um es zu holen, an Dingen vorbeikam, die mich an Essen erinnerten. Ich versuchte, jeden Gedanken daran zu verdrängen, aber dann sah ich vor meinem geistigen Auge mit einem Mal eine riesige Schüssel Grießbrei, eine Schreckensvision, die ich erst wieder loswurde, als ich an den Geruch von zu lange gekochtem Kohl dachte. Dann fiel mir Troy ein, und das war noch schlimmer als alles andere.

Ich nahm das Buch mit ins Bett. Zum Thema Alkoholvergiftung gab es keinen Eintrag, dafür aber einen ziemlich langen zum Thema Kater. Das Buch empfahl, viel Wasser zu trinken und in flottem Tempo eine Runde zu joggen, »auch wenn Ihnen nicht danach zumute ist«. Wenn einem übel war – und mir war sehr übel –, sollte man ein bestimmtes Magnesiumpräparat einnehmen. Also gut, ich beschloss, positiv an die Sache heranzugehen. Vorher hatte ich nur noch den Wunsch gehabt, mich unter der Bettdecke zusammenzurollen und zu sterben. Nun würde ich das Gegenteil versuchen und das Problem in Angriff nehmen, indem ich mir nicht nur dieses Medikament besorgte, sondern dabei auch noch einen Sprint hinlegte. Als Erstes aber würde ich ein großes Glas Wasser trinken.

Doch das Wasser kam zu spät für meinen trockenen Mund. Es schien über meine ausgedörrte Schleimhaut zu laufen, ohne von ihr aufgenommen zu werden. Außerdem war ich kaum in der Lage, die Beine in meine Shorts zu bekommen. Ich schlüpfte in ein T-Shirt. Die Berührung mit dem Stoff tat meinem Kopf und auch den Armen weh. Langsam band ich die Schnürsenkel meiner Schuhe, musste das erste Mal seit meiner Kindheit wieder bewusst darüber nachdenken, wie das ging. Schließlich schlurfte ich auf den Gehsteig hinaus, in der Hand eine Fünf-Pfund-Note. Das grelle Licht blendete mich, die kalte Luft ließ mich keuchen. Ich weiß nicht, ob es mir dadurch besser ging, auf jeden Fall hatte ich wieder einen etwas klareren Kopf. In gewisser Weise tat der Schmerz gut, und ich fragte mich, ob das eine willkommene Fortsetzung der letzten Nacht war. Der Zustand der Betrunkenheit und Verwirrung, das Gefühl, jeden einzelnen Knochen zu spüren, der ganze Schmerz – vielleicht war das alles besser, als die Augen zu öffnen, in die Sonne zu blicken und mich wirklich dem zu stellen, was Troy sich und uns angetan hatte.

Die Drogerie war nur ein paar hundert Meter entfernt. Ich fragte den Apotheker nach einem Magnesiumpräparat. Wie sich herausstellte, schmeckte es ziemlich widerlich, aber ich lutschte es trotzdem energisch, während ich gleichzeitig versuchte, meinen Heimweg auf eine Art und Weise zu bewältigen, die man annähernd als Joggen bezeichnen konnte. Anschließend ging ich unter die Dusche, zog mich wieder an und legte mich aufs Bett, um nachzudenken. Ich hatte einen metallischen Geschmack im Mund und beim Schlucken das Gefühl, als wäre etwas Borstiges in meinem Hals stecken geblieben. Meine Haut kam mir kalt und feucht vor. Mir war zwar noch übel, aber nicht mehr *spei*übel.

Es stand außer Zweifel, mein Zustand hatte sich tatsächlich ein wenig gebessert. Jetzt konnte der Tag beginnen. Wie spät war es inzwischen? Ich streckte die Hand nach der Uhr aus, die auf dem Nachttisch lag, Troys Uhr. Viertel nach zehn. Ich wusste, warum die Uhr sich dort befand. Troys Problem war unter anderem gewesen, dass es in seinem Leben kein Gleichgewicht und keine Kompromisse gegeben hatte. Sogar völlig normales Verhalten hatte für ihn eine Art moralische Herausforderung dargestellt. Er war entweder total aufgedreht, übertrieben lustig und unglaublich enthusiastisch gewesen oder aber apathisch, langsam, distanziert, oft auch wie im Tiefschlaf. Selbst in seinen guten Phasen hatte er täglich einen langen Nachmittagsschlaf gehalten. Dazu ließ er sich nicht einfach aufs Sofa oder in einen Sessel fallen, nein, er machte die Vorhänge zu, zog sich aus und ging ins Bett. Wenn er Medikamente nehmen musste, verfiel er fast in eine Art Koma. An jenem Tag hatte er sich ausgezogen, seine Uhr auf den Nachttisch gelegt und in meinem Bett geschlafen. Als ich ihn dann abends fand, trug er seine Sachen, nicht aber die Uhr. Vielleicht hatte er sie vergessen. Schließlich war er depressiv gewesen.

Da war noch etwas. Ich schloss die Augen und zwang mich dazu, mir Troy an jenem Balken baumelnd vorzustellen. Der Strick. Es war leicht, sich an ihn zu erinnern; er hatte aus glänzend grünem, sprödem Kunststoff bestanden. Ich sah ihn noch genau vor mir, wie ich seine Fasern mit dem Messer durchtrennte, um Troy zu befreien. Zum ersten Mal wurde mir bewusst, dass Selbstmord eine Aktion war, die vorbereitet werden musste. Man musste sie planen, das nötige Material besorgen.

Plötzlich hatte ich wieder einen völlig klaren Kopf. Als

ich aufstand, verspürte ich noch einmal einen kurzen Anflug von Übelkeit und Schwindel, aber das ging schnell vorüber. Ich hatte keine Zeit, mich schlecht zu fühlen, es galt, ein Vorhaben in die Tat umzusetzen. Meine Wohnung war so klein, dass es nicht viel zu durchsuchen gab. Ich konnte mich nicht daran erinnern, den Strick je zuvor gesehen zu haben, aber ich musste sichergehen. Unter der Spüle befanden sich ein Eimer, ein paar Putzlappen, mehrere Flaschen Reinigungsmittel, im Schrank der Staubsauger, ein Besen und ein Wischmopp, ein zusammengerollter Teppich, eine Schuhschachtel mit Schraubenziehern, einem Hammer, Nägeln, Schrauben und ein paar Dübeln. Ich sah auch in den obersten Fächern nach, hinter dem Sofa, unter meinem Bett, einfach überall. Kein Strick. Womöglich hatte er bloß ein Stück Strick gefunden und die ganze Länge benutzt. Oder er hatte so viel gekauft, wie er brauchte, und die ganze Länge benutzt. Oder …

Ich rief meine Mutter an. Es war schwierig, nicht jeden Satz, den ich mit meiner Mutter, meinem Vater oder meiner Schwester sprach, mit der Frage zu beginnen, wie sie sich fühlten. Wir konnten den Rest unseres Lebens damit verbringen, uns das zu fragen und uns Antworten auf diese Frage zu überlegen. Diesmal fragte ich nur, ob ich vorbeikommen könne, und sie antwortete, ja, das wäre schön.

Unterwegs musste ich noch an etwas anderes denken. Ein paar Monate zuvor war ich in einer U-Bahn der Piccadilly Line mehr als eine Stunde festgesessen. Nach einer Weile wurden wir per Lautsprecherdurchsage gebeten, die Verzögerung zu entschuldigen, und darüber informiert, dass sich im nächsten Bahnhof ein Fahrgast auf den Gleisen befinde. Die naheliegendste Antwort darauf wäre: Na schön, dann seht zu, dass er von dort verschwindet, damit wir alle endlich an unser Ziel kommen. Aber natürlich handelt es sich dabei um einen Euphemismus für einen Selbstmord. Jemand hat sich vor den Zug geworfen und befindet sich nun in der Tat auf den Gleisen, allerdings übel zugerichtet. Ich hatte viel Zeit, darüber nachzudenken, und einer der Gedanken, die mir durch den Kopf gingen, war: Schuldet man jemandem etwas, wenn man sich umbringt? Wenn man sich vor eine U-Bahn wirft, dann sieht einen der Fahrer des Zuges unter Umständen nur ein paar Zentimeter vor seiner Nase vorbeisegeln und bekommt aus nächster Nähe all die schrecklichen Geräusche mit, die wahrscheinlich zu hören sind, wenn einen der Zug zermalmt. In den meisten Fällen geht der Fahrer danach in Frührente. Und was ist mit all den Pendlern, die sich eine halbe Stunde lang über die Verspätung ärgern? All die versäumten Zahnarzttermine, die kleinen Kinder, die ratlos vor der Schule warten, die verkochten Mittagessen – schaden sie dem Karma eines Menschen?

Ich ließ einen Gedanken zu, den ich bis dahin erfolgreich verdrängt hatte. In meiner Wohnung. Troy hatte sich in meiner Wohnung umgebracht. Ich fragte mich, ob nicht schon allein der Gedanke obszön war, aber ich konnte nicht damit aufhören. Er hatte sich an einem Ort erhängt, an dem die Wahrscheinlichkeit bestand, dass ich ihn finden würde. Seine Leiche hatte dort gebaumelt, sich dort langsam eingependelt, wo ich schlief und aß und mein Leben lebte. Wie hatte er das nur tun können? Ich wäre so gern davon überzeugt gewesen, dass Troy das nicht übers Herz gebracht hätte. Ich liebte Troy und er mich auch – sogar dann, wenn er tief in seiner Depression steckte. Wäre er überhaupt in der Lage gewesen, mir so etwas anzutun? Etwas, das ich nie vergessen würde? Ich versuchte mir einzureden, dass ein Mensch, der sich umbringt, höchstens noch insofern an die Gefühle der anderen denken kann, als er sich sagt, dass sie ohne ihn besser dran sind. Oder war es sogar noch schlimmer? Ich zwang mich, die Möglichkeit in Betracht zu ziehen, dass der Ort und die Art von Troys Selbstmord so etwas wie eine Nachricht an mich darstellten: So, Miranda, du hast dir eingebildet, mich zu verstehen. Du hast geglaubt, mir helfen zu können. Tja, nun hast du die Bescherung. So weit ist es mit mir gekommen. Nun schau mal, ob du mir helfen kannst.

Ich rechnete damit, dass meine Mutter bei meinem Anblick wieder zu weinen anfangen würde, aber sie schien mit ihren Gedanken woanders zu sein. Als sie mir die Tür öffnete, kam es mir fast so vor, als würde sie einen Moment lang suchend über meine Schulter schauen, ob nicht noch jemand hinter mir stand.

»Schön, dass du gekommen bist, Miranda«, sagte sie, aber es klang, als spräche sie einen Text, den jemand anders für sie geschrieben hatte. »Dein Vater ist nicht da.«

»Wo ist er denn?«, fragte ich erstaunt, weil ich mir nicht vorstellen konnte, dass er nach alledem schon wieder einen Termin hatte.

»Wo?«, wiederholte meine Mutter leicht benommen, als hätte sie irgendwas genommen.

»Was ist mit Kerry und Brendan?«

»Sie sind auch unterwegs. Möchtest du eine Tasse Tee?«

»Gern. Ich muss vorher nur schnell nach oben.«

Das ist das Gute am Haus der Eltern. Man ist dort immer noch irgendwie daheim. Man kann überallhin, jeden Schrank aufmachen. Ich würde etwas Schreckliches tun, und ich wusste selbst kaum, warum. Es war, als wollte ich mir ein Taschenmesser holen, um damit in einem Abszess an einem meiner Zähne herumzustochern und mir auf diese Weise immer stärkere Qualen zuzufügen, bis mich der Schmerz irgendwann völlig überwältigen und dann verschwinden oder aber ich selbst verschwinden würde.

Nachdem meine Mutter in die Küche gegangen war, rannte ich die Treppe hinauf und in das Zimmer, in dem jetzt Kerry und Brendan wohnten. Mein ganzer Körper stand unter Strom, meine Ohren summten. Ich konnte richtig hören, wie das Blut durch meine Adern pulsierte.

Es war offensichtlich, dass sie nur kurze Zeit in dem Zimmer bleiben würden, sie hatten fast nichts ausgepackt. Auf dem Bett lagen Kerrys Bademantel und ein Nachthemd. Ein Koffer lehnte halb offen an der Wand. Auf dem Tisch in der Ecke standen ein paar Flaschen, Shampoo, Haarspülung, Bodylotion, Parfüm, alles von Kerry. Ich blickte mich um. Eins war seltsam. Kerry hätte genauso gut allein hier wohnen können. Ich konnte kein einziges Ding, kein einziges Kleidungsstück entdecken, das Brendan gehörte. Neben dem Bett stand ein zweiter, geschlossener Koffer. Ich legte ihn flach auf den Boden und öffnete ihn. Brendans Klamotten. Ich würde höchstens eine Minute brauchen. Nacheinander hob ich seine Hemden, Hosen und Unterhosen hoch und stapelte sie verkehrt herum auf dem Boden, damit ich sie hinterher in der richtigen Reihenfolge zurücklegen konnte. Der Koffer war fast leer, als ich auf der Treppe Schritte hörte. Nein, eigentlich spürte ich sie mehr, als dass ich sie hörte. Ich hatte nicht mal mehr Zeit, mich von den Knien zu erheben, so schnell flog die Tür auf. Vor mir stand Brendan. Den Bruchteil einer Sekunde hatte ich gedacht: Na und wenn schon? Als ich dann aber seine Miene sah, dachte ich: Oh, verdammt. Zuerst wirkte er nur überrascht, was ja kein Wunder war, schließlich durchwühlte ich gerade seinen Koffer, hatte seine ganzen Sachen um mich herum ausgebreitet.

»Miranda?«, fragte er. »Was zum …«

Ich versuchte mir etwas einfallen zu lassen, aber mein Gehirn hatte sich in zähen Brei verwandelt.

»Ich hab etwas vergessen«, stammelte ich aufs Geratewohl. »Ich meine, ähm, ich dachte, du hättest aus Versehen etwas von mir mitgenommen.«

»Nämlich?« Inzwischen wirkte er ziemlich wütend.

Hinter ihm tauchte Kerry auf.

»Brendan?«, fragte sie. Ihr Blick fiel auf mich.

»Den Strick«, antwortete ich. »Ich dachte, du hättest versehentlich meinen Strick mitgenommen.«

24. KAPITEL

Was?«, fragte Kerry ungehalten. »Was für einen Strick?«

»Lieber Himmel!«, sagte Brendan. »Sieh sie dir an!«

»Was für einen Strick?«, wiederholte Kerry.

Sie trat einen Schritt vor, sodass sie nun, die Hände in die Hüften gestemmt und mit knallrot angelaufenem Gesicht, auf mich herabstarrte. Es war, als wären ihre ganze Zurückhaltung, Ängstlichkeit und Schüchternheit durch Kummer und Wut weggeätzt worden. Ich stand auf. Um mich herum lagen immer noch Brendans Klamotten.

»Ich weiß auch nicht. Ich dachte nur…« Ich sprach den Satz nicht zu Ende.

»Du hast in Brendans Sachen herumgesucht! Was um alles in der Welt hast du dir dabei bloß gedacht?«

»Ich habe meine Wohnung aufgeräumt«, antwortete ich.

»Und? *Und?*«

»Habe ich das jetzt richtig verstanden?«, fragte Brendan. »Du wühlst in meinem Zeug herum« – er trat mit dem Fuß nach einem Stapel seiner Klamotten, sodass er umkippte und die Sachen auf dem Boden landeten –, »weil du irgendeinen Strick suchst. Richtig?«

»Ich war einfach durcheinander«, murmelte ich.

»Durcheinander?«, wiederholte Kerry. »Ist dir eigentlich klar, dass gestern unser kleiner Bruder beerdigt worden ist? Und heute tauchst du hier auf, machst dir die Mühe herzufahren, nur um in Brendans Koffer herumzuschnüffeln …«

»Ich glaube, ich gehe jetzt besser«, unterbrach ich sie.

Brendan trat einen Schritt vor, sodass er mir den Weg versperrte.

»Das glaube ich nicht, Mirrie.«

»Lass mich durch.«

»Solange wir dieser Sache nicht auf den Grund gegangen sind, gehst du nirgendwohin.«

»Wir sind alle überreizt.«

»Überreizt?«, schrie Kerry. Für eine so zierliche Person kann sie ziemlich laut werden. »Über*reizt*?! Du hast sie doch nicht mehr alle!«

»Was ist denn hier los?«

Mein Vater stand in der Tür.

»Nichts«, antwortete ich lahm.

»Ich werde dir sagen, was los ist«, schimpfte Kerry und deutete mit dem Finger auf mich. »Sie! Sie hat Brendans Koffer durchwühlt.«

»Miranda?«, wandte sich mein Vater an mich.

»Sie sucht einen Strick«, fügte Brendan hinzu.

»Einen Strick?«

»Das hat sie zumindest gesagt.«

Brendan begann seine herumliegenden Kleidungsstücke einzusammeln und ordentlich zurück in den Koffer zu legen.

»Ich glaube, ich sollte jetzt gehen«, sagte ich.

»Ich glaube, du solltest uns das erklären«, erwiderte mein Vater. Aus seiner Stimme sprach Abscheu. Er rieb sich mit der Hand übers Gesicht und sah sich nach einer Sitzgelegenheit um.

»Ich habe einfach versucht, Ordnung in meine Sachen zu bringen.«

»Wir waren gerade bei dem Strick«, rief mir Brendan ins Gedächtnis. »Hmm? Du hast heimlich meine Sachen durchwühlt, weil du irgendeinen Strick gesucht hast?«

Ich schwieg.

»Was für einen Strick?«, fragte meine Mutter, die gerade in den Raum trat.

Ich setzte mich auf das ungemachte Bett und schlug die Hände vors Gesicht, als hoffte ich wie ein kleines Kind, mich auf diese Weise unsichtbar machen zu können. Während Kerry meiner Mutter voller Entrüstung berichtete, wobei sie mich ertappt hatten, starrte ich durch einen Spalt zwischen meinen Fingern auf ein Stück Teppich unter der Kommode und versuchte dabei, die Worte meiner Schwester auszublenden.

»Ich erkenne dich überhaupt nicht wieder«, erklärte meine Mutter mit ausdrucksloser Stimme, nachdem Kerry mit ihrem Bericht fertig war.

»Bitte«, sagte ich. »Ich bin ganz durcheinander. Wir sind alle durcheinander.«

»Trotzdem wüsste ich gern«, mischte sich Brendan ein, »welchen Strick du meinst; denn im Moment bedeutet das Wort ›Strick‹ für uns alle eigentlich nur eins. Hmm?«

Einen Moment lang herrschte im Raum angespanntes Schweigen, dann fuhr er fort: »Ist es das, was du damit meinst? Den *Rest* des Stricks? Hmm?«

»Ich meine gar nichts.«

»Und trotzdem hast du dir die Mühe gemacht, extra herzukommen und danach zu suchen.«

»Halt den Mund!«, sagte ich und ließ die Hände sinken.

»Halt den Mund, halt den Mund! Ich komme mir hier vor wie vor Gericht, als würde alles, was ich sage, gegen mich verwendet werden. Starrt mich nicht so an!«

»Wieso glaubst du, dass er hier sein könnte? Hmm? Zwischen meinen Sachen? Gibt es etwas, das du uns sagen möchtest?«

»Nein«, flüsterte ich.

»Für mich besteht jetzt kein Zweifel mehr«, erklärte Kerry. »Sie ist besessen von Brendan. Sie war es von Anfang an. Ich habe versucht, es zu ignorieren, mir einzureden, es spiele keine Rolle. Ich war ihr gegenüber tolerant und großzügig, oder etwa nicht? Ich dachte, sie würde darüber hinwegkommen. Dabei hätte ich es wissen müssen. Sie konnte ja von gar nichts anderem mehr reden als von ihrer Beziehung, konnte einfach nicht damit aufhören. Sie konnte auch nicht auf eine normale Art freundlich zu ihm sein, nein, sie war entweder wütend und voller Bitterkeit oder aber überfreundlich. Einmal hat sie sich im Bad sogar vor ihm ausgezogen, während ich nebenan für sie gekocht habe, weil ich besonders nett zu ihr sein wollte. Das muss man sich mal vorstellen!«

»Sag ›du‹!« Ich spürte, wie ich langsam hysterisch wurde. »Sag nicht ›sie‹, wenn ich direkt vor dir sitze!«

Kerry sprach einfach weiter, ohne auf meine Worte zu achten. Alles, was sich in ihr aufgestaut hatte, brach nun aus ihr heraus. Ihre Stimme klang hoch und heiser.

»Ich versuchte sogar dann noch Verständnis für sie zu haben, als sie anfing, seltsam zu werden. Als sie das Bad überflutete und es dann Brendan in die Schuhe schieben wollte. Als sie ihm hinterherspionierte und alte Freunde von ihm aufspürte. Wie eine gottverdammte Schnüfflerin! Selbst da dachte ich noch, es würde alles wieder in Ordnung kommen. Inzwischen ist mir klar geworden, wie blöd das von mir war. Wie unglaublich blöd! Inzwischen wissen wir ja alle, was abläuft. Es geht dabei nicht bloß um Brendan, sondern auch um mich. Ihre ältere Schwester. Sie war immer schon eifersüchtig auf mich, wollte immer alles kaputtmachen, was ich hatte. Wie das mit Mike. Und jetzt seht sie euch an. Seht sie euch an!« Wieder deutete sie mit dem Finger auf mich. »Troy ist tot. Er hat sich umgebracht. Unser lieber kleiner Bruder hat sich in ihrer Wohnung umgebracht. Gestern war seine Beerdigung. Hält sie das von irgendwas ab? Nein. Nichts kann sie stoppen. Schon am nächsten Morgen, am Morgen nach seiner Beerdigung, taucht sie hier auf und fängt an herumzuschnüffeln. Nicht einmal Troys Tod kann sie davon abhalten.«

Sie begann so heftig zu schluchzen, dass ihre schmalen Schultern zuckten. Brendan ging zu ihr und legte ihr den Arm um die Taille.

»Es hat nichts mit dir zu tun, Kerry«, sagte er in sanftem Ton. »Glaub mir. Du hast gerade von Besessenheit gesprochen. Das ist wahrscheinlich genau das richtige Wort dafür. Ich denke mir das schon eine ganze Weile. Mittlerweile mache ich mir fast Vorwürfe, weil ich nicht eher etwas unternommen habe. Sie verfolgt mich ja regelrecht. Würde sie nicht zur Familie gehören, hätte ich längst die Polizei informiert und um Schutz gebeten. Ich habe von solchen Fällen gelesen. Ich glaube, es gibt sogar einen bestimmten Namen dafür, auch wenn ich mich nicht mehr daran erinnern kann. Wahrscheinlich ist das Ganze zwanghaft, und sie kann gar nicht anders.«

»Nein«, widersprach ich. »Sag nicht solche Sachen.«

»Miranda«, meldete sich meine Mutter mit ihrer neuen, ausdruckslosen Stimme zu Wort. »Es ist an der Zeit, die Dinge endlich beim Namen zu nennen. Dinge, vor denen wir bisher die Augen verschlossen haben. Ich glaube, ich habe es mir selbst nicht so richtig eingestanden, aber nun, da Troy tot ist, kann ich alles aussprechen. Vielleicht brauchst du professionelle Hilfe.«

»Du verstehst das nicht«, sagte ich. »Keiner versteht es.« Ich wandte mich an meinen Vater. »Du hältst mich nicht für besessen, oder?«

»Ich weiß nicht mehr, was ich denken soll«, antwortete er. »Aber eines weiß ich.«

»Was?«

»Du wirst dich auf der Stelle bei Brendan entschuldigen. Dass in unserer Familie eine Tragödie passiert ist, bedeutet nicht, dass wir jetzt alle Narrenfreiheit haben und uns nicht mehr wie anständige menschliche Wesen zu benehmen brauchen.«

»Aber ich …«

»Egal, was du jetzt sagen willst, ich möchte es nicht hören!«, fiel er mir ins Wort. »Du entschuldigst dich bei Brendan. Hast du mich verstanden? Das ist ja wohl das Mindeste, das wir von dir erwarten können.«

Ich betrachtete einen Moment lang sein eingefallenes Gesicht, die leeren Augen meiner Mutter. Dann stand ich auf und wandte mich an Brendan. Er starrte mich erwartungsvoll an. Ich ballte die Hände zur Faust, bis sich meine Fingernägel tief in meine Handflächen gruben.

»Tut mir Leid«, sagte ich.

Mit einem leichten Nicken nahm er meine Entschuldigung an. »Mir tut es auch Leid, Mirrie. Vor allem für dich. Ich habe großes Mitleid mit dir.«

Ich wandte mich an meine Eltern.

»Kann ich jetzt gehen?«, fragte ich.

Schweigend setzten wir uns alle gemeinsam nach unten in Bewegung. Kerry schluchzte immer noch leise vor sich hin. An der Haustür blieb ich stehen.

»Ich habe meine Tasche noch oben«, erklärte ich. »Ich hole sie schnell, dann seid ihr mich los.«

Trotz der stechenden Schmerzen in meinem Kopf nahm ich jeweils zwei Stufen auf einmal. Im Zimmer von Brendan und Kerry angekommen, kauerte ich mich auf den Boden und fasste unter die Kommode, schob meine Hand so weit wie möglich in den schmalen Spalt, auf den ich vorhin vom Bett aus gestarrt hatte, und zog den zusammengerollten Rest des grünen Stricks heraus.

25. KAPITEL

Detective Inspector Rob Pryor war nett, ein ganz normaler Mensch, dem man auch draußen in der realen Welt irgendwo begegnen hätte können. Er hatte lockiges blondes Haar und eine entspannte, fast ein wenig träge wirkende Art. Nachdem er mich einigen seiner Kollegen vorgestellt hatte, holte er mir an dem Automaten gleich neben seinem Büro einen Kaffee. Vicky Reeder, die junge Beamtin, die sich nach Troys Selbstmord um mich gekümmert hatte, kam herein und sagte hallo. Dann führte mich Rob – wir waren übereingekommen, uns beim Vornamen zu nennen – in sein Büro, wo er mich als Erstes auf die schöne Aussicht hinwies. Eigentlich waren jenseits der hohen Mauer, die den Parkplatz mit den Polizeiwagen umgab, nur ein paar Bäume zu sehen, aber er wusste genau, um welche Baumarten es sich handelte, und schien sehr stolz darauf zu sein. Vielleicht wollte er mich damit aber auch nur beruhigen, denn als er sich schließlich zu mir umdrehte, fragte er mich, wie es mir gehe.

Als ich ihm antwortete, dass ich völlig am Ende sei, dass wir alle völlig am Ende seien, nickte er und meinte, das könne er gut verstehen.

»Es ist sehr schwer, mit so etwas umzugehen«, fügte er hinzu.

»Seltsam«, sagte ich. »Ich hatte eigentlich damit gerechnet, dass Sie erstaunt sein würden, mich zu sehen, aber Sie tun fast so, als hätten Sie mich erwartet.«

Er lächelte mich mitfühlend an.

»Erwartet habe ich Sie nicht gerade«, entgegnete er, »aber Ihr Besuch kommt auch nicht völlig überraschend. Nach einer solchen Tragödie neigen viele der Hinterbliebenen dazu, das Geschehene in Gedanken immer wieder Revue passieren zu lassen. Sie fragen sich, ob sie etwas hätten tun können, um es zu verhindern. Der Gedanke lässt sie nicht mehr los, sie werden ganz besessen davon. Dann brauchen sie jemanden, mit dem sie darüber sprechen können. Manchmal kommen sie her, um mit uns alles noch mal genau durchzugehen, obwohl sie selbst nicht so recht wissen, was sie damit eigentlich bezwecken. Sie empfinden das Ganze so sehr als ein Verbrechen gegen ihre eigene Person, dass sie glauben, es handle sich wirklich um ein Verbrechen.«

»Sie glauben also, ich benutze Sie als eine Art Therapie?«

Er nahm einen Schluck von seinem Kaffee.

»Sie haben Ihren Bruder gefunden. Ein solches Erlebnis muss man erst mal wegstecken.«

»Darum geht es nicht«, widersprach ich. »Ich habe Ihnen wichtige Dinge zu sagen.«

Er lehnte sich auf seinem Stuhl zurück und betrachtete mich argwöhnisch.

»Was für Dinge?«

Ich erzählte ihm von meinem Verdacht. Ich hatte sogar

den Strick mitgebracht. Nachdem ich ihn aus meiner Tasche geholt und auf seinen Schreibtisch gelegt hatte, zuckte er nur ein wenig mit den Achseln.

»Wie ich schon gesagt habe, es dauert eine Weile, bis man über so etwas hinwegkommt.«

»Das heißt, Sie haben mir überhaupt nicht zugehört.«

»Was genau wollten Sie mir denn sagen, Miranda?«

»Ich habe Troy gekannt«, antwortete ich. »Besser als sonst jemand. Er hatte nicht vor, sich umzubringen.«

»Er litt an schweren Depressionen.«

»Er befand sich gerade in einer guten Phase.«

»Depressionen sind von außen schwer zu beurteilen«, gab er zu bedenken. »Manchmal ist ein Selbstmord das erste erkennbare Symptom.«

»Das Ganze ist nicht bloß so ein Gefühl von mir. Denken Sie an all die anderen Details, die ich erwähnt habe. Beispielsweise die Uhr.«

Er sah mich fragend an.

»Das meinen Sie doch nicht ernst, oder? Ihr Bruder hat vergessen, nach seinem Nachmittagsschlaf die Uhr wieder anzulegen. Und wenn schon? Das passiert mir ständig, und er war noch dazu depressiv. Wenn man depressiv ist, vergisst man eben manche Sachen.«

»Was ist mit dem Strick?«

»Wie meinen Sie das?«

»In meinem Haushalt gab es keinen Strick. Er ist extra gekauft worden. Brendan hat behauptet, nichts davon zu wissen, und dann habe ich das hier bei seinen Sachen gefunden. Wie ich Ihnen bereits erzählt habe, wurde ich von ihm dabei ertappt, wie ich danach suchte.«

»Wissen Sie, Miranda, was das betrifft, muss ich Ihrer Schwester Recht geben. Man sucht nicht einfach in den Sachen anderer Leute herum, ohne vorher deren Erlaubnis einzuholen. So etwas bringt einen zwangsläufig in Schwierigkeiten.«

»Die habe ich schon«, erklärte ich. »Meine ganze Familie ist schrecklich wütend auf mich.«

»Tja, was soll ich sagen?«

»Aber das macht mir nichts aus«, fuhr ich fort. »Das Wichtigste ist, dass der Sache auf den Grund gegangen wird.«

»Ich verstehe nicht recht, worauf Sie eigentlich hinauswollen.«

Ich schwieg einen Moment. Mir war daran gelegen, meinen Verdacht ruhig und sachlich zu formulieren.

»Ich bin der Meinung, dass Brendan Troy zumindest dazu ermutigt hat, sich umzubringen. Wenn er ihn nicht sogar selbst…« Ich konnte es nicht aussprechen.

»Sie glauben, es war Mord, getarnt als Selbstmord? Ist es das, was Sie mir sagen wollen?« Robs Ton klang jetzt härter, fast ein wenig sarkastisch. »Und wie stellen Sie sich das konkret vor?«

»Darüber denke ich schon die ganze Zeit nach. Ich finde, Sie sollten es zumindest als Möglichkeit in Betracht ziehen.«

Wir schwiegen eine ganze Weile. Rob starrte aus dem Fenster, als hätte draußen etwas seine Aufmerksamkeit erregt. Als er sich mir wieder zuwandte, spürte ich eine Barriere zwischen uns.

»Troy hat starke Tabletten genommen«, sagte ich. »Er litt unter schlimmen Schlafstörungen. Wenn er die Medikamente nahm, war er so gut wie ohnmächtig.«

Rob griff nach einer der Akten auf seinem Schreibtisch.

»Ihr Bruder hatte Spuren von Barbiturat im Blut.«

»Genau.«

Er warf die Akte zurück auf den Tisch.

»Wie Sie gerade sehr richtig gesagt haben, nahm er starke Medikamente. Da ist das keineswegs ungewöhnlich. Sagen Sie mir eins, Miranda«, fuhr er fort. »Was würden *Sie* tun? An meiner Stelle, meine ich.«

»Ich würde Brendan unter die Lupe nehmen.«

»Unter die Lupe nehmen? Einfach so?«

»Wer weiß, was dabei herauskommen würde.«

Rob starrte mich verblüfft an. Er wirkte inzwischen leicht gereizt.

»Wieso haben Sie diesen Brendan so auf dem Kieker?«, fragte er. »Haben Sie ein Problem mit ihm?«

»Das ist eine ziemlich lange Geschichte.«

Nun wurde es ihm definitiv zu viel. Entnervt sah er auf die Uhr.

»Miranda, ich bin ein wenig in Eile …«

»Ich werde mich kurz fassen«, fiel ich ihm ins Wort und berichtete in groben Zügen, was zwischen Brendan und mir vorgefallen war. Während ich sprach, begann es draußen zu dämmern. Es war einer jener düsteren Dezembertage. Als ich fertig war, lag sein Gesicht schon so weit im Halbschatten, dass ich seine Miene nicht mehr genau erkennen konnte.

»Was sagen Sie dazu?«, fragte ich.

»Sie haben eine harte Zeit hinter sich«, antwortete er. »Eine Trennung von einem Freund.«

»Er war nicht wirklich mein Freund.«

»Und einen Todesfall in der Familie. Es tut mir wirklich Leid, Miranda, aber ich kann nichts für Sie tun.«

»Und Sie finden nicht, dass dieser Mistkerl gefährlich sein könnte?«

»Ich weiß nicht«, antwortete Rob. »In private Streitigkeiten mische ich mich nicht ein.«

»Bis ein Verbrechen passiert.«

»Das ist richtig. Ich bin nun mal Polizist.«

»Brauchen Sie mehr Beweise? Ist es das?«

»Nein, nein«, entgegnete er rasch. »Ganz bestimmt nicht. Sie haben genug getan.« Er stand auf, ging um seinen Schreibtisch herum und legte mir eine Hand auf die Schulter. »Miranda, lassen Sie dem Ganzen ein wenig Zeit. In ein paar Wochen oder Monaten sieht die Sache schon ganz anders aus, das verspreche ich Ihnen.«

»Und Sie werden gar nichts tun?«

Er deutete auf den Aktenberg auf seinem Schreibtisch.

»Ich werde eine ganze Menge tun.«

Laura sah großartig aus. Sie war erst vor ein paar Tagen bei einem Friseur in Clerkenwell gewesen, den man sich eigentlich nur leisten konnte, wenn man vorher einen Kredit aufnahm, aber ich musste zugeben, dass es sich gelohnt hatte. Gesträhnt und auf wild gestylt, leuchtete ihr Haar an diesem grauen Tag wie ein Signalfeuer. Es schien die ganze Bar zu erhellen. Sie war außerdem sehr schick gekleidet. Wir hatten uns gleich nach der Arbeit getroffen, und sie trug einen Hosenanzug und eine weiße Rüschenbluse. Plötzlich wurde ich mir meines eigenen Aussehens auf unangenehme Weise bewusst und versuchte im Fenster einen Blick auf mein Spiegelbild zu erhaschen. Ich hatte das ungute Gefühl, nicht besonders präsentabel auszusehen. Irgendwie war ich in den letzten Tagen nicht dazu gekommen, mich um mein Äußeres zu kümmern, es war immer etwas anderes wichtiger gewesen. Während ich kurz zuvor die Camden High Street entlanggeeilt war und mir dabei überlegt hatte, was ich Laura sagen wollte und wie ich es am besten formulierte, war mir aufgefallen, dass mich zwei Schulmädchen im Vorbeigehen neugierig anstarrten und dann zu kichern begannen. Erst in dem Moment war mir bewusst geworden, dass ich laut gedacht hatte.

Wenn ich beruflich sehr im Stress bin, kommt es schon mal vor, dass ich ein wenig schlampig herumlaufe. In solchen Zeiten versuche ich mir immer einzureden, dass ich trotzdem noch auf eine knabenhafte Art und Weise gut aussehe. Nun fragte ich mich, ob das Ganze vielleicht gekippt war und ich jetzt womöglich den Eindruck machte, als wäre ich gerade aus einer Anstalt entlassen worden.

Ich trug die Weinflasche an unseren Tisch. Das war noch so ein Punkt. Ich hatte mir vorgenommen, meinen Alkoholkonsum einzuschränken, obwohl ich nicht das Gefühl hatte, in dieser Hinsicht wirklich schon das Maß verloren zu haben. Aber erst mal musste ich andere Dinge klären. Während ich uns einschenkte, sah Laura mich an und holte dann lächelnd eine Packung Marlboro Lights und ein Feuerzeug aus der Tasche.

»Du hast wieder angefangen«, stellte ich fest.

»Ich hab immer so gerne geraucht.« Mit diesen Worten zog sie eine Zigarette aus der Schachtel und steckte sie sich zwischen ihre glänzend roten Lippen. »Und dann dachte ich plötzlich: Warum eigentlich nicht? Ich werde erst wieder damit aufhören, wenn ich alt bin. Möchtest du auch eine?«

Sie betätigte das Feuerzeug und hielt die Flamme an die Zigarette. Dann stieß sie eine kleine Wolke dichten Rauchs aus. Fast hätte ich ja gesagt. Der Geruch erinnerte mich daran, wie wir früher ganze Nächte lang getrunken, geraucht und gelacht hatten. Aber ich schüttelte den Kopf. Ich musste unbedingt versuchen gesünder zu leben, auch wenn es nur ein erster schwacher Versuch war. Es fiel mir nicht leicht. Laura sog den Rauch tief in ihre Lungen und schien jeden Zug zu genießen. Ich nahm einen großen Schluck Wein, um mich abzulenken.

»Ich hatte gehofft, wir könnten einen Spaziergang machen«, sagte ich.

Laura sah mit angewiderter Miene aus dem Fenster. »Bei dem Wetter?«

»Ich bräuchte dringend frische Luft, um einen klaren Kopf zu bekommen.«

»Da musst du allein gehen«, erklärte Laura mit Nachdruck. »Ich bin dafür nicht angezogen.«

Ich hatte mir genau überlegt, was ich zu Laura sagen würde, damit es möglichst plausibel und vernünftig klang. Aber irgendwie kam es nicht so rüber, wie ich mir das vorgestellt hatte. Was ich ihr über Troy und Brendan und meinen Besuch bei der Polizei erzählte, wurde zu einer Übung in freiem Assoziieren, bei der ich von einem Thema zum nächsten sprang, weil mir immer wieder etwas Neues einfiel. Als ich fertig war, hatte sich Laura bereits die dritte Zigarette angezündet.

»Das sieht dir gar nicht ähnlich, Miranda«, meinte sie.

Ich holte tief Luft und versuchte, nicht wütend zu werden.

»Ich wollte von dir kein Urteil über meinen psychischen Zustand«, entgegnete ich. »Zumindest *noch* nicht. Ich wollte bloß, dass du dir anhörst, was ich zu sagen habe. Da fügt sich nämlich eins ins andere.«

»Weißt du, was ich an dir immer am meisten bewundert habe, Miranda? Du warst immer so gut in der Lage, Dinge abzuschließen und hinter dir zu lassen. Jedes Mal, wenn ich im Leben nicht mehr weiterkam, warst du diejenige, zu der ich gehen konnte und von der ich immer einen vernünftigen Ratschlag bekam.«

»Jetzt bin *ich* diejenige, die zu *dir* kommt.«

»Du solltest dich mal selber hören«, sagte Laura. »Das mit Troy tut mir so Leid. Aber du solltest dich wirklich mal hören. Ich weiß, wie schlimm eine Trennung sein kann. Ich weiß auch, wie es ist, wenn man von einem Mann verlassen wird. Du erinnerst dich bestimmt, wie dreckig es mir ging, als Saul mit mir Schluss machte. Ich konnte an nichts anderes mehr denken, fragte mich ständig, was ich falsch gemacht hatte. Es ist mir fast peinlich, es zu erwähnen, aber vielleicht erinnerst du dich, dass ich sogar mit Plänen angekommen bin, um ihn zurückzugewinnen. Erinnerst du dich?«

»Natürlich erinnere ich mich.«

»Tja, du musstest es dir schließlich auch in allen Einzelheiten anhören. Und weißt du auch noch, was du damals zu mir gesagt hast?«

»Laura, es handelt sich um eine völlig andere Situation.«

»Du hast zu mir gesagt, ich soll mich zusammenreißen und nichts unternehmen, was ich später bereuen könnte. Ich soll einfach ein bisschen Zeit vergehen lassen, dann würde die Sache schon ganz anders aussehen, dass könntest du mir versprechen. Ich hätte dir damals am liebsten eine geknallt, aber du hattest völlig Recht.«

»Es geht hier nicht nur um eine Trennung, und außerdem habe *ich* Schluss gemacht, wie du sehr genau weißt, aber ich will nicht wieder davon anfangen...«

»Herrgott noch mal, Miranda! Ich habe mit Brendan gesprochen. Er kann das alles genauso wenig verstehen wie ich.«

»Was?«, fragte ich. »Mit Brendan? Du hast mit Brendan über *mich* gesprochen?«

»Miranda...«

»Du bist zu ihm übergelaufen. So sieht es aus. Nun ist mir alles klar. Du findest, dass er charmant ist? Ein netter Typ? Wie kannst du es wagen? Wie kannst du es wagen, mit ihm über mich zu sprechen? Was hast du ihm erzählt? Hast du ihm irgendwas von dem erzählt, was ich zu dir über ihn gesagt habe?«

»Miranda, hör auf! Ich bin's, Laura, deine beste Freundin!«

Ich hielt inne und musterte sie. Sie wirkte an diesem Tag sehr hübsch, aber ein bisschen nervös. Verlegen zog sie an ihrer Zigarette und wich dabei meinem Blick aus.

»Du magst ihn, stimmt's?«

Sie zuckte mit den Achseln.

»Er ist ein ganz normaler, netter Typ«, antwortete sie. »Er macht sich Sorgen um dich.«

»Das reicht«, erwiderte ich. Während ich in meiner Tasche nach Geld wühlte, hatte ich das vage Gefühl, das alles schon mal erlebt zu haben. Schließlich fand ich eine Zehn-Pfund-Note und warf sie auf den Tisch. »Da. Ich melde mich. Tut mir Leid, aber ich kann unter diesen Umständen nicht weiter mit dir reden. So nicht.«

Ich ließ Laura einfach sitzen. Draußen auf dem Gehsteig sah ich mich benommen um. Ich war selbst erstaunt über das, was ich getan hatte. Wie sollte es nun weitergehen? Die feuchte Kälte kroch mir in die Glieder. Gut so. Ich marschierte einfach los, obwohl ich keine Ahnung hatte, wo ich eigentlich hinwollte.

26. KAPITEL

Es waren noch sechzehn Tage bis Weihnachten und vier bis zur Trauung von Kerry und Brendan. Sie würden auf dem Standesamt heiraten, das nur knapp einen Kilometer vom Haus meiner Eltern entfernt lag. Es war nach wie vor kalt, wurde aber zusehends grauer, feuchter und nebliger. Als ich am Morgen aufwachte, hörte ich Regen gegen die

Scheiben prasseln. Ich konnte mich nicht aufraffen, mein warmes Bett zu verlassen. Mir ging durch den Kopf, dass ich heute in dem leeren und ungeheizten Haus in Tottenham mit halb erstarrten Händen Nägel in Bodendielen hämmern würde, und bei der Vorstellung kuschelte ich mich gleich noch ein Stück tiefer unter meine Bettdecke.

Ich hörte, wie die Post durch den Briefschlitz geschoben wurde und auf dem Boden landete. Knapp zwei Wochen noch, dann würden die Tage wieder länger werden. Ich versuchte mir ins Gedächtnis zu rufen, dass es jenseits dieser dunklen Monate einen neuen Frühling geben würde.

An den Rändern der Vorhänge zeigte sich bereits ein wenig Tageslicht. Ich zwang mich aufzustehen. Nachdem ich in meine Hausschuhe und meinen Bademantel geschlüpft war, sammelte ich die auf der Fußmatte liegenden Briefe ein. Dann machte ich mir eine große Kanne Kaffee, schob zwei Scheiben Vollkornbrot in den Toaster und schaltete das Radio ein. Als das Brot knusprig genug war, bestrich ich die eine Scheibe mit Honig, die andere mit Marmelade, wärmte in der Mikrowelle ein wenig Milch und schenkte mir eine Tasse Kaffee ein.

Ich ließ mich am Tisch nieder und öffnete die Post. Es waren insgesamt neun Weihnachtskarten, darunter eine von einem Typen, an den ich mich beim besten Willen nicht erinnern konnte. Er schrieb, er hoffe, wir würden uns im neuen Jahr mal wieder sehen. Eine stammte von Callum, dem Mann, der mir auf der Party, zu der mich Laura und Tony uneingeladen mitgenommen hatten, über den Weg gelaufen war. Das schien schon eine Ewigkeit her zu sein, ein Ereignis aus einem anderen Leben. Damals hatte ich geglaubt, die Situation könnte nicht mehr schlimmer, sondern nur besser werden. Ich schob Callums Karte, die mit einer gekritzelten Einladung zu einer Party versehen war, beiseite. Aller Voraussicht nach würde ich es dieses Jahr nicht schaffen, meinerseits Weihnachtskarten zu verschicken oder Partys zu besuchen. Abgesehen von den Karten hatte ich zwei Spendenaufrufe wohltätiger Organisationen bekommen, außerdem eine Kreditkartenabrechnung, einen Kontoauszug, drei Kataloge und einen Umschlag mit Kerrys Handschrift.

Ich trank meinen Kaffee aus und schenkte mir eine zweite Tasse ein. Dazu aß ich langsam meinen Honigtoast. Erst dann öffnete ich Kerrys Brief. »Liebe Miranda«, stand da. »Brendan und ich dachten, es wäre eine gute Idee, wenn du am Freitag unsere Trauzeugin sein würdest. Bitte lass mich so bald wie möglich wissen, ob du damit einverstanden bist. Kerry.« Das war alles.

Ich schnitt eine Grimasse. Ein merkwürdiger Schmerz begann sich wie eine kleine Spirale um mein rechtes Auge zu legen. Das war bestimmt Brendans Idee gewesen. Mich dazu zu bringen, neben dem glücklichen Paar zu stehen und meinen Namen neben die ihren zu setzen. Für die Kamera zu posieren. Brendan anzulächeln, meinen Schwager, der dann richtig zur Familie gehörte. Ich schob den Teller mit dem restlichen Toast weg. Mir war der Appetit vergangen.

Vielleicht sollte ich einfach nein sagen. Nein, Brendan, ich mache nicht deine gottverdammte Trauzeugin. Ich spiele dein Spiel nicht mehr mit. Nie wieder. Vielleicht sollte ich einfach ganz von der Hochzeit wegbleiben. Ohne mich wären sie sowieso besser dran. Aber natürlich musste ich hin, denn wenn ich es nicht täte, würden sie das nur als weitere hysterische Geste meinerseits auslegen: die verrückte, besessene, liebeskranke, hasserfüllte Miranda, der böse Geist des Festes. Ich musste hin, weil Kerry außer mir keine Geschwister mehr hatte.

Seufzend stand ich auf und ging zum Telefon.

»Hallo?«

»Mum. Ich bin's.«

»Miranda.« Ich hatte mich bereits an den ausdruckslosen Ton gewöhnt, mit dem sie seit Troys Tod sprach.

»Hallo. Entschuldige, dass ich so früh anrufe. Ich wollte eigentlich nur schnell mit Kerry sprechen. Sie möchte mich als Trauzeugin.«

»Ja, das hat sie mir erzählt.« Nach einer kurzen Pause fügte sie hinzu: »Ich finde, das ist eine sehr großzügige Geste von ihr.«

»Ja. Kann ich mit ihr sprechen?«

»Ich werde sie holen. Obwohl ich dich vorher eigentlich gleich fragen könnte… Wir, Derek und ich, dachten, wir sollten uns vor Freitag alle noch mal treffen. An dem Tag selbst wird es keine Feier geben, das erschien uns nicht richtig. Außerdem werden sie ja sowieso gleich im Anschluss in ihre Flitterwochen aufbrechen. Wir haben an einen kleinen Umtrunk gedacht, nur im engsten Familienkreis, um ihnen Glück zu wünschen. Wir sind der Meinung, dass das wichtig für die beiden ist. Bill und Judy haben schon zugesagt. Hast du morgen Zeit?«

Es war nicht wirklich als Frage gemeint.

»Ja.«

»Gegen sieben. Und jetzt hole ich Kerry.«

Ich sagte meiner Schwester, dass ich ihre Trauzeugin machen würde, worauf Kerry in freundlichem, aber kühlem Ton antwortete, dass sie sich freue. Ich fügte hinzu, dass wir uns dann ja morgen sehen würden, und sie sagte »gut«. Es klang wie ein verbales Achselzucken. Plötzlich tauchte vor meinem geistigen Auge ein Bild auf, das wie ein Sonnenstrahl durch all die Tristesse schnitt: Kerry und ich, umspült von den Wellen an der Küste Cornwalls. Wir saßen beide in großen Gummireifen und ließen uns immer wieder von der Brandung an den Strand werfen, bis wir vor Erschöpfung und Kälte ganz außer Atem waren. Wir müssen zu der Zeit etwa zehn und acht gewesen sein. Ich sehe uns noch genau vor mir, wie wir zusammen lachten und dann ausgelassen kreischten, wenn wieder eine besonders große Welle herandonnerte. Kerry trug ihr Haar damals zu ordentlichen Zöpfen geflochten. Sie hatte als Mädchen ein schüchternes Lächeln, bei dem auf ihren Wangen kleine Grübchen erschienen. Eigentlich lächelte sie immer noch so, dachte ich.

»Ich denke an dich«, stieß ich hervor und wäre dabei am liebsten heulend auf die Knie gefallen.

Am anderen Ende der Leitung herrschte Schweigen.

»Kerry?«

»Danke«, sagte sie, und dann, nach einer kurzen Pause: »Miranda?«

»Ja?«

»Ach, nichts. Wir sehen uns morgen.«

Sie legte auf.

Ich fuhr durch den Nebel zur Arbeit. Häuser und Autos tauchten wie aus dem Nichts vor mir auf, Fußgänger huschten schemenhaft vorüber. Die Bäume am Straßenrand wirkten wie traurige Gespenster. Es war einer jener Tage, an denen es nie so richtig hell wurde und man ständig ein klammes Gefühl hatte, als würde die Feuchtigkeit wie eine eisige zweite Haut an einem kleben.

Das Haus in Tottenham war still und kalt. Meine Schritte hallten auf den Bodendielen, und der Klang des Hammers echote durch den Raum. Ich machte mir viele Tassen bitteren Instantkaffee, nur um meine Hände an einer der fleckigen, abgeschlagenen großen Tassen wärmen zu können, die die Besitzer für uns zurückgelassen hatten. Trotzdem war ich froh zu arbeiten, denn was hätte ich sonst gemacht? Bestimmt keine Weihnachtseinkäufe. Ich konnte mich auch nicht zu meiner Mutter in die Küche setzen und zusehen, wie sie Teigscheiben in Förmchen drückte und dann mit Hackfleisch füllte. Ich konnte nicht mehr mit Laura plaudern, nicht mehr über eine von Troys skurrilen Bemerkungen lachen. Das alles war vorbei. Stattdessen arbeitete ich, bis meine Hände wund waren, und fuhr dann nach Hause, wo ich mich im Wohnzimmer unter den Balken setzte. Jenen Balken. In dem Moment wünschte ich, die Zimmerdecke würde mit ihrem ganzen Gewicht herunterstürzen und mich unter sich begraben.

Nachdem ich etwa eine Stunde so dagesessen und gelauscht hatte, wie draußen der Regen von den kahlen Ästen tröpfelte, griff ich nach dem Hörer, weil ich das Gefühl hatte, unbedingt mit jemandem reden zu müssen. Ich tippte die ersten paar Zahlen von Lauras Nummer, hielt dann aber abrupt inne. Ich konnte nicht mit ihr reden. Was sollte ich sagen? Hilf mir? Bitte hilf mir, ich habe das Gefühl, wirklich wahnsinnig zu werden? Ich hatte mich immer an Laura gewandt, wenn es mir schlecht ging, aber nun war sie für mich wie eine verschlossene Tür. Wenn ich daran dachte, was alles passiert war, wurde mir schlecht. Der Gedanke an die Zukunft verursachte mir ein Gefühl von Schwindel – als würde sich vor mir ein Abgrund auftun.

Gegen acht ging ich schließlich ins Bett, weil ich nichts mit mir anzufangen wusste. Ein altes T-Shirt von Troy ans Gesicht gepresst, lag ich da und wartete darauf, dass es Morgen werden würde. Irgendwann muss ich doch eingeschlafen sein, denn als ich wieder aufwachte, dämmerte es bereits. In den Lichtkegeln der Straßenlampen sah ich, dass Eisregen fiel.

Abends stand ich pünktlich um sieben bei meinen Eltern vor der Tür. Kerry machte mir auf. Sie trug ein hauchdünnes pinkfarbenes, am Ausschnitt mit kleinen Perlen besetztes Oberteil, das ihr Gesicht blass und kränklich aussehen ließ. Ich küsste sie auf die Wange und trat mit ihr ins Haus.

Die Bauarbeiten waren vorübergehend eingestellt worden. Das klaffende Loch in der Küchenwand war notdürftig mit Brettern zugenagelt, und über dem Seitenfenster bauschte sich eine dicke Polyäthylenfolie. Die Töpfe und Pfannen aus den alten Küchenschränken stapelten sich auf dem Linoleumboden. Die Mikrowelle thronte auf dem Küchentisch. Im Wohnzimmer war der Teppichboden herausgerissen worden, und dort, wo sich vorher das Bücherregal befunden hatte, stand jetzt ein auf Böcke gestellter Tisch mit allerlei Werkzeug. Alles war in dem Moment zum Stillstand gekommen, als Troy von meinem Balken hängend gefunden worden war.

Bill und Judy saßen bereits mit meinen Eltern um das Kaminfeuer herum, das Dad entfacht hatte. Nur Brendan war noch nicht da.

»Er hat einen Termin, wegen irgendeiner Idee«, erklärte Kerry vage.

Als ich meine vom Schicksal gebeutelte Familie so betrachtete, fiel mir auf, dass alle Gewicht verloren hatten. Nur Brendan nicht. Als er ein paar Minuten später eintraf, fiel mir auf, dass er sogar zugenommen hatte. Seine Wangen waren voller, sein fliederfarbenes Hemd spannte über seinem Bauch. Sein Haar wirkte schwärzer als sonst. Als sich unsere Blicke trafen, neigte er leicht den Kopf und lächelte dabei wie... ja, wie eigentlich? Ein Sieger? Vielleicht wollte er mir auf diese gnädige Art noch einmal kundtun, dass er auf der ganzen Linie gewonnen hatte.

Sein Verhalten gegenüber den anderen war längst nicht

mehr so schmeichlerisch wie früher, eher schon eine Spur arrogant. Als er zu Kerry sagte, dass er einen starken Drink brauche, klang er fast machohaft, und als er meinen Vater wegen des ziemlich mickrigen Feuers aufzog, hatte seine Stimme einen verächtlichen Unterton. Bill sah mit gerunzelter Stirn zu ihm hoch, sagte aber nichts.

Unter anderen Umständen hätten wir Champagner getrunken, aber so holte mein Vater nur eine Flasche Rotwein und für Brendan Whisky.

»Was wirst du denn morgen anziehen?«, wandte ich mich an Kerry.

»Oh.« Sie wurde rot und warf Brendan einen schnellen Blick zu. »Ich hatte eigentlich vor, mein neues rotes Kleid anzuziehen.«

»Klingt gut«, sagte ich.

»Ich bin aber nicht sicher, ob es mir wirklich steht.« Wieder warf sie Brendan, der sich gerade sein zweites Glas Whisky einschenkte, einen nervösen Blick zu. »Ich weiß nicht, ob ich der Typ bin, der so was tragen kann.«

»Du kannst morgen tragen, was du willst«, erwiderte ich. »Es ist schließlich dein Hochzeitstag. Komm, zeig es mir.«

Wir gingen zusammen hinauf in ihr Zimmer. Das letzte Mal war ich in diesem Raum gewesen, als ich unter der Kommode den Strick gefunden hatte. Ich schob den Gedanken rasch beiseite und wandte mich zu Kerry. Sie griff in eine große Einkaufstüte, befreite das Kleid aus seiner Seidenpapierhülle.

»Wundervoll«, sagte ich. »Zieh es mal an.« Meine ganze Wut auf Kerry war verraucht, ich empfand für sie nur noch bedingungslose Liebe.

Sie schälte sich aus ihrer Hose, streifte das pinkfarbene Oberteil ab, öffnete ihren BH. Wie dünn und bleich sie war. Rippen und Schlüsselbein standen deutlich hervor.

»Hier.« Ich reichte ihr das Kleid, und als sie danach griff, bemerkten wir, dass Brendan im Türrahmen stand. Keiner sagte ein Wort. Während Kerry in das Kleid schlüpfte, wurde ihr Kopf für einen Moment von den Falten des Stoffs verhüllt, sodass nur noch ihr magerer Körper zu sehen war, der in seiner Nacktheit und Blässe etwas von einem Opferlamm besaß. Es erschien mir irgendwie pervers, dass sie so vor Brendan und mir stand. Mit einer abrupten Bewegung wandte ich mich ab und starrte aus dem Fenster.

»So«, sagte sie. »Natürlich gehören hohe Schuhe dazu. Und ich werde mein Haar hochstecken und mich schminken.«

»Du siehst wundervoll aus«, erklärte ich, obwohl es nicht stimmte. Das Rot war viel zu kräftig für sie, es ließ sie farblos und unscheinbar wirken.

»Findest du wirklich?«

»Ja.«

»Hmmm«, sagte Brendan. Er musterte sie einen Moment abschätzend, dann huschte ein seltsames kleines Lächeln über sein Gesicht. »Ach ja, unten warten schon alle darauf, mit uns anzustoßen.«

»Wir kommen gleich.«

»Ihr beide vertragt euch also wieder?«

Es war, als hätten seine Worte in mir eine Zündschnur zum Glimmen gebracht, sodass nun eine Flamme der Wut in mir hochschoss. Mit einer heftigen Bewegung drehte ich mich zu ihm um.

»Wir sind Schwestern!«, sagte ich.

Wir starrten uns an. Ich würde ganz bestimmt nicht als Erste den Blick abwenden. In den wenigen Momenten, die wir uns wie gebannt in die Augen sahen, spürte ich in mir nur noch Hass.

Am Freitagmorgen stand ich früh auf, nahm ein Bad, wusch mir die Haare. Anschließend ging ich ins Schlafzimmer und starrte in meinen Kleiderschrank. Was trägt eine Frau zur Hochzeit ihrer Schwester, wenn sie deren Bräutigam hasst und nur wenige Tage zuvor ihr Bruder gestorben ist? Nichts Auffallendes, nichts Knappes, nichts Fröhliches. Andererseits kann man auch nicht in Schwarz auf eine Hochzeit gehen. Ich musste daran denken, wie Kerrys weißes Gesicht aus dem roten Kleid aufgetaucht war. Wie ein Gesicht in einem mit Samt ausgeschlagenem Sarg. Schließlich griff ich nach einem lavendelfarbenen Kleid. Das Oberteil war aus einem feinen Strickstoff, der Rock aus duftigem Chiffon. Eigentlich handelte es sich um ein Sommerkleid, aber wenn ich meine schöne Rohseidenbluse darüberzog, würde es gehen. Ich schminkte mich ein wenig, föhnte mein Haar, legte Ohrringe an, schlüpfte in eine feine Strumpfhose und dann vorsichtig in mein Kleid. Als ich mich im Spiegel betrachtete, schnitt ich eine Grimasse, weil das Wesen, das ich dort erblickte, so blass und hohläugig aussah.

Ich zog meinen langen schwarzen Mantel an, griff nach dem Geschenk, das ich besorgt hatte, und brach auf. Wir hatten vereinbart, dass wir uns bei meinen Eltern treffen und dann gemeinsam zum Standesamt gehen würden. Es herrschte dichter Verkehr, aber schließlich hatte ich es geschafft. Da vor dem Haus nichts mehr frei war, parkte ich ein paar Türen weiter. Im Laufschritt eilte ich durch den Nieselregen, wobei ich mein Kleid anhob, damit es in den Pfützen nicht zu Schaden kam. Offenbar warteten sie schon auf mich, denn als ich klopfen wollte, schwang die Tür bereits auf.

»Miranda«, sagte mein Vater.

Verblüfft starrte ich ihn an. Er trug seinen alten karierten Bademantel und war noch nicht rasiert. Hatte ich mich in der Zeit geirrt?

»Wir müssen doch gleich aufbrechen«, sagte ich.

»Nein«, antwortete er. »Nein. Komm herein.«

Meine Mutter saß auf der Treppe. Sie trug ausgebeulte Leggings und einen uralten Rollkragenpulli, den ich schon seit Jahren nicht mehr an ihr gesehen hatte. Als sie uns kommen hörte, hob sie den Kopf. Ihr Gesicht schien nur aus Furchen und Falten zu bestehen.

»Hast du es ihr schon gesagt?«

»Was?«, fragte ich. »Was gesagt? Was ist denn los?«

»Er hat alles abgeblasen.«

»Wie meinst du das?«

»Als Kerry heute Morgen aufgewacht ist, war er nicht da. Um acht hat er sie angerufen und gesagt...« Ihre monotone Stimme versagte. Sie schüttelte sich, als müsste sie erst wieder einen klaren Kopf bekommen, ehe sie weitersprach. »Er hat gesagt, er habe sein Bestes getan, um uns allen zu helfen, aber es habe keinen Sinn. Er sei es leid, uns alle zu stützen, und er könne so nicht weitermachen.«

Ich ließ mich ein paar Stufen unterhalb meiner Mutter auf die Treppe sinken.

»Mein Gott, die arme Kerry.«

»Er hat gesagt«, fuhr sie fort, »er habe bei einer anderen die Chance auf ein neues Glück gefunden, und wir würden bestimmt verstehen, dass er darauf nicht verzichten könne. Er müsse ausnahmsweise mal an sich selbst denken.«

»Er hat eine andere?«, fragte ich benommen. Mir war, als hätte mir jemand einen Schlag auf den Kopf verpasst. Meine Mutter musterte mich argwöhnisch.

»Du hast es nicht gewusst?« Ich gab ihr darauf keine Antwort, starrte sie nur verblüfft an.

»Schließlich ist sie deine Freundin«, fuhr sie fort.

»Nein«, stöhnte ich. »O nein!«

»Tja«, sagte meine Mutter. »Nun weißt du es.«
»Laura«, flüsterte ich.

Ich ging in Kerrys Schlafzimmer. Sie trug noch ihren Schlafanzug und saß in sehr aufrechter Haltung auf dem Bett. Als ich mich neben sie setzte und über ihr dünnes, weiches Haar strich, drehte sie sich zu mir und sah mich mit glasigen Augen an.

»Wie dumm von mir«, sagte sie. »Ich habe mir eingebildet, er würde mich lieben.«

»Kerry.«

»Wie unglaublich dumm von mir.«

»Hör zu …«

»Er hat immer nur dich geliebt.«

»Nein.«

»Und dann deine Freundin.«

»Kerry«, sagte ich. »Er ist kein guter Mann. Glaub mir. Irgendetwas stimmt nicht mit ihm. Du bist ohne ihn besser dran, und ich bin sicher, du wirst …«

»Sag jetzt bloß nicht, dass ich einen Besseren finden werde«, flüsterte sie mit zornig funkelnden Augen.

»Entschuldige.«

»Alles ist ruiniert«, fuhr sie leise fort. »Es war schon ruiniert, als Troy sich umbrachte. Brendan hat nur noch die letzten paar Steine umgestoßen. Nun ist gar nichts mehr übrig.«

Ich musste daran denken, wie Brendan über meine Familie hinweggetrampelt war, mit seinen Stiefeln all unsere Hoffnungen zertreten hatte. Seufzend legte ich den Arm um meine ältere Schwester, deren dünner Körper nach Schweiß, Puder und Blumen roch. Ihr rotes Samtkleid hing in der Ecke. Während ich sie an mich zog und auf den Scheitel küsste, spürte ich Tränen an meiner Wange, konnte aber nicht sagen, ob es meine oder ihre waren.

Manche Dinge kommen einem rückblickend wie ein Traum vor. Dies aber war kein Traum, auch wenn es mir im Nachhinein erschien wie ein Moment außerhalb der Zeit – ein Moment, an den ich mein Leben lang würde denken müssen.

Ich wachte auf, und obwohl noch nicht richtig Tag war, erfüllte ein weiches Licht den Raum. Rasch sprang ich aus dem Bett, zog die Vorhänge zurück und starrte auf eine Welt aus Schnee. Es fielen immer noch große Flocken, lautlos glitten sie auf der anderen Seite des Glases nach unten. Ich schlüpfte schnell in ein paar warme Sachen, lief die Treppe hinunter und öffnete die Haustür. Alles war dick verschneit, die Straße, die Autos, die Mülltonnen, die Gartenmauern. Die weiße Pracht war noch fast unberührt, nur hie und da entdeckte ich Abdrücke von Katzenpfoten oder kleinen Vogelkrallen. Das Gewicht des Schnees drückte die Äste der Bäume nach unten, und während ich den verschneiten Gehsteig entlangmarschierte, gingen zu meinen Füßen immer wieder kleine Schneeschauer nieder. Flocken blieben in meinen Wimpern hängen und schmolzen auf meinen Wangen. Die Welt war monochrom, wie eine alte Fotografie, und perspektivisch verkürzt. Es gab keinen Horizont mehr, nur noch das stete Rieseln der herabfallenden Flocken. Es waren auch keine Geräusche zu hören, abgesehen vom leichten Knirschen des Schnees unter meinen Sohlen. Alles wirkte gedämpft, geheimnisvoll und wunderschön. Ich hatte das Gefühl, ganz allein auf der Welt zu sein.

Es war noch immer nicht richtig hell, und auf der Heath war außer mir kein Mensch unterwegs. Ich konnte keine Fußabdrücke entdecken, und auch meine eigenen wurden schnell wieder zugeschneit. Die zugefrorenen Teiche waren unter einer weißen Schicht versteckt, die Fußwege nur an ihrer besonders glatten Schneedecke zu erkennen.

Ich ging den Hügel hinauf und blieb dort eine Weile stehen. Was mir in dem Moment durch den Kopf ging? Ich weiß es nicht. Wahrscheinlich wickelte ich mich bloß noch fester in meinen Mantel, schlug den Kragen hoch und sah zu, wie um mich herum der Schnee fiel. Schon bald würden hier viele Menschen sein – Spaziergänger, aber vor allem Kinder. Sie würden sich Schneeballschlachten liefern, Schneemänner bauen und vor Vergnügen kreischend mit dem Schlitten den Hügel hinuntersausen. Vorerst aber war ich noch ganz allein. Ich streckte die Zunge heraus und ließ eine Flocke darauf zergehen. Ich legte den Kopf zurück, bis ich vor lauter Schnee nichts mehr sehen konnte.

Als ich den Hügel wieder hinunterwanderte, entdeckte ich weiter unten die ersten Leute. Aus der Ferne wirkten sie wie verwischte Striche auf einer weißen Leinwand. Und dann sah ich eine Gestalt langsam den Weg entlanggehen, der meinen kreuzte. Im Näherkommen erkannte ich, dass es sich um eine Frau handelte. Sie hatte einen dicken Mantel an, einen großen Hut tief in die Stirn gezogen, einen Schal um die untere Hälfte ihres Gesichts geschlungen. Trotzdem erschien mir etwas an ihr vertraut. Plötzlich fühlte ich ein schmerzhaftes Ziehen in der Herzgegend und blieb abrupt stehen. Vielleicht spürte sie meinen Blick, denn sie blieb ebenfalls stehen, nahm ihren Hut ab und legte eine Hand über die Augen, um besser sehen zu können. Schneeflocken landeten auf ihrem dunklen Haar. Ein paar Sekunden lang stand sie völlig reglos da, genau wie ich.

Am liebsten hätte ich ihren Namen gerufen: »Laura! Laura!« und wäre zu ihr hingelaufen, um ihr Gesicht richtig sehen zu können. Sie schien es ebenfalls zu mir hinzuziehen, sie machte einen unsicheren halben Schritt nach vorn, den Hut noch immer in ihrer behandschuhten Rechten, hielt dann aber zögernd inne. Ich hatte mich meinerseits noch nicht von der Stelle bewegt.

Dann setzte Laura ihren Hut wieder auf und begann von neuem den Weg entlangzugehen, nun aber in die andere Richtung, weg von mir. Nach einer Weile verschwamm ihre Gestalt in der Ferne. Ich sah ihr nach, bis sie sich im Weiß auflöste, wie ein einsamer Geist.

Irgendwie vergingen die Tage und Wochen. Was man auch tut, die Zeit vergeht. Dann passierte etwas.

Ich träumte, dass ich fiel, dass ich durch die Luft stürzte, und dann schreckte ich mit wild klopfendem Herzen hoch. Das Telefon klingelte. Während ich schlaftrunken nach dem Hörer tastete, bekam ich so halb mit, dass es draußen dunkel war.

Ich murmelte ein verschlafenes Hallo. Jemand begann in mein Ohr zu singen. Einen Moment lang glaubte ich, dass das alles noch Teil meines Traums war, ein Traum im Traum, aber dann ergaben die Worte langsam einen Sinn. »Happy birthday to you, happy birthday to you…«

Ich setzte mich auf und umklammerte den Hörer. Hinter der gnadenlos fröhlichen Melodie waren andere Geräusche zu hören: Stimmengewirr, Musik, lautes Gelächter.

»Happy birthday, liebste Miranda…«

»Nicht«, murmelte ich.

»Happy birthday to you!«

Ich verdrehte den Kopf, um einen Blick auf meinen Wecker zu werfen. Aus 12:01 wurde gerade 12:02.

»Ich wollte der Erste sein, der dir gratuliert. Du hast doch wohl nicht geglaubt, dass ich es vergessen würde, oder? Das könnte ich nie vergessen.«

»Ich möchte nicht…«

»Der achte März. Hast du gewusst, dass das der internationale Tag der Frau ist?«

»Ich lege jetzt auf, Brendan.«

»Du bist immer in meinen Gedanken. Es vergeht keine Stunde, ohne dass ich an dich denke. Und ich bin auch immer in deinen Gedanken, stimmt's?«

»Du bist betrunken.«

»Bloß guter Laune. Und allein.«

»Aber Laura…?«

»Ich bin allein, und ich denke an dich. Nur an dich.«

»Lass den Scheiß«, sagte ich und legte auf. Leider nicht schnell genug, denn ich hörte ihn gerade noch sagen: »Schlaf gut, Miranda. Süße Träume.«

27. KAPITEL

Es war unglaublich und unverzeihlich, aber ich kam tatsächlich zu spät in die Kirche. Ich hatte mir Gedanken gemacht, was ich anziehen sollte und ob das überhaupt eine Rolle spielte, und plötzlich war mir bewusst geworden, dass ich schon seit fünfundvierzig Minuten auf der Kante meines Betts saß und die Wand anstarrte, wobei ich selbst nicht so recht wusste, worüber ich eigentlich nachgedacht hatte. Die Kirche befand sich in New Malden, wo Lauras Eltern lebten, und war viel weiter entfernt, als ich angenommen hatte, sodass ich mehrmals umsteigen musste. Am Ende geriet ich derart in Panik, dass ich kopflos aus dem Bahnhof stürmte, prompt eine falsche Abzweigung nahm und mich zu meiner Überraschung am Rand eines Golfplatzes wiederfand, wo Männer in farbenfrohen Pullovern den schönen Frühlingsmorgen genossen.

Die Kirche hatte zwei Türen, die beide geschlossen waren. Drinnen hörte ich die Leute ein Kirchenlied singen, das ich von meinen früheren Schulgottesdiensten kannte. Ich wusste nicht, durch welche Tür ich gehen sollte. Schließlich entschied ich mich für den kleineren Seiteneingang. Ich hatte Angst, das Gebäude an einer exponierten Stelle zu betreten, wo alle mich anstarren würden. Als ich die Tür aufzuschieben versuchte, spürte ich Widerstand. Als sie schließlich doch nachgab, wurde mir klar, dass die kleine Kirche bis auf den letzten Platz gefüllt war. Ein bärtiger Mann in einem dunklen Trenchcoat trat zur Seite, um mich hineinzulassen.

Ich befand mich auf halber Höhe des Kirchenschiffs, wo mir eine Säule die Sicht nach vorn versperrte. Als das Lied zu Ende war, begann jemand, den ich nicht sehen konnte, zu sprechen. Ich blickte mich nach vertrauten Gesichtern um, aber es schien sich um eine Ansammlung von Fremden zu handeln, sodass ich mich einen Moment lang fragte, ob ich wohl in die falsche Kirche geplatzt war, aber dann entdeckte ich eine junge Frau, die mit Laura und mir am College gewesen war. Unsere Blicke trafen sich, aber ich konnte mich nicht an ihren Namen erinnern. Hoffentlich würden wir uns hinterher nicht über den Weg laufen. Ganz weit hinten sah ich Tony, der hager und gequält wirkte, aber auch seltsam verlegen, als befände er sich auf einer Veranstaltung, für die er keinen Eintritt bezahlt hatte. Ich hatte mich bisher überhaupt nicht auf die Predigt konzentriert und zwang mich jetzt zuzuhören. Anfangs drangen nur einzelne Phrasen in mein Bewusstsein, die nicht viel Sinn zu ergeben schienen: »glückliche junge Frau«, »in der Blüte der Jugend«, »Frühlingsmorgen«. Aus dem etwas gekünstelten Tonfall des Pfarrers schloss ich, dass er Laura nicht persönlich gekannt, sondern nur von ihr gehört hatte. »Manchmal würden wir Gott am liebsten Fragen stellen«, sagte er gerade. »Wir würden ihn gerne fragen, warum guten Menschen schlimme Dinge passieren. Warum unschuldige Kinder leiden müssen. Und warum diese hübsche, fröhliche junge Frau durch einen so grausamen und unnötigen Unfall sterben musste. Solch ein Unfall ist immer schlimm, aber für eine Frau wie Laura, die frisch verheiratet war, ist es wirklich ein fast unerträglich grausames Schicksal.«

Durch den Nebel meiner Verwirrung und meines Kummers traf es mich wie ein Messerstich. »Frisch verheiratet.« Das hatte ich nicht gewusst. Dann hatten sie also geheiratet. Laura hatte geheiratet.

»Und deswegen«, fuhr der Pfarrer fort, »müssen unsere Gedanken und Gebete nicht nur bei Lauras Eltern Jim und Betty sein, sondern auch bei Brendan, ihrem frisch gebackenen Ehemann.«

Jetzt sah ich ihn. Wenn ich mich ein wenig zur Seite neigte, hatte ich einen guten Blick auf die Trauernden in der ersten Reihe, auch wenn ich sie natürlich nur von hinten sah. Eine grauhaarige, nach vorn gebeugte Frau, neben ihr ein grauhaariger Mann, der den Arm um sie gelegt hatte, und auf ihrer anderen Seite, sehr aufrecht sitzend, den Blick nach vorn gerichtet, Brendan. Ich konnte mir seinen Gesichtsausdruck genau vorstellen. Er war bestimmt der überzeugendste Trauernde in der ganzen Kirche, der Weltmeister im Trauern. Bestimmt wirkte sein Blick bekümmert, aber auch nachdenklich. Als der Pfarrer eben seinen Namen erwähnte, hatte Brendan ihm wahrscheinlich einen kurzen Blick zugeworfen, gequält den Mund verzogen und dazu bescheiden genickt. Ich beobachtete, wie er sich Lauras Mutter zuwandte. Ganz genau. Obwohl er selbst so litt, dachte er noch an die anderen. Welch ein Star!

Nun wurde ein weiteres Lied angestimmt, dann las ein Onkel Lauras ein Gedicht vor, und anschließend erklärte der Pfarrer, dass nur die Angehörigen den Sarg zum Grab begleiten würden. Die übrigen Trauergäste sollten sich im Haus der Eltern versammeln. Es sei nicht weit zu gehen, die Gottesdienstordnung enthalte eine kleine Karte. Da ich keine solche Gottesdienstordnung besaß, würde ich der Menge folgen müssen. Das alles erinnerte mich sehr an unsere früheren Schulgottesdienste – die Lieder, die Erklärungen, die vorgeschriebene Reihenfolge beim Verlassen der Kirche. Als der Sarg schließlich an mir vorbeigetragen wurde, brachte ich ihn kaum mit Laura in Verbindung. Ich machte mir nur darüber Gedanken, wie schwer er wohl war, und wie die Träger ausgewählt wurden. Ob es sich dabei um Verwandte und Freunde handelte oder aber um Angestellte des Beerdigungsinstituts. Obwohl Laura meine beste Freundin gewesen war, hatte ich ihre Eltern nie kennen gelernt. Sie hatte sich während ihres letzten Schuljahrs wegen einer Jungengeschichte mit ihnen entzweit, sodass ich die beiden nun, als sie dem Sarg aus der Kirche folgten, zum ersten Mal sah. Seltsamerweise hatte Lauras Mutter, die rundgesichtig und füllig war, keinerlei Ähnlichkeit mit ihrer Tochter. Laura schien das Abbild ihres Vaters gewesen zu sein, der noch immer ein gut aussehender Mann war. Er besaß ein hageres Gesicht mit markanten Wangenknochen. In seinem dunklen Anzug schien er sich nicht besonders wohl zu fühlen. Vielleicht hatte er ihn sich von jemandem ausgeliehen.

Hinter ihnen ging Brendan. Mir blieb fast die Luft weg, so attraktiv sah er aus. Alles an ihm passte. Er hielt seine Hände ineinander verkrampft, als würde er sich angestrengt bemühen, seinen Schmerz nicht zu zeigen. Sein schwarzer Anzug war makellos. Dazu trug er ein weißes Hemd und eine prächtige purpurrote Krawatte, die er zu einem großen Knoten gebunden hatte. Sein Haar wirkte ein wenig zerzaust, was einen Kontrast zu seiner extrem gepflegten, korrekten Kleidung bildete, aber trotzdem dazupasste, als ein Zeichen seines Kummers und seiner Leidenschaft, ein Hauch von eleganter Lässigkeit. Sein Gesicht war sehr blass, der Blick seiner dunklen Augen starr nach vorn gerichtet, sodass er mich nicht sah.

Die Prozession zog den Mittelgang entlang und durch die Tür ins Freie. Drinnen wurde nach einer Weile verlegenes Füßescharren und Gemurmel laut, weil alle länger als nötig warteten, um ganz sicher zu sein, dass sämtliche Familienmitglieder die Kirche verlassen hatten. Da ich als

Letzte gekommen war, stand ich als eine der Ersten wieder vor der Tür und blinzelte benommen in die Sonne. Das grelle Licht blendete mich, aber erst nach einer Weile wurde mir bewusst, dass ich weinte. Drinnen in der Kirche war mir alles irgendwie zu viel gewesen, aber als ich nun den Friedhof mit der Masse von Gräbern sah, machte mich der Gedanke, dass das alles einmal Menschen gewesen waren und Laura nun zu ihnen gehörte, derart traurig, dass ich die Tränen nicht mehr zurückhalten konnte. Schon wieder. Meine Augen gewöhnten sich langsam daran. Plötzlich spürte ich eine Hand auf meiner Schulter.

»Miranda?«

Ich drehte mich um. Vor mir stand die Frau, deren Namen ich vergessen hatte. Laura hatte während ihres ersten Jahrs am College im selben Haus gewohnt wie sie. Lucy. Sally. Paula.

»Hallo«, sagte ich.

Sie umarmte mich herzlich. Kate. Susan. Es war ein kurzer, schlichter Name gewesen. Tina. Jackie. Jane.

»Es tut so gut, ein vertrautes Gesicht zu sehen«, sagte sie. »Es ist ziemlich lange her, dass ich Laura zum letzten Mal gesehen habe. Ich dachte, ich würde gar niemanden kennen.«

Lizzie. Frances. Cathy. Jean. Alice. Nein.

Ich brachte nicht mehr als ein Schulterzucken zustande.

»Ist es nicht unfassbar traurig?«, fragte sie. »Ich kann es noch immer nicht glauben.«

»So geht es mir auch«, antwortete ich. Ich hätte sie sofort nach ihrem Namen fragen und mich entschuldigen sollen. Nun war es zu spät. Julia. Sarah. Jan. Vielleicht würde sich jemand anderer zu uns gesellen und sie beim Namen nennen. Blieb nur zu hoffen, dass ich sie niemandem vorstellen musste.

»Kommst du noch mit zu ihren Eltern?«, erkundigte sie sich.

»Ich weiß nicht so recht.«

»Du musst unbedingt mitkommen«, drängte sie mich. »Wenigstens für eine halbe Stunde. Ich würde mich so gern ein bisschen mit dir unterhalten.«

»Na gut«, antwortete ich. Sie hielt eine Karte in der Hand, auf welcher der Weg verzeichnet war. Einer göttlichen Eingebung folgend, fragte ich sie, ob ich einen Blick darauf werfen dürfe, woraufhin sie mir die Karte reichte. Ich drehte sie um. In der rechten oberen Ecke stand mit Füller der Name »Sian«. Natürlich. Wie hatte ich das vergessen können? Ich war sehr erleichtert. Endlich hatte in meinem Leben mal wieder etwas geklappt.

»Das ist schon seltsam«, stellte sie gerade fest. »Zum ersten Mal in meinem Leben bin ich auf der Beerdigung eines Menschen in meinem Alter.«

»Ja, Sian«, antwortete ich, nur um ihr zu zeigen, dass ich ihren Namen noch wusste. »Das ist wirklich seltsam.«

Ich sagte nichts von Troy. Sein Tod war für mich etwas so Intimes und Kostbares, dass er für mich kein normales Gesprächsthema darstellte, über das ich mich mit Menschen unterhalten wollte, die ich kaum kannte und wahrscheinlich niemals wiedersehen würde. Sian erzählte, dass sie Laura zuletzt vor über einem Jahr gesehen habe. Gemeinsame Freunde hätten ihr berichtet, dass sie vor kurzem klammheimlich geheiratet habe, wenn auch nur standesamtlich.

»Sie hat einen Typen geheiratet, von dem ich noch nie gehört habe«, fügte sie hinzu. »Es muss alles ganz schnell gegangen sein.«

Am liebsten hätte ich gar nichts dazu gesagt, aber ich wusste, dass sich dann mit hundertprozentiger Sicherheit jemand zu uns gesellt und von Brendan und mir angefangen hätte, sodass ich wieder ins Hintertreffen geraten wäre.

»Ich kenne ihn«, sagte ich. »Es ist tatsächlich sehr schnell gegangen.«

»Es muss der sein, der hinter dem Sarg herging.«

»Ja, genau.«

»Ich fand ihn sehr gut aussehend«, bemerkte Sian. »Ich kann verstehen, warum sie sich in ihn verliebt hat.«

»Wenn du möchtest, stelle ich ihn dir vor«, bot ich ihr an.

Sian wirkte ein wenig verlegen.

»Ich habe damit nicht gemeint …«, begann sie, sprach den Satz aber nicht zu Ende.

Im Haus drängten sich die Menschen. Allerdings hielt ich vergeblich nach Tony Ausschau, der einzigen Person, die ich gern gesehen und in den Arm genommen hätte. Auf einem Tisch standen Sandwiches, gekochte Eier, Dips, aufgeschnittenes Gemüse und Chips bereit. Zum Trinken gab es Tee, Kaffee, Wein und Saft. Ich stellte mir vor, wie Lauras Mutter die Vorbereitungen überwacht hatte. Zur Hochzeit war sie nicht eingeladen gewesen, aber nun, ein paar Wochen später, hatte sie die Beerdigung organisiert. Ich blickte mich nach bekannten Gesichtern um. Tony konnte ich noch immer nirgendwo entdecken. Wahrscheinlich hatte er sich gleich nach der Kirche davongestohlen. Lauras Eltern führten gerade eine sehr alte Dame quer durchs Wohnzimmer in eine Ecke und halfen ihr, in einem Sessel Platz zu nehmen. Ich überlegte, ob ich ihnen mein Beileid aussprechen sollte, fragte mich aber, wie ich das anstellen sollte, ohne mich in unangenehmen Erklärungen zu verlieren, sagte mir dann jedoch, dass ich trotzdem mit ihnen sprechen sollte. Während ich noch darüber nachdachte, wurde mir plötzlich bewusst, dass mich jemand aus nächster Nähe anstarrte. Ich blickte mich um. Es dauerte einen Moment, bis mir einfiel, woher ich das Gesicht kannte. Es war der Detective, Rob Pryor.

»Was um alles in der Welt tun Sie denn hier?«, erkundigte ich mich.

Ohne meine Frage zu beantworten, reichte er mir eine Tasse Tee.

»Ich hatte eigentlich auf etwas Stärkeres gehofft«, sagte ich.

»Es gibt nichts Stärkeres.«

»Schade.«

»Ich weiß, was Sie sagen werden«, bemerkte er.

Ich nahm einen Schluck von dem Tee. Er war so heiß, dass ich mir fast den Mund verbrannte.

»Was werde ich denn sagen?«

»Ich habe damit gerechnet, Sie hier zu treffen«, fuhr er fort, ohne auf meine Frage einzugehen. »Und ich glaube, es ist wichtig, dass ich Sie ein bisschen bremse.«

»Ich habe keine Ahnung, wovon Sie sprechen.«

»Ich habe das Ganze genau unter die Lupe genommen«, sagte Rob. »Lauras Tod war ein schrecklicher Unfall. Sonst nichts.«

»Ach, hören Sie doch auf, Rob!«, erwiderte ich. »Macht es Ihnen etwas aus, wenn ich Sie weiter Rob nenne?«

»Nein, natürlich nicht. Aber Sie wollten gerade etwas sagen.«

»Ja, dass Sie aufhören sollen, mich für dumm zu verkaufen. Dass das ein Unfall war, glauben Sie doch wohl selber nicht.«

»Ich weiß, was Sie meinen«, räumte er ein. »Als ich davon hörte, musste ich sofort an Sie denken. Deswegen habe ich ja auch herumtelefoniert und mit dem zuständigen Kollegen gesprochen.«

»Vergessen Sie das alles«, erwiderte ich. »Denken Sie einfach mal nach: Ich komme mit meinem Verdacht wegen Troy zu Ihnen. Sie tun ihn als Hirngespinst ab. So weit, so gut. Dann lässt Brendan meine Schwester wegen meiner besten Freundin Laura sitzen. Ein paar Monate später ist Laura tot. Sehen Sie da nicht ein Muster?«

Rob seufzte.

»Tut mir Leid«, erwiderte er. »An Mustern bin ich nicht besonders interessiert. Was für mich zählt, sind Fakten, und die lassen sich nicht einfach so beiseite fegen. Laura ist durch einen Unfall gestorben.«

»Wie viele Fünfundzwanzigjährige ertrinken in der Badewanne?«, fragte ich.

»Sie kam von einer Party«, antwortete Rob. »Sie war betrunken. Nach einer Meinungsverschiedenheit mit Mr. Block brach sie frühzeitig von der Party auf und kehrte allein nach Hause zurück. Sie ließ sich ein Bad einlaufen. Als sie in die Wanne steigen wollte, rutschte sie aus, schlug mit dem Kopf gegen irgendeine Kante und ertrank. Da das Wasser noch lief, ging irgendwann die Wanne über. Knapp zwanzig Minuten nach Mitternacht merkte Thomas Croft, der ein Stockwerk tiefer wohnt, dass Wasser durch die Zimmerdecke kam. Er rannte nach oben, stellte fest, dass die Wohnungstür nicht abgeschlossen war, und entdeckte Mrs. Block tot in der Badewanne.«

Ich fand es ganz furchtbar, dass er Laura »Mrs. Block« nannte. Brendan hatte es erneut geschafft, mit seinen schmutzigen Händen in das Leben eines anderen Menschen einzugreifen. Ich warf einen Blick in die Runde, um sicherzugehen, dass uns niemand zuhörte.

»Genau dasselbe hat er gemacht, als er und Kerry in meiner Wohnung lebten.«

»Was?«

»Er hat absichtlich die Badewanne überlaufen lassen. Das ist eine Nachricht.«

»Eine Nachricht?«

»An mich.«

Rob Pryor betrachtete mich fast mitleidig.

»Mrs. Blocks Tod war eine Nachricht an *Sie*?«, fragte er. »Sind Sie wahnsinnig?«

»Es ist leicht, einer Frau, die sich gerade ein Bad einlässt, irgendwas an den Kopf zu knallen«, erklärte ich. »Und sie dann unter Wasser zu halten.«

»Das stimmt«, musste Rob mir Recht geben.

»Und es war eine große Party, stimmt's?«, fuhr ich fort. »Da wimmelte es bestimmt nur so von Leuten. Im Haus. Im Garten. Glauben Sie, da hat jemand darauf geachtet, was Brendan gemacht hat?«

Rob runzelte genervt die Stirn.

»Von der Seldon Avenue, wo die Party stattfand, bis zu ihrer Wohnung braucht man zu Fuß zwanzig Minuten, vielleicht sogar fünfundzwanzig. Hätte jemand die Party verlassen, um sie zu töten, wäre er ungefähr eine Stunde weg gewesen.«

»Vielleicht hat er ein Taxi genommen«, erwiderte ich ein bisschen lahm.

»Ich dachte, Ihre Theorie baut darauf auf, dass niemand seine Abwesenheit bemerkt hat«, sagte Rob. »Ihr Mörder ruft also ein Taxi, und es trifft ein, ohne dass die Leute auf der Party etwas davon mitbekommen. Und dann? Hat er den Taxifahrer gebeten zu warten, während er rasch ins Haus lief und den Mord beging?«

»Vielleicht ist er ihr gefolgt? Dass Laura nicht mehr da war, ist ja auch niemandem aufgefallen.«

»Ach, ich vergaß«, sagte Rob, und genau in dem Moment legten sich Hände auf meine Schultern. Als ich mich umblickte, war sein Gesicht schon ganz nah vor meinem. Er küsste mich auf beide Wangen, zog mich viel zu eng an sich. Brendan.

»Oh, Miranda, Miranda«, flüsterte er mir ins Ohr. »Was für eine schreckliche Sache! Lieb, dass du gekommen bist. Das bedeutet mir sehr viel. Laura hätte es auch sehr viel bedeutet.«

Er warf einen Blick zu Rob Pryor. »Rob ist seit der Sache mit Troy ein guter Freund von mir.« Er wandte sich wieder zu mir. »Es tut mir Leid, Mirrie. Es tut mir so Leid. Ich scheine allen Unglück zu bringen.« Ich schwieg, mir fehlten einfach die Worte. »Ich muss mit dir reden, Mirrie.« Er lächelte mich an, sah mir in die Augen. Irgendwie kam er mir immer ein bisschen zu nahe, ich spürte schon wieder seinen warmen Atem auf meinen Wangen. »Du verstehst mich. Besser als sonst jemand. Und dann auch noch dieser seltsame Zufall. Hat Rob es dir schon gesagt?« Er sah fragend zu Rob hinüber, der den Kopf schüttelte. »Ungefähr zu der Zeit, als es passierte – das mit Laura, ich kann es einfach nicht aussprechen – ... weißt du, was ich da gerade gemacht habe?«

»Nein, natürlich nicht, woher sollte ich das wissen?«

»Weil ich mit dir telefoniert habe«, antwortete er. »Ich habe dir gratuliert. Zu deinem Geburtstag.«

Liebster Troy,

an eins muss ich ganz oft denken: Als du ungefähr neun warst, hast du mich mal um vier Uhr morgens aus dem Bett geholt, weil du unbedingt wolltest, dass ich mir mit dir zusammen den Morgenchor der Vögel anhöre. Völlig verschlafen bin ich im Bademantel in den Garten hinausgestolpert, obwohl es eisig kalt war und das Gras total nass. Ich dachte, ich würde bloß ein paar Minuten draußen bleiben, um dir einen Gefallen zu tun, und dann ganz schnell wieder in mein warmes Bett schlüpfen. Du warst passend gekleidet, mit Jeans, Gummistiefeln und einer dicken Jacke, und du hattest Dads Fernglas um den Hals hängen. Wir standen im Morgengrauen am hinteren Ende des Gartens, und plötzlich – als wäre ein Schalter umgelegt worden – begannen die Vögel zu singen. Rund um uns herum setzte ein richtiges Konzert ein. Ich habe dich angesehen, und da war so unglaublich viel Freude in deinem Gesicht, dass ich ganz vergaß, wie kalt mir eigentlich war. Du hast mir die Vögel in den Bäumen gezeigt, sodass ich bald in der Lage war, den offenen Schnäbeln und pulsierenden Kehlen die jeweiligen Laute zuzuordnen. Wir blieben eine Ewigkeit draußen, und hinterher sind wir in die Küche gegangen, und ich habe uns heiße Schokolade und Rührei gemacht. Du hast mit vollem Mund gesagt: »Ich wünschte, es könnte die ganze Zeit so sein.«

Natürlich kannst du diesen Brief nicht lesen, aber ich schreibe dir trotzdem, weil du der einzige Mensch bist, mit dem ich wirklich reden möchte. Ich rede die ganze Zeit mit dir. Ich habe schreckliche Angst davor, mich eines Tages dabei zu ertappen, dass ich aufgehört habe, mit dir zu reden, denn das würde bedeuten, dass du tot bist.

28. KAPITEL

Ich weiß eigentlich gar nicht so genau, warum ich hier bin«, sagte ich.

Die Frau, die mir gegenübersaß, gab keine Antwort, sah mich nur an, bis ich den Blick abwandte. Verlegen starrte ich einen Moment auf meine ziemlich verkrampft ineinander verschränkten Hände in meinem Schoß. Auf dem niedrigen Tisch zwischen uns stand eine Schachtel Papiertaschentücher bereit. Mein Blick wanderte zum Fenster. Draußen in der Sonne blühten ein paar Märzenbecher. Ihr Gelb erschien mir grell und aufdringlich. Ich fühlte mich seltsam benommen, als hätte ich einen völlig leeren Kopf. Außerdem war ich ein wenig gehemmt. Die ganze Situation war mir irgendwie peinlich. Wenigstens lag ich nicht auf einer Couch.

»Wo soll ich anfangen?«

Wenigstens sagte sie nicht: »Beginnen Sie am Anfang.« Katherine Dowling war trotz ihrer Falten und ihres grau melierten Haars eine gut aussehende Frau. Ich schätzte sie auf Ende vierzig, Anfang fünfzig. Sie hatte freundliche braune Augen, ausgeprägte Wangenknochen, ein energisches Kinn. Ihr Gesicht war ungeschminkt, ihre Kleidung unauffällig: Sie trug einen Rock, der ihr bis über die Knie reichte, alte Wildlederstiefel, einen weiten hellgrauen Pulli, musterte mich eindringlich, als versuchte sie, in mich hineinzusehen, und ich wusste nicht so recht, ob mir das gefiel. Verlegen rutschte ich auf meinem Stuhl hin und her, fuhr mir über die Wange, hüstelte leise, warf einen verstohlenen Blick auf die Uhr –

Troys Uhr – an meinem Handgelenk. Noch dreiundvierzig Minuten.

»Erzählen Sie mir, was Sie hergeführt hat.«

»Ich habe sonst niemanden, mit dem ich reden kann«, antwortete ich. Mir fiel selbst auf, wie wackelig meine Stimme klang, aber das war mir ganz recht so – ich wollte von meinem Kummer überwältigt werden, ihn hemmungslos aus mir herauslassen, wie es mir sonst nur nachts gelang. Manchmal wachte ich in den frühen Morgenstunden auf und spürte, dass mein Kissen nass geweint war. »Die Menschen, mit denen ich gern sprechen würde, sind nicht mehr da.«

»Nicht mehr da?«

»Tot.« Ich spürte, wie mein Hals sich zuschnürte. »Mein kleiner Bruder und meine beste Freundin.« Ich zwang mich, ihre Namen laut auszusprechen. »Troy und Laura. Er hat sich umgebracht, zumindest behaupten das alle, auch wenn ich glaube ... ich glaube – egal, jedenfalls habe ich ihn gefunden, in meiner Wohnung. Er hat sich erhängt. Dabei war er fast noch ein Kind. Wenn ich meine Augen schließe, sehe ich ihn vor mir. Bloß manchmal, wenn ich ganz bewusst versuche, mich an ihn zu erinnern, weiß ich plötzlich nicht mehr, wie er ausgesehen hat. Laura ist erst vor ein paar Wochen gestorben. In ihrer Badewanne. Sie ist in beschwipstem Zustand mit dem Kopf gegen irgendeine Kante gefallen und ertrunken. Ist das nicht eine sinnlose Art zu sterben? Sie war noch so jung, ungefähr in meinem Alter. Das letzte Mal, als ich sie sah, haben wir nicht miteinander gesprochen. Ich frage mich die ganze Zeit, ob das vielleicht nicht passiert wäre, wenn ich damals etwas zu ihr gesagt, etwas anders gemacht hätte. Ich weiß, das klingt wahrscheinlich blöd, aber es geht mir nicht aus dem Kopf.«

Katherine Dowling beugte sich ein wenig vor. Eine Haarsträhne fiel ihr in die Stirn. Sie schob sie hinters Ohr, ohne den Blick von mir abzuwenden.

»Ich kann einfach nicht glauben, dass ich nie wieder mit ihnen zusammen sein werde«, fuhr ich fort, während ich das erste Taschentuch aus der Schachtel zog. »Natürlich weiß ich, dass es so ist, aber ich kann es trotzdem nicht glauben. Ich kann es einfach nicht glauben«, wiederholte ich hilflos. »Es erscheint mir völlig unmöglich.«

Ich nahm ein weiteres Taschentuch und wischte mir damit über die Augen.

»Der Tod von lieben Menschen«, begann Katherine Dowling, »ist eine Erfahrung, die wir im Leben alle mal…«

»Das ist seine Uhr«, unterbrach ich sie und hielt ihr mein Handgelenk hin. »Er hat sie neben meinem Bett liegen lassen, und jetzt trage ich sie, und jedes Mal, wenn ich einen Blick darauf werfe, denke ich mir, das ist die Zeit, die er nicht mehr hat. All diese Sekunden, Minuten und Stunden, die so gleichmäßig dahinticken. Ich dachte immer, wir würden zusammen alt werden, ich könnte ihm helfen. Ich hätte ihm mehr helfen sollen, meinem lieben kleinen Bruder.«

Mittlerweile hatte ich richtig zu weinen begonnen und konnte die Worte nur noch schluchzend hervorstoßen.

»Tut mir Leid«, sagte ich. »Aber das erscheint mir alles so ungerecht.«

»Ungerecht Ihnen gegenüber?«

»Nein. *Nein!* Ich bin schließlich nicht tot, oder? Ich gehöre zu den Glückspilzen. Nein, ungerecht ihnen gegenüber, meine ich.«

Ich redete weiter, aus mir quoll ein wüstes Durcheinander aus Erinnerungen und Gefühlen. Troy, Brendan, Laura, Kerry, meine Eltern, Nick. Eine Leiche, die von einem Balken baumelte, Anrufe mitten in der Nacht, geflüsterte Worte, die wie Gift in mein Ohr tröpfelten, abgesagte Hochzeiten, Beerdigungen, erst seine, dann ihre… Hin und wieder hielt ich inne und weinte in den feuchten Berg aus Taschentüchern hinein, den ich inzwischen in der Hand hielt. Meine Wangen brannten, meine Nase lief, meine Augen fühlten sich verschwollen an.

»Ich bin wie ein Typhusvirus«, erklärte ich irgendwann. »Wie einer der spanischen Soldaten, die den amerikanischen Indianern Seuchen brachten, ihre neue Welt vergifteten, ich bin wie…«

»Wie meinen Sie das, Miranda?«, unterbrach Katherine Dowlings ruhige Stimme meine Tirade.

»Ich bin die Überträgerin«, stieß ich hervor. »Sehen Sie das denn nicht? Es ging ihnen allen einigermaßen gut. Ich habe ihn in meine Welt gelassen, das ist mein Problem, und damit musste ich selbst fertig werden. Aber es war zugleich auch ihre Welt, und er hat sie infiziert, sie zerstört, ihr Leben ruiniert. Ich lebe noch. Sehen Sie mich an. Hier sitze ich mit einer Therapeutin und arbeite daran, einen Weg zu finden, um mich wieder besser zu fühlen. Verstehen Sie, genau das ist das Problem.«

»Hören Sie mir zu, Miranda«, sagte sie. »Hören Sie mir jetzt mal gut zu.«

»Nein«, antwortete ich. »Warten Sie. Ich muss das erst mal klären, für mich selbst und für alle anderen. Es ist doch so: Auf dieser Welt gibt es schlimme Dinge, nicht wahr? Ich fühle mich deswegen furchtbar schlecht. Ihre Aufgabe als Therapeutin ist es, mich dahin zu bringen, dass ich mich nicht mehr so schlecht fühle. Aber vielleicht sollte ich lieber versuchen, etwas gegen die schrecklichen Dinge auf dieser Welt zu unternehmen.«

»Nein«, entgegnete sie.

»Das Ganze hat etwas Narzisstisches. Ich gebrauche jetzt einfach diesen Ausdruck, auch wenn er vielleicht nicht ganz passt. Ich meine, mal angenommen, zu Ihnen kommen Leute, die an Depressionen leiden, weil sie die Armut und die Ungerechtigkeit und das ganze Leid auf dieser Welt nicht ertragen können, und Sie hätten eine Pille, nach deren Einnahme die Leute aufhören würden, sich um den Zustand der Welt zu sorgen. Würden Sie sie ihnen geben? Würden Sie als Therapeutin diese Pille herausgeben, die die Menschen dazu bringt, das Unrecht auf dieser Welt gleichgültig hinzunehmen, statt hinauszugehen und etwas dagegen zu tun?«

Katherine Dowling schwieg eine ganze Weile. Wahrscheinlich bereute sie bereits, worauf sie sich da eingelassen hatte. Ich putzte mir die Nase und setzte mich aufrechter hin.

»Was Sie gerade durchmachen«, sagte sie und deutete mit dem Finger auf mich, »nennt man Trauer. Hören Sie mich?«

»Er hat mich sogar zu seinem gottverdammten Alibi gemacht«, murmelte ich. »Mein Gott, wie muss er gelacht haben!«

»Jetzt hören Sie mir mal zu!«, sagte sie bestimmt. Ich lehnte mich zurück. »Oft helfe ich den Leuten, die zu mir kommen, Muster zu finden, Ordnung ins Chaos zu bringen, ihr Leben als eine Art Geschichte zu sehen, damit sie es besser verstehen können. Zu Ihnen hingegen werde ich jetzt so ziemlich das Gegenteil sagen: Sie schaffen ein Muster, das gar nicht existiert. Ihnen erscheint es wichtig, eine Bedeutung zu finden, eine Erklärung, mit der sich alles auf einen Nenner bringen lässt. Sie suchen nach Verantwortlichen, weisen sich selbst und anderen die Schuld zu. Miranda, Sie haben in den letzten Monaten zwei geliebte Menschen verloren. Und Sie haben eine schmerzhafte und beunruhigende Phase mit einem Mann durchgemacht, diesem Brendan. Und weil diese Dinge gleichzeitig passiert sind, bringen Sie sie miteinander in Verbindung, als wäre das eine die Ursache für das andere. Verstehen Sie, was ich meine?«

»Und *wie* ich sie miteinander in Verbindung bringe!«

»Mein Vorschlag wäre jetzt, dass wir erst mal über das reden, was Ihnen mit diesem Brendan geschehen ist. Ich glaube wirklich, das könnte hilfreich sein. Oder aber, wir sprechen über Ihren Verlust und darüber, warum Sie solche Schuldgefühle empfinden. Wir werden uns dabei jedoch auf Sie konzentrieren – darauf, was nach diesen traumatischen Erlebnissen in Ihrem Inneren vorgeht. Wir werden uns nicht damit auseinander setzen, warum diese beiden jungen Leute so kurz nacheinander sterben mussten. Sie sind tot. Nun müssen Sie trauern.« Ihr Ton wurde sanfter. »Sie müssen sich selbst gestatten zu trauern, statt krampfhaft nach Erklärungen zu suchen.«

»Aber wenn…«

»Das braucht seine Zeit«, fiel sie mir ins Wort. »Es gibt keinen einfachen Weg.«

Ich zwang mich, über ihre Worte nachzudenken.

»In letzter Zeit hatte ich manchmal das Gefühl, verrückt zu werden«, sagte ich schließlich. Ich hing inzwischen so schlaff in meinem Sessel, dass ich mir vorkam wie eine Stoffpuppe. »Früher führte ich ein Leben, das ich verstand. Die Dinge ergaben einen Sinn. Ich konnte absehen, was als Nächstes passieren würde, und entsprechend planen. Jetzt habe ich das Gefühl, die Kontrolle verloren zu haben. Alles könnte geschehen. Alles um mich herum erscheint mir feindselig und aus dem Gleichgewicht. Es ist wie ein Albtraum, aus dem ich nicht aufwachen kann. Es geht einfach immer weiter.«

»Darüber sollten wir ebenfalls sprechen«, erwiderte sie. »Vorausgesetzt, Sie möchten überhaupt wiederkommen.«

Ich nickte. »Ja. Ich denke schon.«

»Gut. Nächste Woche um dieselbe Zeit, wenn Ihnen das recht ist. Und wenn Sie nun einen Blick auf die Uhr Ihres Bruders werfen, werden Sie feststellen, dass unsere Zeit um ist.«

Bevor ich mir irgendwelche Ausreden überlegen konnte, zog ich meine Joggingsachen an und wagte mich ein weiteres Mal in den Frühlingsnachmittag hinaus. Ich lief zur Heath, joggte den Hügel hinauf, von dem aus ich Laura zum letzten Mal gesehen hatte, blieb diesmal aber nicht stehen. Ich rannte, bis meine Beine und Lungen schmerzten und ich Seitenstechen bekam.

Als ich wieder zu Hause war, stellte ich mich unter die Dusche und machte mir anschließend eine Schüssel Pasta mit Olivenöl, fein geschnittenen Frühlingszwiebeln und Parmesankäse. Während ich aß, blickte ich mich in meiner Wohnung um. Alles wirkte trist und vernachlässigt. In letzter Zeit war ich bloß noch apathisch durchs Leben gestolpert, hatte nach der Arbeit nur herumgesessen und aus dem Fenster gestarrt, um dann um neun ins Bett zu gehen. Ich hatte jede Nacht zehn oder elf Stunden geschlafen, manchmal sogar länger, und war trotzdem wie erschlagen aufgewacht, mit schweren Augenlidern und bleiernen Gliedern, eingehüllt in einen Nebel aus Müdigkeit.

Ich musste daran denken, wie Katherine Dowling mit dem Finger auf mich gezeigt hatte. »Das ist Trauer.« Ich hatte mich von meiner Trauer völlig vereinnahmen lassen, sie war in alle Poren gedrungen und hatte mich jeder Hoffnung beraubt.

Ich stand auf und stellte meine Schüssel in die Spüle. Dann füllte ich einen Kübel mit heißem Wasser und begann die Fenster zu putzen, um das Licht wieder hereinzulassen.

29. KAPITEL

Am nächsten Morgen wachte ich früh auf, und noch ehe ich die Augen öffnete, wusste ich, dass es draußen warm und schön war. Zum ersten Mal seit langer Zeit fühlte ich mich nicht müde und erschöpft, sondern wach und voller Tatendrang. Obwohl Samstag war und ich nicht zur Arbeit musste, stand ich sofort auf.

Ich zog mein Bett ab, stopfte die Wäsche in die Maschine und schaltete sie ein. Dann schlüpfte ich in meine Joggingsachen. Ich lief wieder zur Heath, diesmal aber in den Teil, in dem die Bäume so dicht stehen, dass man so tun kann, als gäbe es die Stadt und die Millionen Menschen um einen herum nicht. Die Sonne schien schräg und noch winterlich bleich, besaß aber durchaus schon Kraft. Zwischen den Büschen blühten Christrosen und Schlüsselblumen, die Bäume trieben frische grüne Blätter aus. Ich lief, so schnell ich konnte, bis meine Beine zu schmerzen begannen und mir der Schweiß von der Stirn rann. Es kam mir vor, als würde mein Körper sich durch die Bewegung entgiften, mein Blut schneller fließen und mein Herz kräftiger schlagen. Alle meine Poren schienen sich zu öffnen.

Auf dem Heimweg machte ich beim Bäcker Halt und kaufte einen Laib noch warmes Vollkornbrot. Nach dem Duschen schlüpfte ich in einen Jeansrock und eine Bluse. Zum ersten Mal seit Troys Tod legte ich seine Uhr an, ohne dass mir dabei die Tränen in die Augen stiegen. Ich bereitete mir eine Tasse Pfefferminztee zu und brach ein Stück Brot von dem Laib. Ich aß es einfach so, kaute langsam und bewusst. Anschließend putzte ich die Wohnung, verstaute alte Zeitungen und Zeitschriften in einer Schachtel und öffnete die Fenster, um den schönen Tag hereinzulassen.

Bevor ich es mir anders überlegen konnte, zog ich eine Jacke an und ging zur U-Bahn.

Kerry saß bereits hinter ihrem Schreibtisch, als ich das Reisebüro betrat. Sie war gerade mit einer Kundin beschäftigt, die Prospekte durchblätterte und ihr dabei ständig Fragen stellte, sodass sie mich nicht gleich entdeckte. Als sie schließlich aufblickte, spiegelten sich auf ihrem Gesicht in rascher Abfolge verschiedene Emotionen wider: Überraschung, Unbehagen, Schmerz, Freude. Das alles dauerte nur wenige Sekunden, dann richtete sie ihre Aufmerksamkeit erneut auf ihre Kundin. Ihre Miene glättete sich wieder zu geschäftsmäßiger Freundlichkeit.

Ich beobachtete sie, wie sie sich über den Tisch beugte und mit einem Finger, dessen Nagel zartrosa lackiert war, auf verschiedene Bilder deutete. Sie sah viel besser aus, als ich erwartet hatte. Ihr Gesicht wirkte rosig und wieder ein wenig voller, nicht mehr so verhärmt und fleckig, wie ich es in Erinnerung gehabt hatte. Sie ließ sich auch die Haare, die in Wellen um ihr zartes Gesicht fielen, wieder wachsen.

»Hättest du Lust auf eine Tasse Kaffee?«, fragte ich sie, nachdem die Frau mit einem Stapel Prospekte abgezogen war und ich ihren Platz eingenommen hatte. Ich roch Kerrys Parfüm, einen feinen, süßen Duft. Ihre Haut schimmerte seidig, ihre Lippen glänzten, und an ihren Ohrläppchen funkelten kleine Goldstecker. Alles an ihr wirkte stilvoll, zart und gepflegt. Ich warf einen Blick auf meine nicht ganz sauberen, abgekauten Fingernägel und merkte bei der Gelegenheit, dass die Manschetten meiner Bluse schon ein wenig ausgefranst waren.

Kerry zögerte, warf einen Blick auf die Uhr. »Ich weiß nicht, ob das jetzt möglich ist.«

»Gehen Sie ruhig!«, rief eine Frau am Schreibtisch neben

ihr. »Bald herrscht hier wieder Hochbetrieb, dann haben Sie keine Zeit mehr.«

Sie sah mich an und nickte.

»Ich hol schnell meinen Mantel.«

Wir gingen in das nächste Café, ein Stück die Straße entlang. Auf dem Weg dorthin sprachen wir kein Wort. Nachdem wir uns im unteren Stockwerk niedergelassen hatten, das gemütlich mit Sofas und Sesseln eingerichtet war, sahen wir uns über den Rand unserer Kaffeetassen unsicher an. Ich machte eine Bemerkung über ihre neue Mietwohnung, worauf sie sagte, sie sei jede freie Minute damit beschäftigt, sich dort wohnlich einzurichten. Dann herrschte wieder peinliches Schweigen.

»Tut mir Leid, dass ich mich so lange nicht gemeldet habe«, sagte ich schließlich.

»Du hattest sicher viel zu tun.«

Ich wischte ihre freundlichen Worte beiseite.

»Das war nicht der Grund.«

»Nein, wahrscheinlich nicht.«

»Ich wusste einfach nicht, wo ich anfangen sollte.«

»Miranda ...«

»Kurz nachdem er, du weißt schon... kurz nachdem Brendan dich verlassen hatte, hast du zu mir gesagt, nun sei alles ruiniert, nun habe er die letzten paar Steine umgestoßen. Irgendwas in der Art.«

»Daran kann ich mich nicht mehr erinnern.« Sie stellte ihre Tasse ab.

»Natürlich nicht. Wieso auch? Ich habe keine Ahnung, warum es mir so im Gedächtnis haften geblieben ist, vielleicht wegen meines Berufs – jedenfalls sah ich ihn vor meinem geistigen Auge alles dem Erdboden gleichmachen, bis wir alle vor den Ruinen unseres Lebens standen. Genau das hat er uns angetan.«

»Du solltest nicht so viel über ihn nachdenken, Miranda«, sagte sie. »Du solltest ihn loslassen.«

»Was?« Ich starrte sie an.

»Ich habe ihn längst losgelassen«, fuhr sie fort. »Er ist kein Teil meines Lebens mehr. Ich möchte nie wieder einen Gedanken an ihn verschwenden.«

Ich war verblüfft über ihre Worte.

»Aber alles, was passiert ist…«, stammelte ich. »Mit dir und mir. Der ganzen Familie. Mit Troy.«

»Das hat nichts damit zu tun.«

»Und Laura.«

»Glaubst du, das mit Laura hat mich kalt gelassen?«

»Nein, natürlich nicht.«

»Glaubst du, ich habe eine Spur Schadenfreude empfunden, als ich davon hörte? Weil das Schicksal auf diese Weise Rache an den beiden genommen hatte?«

»Nein«, wiederholte ich. »Natürlich nicht.«

»Habe ich aber. Zumindest für einen Moment. Ich hasste Laura so sehr, dass ich ihr nur das Schlimmste wünschte, und als es dann tatsächlich passierte, empfand ich eine Sekunde lang ein Gefühl von Triumph, aber dann fühlte ich mich sofort ganz schrecklich, als wäre ich irgendwie dafür verantwortlich.« Ihr Gesicht hatte kurz einen wilden, leidenschaftlichen Ausdruck angenommen, wurde aber gleich wieder traurig. »Irgendwann war ich dann so weit, dass ich mir nur noch dachte: Was hat das eigentlich mit mir zu tun? Ich bin zu dem Schluss gekommen, dass wir es einfach hinter uns lassen müssen.«

»Hast du denn gar nicht das Bedürfnis, darüber zu reden?«, fragte ich.

»Ich konzentriere mich lieber auf meine Zukunft.«

»Du hast wirklich nicht das Bedürfnis, darüber nachzudenken? Zu verstehen, was passiert ist?«

»Zu verstehen?« Sie blinzelte mich fragend an. »Unser Bruder hat sich umgebracht. Mein Verlobter hat mich verlassen. Was gibt es da zu verstehen?«

»Aber ...«

»Ich sage ja nicht, dass ich es nicht schrecklich fand. Aber meiner Meinung nach war beides ziemlich eindeutig. Deswegen weiß ich auch nicht, was es da noch zu reden geben sollte.«

Ich saß einen Augenblick schweigend da. All die Turbulenzen, die Wellen aus Emotionen, aus Hass und Verzweiflung, die über unsere Familie hereingebrochen waren, lagen nun als ruhiger, dunkler Teich vor mir.

»Und was ist mit uns?«, fragte ich schließlich.

»Mit uns?«

»Ja, mit dir und mir, den beiden Schwestern.«

»Was sollte mit uns sein?«

»Du hast mich gehasst.«

»Nein, das habe ich nicht«, widersprach sie.

»Du hast mir die Schuld an allem gegeben.«

»Am Anfang vielleicht.« Sie griff nach ihrer Tasse und leerte sie. »Aber das ist längst vorbei. Geht es dir gut? Du siehst ein bisschen ...« Sie sprach den Satz nicht zu Ende.

»Das Ganze hat mich ziemlich mitgenommen.«

»Natürlich.«

Ich konnte es einfach nicht dabei bewenden lassen.

»Oh, Kerry, ich möchte so gern, dass wir uns wieder vertragen!« Mir wurde bewusst, dass ich wie eine Zweijährige klang, und fügte hinzu: »Ich dachte, zwischen uns wären noch ein paar Sachen zu klären. Klarzustellen.«

»Meiner Meinung nach liegt alles ziemlich klar auf der Hand.«

»Ich hoffe, du weißt inzwischen, dass ich nie in Brendan verliebt war. Keine Sekunde. Ich habe ihn verlassen und ...«

»Bitte, Miranda«, unterbrach sie mich in angewidertem Tonfall. »Lassen wir das.«

»Nein, hör mir zu, ich möchte doch nur, dass du verstehst, dass ich zwischen euch beiden nie etwas kaputtmachen wollte. Ich wollte, dass du glücklich wirst, das musst du mir glauben. Er war derjenige, der…« Ich hielt inne. »Wie du schon gesagt hast, es spielt keine Rolle mehr. Das ist vorbei. Er ist kein Teil unseres Lebens mehr. Ich wollte bloß wissen, ob es dir gut geht und zwischen uns wieder alles in Ordnung ist. Es wäre schrecklich, wenn er es geschafft hätte, uns einander zu entfremden.«

»Du hast Recht«, antwortete sie leise. Dann beugte sie sich ein wenig vor, und ihr Gesicht nahm plötzlich einen anderen Ausdruck an. »Ich sollte dir wohl etwas erzählen.«

»Was denn?«

»Es kommt mir fast wie ein Sakrileg vor. Nach Troy und – du weiß schon. Jedenfalls dachte ich, ich könnte nie wieder glücklich sein. Und dann ist es so schnell passiert.« Sie wurde rot. »Ich habe jemanden kennen gelernt.«

»Du meinst…«

»Einen netten Mann«, fuhr sie fort. »Er ist ein ganzes Stück älter als ich, und es scheint ihm wirklich etwas an mir zu liegen.«

Ich legte meine Hand auf die ihre. »Das freut mich sehr«, sagte ich herzlich und fügte dann hinzu: »Ich hoffe, es ist niemand, den ich kenne?«

Mein dummer Versuch, einen Witz zu machen, kam nicht an. »Nein. Er arbeitet in einem Krankenhaus, als Manager auf der unteren Führungsebene. Sein Name ist Laurence. Du musst ihn bald mal kennen lernen.«

»Ja, unbedingt.«

»Er weiß über alles Bescheid…«

»Natürlich.«

»Und er ist ganz anders als … du weiß schon.«

»Ja. Gut. Großartig.«

»Mum und Dad sagen, sie mögen ihn.«

»Gut«, antwortete ich ein weiteres Mal, weil mir nichts anderes einfiel. »Wunderbar. Ich freue mich so für dich.«

»Danke.«

Ich besorgte einen großen Strauß aus Tulpen, Narzissen und Iris und nahm einen Bus, der nur ein paar hundert Meter von meinen Eltern entfernt hielt. Das Haus war endlich wieder ohne Baugerüst, die Eingangstür in einem glänzenden Dunkelblau gestrichen. Ich klopfte und lauschte: Sie waren bestimmt zu Hause. Mittlerweile schienen sie gar nichts mehr zu unternehmen. Sie gingen in die Arbeit, und hinterher saß meine Mutter im Haus und sah fern, während mein Vater draußen im Garten Vogelkästen an die Obstbäume nagelte oder stundenlang Unkraut aus den Rabatten zupfte.

Auf mein Klopfen kam keine Reaktion. Ich ging um das Haus herum und drückte die Nase an das Küchenfenster. Drinnen blitzte alles neu und ungewohnt. Arbeitsflächen aus Edelstahl, weiße Wände, Halogenstrahler an der Decke. Auf dem Tisch lag eine zusammengefaltete Zeitung, daneben standen Dads Lieblingstasse und ein Teller mit Orangenschalen. Alles schien seinen gewohnten Gang zu gehen, und doch hatte sich alles von Grund auf verändert.

Ich fischte den Schlüssel heraus, den ich immer noch besaß, und schloss die Hintertür auf. In der Küche fand ich eine Vase für meinen Strauß. Nachdem ich sie mit Wasser gefüllt und die Blumenstiele hineingezwängt hatte, stellte ich fest, dass mein Vater ein paar Orangenstücke auf dem Teller zurückgelassen hatte, und verspeiste sie, während ich gedankenverloren in den Garten hinausstarrte, in dem noch vor wenigen Monaten totales Chaos geherrscht hatte. Inzwischen war er neu bepflanzt und machte einen sehr gepflegten Eindruck. Plötzlich hörte ich Schritte auf der Treppe.

»Hallo?« Es war die Stimme meiner Mutter. »Ist da jemand?«, rief sie aus der Diele. »Wer ist da?«

»Mum? Ich bin's.«

»Miranda?«

Meine Mutter war im Bademantel. Ihre Haare wirkten fettig, ihr Gesicht ein wenig verquollen, als hätte sie geschlafen.

»Bist du krank?«, fragte ich.

»Krank?« Sie fuhr sich übers Gesicht. »Nein. Bloß ein bisschen müde. Derek ist in die Stadt gefahren, um Gartenschnur zu besorgen, und da dachte ich mir, ich könnte vor dem Mittagessen noch ein kleines Nickerchen machen.«

»Ich wollte dich nicht aufwecken.«

»Das macht nichts.«

»Ich hab dir ein paar Blumen mitgebracht.«

»Danke.« Sie warf einen schnellen Blick auf den Strauß, ohne ihm wirklich Beachtung zu schenken.

»Soll ich uns Kaffee oder Tee machen?«, fragte ich.

»Das wäre schön.« Sie ließ sich auf der Kante eines der Stühle nieder.

»Und was?«

»Was?«

»Tee oder Kaffee?«

»Was dir lieber ist. Mir ist es egal.«

»Kaffee«, antwortete ich. »Und dann könnten wir einen Spaziergang machen.«

»Das geht nicht, Miranda. Ich muss… nun ja, ich muss einiges erledigen.«

»Mum…«

»Es tut so weh!«, brach es aus ihr heraus. »Nur wenn ich schlafe, tut es nicht weh.«

Ich nahm ihre Hand und drückte sie an mein Gesicht. »Wenn ich nur irgendwas tun könnte«, sagte ich, »irgendwas, damit es dir besser geht.«

Sie zuckte mit den Achseln. Hinter uns begann der Kessel zu pfeifen.

»Es ist zu spät, um etwas zu tun«, erwiderte sie.

»Ich hab sie geliebt«, sagte Tony. Er war bereits bei seinem dritten Bier angelangt und begann etwas undeutlich zu sprechen. Alles an ihm wirkte ein wenig vernachlässigt – seine eingefallenen Wangen waren stoppelig, seine Haare zu lang und leicht fettig, sein Hemd hatte vorn einen Kaffeefleck, und seine Nägel mussten dringend mal wieder geschnitten werden. »Ich habe sie geliebt«, wiederholte er.

»Ich weiß.«

»Was hab ich bloß falsch gemacht?«

»So kann man das nicht sehen«, entgegnete ich lahm.

»Ich hab es ihr vielleicht nicht oft genug gesagt, aber sie wusste es trotzdem.«

»Ich glaube…«, begann ich.

»Und dann«, fiel er mir ins Wort, hob sein Glas und leerte es. »Und dann, als sie einfach so davonlief und mir nur einen Zettel auf dem Tisch hinterließ, habe ich ihr den Tod gewünscht, und sie ist gestorben.«

»Aber nicht, weil du es ihr gewünscht hast. Diese Verbindung besteht lediglich in deinem Kopf.«

»Dein gottverdammter Brendan. Er hat ihr den Kopf verdreht, ihr alles Mögliche versprochen.«

»Was denn?«

»Ach, du weißt schon – Romantik und Leidenschaft, die

Ehe, Babys. All das, weswegen wir uns in den letzten paar Monaten immer gestritten hatten.«

»Aha«, sagte ich.

»Letztendlich wäre ich bestimmt einverstanden gewesen. Das hätte sie doch wissen müssen.«

Wortlos nahm ich einen Schluck von meinem Wein. Ich musste an Lauras Lachen denken, ihren zurückgeworfenen Kopf, ihre weißen, schimmernden Zähne, ihre dunklen, vor Lebensfreude funkelnden Augen.

»Und nun ist sie tot.«

»Ja.«

Am Sonntag lief ich wieder. Elf Kilometer durch leichten Nieselregen. Anschließend traf ich mich zum Kaffeetrinken mit Carla, die Laura ebenfalls gekannt hatte und der es eine Art schmerzhaftes Vergnügen zu bereiten schien, eine Stunde lang immer wieder auszurufen, wie schrecklich das alles doch sei.

Später saß ich eine Weile über den Firmenbüchern. Ich fühlte mich rastlos und überdreht, wusste mit meiner freien Zeit nichts anzufangen. Einerseits wollte ich niemanden sehen, andererseits aber auch nicht allein sein. Nachdem ich meine alte Post durchforstet hatte, befreite ich meinen Schrank von sämtlichen Klamotten, die ich schon seit über einem Jahr nicht mehr getragen hatte. Dann ging ich noch meine E-Mails durch und löschte alle, die ich nicht behalten wollte.

Schließlich rief ich Bill auf seinem Handy an und teilte ihm mit, dass ich gern etwas mit ihm besprechen würde. Statt zu fragen, ob das nicht bis morgen Zeit habe, antwortete er, er sei gerade in Twickenham, komme aber gegen sechs zurück. Wir verabredeten uns in der Nähe von King's Cross in einer Bar, die früher eine richtige Spelunke gewesen war, sich inzwischen aber in ein schickes Lokal mit einer reichen Auswahl an Cocktails, Eistees und verschiedenen Kaffeezubereitungen verwandelt hatte.

Ich schlüpfte in eine Jeans und ein weißes Hemd und war eine Viertelstunde zu früh in der Bar. Als Bill eintraf, begrüßte er mich mit einem Kuss auf die Stirn und ließ sich dann mir gegenüber nieder. Er bestellte einen gewürzten Tomatensaft und ich eine Bloody Mary, um mir Mut zu machen. Wir stießen miteinander an, und ich fragte ihn, wie sein Wochenende verlaufen sei. Er hob einen Finger.

»Worum geht's, Miranda?«

»Ich möchte aufhören, für dich zu arbeiten«, erklärte ich.

Nachdenklich nahm er einen Schluck Saft, dann antwortete er: »Klingt nicht schlecht.«

»Was?!« Er lächelte mich so lieb an, dass mir die Tränen kamen. »Da nehme ich meinen ganzen Mut zusammen, um dir das zu sagen«, meinte ich blinzelnd, »und du antwortest bloß, dass es nicht schlecht klingt.«

»Ich halte es wirklich für eine gute Idee.«

»Tut es dir denn gar nicht Leid, mich gehen zu lassen?«

»Du brauchst einen Neuanfang.«

»Ja, das habe ich mir auch gedacht.«

»Weit weg von allem, was mit der Familie zu tun hat.«

»Du bist kein normales Familienmitglied.«

»Danke.«

»Nein, ich habe das positiv gemeint.«

»Ich weiß.«

»Mein Leben kommt mir vor wie ein riesiges Chaos. Ich muss mich endlich aus dem ganzen Schlamassel befreien.«

»Was wirst du tun?«

»Vielleicht bewerbe ich mich bei einem Innenausstatter, irgendwas in der Richtung. Kontakte habe ich inzwischen ja genügend. Soll ich die dreimonatige Kündigungsfrist einhalten? Oder wie machen wir das? Und wirst du mir ein schönes Empfehlungsschreiben mit auf den Weg geben?«

»›Ich kenne Miranda Cotton schon, seit sie einen Tag alt war…?‹ Etwas in der Art?«

»So ungefähr.« Ich musste vor Rührung schon wieder schlucken und spielte verlegen mit meinem Glas herum.

»Nun lass uns nicht sentimental werden, Miranda. Wir können uns doch trotzdem sehen. Es ist ja nicht so, dass du die Stadt verlässt.«

»Vielleicht doch.«

»Was? Du willst aus London wegziehen?«

»Vielleicht.«

»Oh.« Er hob sein Glas. »Viel Glück. Manchmal ist es wirklich das Beste, alle Brücken hinter sich abzubrechen. Dieser Meinung war ich schon immer.«

»Ich weiß. Bill?«

»Ja?«

»Ich habe Brendan nie geliebt. Es war nicht so, wie alle dachten.«

Bill zuckte mit den Achseln.

»Ich mochte ihn nie besonders. Mich nervte die Art, wie er immer meinen Arm drückte, wenn er mit mir sprach, und mich in jedem Satz dreimal beim Namen nannte.«

»Dann glaubst du mir?«

»Im Großen und Ganzen«, antwortete er mit einem halben Lächeln. »Mehr oder weniger.«

»Danke.« In meinen Augen brannten schon wieder Tränen. Ich fühlte mich vor lauter Dankbarkeit ganz schwach. »Ich glaube, ich brauche noch eine Bloody Mary.«

»Ich fahre jetzt heim. Trink, so viel du willst, aber denk dran, dass wir morgen früh um acht mit dem neuen Haus anfangen.«

»Ich werde pünktlich da sein.«

Er stand auf und küsste mich wieder auf die Stirn. »Pass auf dich auf.«

30. KAPITEL

Ich machte Nägel mit Köpfen. Es kostete mich einige Überwindung, aber ich schaffte es: Ich bot meine Wohnung zum Kauf an. Ich tat es wie eine Schlafwandlerin – ohne nachzudenken. Letztendlich war es mir egal, ob sich ein Käufer finden würde oder nicht, und genau deswegen lief es besser als alles, was ich bisher im Leben angepackt hatte. Ein junger Mann mit Klemmbrett erschien, sah sich um und verkündete begeistert, wie gefragt so etwas sei. Er erklärte, seine Firma bekomme drei Prozent Provision. Zwei, entgegnete ich. Er zögerte den Bruchteil einer Sekunde, dann erklärte er sich einverstanden. Gleich am nächsten Tag kam eine Frau zur Besichtigung. Sie erinnerte mich an mich selbst, auch wenn sie einen etwas vermögenderen, erwachseneren Eindruck machte. Außerdem hatte sie einen richtigen Beruf, sie war Ärztin. Ich versuchte, die Wohnung mit ihren Augen zu sehen: Nachdem in letzter Zeit so vieles entfernt worden war, hatte sie fast etwas Minimalistisches, sodass die Beleuchtung viel besser zur Geltung kam und die Räume größer erschienen, als sie in Wirklichkeit waren.

Die Frau sagte, die Wohnung habe eine gute Atmosphäre. Lächelnd fügte sie hinzu, anscheinend besitze sie gutes Feng Shui. Ich musste an Troy denken, wie er an dem Balken gebaumelt hatte, holte tief Luft und stimmte ihr zu. Eine halbe Stunde später rief der Makler an und informierte mich darüber, dass Rebecca Hanes ein Angebot gemacht habe, das nur zehntausend Pfund unter dem von mir verlangten Preis liege. Ich sagte nein. Er entgegnete, der Markt sei im Moment ein wenig schwach, worauf ich antwortete, das sei mir egal. Zehn Minuten später meldete er sich erneut und erklärte, sie habe die volle Summe geboten, wolle dafür aber sofort einziehen. Ich erwiderte, ich ließe mich nicht drängen und würde erst in einem Monat ausziehen. Er meinte, das könnte ein Problem geben, rief jedoch nach ein paar Minuten wieder an und sagte, es sei in Ordnung. Nachdem ich aufgelegt hatte, fiel mein Blick auf mein Spiegelbild, und ich fragte mich, ob das vielleicht das Geheimnis des Erfolgs war. Oder gar das Geheimnis des Lebens? Wenn einem weniger daran liegt als der anderen Person, dann gewinnt man. War das wirklich ich?

Ich war schon ziemlich weit damit fortgeschritten, mein altes Leben aufzugeben, hatte aber noch nichts unternommen, um für ein neues zu sorgen. Ich holte meinen alten Schulatlas aus dem Regal und schlug die Karte »Südengland und Wales« auf. Schlagartig wurde mir bewusst, dass ich im Hinblick auf mein neues Leben eine existenzielle Freiheit besaß. Außerhalb Londons hatte ich keine besonderen familiären Bindungen. Ich war nicht festgelegt, kein Ort bedeutete mir mehr als ein anderer. Sollte ich die Grenze zwei Zentimeter rund um London ziehen? Fünf Zentimeter? Zehn Zentimeter? Würde ich gern am Meer leben? Und wenn ja, an welchem? In einer kleinen oder einer großen Stadt? Oder direkt auf dem Land? Auf einer Insel? In einem Cottage mit Reetdach? Auf einem Hausboot? In einem ausrangierten Leuchtturm? Meine Freiheit schien wie ein Abgrund vor meinen Füßen zu klaffen. Es war ein Schwindel erregendes, fast schon beängstigendes Gefühl. Außerdem stimmte die Reihenfolge nicht. Ich musste mir erst mal Gedanken über meine Arbeit machen, herumtelefonieren, einen neuen Job finden. Zum Glück konnte ich das Ganze langsam angehen. Ich hatte mir einen Monat Zeit erkauft, indem ich zu einer netten Frau biestig gewesen war.

Ich fasste einen Entschluss: Ich würde mich jeden Tag mit zwei Leuten in Verbindung setzen, die mir unter Umständen bei meiner Jobsuche weiterhelfen könnten. Nachdem ich mich mit einem Blatt Papier hingesetzt und fünf Minuten nachgedacht hatte, stand auf meiner Liste ein einziger Name, ein Typ namens Eamonn Olshin, der gerade sein Architekturstudium abgeschlossen hatte. Ich rief ihn an und bat ihn, sich mit mir zu treffen, denn ich wolle mich beruflich verändern, vielleicht könne er mir ein paar Tipps geben. Zu meiner Überraschung war Eamonn ausgesprochen freundlich. Ich betrachtete die Welt um mich herum nun schon so lange als feindselig und tückisch, dass ich es bereits merkwürdig fand, wenn sich jemand einfach nur freute, von mir zu hören. Eamonn erklärte, es sei komisch, dass ich anriefe, weil er nämlich schon eine ganze Ewigkeit vorhabe, sich endlich mal wieder bei mir zu melden. Auf seine Frage, wie es mir denn so gehe, antwortete ich ziemlich ausweichend. Spontan lud er mich gleich für denselben Abend ein; er gebe ein kleines Essen für ein paar Freunde und fände es nett, wenn ich auch käme. Mein erster Impuls war, nein zu sagen, erstens, weil ich den Rest meines Lebens allein in einer Höhle verbringen wollte, und zweitens, weil es mir irgendwie erbärmlich vorkam, als wäre ich krampfhaft auf der Suche nach neuen Freunden. Aber letztendlich war ich das. Vielleicht nicht krampfhaft, aber doch auf der Suche. Ein Gedanke schoss mir durch den Kopf. An wen hätte ich mich in einer solchen Situation normalerweise gewandt? Laura. Ich versuchte, nicht allzu verzweifelt zu klingen, als ich seine Einladung annahm.

Eamonn wohnte in Brixton. Ich wollte meine Lässigkeit unter Beweis stellen, indem ich ein wenig verspätet kam, hatte dann aber tatsächlich Schwierigkeiten, die Adresse zu finden, und tauchte ziemlich spät auf. Mein Plan war außerdem gewesen, ganz cool in die kleine Party hineinzuschneien, aber nachdem ich fünf Leute nach dem Weg gefragt hatte und im Laufschritt durch irgendwelche Seitenstraßen gehastet war, lag die Wohnung auch noch im obersten Stockwerk, sodass mir der kalte Schweiß auf der Stirn stand, als ich schließlich kurz vor neun völlig aufgelöst und wie ein Walross keuchend dort eintraf. Von den acht Leuten, die rund um den Tisch saßen, kamen mir drei oder vier vage bekannt vor. Eamonn stellte sie mir nacheinander vor, allen voran seine Freundin Philippa, worüber ich ziemlich erleichtert war. Anscheinend hatte er mich tatsächlich nur eingeladen, weil er sich freute, mich mal wieder zu sehen. Die anderen Namen bekam ich kaum mit. Bis ich mich wieder gefangen hatte, war die Vorstellungsrunde vorüber.

Sie waren bereits bei der Hauptspeise angelangt. Ich erklärte, ich würde sie sicher schnell einholen, nahm mir dann aber nur eine kleine Portion Lasagne. Ich setzte mich neben Eamonn, und wir sprachen kurz über meine Pläne. Er meinte, ich würde bestimmt keine Schwierigkeiten haben, etwas zu finden, ging aber offenbar davon aus, dass ich etwas in London suchte. Als ich ihm erklärte, dass ich die Stadt verlassen und eventuell aufs Land ziehen wolle, starrte er mich verblüfft an.

»Wohin?«, fragte er. »Warum?«

»Ich brauche einen Tapetenwechsel«, antwortete ich.

»Natürlich«, stimmte er mir zu. »Gönn dir ein Wochenende auf dem Land. Da gibt es tolle Angebote. Ein paar Tage ist das sicher wunderbar. Aber doch nicht für länger. Jeder vernünftige Mensch lebt in London. Der Rest von

England ist bloß dazu da …« Er hielt inne, als könnte er sich nicht erinnern, wozu der Rest eigentlich da war. »Ich weiß auch nicht, zum Wandern oder so. Meistens fliegt man nur drüber weg, wenn man anderswohin reist.«

»Ich meine es ernst«, erwiderte ich.

»Ich auch«, gab Eamonn zurück. »Wir können es uns nicht leisten, dich zu verlieren. Denk an die vielen Leute, die sich als blinde Passagiere auf Schiffen, in Containern und unter Lastwagen verstecken, nur um nach London zu gelangen. Und du willst freiwillig der Stadt den Rücken kehren! Das darfst du nicht.«

Philippa sah ihren Freund mit hochgezogenen Augenbrauen an.

»Sie hat gesagt, dass sie es ernst meint.«

Wahrscheinlich fand sie, dass Eamonn zu nett zu mir war. Leicht eingeschnappt erklärte er, er werde seinen Chef fragen, ob er irgendwelche Leute kenne, die »nicht gut genug waren, um es in London zu schaffen«. Wir unterhielten uns noch eine Weile, dann ging uns langsam der Gesprächsstoff aus. Mein anderer Tischnachbar stupste mich von der Seite an. Er war einer von denen, die mir irgendwie bekannt vorkamen. Natürlich hatte ich mir seinen Namen nicht gemerkt. Leider erinnerte er sich an meinen.

»Miranda«, sagte er. »Freut mich total, dich mal wieder zu sehen.«

»David! Blimey!« Gerade noch rechtzeitig war es mir wieder eingefallen. Er trug sein Haar inzwischen kürzer, und der kleine Oberlippenbart war auch neu.

Er drohte mir neckend mit dem Zeigefinger. »Weißt du noch, wo wir uns das letzte Mal gesehen haben?«

»Es liegt mir auf der Zunge …«

»Beim Schlittschuhlaufen im Alexandra Palace. Du bist ziemlich oft auf deinem Hintern gelandet.«

Eine Welle der Übelkeit stieg in mir hoch. O ja. Er hatte zu der Clique gehört, mit der ich an dem Tag unterwegs gewesen war, als ich Brendan kennen lernte. Ausgerechnet ihn musste ich hier treffen. Was hatte ich eigentlich verbrochen, dass Gott mich derart strafte?

»Stimmt«, sagte ich.

David lachte.

»Das war ein netter Nachmittag«, meinte er. »Eigentlich sollte man so was viel öfter machen, aber irgendwie schafft man es nie. Haben wir beide nicht so eine Art Conga auf dem Eis getanzt?«

»Ich glaube nicht, dass ich dazu schon in der Lage war, ich…«

Er kniff nachdenklich die Augen zusammen. Ich dachte: Bitte, lieber Gott, nein.

»Hast du nicht…?« Er hielt einen Moment inne. »Jemand hat mir erzählt, du hättest etwas mit dem Typen gehabt, der damals auch dabei war.«

Ich blickte mich rasch um, stellte zu meiner Erleichterung jedoch fest, dass zwischen den anderen eine angeregte Diskussion über die Vor- und Nachteile des Landlebens im Gange war.

»Ja«, antwortete ich. »Ganz kurz.«

»Wie hieß er noch mal?«

Konnte er nicht endlich den Mund halten?

»Brendan«, antwortete ich. »Brendan Block.«

»Ach ja, genau. Seltsamer Typ. Ich hab ihn bloß ein paarmal getroffen. Er war ein alter Freund von einem der Jungs, aber…« David lachte. »Man hört erstaunliche Geschichten über ihn.«

Wir schwiegen einen Moment. Ich wusste genau, dass es spätestens jetzt an der Zeit war, das Thema zu wechseln. Ich konnte David fragen, in welchem Teil von London er lebe, was er beruflich mache, ob er solo sei, wo er in Urlaub hinfahre, alles, nur nicht das, wovon ich genau wusste, dass ich es gleich sagen würde.

»Zum Beispiel?«

»Ich weiß auch nicht«, antwortete David. »Seltsames Zeug eben. Er macht Sachen, die wir anderen nicht machen würden.«

»Du meinst, tolle Sachen?«

»Ich meine Sachen, die sich ein normaler Mensch höchstens mal in seiner Phantasie ausmalt. Dieser Brendan dagegen geht hin und tut es.«

»Ich kann dir nicht so ganz folgen.«

David schien sich plötzlich ein wenig unbehaglich zu fühlen.

»Ihr seid nicht mehr zusammen, oder?«

»Wie gesagt, es war nur was ganz Kurzes.«

»Ich habe die Geschichte von jemandem gehört, der mit ihm am College war.«

»Er hat in Cambridge studiert, oder?«

»Vielleicht später, diese Sache ist irgendwo in den Midlands passiert, glaube ich. Wenn ich es richtig verstanden habe, ließ Brendan damals alles ziemlich schleifen. Er machte so gut wie gar nichts. Seine Vorstellung von harter Arbeit beschränkte sich anscheinend darauf, die Essays der anderen zu kopieren. Einer seiner Dozenten war irgendwann derart genervt, dass er ihm eine glatte Sechs gab. Brendan wusste, wo der Mann wohnte, fuhr hin und sah seinen Wagen vor dem Haus stehen. Der Dozent hatte eins der Fenster einen Spalt weit offen gelassen. Brendan zog sich Gummihandschuhe an – du weißt schon, wie man sie zum Abspülen verwendet – und verbrachte einen Abend damit, die ganze Hundescheiße in der Gegend einzusammeln und durch den Spalt in das Auto zu schieben.«

»Das ist ja widerlich!«, sagte ich.

»Aber auch erstaunlich, findest du nicht? Wie ein Stunt in einer Fernsehshow. Stell dir mal vor, du kommst am Morgen runter, öffnest deine Wagentür, und eine Tonne Hundescheiße quillt dir entgegen! Und dann darfst du den Wagen auch noch sauber machen. Ich meine, versuch mal, diesen Geruch wieder rauszubekommen!«

»Das ist nicht mal lustig«, erklärte ich. »Es ist einfach nur grauenhaft.«

»Ich kann auch nichts dafür«, meinte David. »*Mein* Freund war er ja nicht. Es gibt da noch eine andere Geschichte über einen Hund. Allerdings erinnere ich mich nicht mehr so genau an die Einzelheiten. Ich glaube, sie hatten irgendwo ein Haus gemietet, und ein Nachbar ging ihnen auf die Nerven, ein alter Mann, der einen von diesen zotteligen, räudigen Hunden besaß. Das Vieh lief im Garten herum und trieb mit seinem ständigen Gekläffe alle in den Wahnsinn. Brendan hatte ein Händchen für Tiere. Mein Freund sagte, der wildeste Rottweiler konnte auf einen zustürmen, aber nach ungefähr fünf Sekunden kraulte Brendan ihn am Hals, und der Hund wälzte sich lammfromm auf dem Boden herum. Brendan schnappte sich also diesen Hund und verfrachtete ihn in den Lastwagen irgendeiner Baufirma, der kurz darauf wegfahren sollte. Die anderen Leute, die es mitbekamen, dachten, dass er nur Spaß machte und den Hund wieder herausholen würde, aber das tat er nicht. Der Fahrer stieg in den Wagen und fuhr los, während man den Hund hinten wie wild bellen hörte. Wahnsinn!«

»Der alte Mann hat seinen Hund nicht mehr zurückbekommen?«

»Brendan behauptete, er habe testen wollen, ob Hunde wirklich aus großer Entfernung wieder nach Hause fänden, wie man es so oft in der Zeitung liest. Er sagte, er habe diese Berichte eindeutig widerlegt.«

Als ich erneut einen Blick in die Runde warf, stellte ich fest, dass die anderen inzwischen verstummt waren.

»Wie grausam!«, bemerkte eine Frau auf der anderen Seite des Tisches.

»Ich muss zugeben«, räumte David ein, »dass es nicht so lustig rüberkommt, wie ich dachte. Der Typ galt immer als ziemlicher Spaßvogel, aber wenn man die Zielscheibe seines Humors ist, sieht das bestimmt anders aus. Besser, man kennt ihn nur vom Hörensagen.« Er blickte sich verlegen um. »Oder gar nicht.« Die anderen begannen sich wieder zu unterhalten. David lehnte sich zu mir herüber und fügte im Flüsterton hinzu: »Es ist bestimmt kein Spaß, wenn er einen auf dem Kieker hat. In dem Fall sollte man lieber seine Fenster schließen, wenn du weißt, was ich meine.«

»Eins begreife ich nicht«, entgegnete ich. »Wie kann man mit so jemandem befreundet sein?«

»Ich hab's dir doch schon gesagt«, antwortete David, inzwischen ein wenig beschämt. »Ich kenne ihn gar nicht so gut.«

»Sein Verhalten klingt jedenfalls psychopathisch.«

»Ein paar von den Geschichten waren ein bisschen extrem, aber wenn ich persönlich mit ihm zusammentraf, schien er immer ganz in Ordnung zu sein. Die Leute, denen er so übel mitgespielt hatte, kannte ich nicht. Außerdem weißt du bestimmt viel mehr über ihn als ich. Du warst schließlich mit ihm… zusammen.«

Im Bett. Das hatte David sagen wollen. Ich holte tief Luft. Nun konnte ich mich nicht länger am Riemen reißen. Ich kochte vor Wut, auch wenn ich nicht so recht wusste, gegen wen ich meinen Zorn eigentlich richten sollte. Ich bemühte mich um einen ruhigen Ton.

»Ich wünschte, ich hätte diese angeblich so lustigen Geschichten über Brendan gehört, bevor ich mit ihm zusammenkam.«

»Sie hätten dich womöglich abgeschreckt.«

»Allerdings!«

»Du bist schließlich erwachsen«, meinte David. »Da liegt es an einem selbst, mit wem man sich einlässt, oder?«

»Ich hatte von alldem doch keine Ahnung«, entgegnete ich. »Herrgott noch mal! Ich dachte, ich wäre mit Freunden unterwegs. Jetzt komme ich mir vor, als wäre mir ein Wagen mit schlecht funktionierenden Bremsen angedreht worden.«

»So war das überhaupt nicht. Ich hab euch an dem Tag lediglich miteinander reden sehen. Dass ihr zusammen wart, erfuhr ich erst später.«

»Hast du gefunden, dass wir gut zusammenpassen?«

»Ich hätte ihn nicht für dich ausgesucht, Miranda. Aber spielt das jetzt noch eine Rolle? Du hast doch gesagt, dass ihr bloß ganz kurz zusammen wart.«

»Ich glaube schon, dass es eine Rolle spielt«, widersprach ich. »Weißt du, woran ich gerade denke? Ich denke daran, wie mehrere Menschen, die ich für meine Freunde hielt, seelenruhig zusehen, wie ich mich mit jemandem zu unterhalten beginne, der ohne mit der Wimper zu zucken, einen Wagen mit Hundescheiße füllt, nur weil er zu Recht eine schlechte Note bekommen hat.«

»Tut mir Leid«, antwortete David zerknirscht. »So habe ich das damals nicht gesehen.«

»Wessen Freund war er?«

»Wie?«

»Du hast gesagt, er sei ein alter Freund von einem der Jungs gewesen. Von welchem?«

»Warum möchtest du das wissen?«

»Einfach so.«

David überlegte einen Moment.

»Jeff«, sagte er dann. »Jeff Locke.«

»Hast zu seine Telefonnummer?«

David grinste schief.

»Möchtest du dich wieder mit ihm treffen?«

Ich sah ihn an. Das Grinsen verschwand. Er begann in seinen Taschen herumzuwühlen.

31. KAPITEL

Als ich aufwachte, war ich schweißgebadet, und mein Herz klopfte wie wild. Ich hatte geträumt, aber mein Traum löste sich in Bruchstücke auf und entglitt mir. Ich versuchte eine Ecke davon zu fassen zu kriegen. Es hatte etwas mit Ertrinken zu tun gehabt. Nicht in Wasser, sondern in einer zähflüssigen, schleimigen Substanz. Am Ufer hatten Leute gesessen und sich lächelnd miteinander unterhalten, während nicht weit entfernt jemand verzweifelt um sich schlug und ihnen Hilfe suchende Blicke zuwarf. Es waren viele Leute gewesen, viele Gesichter, unter anderem das meiner Mutter und das einer alten Schulfreundin, deren Namen ich vergessen hatte. Und plötzlich befand sich dort am Ufer auch mein eigenes Gesicht. Mit prickelnder Haut lag ich im Bett und versuchte mehr von dem Traum zurück in mein Bewusstsein zu holen. Etwas, das mit Troy zu tun hatte. Vor meinem geistigen Auge konnte ich jetzt wieder sein kalkweißes Gesicht sehen und seinen Mund, der etwas zu rufen versuchte, aber keinen Laut herausbrachte.

Ich setzte mich auf, zog mir die Bettdecke fest um die

Schultern. Es war kurz nach vier, aber zwischen meinen halb offenen Vorhängen fiel immer noch der orangefarbene Schein der Straßenlampen und das bläuliche Licht des Mondes herein. Ich wartete darauf, dass meine Panik nachlassen würde. Es war doch bloß ein Traum gewesen, versuchte ich mich selbst zu beruhigen. Es hatte nichts zu bedeuten: Bilder, die nachts völlig willkürlich auftauchten. Trotzdem hatte ich Angst davor, wieder einzuschlafen und erneut erleben zu müssen, wie Troy stumm um Hilfe rief.

Ich wälzte mich aus dem Bett, zog meinen Bademantel an und tappte ins Bad. Im Spiegel sah ich, dass meine Stirn schweißnass und mein Haar feucht geschwitzt war. Nachdem ich mir mit einem Handtuch das Gesicht abgerieben hatte, ging ich in die Küche, bereitete mir eine Tasse heiße Schokolade zu und kehrte mit dieser sowie einer Ausgabe von *London von A – Z* ins Bett zurück. Ich schlug die entsprechende Seite auf und starrte mit zusammengekniffenen Augen auf die winzigen Buchstaben, das Netz aus Straßen. Nachdem ich gefunden hatte, was ich schon halb befürchtete, legte ich den Plan weg und ließ mich mit geschlossenen Augen auf mein Kissen sinken. Bald würde es hell sein, die Vögel würden zu singen beginnen, und auch alle übrigen Geräusche des Morgens würden einsetzen.

Ich musste spätestens um halb neun in Bloomsbury sein. Um halb sieben stand ich auf, zog Shorts und ein ärmelloses Trikot an und darüber ein Sweatshirt. Der Verkehr war noch nicht sehr dicht, sodass ich bis zur Seldon Avenue in E8 nur fünfzehn Minuten brauchte. Der Name war irreführend, es handelte sich keineswegs um eine Allee – was »Avenue« ja eigentlich bedeutete –, sondern um eine breite Straße mit Wohnblöcken und Reihenhäusern auf beiden Seiten. Ich parkte direkt gegenüber Nummer 19. Nachdem ich noch mal einen Blick auf den Stadtplan geworfen hatte, um sicherzustellen, dass ich die Route hundertprozentig im Kopf hatte, schlüpfte ich aus meinem Sweatshirt und stieg aus dem Wagen. Es war noch recht kühl, und ein leichter Dunst lag wie ein Schleier über dem Horizont. Zum Aufwärmen joggte ich ein paar Minuten auf der Stelle, dann lief ich zweimal die Straße auf und ab, um mich für den eigentlichen Lauf bereit zu machen.

Ich warf einen Blick auf meine Armbanduhr – 7:04 –, holte noch mal tief Luft und startete in ziemlich schnellem Tempo los: ein Stück die Straße entlang, nach rechts in eine Parallelstraße, dann wieder nach rechts, durch eine kleine Gasse mit Gestrüpp auf der einen und Häusern auf der anderen Seite. Die Gasse führte zu einer großen Wohnanlage. Ich sprintete um die Seite mit den Notausgängen herum, bog auf den Parkplatz ein und lief auf der anderen Seite wieder hinaus, eine weitere Gasse entlang, vorbei an kleinen Geschäften und einer Eisenbahnbrücke. Schließlich ging es nach links in eine Sackgasse und durch eine schmale Passage auf eine Fußgängerbrücke, die über die Bahnlinie führte. Inzwischen wusste ich genau, wo ich mich befand. Ich war hier schon Dutzende Male gewesen, nein, hunderte Male. Ich rannte die Straße entlang, bog nach rechts ab und blieb keuchend stehen. Kirkcaldy Road. Lauras Straße. Lauras Haus. Ich blickte zu ihrem Fenster hoch. Die Vorhänge waren nicht zugezogen, aber es brannte kein Licht. Ich warf einen Blick auf die Uhr. 7:11. Sieben Minuten.

Ich wartete ungefähr eine Minute, dann lief ich die gleiche Strecke zurück. Diesmal brauchte ich nur etwas mehr als sechs Minuten. Wenn man mit dem Auto den größeren Straßen folgte, benötigte man wahrscheinlich gut zwanzig Minuten, weil die Strecke dann wesentlich länger war: Man musste einen Bahndamm entlangfahren, eine Brücke überqueren und ein paar große Baustofflager umrunden. Zu Fuß aber konnte man den direkten Weg durch die kleinen Gassen zwischen den Häusern nehmen, der für einen Polizisten, der mit dem Streifenwagen herumfuhr, nicht zu sehen war. Auf diese Weise brauchte man etwa ein Viertel der Zeit, auf keinen Fall fünfundzwanzig Minuten.

Um acht sperrte ich die Wohnung in Bloomsbury auf. Bill hatte mir einen Schlüssel gegeben. Ich würde die Bodendielen abschleifen, was nicht gerade meine Lieblingsbeschäftigung war, weil es sich dabei um eine laute und extrem staubige Angelegenheit handelte. Nachdem ich sämtliche Regale mit Laken abgedeckt hatte, setzte ich Ohrenschützer und eine Gesichtsmaske auf und bewegte mein Schleifgerät drei Stunden lang gleichmäßig in dem großen Wohnzimmer auf und ab, bis unter dem Dreck mehrerer Jahrzehnte die schöne honigfarbene Maserung des Holzes zum Vorschein kam.

Als ich endlich fertig war, kauerte ich mich auf den Boden und fuhr mit einem Finger über das Holz, das neue Muster und Strukturen aufwies. Nun brauchte es nur noch versiegelt zu werden. Ich stand auf, zog mir Ohrenschützer und Gesichtsmaske vom Kopf und schüttelte mich wie ein gerade aus dem Wasser kommender Hund. Dann öffnete ich die großen Fenster, um die Frühlingsluft und die Geräusche der Stadt hereinzulassen. Nachdem ich einen Großteil des Sägemehls mit dem Besen entfernt hatte, saugte ich den Boden noch gründlich ab, wobei ich darauf achtete, dass ich mit der Düse in alle Ecken und Winkel gelangte. Anschließend zog ich die Laken von den Bücherregalen und begann sie ebenfalls abzusaugen, indem ich mit der Düse zwischen den einzelnen Bänden entlangfuhr und die Oberseite der Bücher von einer feinen Staubschicht befreite.

Der Mann besaß seltsame Bücher. Das unterste Regalfach enthielt die üblichen Nachschlagewerke – zwei dicke Atlanten, mehrere Wörterbücher und Enzyklopädien, ein großes Buch über Raubvögel, ein weiteres über seltene Bäume, aber als ich mit dem Staubsauger das nächste Fach in Angriff nahm, entdeckte ich dort Titel wie *Suchtverhalten*, *Mütterliche Ambivalenz*, *Psychotische Zustände bei Kindern*, *Erotische Obsession aus dem Blickwinkel der Forensik* und einen dicken grünen Band mit dem Titel *Das Handbuch der klinischen Psychopharmakologie.* Ich schaltete den Staubsauger aus, zog ein Buch mit dem Titel *Erotomanie und die Sexualisierung der Folter* heraus und schlug es an einer beliebigen Stelle auf. »Innerhalb der Struktur der Destruktion«, stand da, »gilt es prinzipiell zu differenzieren zwischen den Komplexitäten dieser Konstellation …« Ich rieb über mein staubiges Gesicht. Was um alles in der Welt sollte das heißen? Da schwirrte einem ja schon nach einem halben Satz der Kopf. Ich ließ mich auf dem Boden nieder und blätterte weiter. Karl Marx wurde zitiert: »Es gibt nur ein einziges Mittel gegen geistiges Leiden, und das ist körperlicher Schmerz.« Stimmte das?

Hinter mir bewegte sich etwas. Überrascht blickte ich mich um. Ich hatte angenommen, dass der Wohnungseigentümer in der Arbeit war. Wie sich nun herausstellte, war er nicht nur zu Hause, sondern trug zu allem Überfluss auch noch einen altmodischen gestreiften Flanellschlafanzug. Es war mir unbegreiflich, wie es ihm gelungen war, die Schleifaktion, die ich in seiner Wohnung veranstaltet hatte, einfach zu verschlafen. Er sah aus, als wäre er gerade aus einem monatelangen Winterschlaf erwacht. Das Wort »zerzaust« reichte nicht aus, um den Zustand seiner langen dunklen Locken zu beschreiben. Dass er sich nun mit der Hand durchs Haar fuhr, machte es noch schlimmer.

»Ich bin auf der Suche nach einer Zigarette«, erklärte er.

Ich reichte ihm eine Packung, die ich im Bücherregal entdeckt hatte.

»Feuer bräuchte ich auch.«

Auf einer Lautsprecherbox fand ich eine Schachtel Streichhölzer. Er zündete sich eine Zigarette an, nahm ein paar Züge und blickte sich dann im Raum um.

»Sagen Sie jetzt bitte nicht, dass ich in der falschen Wohnung bin«, meinte ich.

»Sie sind nicht Bill«, stellte er sehr richtig fest.

»Nein«, antwortete ich. »Er hat den Auftrag an mich weitergegeben.« Ich warf einen Blick auf meine Uhr. »Habe ich Sie aufgeweckt? Mir war nicht klar, dass Sie hier sind.«

Er starrte mich verblüfft an. Anscheinend war ihm selbst auch nicht so ganz klar, dass er hier war.

»Ich bin gestern sehr spät ins Bett gekommen«, erklärte er. »Dafür habe ich meinen ersten Termin heute erst um zwölf.«

Ich sah erneut auf die Uhr.

»Ich hoffe, es ist nicht weit«, sagte ich. »Sie haben nämlich nur noch fünfunddreißig Minuten.«

»Es ist ganz in der Nähe«, antwortete er.

»Sie werden wahrscheinlich trotzdem zu spät kommen.«

»Das geht nicht«, entgegnete er. »Auf mich wartet ein ganzer Saal voller Leute, denen ich was erzählen soll.«

»Sie halten einen Vortrag?«

Er zog wieder an seiner Zigarette, schnitt eine Grimasse und nickte.

»Finden Sie das Buch interessant?«, fragte er.

»Ich habe nur …« Ich starrte einen Moment auf das Buch in meiner Hand, dann schob ich es zurück an seinen Platz.

»Kaffee?«, fragte er.

»Nein, danke.«

»Ich habe damit eigentlich gemeint, ob Sie mir vielleicht welchen machen könnten! Während ich mich anziehe?«

Ich war versucht zu antworten, dass ich nicht sein Butler sei, aber hier handelte es sich offensichtlich um einen Notfall.

Er nahm einen Schluck Kaffee, der kochend heiß war, und verzog das Gesicht.

»Sie haben noch fünfundzwanzig Minuten«, erinnerte ich ihn.

»Ich muss bloß quer über den Platz.« Inzwischen bekam er die Augen schon ein bisschen weiter auf. »Sie haben gute Arbeit geleistet.« Er betrachtete den Boden. »Was nicht heißen soll, dass ich mich mit solchen Sachen auskenne.«

»Das meiste macht die Maschine«, antwortete ich. »Sie müssen entschuldigen, dass ich in Ihren Büchern herumgeschnüffelt habe.«

»Dafür sind sie doch da.«

»Sind Sie Arzt?«

»Gewissermaßen.«

»Interessant«, murmelte ich lahm. Ich musste an Brendans Hundescheißeaktion denken. Und an meinen Traum. Bruchstücke daraus stiegen aus meiner Erinnerung empor wie kleine, zur Wasseroberfläche gleitende Fische.

»Mein Name ist Don.«

»Ich weiß. Ich heiße Miranda.« Vorsichtig nippte ich an meinem Kaffee. Er schmeckte leicht nach Schokolade. »Sie beschäftigten sich mit Geisteskrankheiten?«

»Das ist richtig.«

»Bestimmt nervt es Sie schrecklich, wenn Ihnen die Leute immerzu blöde Fragen stellen, aber darf ich Sie trotzdem was fragen?«

»Worum geht's?«

»Um jemanden, von dem ich gehört habe. Einen Freund von einem Freund.« Ich schob mir ein Stück Shortbread in den Mund. »Von einem Freund«, fügte ich mit belegter Stimme hinzu.

»Ja, klar«, meinte er mit einem leichten Lächeln.

»Ich weiß eigentlich nicht viel über ihn.« Was ja sogar stimmte.

Ich erzählte Don von Brendan. Ich fing mit der Hundescheiße an, und als ich bei der Geschichte mit dem überfluteten Bad angelangt war und gerade sagte: »Und dann kam sie nach Hause und stellte fest, dass ihre Wanne übergelaufen war, obwohl sie genau wusste, dass sie das Wasser …«, unterbrach mich Don mit einer Handbewegung.

»Moment«, sagte er. Er zündete sich eine zweite Zigarette an.

»Was?«

»Das sind Sie, nicht wahr?«, fragte er. »Die Frau?«

»Ähm, ja, Sie haben Recht.«

»Gut.«

»Gut?«

»Ich befürchtete schon einen Moment, Sie wären die Person, die die Hundescheiße in den Wagen gestopft hat.«

»Das war ein Mann.«

»Sie hätten das Geschlecht ändern können. Um mich in die Irre zu führen.«

»Ich weiß, wie erbärmlich das alles ist«, erwiderte ich.

»Erzählen Sie weiter.«

Also erzählte ich. Obwohl die Zeit bis zu seinem Vortrag langsam knapp wurde, berichtete ich ihm die ganze Geschichte – sogar, dass Brendan mir anlässlich seiner Verlobung mit meiner Schwester ins Ohr geflüstert hatte, er müsse daran denken, wie er in meinem Mund gekommen sei. Zum Schluss erzählte ich ihm von Troy und Laura –

aber sehr schnell, damit ich nicht wieder weinen musste. Als ich fertig war, griff ich nach meiner Tasse und leerte sie.

»Was halten Sie davon?«, fragte ich. Aus irgendeinem Grund hämmerte mein Herz wie wild.

»So ein Mist«, antwortete er.

»Und das ist das Ergebnis, zu dem Sie nach reiflicher Überlegung gelangt sind?«

»Seien Sie froh, dass Sie ihn los sind.«

Ich schnaubte verächtlich.

»Darauf wäre ich selbst auch gekommen. Ich möchte von Ihnen wissen, ob der Mann ein Psychopath ist. Könnte es sich bei einem solchen Menschen um einen Mörder handeln?«

Er hob abwehrend die Hände.

»Es ist noch ziemlich früh am Morgen«, erklärte er.

»Ich finde ehrlich gesagt, dass es schon ziemlich spät am Morgen ist.«

»Ich möchte Sie nicht mit hochtrabenden Formulierungen nerven, indem ich Ihnen antworte, dass ich erst mal meine eigenen Untersuchungen durchführen müsste, um mich zu dieser Frage äußern zu können. Genauso wenig möchte ich mit irgendwelchen medizinischen Fachausdrücken um mich werfen. Der wesentliche Punkt ist, dass es so herum nicht funktioniert. Ich kann einfach nicht sagen, dass dieses Verhaltensmuster bedeutet, dass er ein Mörder ist…«

»Ein Mörder sein *könnte*«, unterbrach ich ihn.

»Es funktioniert andersherum«, fuhr er fort. »Mal angenommen, ein Täter hätte bestimmte Arten von Gewalttaten begangen. In diesem Fall würde es mich nicht überraschen, in seiner Vorgeschichte auf die Sorte Verhalten zu stoßen, die Sie beschrieben haben.«

»Na bitte, da haben wir es ja«, meinte ich.

»Nein, so einfach ist das nicht«, widersprach er. »Zwar

lassen sich bei den meisten Mördern tatsächlich schon früher Anzeichen von gestörtem Verhalten erkennen. Andererseits aber legt eine sehr große Anzahl von Menschen gestörtes Verhalten an den Tag, ohne jemals die Grenze zu überschreiten.«

»Aber falls er die Grenze überschritten hat, wovon ich ausgehe, auch wenn außer mir niemand dieser Meinung ist, war's das dann? Ist er fertig? Oder ist er immer noch gefährlich?«

Don nippte an seinem Kaffee.

»Sie stapeln hier eine Hypothese auf die nächste«, stellte er fest.

»Ich befinde mich nicht vor Gericht«, gab ich zurück. »Ich kann aufeinander stapeln, was ich möchte. Mich interessiert nur, ob es denkbar ist, dass er sich endgültig ausgetobt hat.« Ich hörte selbst, wie wacklig meine Stimme klang, und versuchte durch Husten davon abzulenken.

Don schüttelte den Kopf. »Tut mir Leid. Das kann man alles erst im Nachhinein sagen. Wenn Menschen etwas getan, ein Verbrechen begangen haben und dafür eingesperrt worden sind, dann kommen die Psychologen und Psychiater aus ihren Löchern gekrochen, um ihre Tests durchzuführen und mit großer Autorität ihre Urteile zu verkünden. Bezeichnenderweise klaffen die Meinungen der Experten oft weit auseinander. Sie werden zu jedem beliebigen Punkt Pro- und Kontra-Stimmen finden.«

»Danke«, antwortete ich resigniert. Als ich mich ihm zuwandte, bemerkte ich, dass er ein schmales Gesicht und kastanienbraunes Haar hatte und mich mit einem sehr freundlichen Blick musterte.

»Halten Sie sich von ihm fern«, fügte er hinzu.

»Mache ich.«

»Kommen Sie klar?«

»Das wird sich zeigen.« Rasch ging ich zum Fenster und schloss es. Im Raum war es gleich viel stiller. Ich warf einen Blick auf meine Uhr. »Noch vier Minuten.«

»Dann sollte ich jetzt wohl besser gehen«, sagte er. »Sie sehen aber nicht glücklich aus.«

»Wahrscheinlich wird es nächstes Mal irgendjemand Fremden treffen, aber das macht es auch nicht besser.« Ich begann die Laken einzusammeln. »Man kann doch nicht einfach am Ufer sitzen bleiben und die Leute ertrinken lassen.«

Einen Moment lang sah er aus, als wollte er etwas sagen, schien es sich dann aber anders zu überlegen.

»Worüber werden Sie sprechen?«, fragte ich.

Er runzelte die Stirn.

»Ein psychologisches Syndrom, das nur ganz selten vorkommt. Sehr, sehr selten. Nur etwa vier Leute auf der Welt haben es jemals gehabt.«

»Wieso halten Sie dann einen Vortrag darüber?«

Er überlegte einen Moment.

»Wenn ich anfangen würde, mir solche Fragen zu stellen«, entgegnete er dann, »wo käme ich da hin?«

Ich ging noch einmal zu der Therapeutin, Katherine Dowling. Eine ganze Weile saß ich schweigend da, versuchte eine Entscheidung zu treffen. Sollte ich mich mit der Welt oder mit meinem eigenen Kopf auseinander setzen? Ich sah auf meine Uhr. Es waren bereits mehr als zehn Minuten vergangen. Ich erzählte ihr meinen Traum.

»Was bedeutet das für Sie?«

»Ich möchte gern weiter zu Ihnen kommen«, antwortete ich, »aber erst in ein paar Wochen. Oder ein paar Monaten.«

»Warum?«

»Ich muss erst ein paar Dinge klären.«

»Aber deswegen sind Sie doch hier, dachte ich.«

»Hier kann ich sie nicht klären.«

Nach einer halben Stunde ging ich wieder. Sie berechnen einem trotzdem den vollen Preis.

Du hast dich nicht umgebracht, stimmt's? Natürlich nicht. Ich hätte keine Sekunde daran zweifeln dürfen. Du hast dich nicht umgebracht, und Lauras Tod war kein Unfall. Ich habe es immer gewusst. Die Frage ist nur, was soll ich jetzt tun, Troy? Ich kann doch nicht einfach gar nichts tun, oder?

Nein. Natürlich kann ich das nicht.

Eigentlich sollte ich selbst Angst haben, aber seltsamerweise habe ich keine. Kein bisschen. Ehrlich gesagt ist mir meine eigene Sicherheit inzwischen völlig egal. Ich habe das Gefühl, mitten in einem wilden Sturm am Rand einer Klippe zu stehen, und es ist mir egal, ob ich hinunterfalle oder nicht. Manchmal kommt es mir fast vor, als würde ich gerne fallen.

Ich hoffe, es hat nicht lange gedauert. Ich hoffe, du hast es nicht mitbekommen, ich könnte es nicht ertragen, wenn du es mitbekommen hättest.

32. KAPITEL

Ich konnte es nicht lassen. Ich war wie eine Biene, die einen Honigtopf umschwirrte. Nein, das stimmt nicht. Honigtöpfe sind gut für Bienen. Ich war wie ein Honigtopf, der wusste, dass irgendwo eine Biene herumschwirrte. Ich war wie eine Motte, die von einer Flamme angezogen… Nein, das stimmt erst recht nicht. Ich hatte mal einen Freund, der Biologie studierte und sich besonders für Insekten interessierte, was ein Teil unseres Problems war. Als wir uns das allererste Mal trafen, klärte er mich darüber auf, dass Nachtfalter und Motten nicht wirklich von Flammen angezogen würden. Das sei ein Mythos. Ein Motten-Mythos. Seine Worte. Wir waren beide in der Studentenvereinigung, und er wirkte an dem Tag total genervt. Natürlich war unsere Beziehung von Anfang an zum Scheitern verurteilt. Ich konnte mir einfach nicht vorstellen, auf Dauer mit einem Typen zusammen zu sein, der einem Mädchen zur Begrüßung erst mal eine interessante Tatsache über Motten erzählte. Das Komische daran ist, dass mir heute, ungefähr fünf Jahre später, zu diesem Jungen noch genau zwei Dinge einfallen: sein Name – er hieß Marc – und die interessante Tatsache, die er mir über Motten erzählte und die bewirkte, dass ich mich gar nicht erst richtig in ihn verliebte. Dass ich mir die Sache mit den Motten gemerkt habe, liegt wohl daran, dass ich sie wirklich ziemlich interessant fand.

Ich war damals der festen Überzeugung gewesen, dass Marc Unrecht hatte. Als Argument führte ich an, ich sei mal mit meiner Familie beim Zelten gewesen, und die Lampe, die mein Vater an einer der Stangen befestigte, habe eine Wolke aus Mücken, Motten und Nachtfaltern angezogen. Marc schüttelte den Kopf. Das sei eine Illusion, meinte er. Sie würden lediglich versuchen, sich nach dem Mond auszurichten, indem sie immer im gleichen Winkel zu den Mondstrahlen flogen. Bei einer nahe gelegenen Flamme gelinge ihnen das nur, indem sie sie umkreisten. In der Praxis aber würden sie ihre Kreise immer enger ziehen, letztendlich also spiralenförmig auf die Flamme zufliegen. Es handle sich nicht um Anziehung, sondern um einen Navigationsfehler. Ich weiß noch, dass ich einen Moment über seine Erklärung nachdachte. Wahrscheinlich war ich an dem Tag auch ein bisschen genervt. »Gut tut ihnen das aber nicht«, sagte ich schließlich. »Am Ende landen sie trotzdem in der Flamme.« Worauf Marc antwortete: »Na und? Es sind doch nur blöde Falter.« Das war ein weiteres schlechtes Vorzeichen. Er empfand kein Mitgefühl für Tiere.

Wie auch immer, Fakt ist jedenfalls, dass Motten nicht wirklich von Flammen angezogen werden. All die Lieder und Gedichte haben Unrecht. Fakt ist aber auch, dass die Flamme nicht gerade zur Erhaltung des Mottenbestands beiträgt. Ich hatte im Moment viel Arbeit, musste mich um eine neue Bleibe kümmern und im Hinblick auf mein Leben wichtige Entscheidungen treffen – Entscheidungen, bei denen man am besten eine Münze wirft, weil man mit rationalen Überlegungen sowieso nicht weiterkommt. Obwohl ich also weiß Gott genug anderes zu tun gehabt hätte, durchwühlte ich die Taschen sämtlicher Jacken, die in meinem Schrank hingen, bis ich schließlich die Nummer fand, die David mir auf die abgerissene Ecke einer Zeitung gekritzelt hatte, die Nummer des Typen von der Schlittschuhbahn, der Brendan gekannt hatte. Jeff Locke.

»Brendan Block? Der Typ, der immer so seltsame Pizzas bestellt hat?«

»Du warst also auch der Meinung, dass er irgendwas Seltsames an sich hatte?«

»Auf jeden Fall.«

»Du hättest mich vor ihm warnen sollen.«

»Man kann doch nicht rumlaufen und wie ein Polizist die Leute belehren. Hat er inzwischen nicht geheiratet?«

»Sie ist gestorben.«

»Wer? Du meinst, seine Frau?«

»Sie war eine Freundin von mir«, antwortete ich.

»Das tut mir Leid.«

»Schon gut. Wie hast du ihn kennen gelernt?«

Er musste einen Moment überlegen. »Ich glaube, durch einen Typen namens Leon. Seine Nummer habe ich leider nicht, aber ich weiß, wo er arbeitet.«

»Spreche ich mit Leon Hardy?«

»Ja.«

»Ich versuche Brendan Block ausfindig zu machen.«

»Ach, *den*. Ich kenne ihn nur ganz flüchtig, aber ich glaube, Craig kennt ihn näher.«

»Craig?«

»Craig McGreevy. Er arbeitet für die Idiosyncratic Film Distribution Company in Islington.«

»Bitte entschuldigen Sie die Störung. Mein Name ist Miranda Cotton, ich bin eine alte Freundin von Brendan Block. Ich müsste ihn dringend erreichen. Können Sie mir da vielleicht weiterhelfen?«

»Ich bin nicht sicher«, antwortete er. »Ich habe ihn schon eine Ewigkeit nicht mehr gesehen, aber ich kann Ihnen eine Nummer geben.«

Als er mir daraufhin meine eigene Nummer vorlas, konnte ich mir ein Lächeln nicht verkneifen.

»Dort habe ich es schon versucht«, antwortete ich. »Da wohnt er nicht mehr. Fällt Ihnen vielleicht sonst noch jemand ein, der mir weiterhelfen könnte? Wie haben Sie Brendan kennen gelernt?«

Er schwieg einen Moment. Daran hatte ich mich inzwischen schon gewöhnt. War das normal, oder lag es an Brendan? Wenn ich an meine eigenen Freunde dachte, konnte ich sofort sagen, woher ich sie kannte. Entweder von der Schule oder vom College oder weil sie mit jemandem zur Schule gegangen oder mit jemandem verwandt waren, den ich kannte. In Bezug auf Brendan aber äußerten sich alle ein bisschen vage. Er war plötzlich in ihrem Leben aufgetaucht. Wie und woher, wussten sie selbst nicht so recht. Immerhin konnte mir Craig McGreevy zwei weitere Namen und Nummern nennen. Bei der einen ging niemand ran, aber bei der zweiten bekam ich jemanden an die Strippe, der mich an jemanden anderen verwies, der mich seinerseits wieder an jemand anderen verwies und so weiter. Am Ende landete ich bei einem gewissen Tom Lanham, der mich, als ich Brendan erwähnte, sofort fragte:

»Rufen Sie wegen seiner Sachen an?«

»Was für Sachen?«

»Als er ausgezogen ist, hat er ein paar Schachteln zurückgelassen und gesagt, er werde sie bald abholen. Doch das war schon vor ungefähr einem Jahr.«

»Sie haben sich eine Wohnung mit ihm geteilt?«

»Er hat eine Weile hier gewohnt, ist dann aber ziemlich überstürzt ausgezogen, und seitdem hat er sich nicht mehr blicken lassen. Sind Sie eine Freundin von ihm?«

»Ja. Ich versuche herauszufinden, wo er abgeblieben ist. Vielleicht kann ich Ihnen die Sachen abnehmen. Nachdem ich mich sowieso mit ihm treffen möchte, könnte ich sie ihm bei der Gelegenheit ja geben.«

»Das wäre großartig«, meinte Tom. »Das Zeug steht immer noch in einer Ecke meines Zimmers. Ich weiß nicht, was ich damit tun soll.«

»Könnte ich bei Ihnen vorbeikommen und mit Ihnen reden?«

»Jederzeit. Wie wär's gleich mit heute Abend?«

Sein Übereifer beunruhigte mich ein wenig. Wie viel Zeug mochte Brendan bei ihm zurückgelassen haben?

»Wo wohnen Sie?«

»In Islington. Ganz in der Nähe der Essex Road. Haben Sie was zu schreiben da?«

Mittlerweile konnte ich keinen Rückzieher mehr machen, also notierte ich mir die Wegbeschreibung, und drei Stunden später stand ich bei ihm vor der Tür. Tom war allem Anschein nach gerade von der Arbeit gekommen und noch im Anzug, hatte bloß seine Krawatte ein wenig gelockert. Sein Haar sah ordentlich gekämmt aus. Vermutlich arbeitete er irgendwo in der Innenstadt. Ich trug noch meinen Overall. Er grinste über den Kontrast.

»Tut mir Leid«, sagte er. »Ich hatte noch keine Zeit, mich umzuziehen.«

Er geleitete mich hinein und bot mir etwas zu trinken an. Ich bat ihn um eine Tasse Kaffee. Bei der Zubereitung betrieb er einen lächerlich großen Aufwand, indem er die eine Tasse extra mit einem kleinen Filter aufbrühte. Das Ergebnis war allerdings sehr gut und so stark, dass ich ein wenig das Gesicht verzog, als ich vorsichtig daran nippte. Sich selbst schenkte Tom ein Glas Wein ein.

»Demnach wissen Sie also auch nicht, wo Brendan sich zurzeit aufhält?«, fragte ich ihn.

»Wieso wollen Sie ihn denn finden?«

»Ich mache mir Sorgen um ihn«, antwortete ich.

Tom lächelte.

»Und ich dachte schon, er würde Ihnen vielleicht Geld schulden.«

»Wie kommen Sie darauf?«

»Weil er *mir* Geld schuldet.«

»Wofür?«

»Keine große Sache«, antwortete Tom. »Wir hatten damals vereinbart, dass er sich ein bisschen an den Heiz- und Telefonkosten beteiligen würde, aber irgendwie ist es nie dazu gekommen. Seit diesem Filmjob habe ich nie wieder was von ihm gehört.«

»Filmjob?«, erkundigte ich mich.

»Er hat gesagt, er helfe mit, irgendwelche Drehorte auszusuchen.«

»Wann war das?«

Tom nahm einen Schluck Wein. Er tat mir nicht besonders Leid. Es schien, als würde er das Geld nicht allzu nötig brauchen.

»Vor ungefähr einem Jahr«, antwortete er. »Und Sie wären wirklich so nett, seine Sachen mitzunehmen?«

»Ich könnte sie an ihn weiterleiten.«

»Das wäre großartig«, meinte Tom. »Ich habe schon ein paarmal daran gedacht, sie einfach wegzuwerfen. Inzwischen hat jemand anderer sein Zimmer übernommen, und ich habe sein Zeug in zwei leeren Weinkisten verstaut. Es handelt sich bloß um ein bisschen Krimskrams.«

»Kein Problem. Ich nehme einfach alles mit.«

»Warum machen Sie sich seinetwegen so viel Mühe?«, fragte er.

»Weil er mir auch noch etwas schuldet«, antwortete ich. »Nur dass es sich in meinem Fall nicht um Geld handelt.«

Tom sah mich neugierig an.

»*Worum* es sich handelt, geht mich wahrscheinlich nichts an, oder?«

Ich bemühte mich zu lächeln, als wäre das alles nicht besonders wichtig.

»Es ist so ähnlich wie bei Ihnen«, entgegnete ich. »Keine große Sache.«

Er musterte mich immer noch auf eine Weise, die ich leicht irritierend fand.

»Darf ich Sie zum Abendessen einladen?«, fragte er.

»Tut mir Leid, ich...« Einen Moment lang versuchte ich, mir eine Ausrede einfallen zu lassen, aber dann dachte ich mir: wieso eigentlich? »Ich kann leider nicht.«

Ich kam nicht mal in Versuchung. Sein Anzug gefiel mir nicht. Außerdem wollte ich mir die Sachen ansehen, die Brendan zurückgelassen hatte, als er mich kennen lernte. Die Dinge, die er nicht mehr brauchte. Nachdem wir die beiden Kisten in meinen Wagen geladen hatten, fragte Tom mich nach meiner Telefonnummer. Ich gab sie ihm. Was spielte das noch für eine Rolle? Ich würde sowieso bald eine neue Nummer haben.

Zu Hause leerte ich die Kisten sofort auf meinen Wohnzimmerboden und begann ihren Inhalt zu inspizieren. Auf den ersten Blick sah er recht vielversprechend aus, aber als ich die Sachen näher in Augenschein nahm, entpuppten sie sich schnell als nichts sagend und enttäuschend. Das meiste war wirklich Krimskrams, wie er neben dem Bett jeder beliebigen Person hätte liegen können, sodass ich nicht verstand, wieso Tom die Sachen nicht weggeworfen hatte: ein paar vergilbte Zeitungen, ein Urlaubskatalog für Griechenland, ein paar Taschenbücher, ein einzelner brauner Schnürsenkel, eine Straßenkarte von London, eine Uhr mit Plastikband, ein paar leere Musikkassetten, etliche Briefe: Werbung für Kreditkarten oder besonders günstige Kredite. Die meisten Umschläge waren ungeöffnet. Außerdem fand ich ein paar ausgetrocknete Stifte ohne Kappen, eine Papierschere aus Kunststoff, einen Bierdeckel, einen billigen Taschenrechner, eine kleine Taschenlampe ohne Batterien, jede Menge Büroklammern, eine Plastikflasche mit Augentropfen. Das Ganze war eine Ansammlung banaler Gegenstände. Es schien nichts Persönliches darunter zu sein, nichts, was wirklich mit Brendan zu tun hatte.

Erst ganz zum Schluss entdeckte ich eine handgeschriebene Notiz auf einem linierten Stück Papier, das aussah, als wäre es aus einem Notizbuch herausgerissen worden. Die Notiz war in einer schlampigen, fast kindlich wirkenden Schrift gekritzelt: »Nan ist im St. Cecilia's.« Darunter stand eine Adresse in Chelmsford und eine Zimmernummer.

Ich starrte auf das Stück Papier und wünschte, ich hätte es nie gesehen. Hätte jetzt eine Freundin neben mir gesessen – eine Freundin wie Laura –, dann hätte sie mich bestimmt gefragt, was ich da eigentlich machte, und ich hätte wahrscheinlich geantwortet: »Das weiß ich auch nicht so genau.« Darauf hätte sie sicher gesagt: »Sei doch froh, dass du ihn endlich los bist. Was hast du noch mit ihm zu schaffen?« Worauf ich vielleicht geantwortet hätte: »Mal angenommen, ich öffne im Zoo versehentlich einen Käfig und lasse ein gefährliches Tier entkommen. Es kratzt und beißt mich, dann ist es weg. Soll ich mich einfach nur freuen, dass ich keinen schlimmeren Schaden davongetragen habe, und mein Leben weiterleben, oder bin ich noch für die Sache verantwortlich?« Meine Freundin hätte möglicherweise entgegnet: »Du hast ihn nicht auf die Welt losgelassen. Du hattest bloß das Pech, ihm zufällig über den Weg zu laufen. Er hat dir schreckliche Dinge angetan, aber inzwischen ist er wieder aus deinem Leben verschwunden. Willst du wirklich den weiten Weg bis Chelmsford fahren, um aus einem Grund, der dir selbst nicht ganz klar ist, mit jemandem zu reden, den du nicht kennst?«

An diesem Punkt hätte ich wohl lange nachgedacht und dann gesagt: »Ich wünschte, dieser Tom hätte den ganzen Krempel einfach in die Tonne geworfen, dann würde sich die Frage gar nicht stellen. So aber muss ich dauernd an die Leute denken, mit denen ich im vergangenen Jahr auf der Schlittschuhbahn war. Sie haben gewusst, dass mit Brendan etwas nicht stimmte. Oder hätten es wissen müssen. Sie haben ihn mit mir flirten sehen. Mit einem oder zwei von ihnen war ich befreundet. Sie hätten mich vor ihm warnen sollen.«

Vielleicht hätte meine Freundin gesagt: »Du machst dir über Leute Gedanken, die du gar nicht kennst, wildfremde Menschen, die du nie zu Gesicht bekommen wirst.«

Und ich hätte geantwortet: »Ja. Blöd, oder?«

Es war, als würde Gott höchstpersönlich versuchen, mich von meinem Vorhaben abzubringen. Es regnete während der ganzen Fahrt, und ich verpasste die richtige Abzweigung von der A 12, weil ich gerade die Karte auf meinem Schoß studierte. Trotz aller Schwierigkeiten gelang es mir am Ende doch, das St. Cecilia's zu finden, ein tristes rechteckiges Gebäude am Ende einer langen Häuserreihe. Ich konnte erst in der nächsten Straße parken, sodass ich völlig durchnässt war, bis ich das Haus erreichte. Das St. Cecilia's war ein Altersheim. Sobald ich die Schwingtür geöffnet hatte, schlugen mir der Geruch von Reinigungsmitteln und all die anderen Gerüche entgegen, welche diese vergeblich zu überdecken versuchten. Der Empfang war nicht besetzt. Ich blickte mich um. Aus dem Eingangsbereich zweigte ein Gang ab. Eine dicke Frau in einem hellblauen Nylonmantel wischte dort gerade etwas auf. Ich räusperte mich, um sie auf mich aufmerksam zu machen.

»Hallo«, sagte ich, als sie sich zu mir umdrehte. »Gibt es hier im Haus eine Mrs. Block?«

Es war nur ein Versuch. Möglicherweise handelte es sich bei dieser Nan ja um eine Verwandte von Brendan.

»Nein«, antwortete die Frau.

»Ihr Vorname ist Nan.«

»Es gibt hier keine Nan.« Sie wandte sich wieder ihrer Arbeit zu.

Ich zog den Brief aus meiner Tasche.

»Sie wohnt in Raum drei. Im Leppard-Flügel.«

Die Frau zuckte mit den Achseln.

»Dann muss es Mrs. Rees sein. Den Gang entlang, die Treppe hinauf, im ersten Stock wieder den Gang entlang, am Fernsehraum vorbei. Es könnte allerdings sein, dass sie beim Fernsehen ist.«

Ich ging nach oben. Im Fernsehraum sahen sich drei alte Frauen und ein alter Mann eine Kochsendung an. Bei ihnen saß noch eine weitere alte Frau, die aber den Kopf zur Seite gedreht hatte.

»Ist eine von Ihnen Mrs. Rees?«, fragte ich.

Sie schauten auf, irritiert über die Störung.

»Sie ist in ihrem Zimmer«, antwortete eine der Frauen. »Sie geht nicht mehr viel aus.« Offenbar galt ein Aufenthalt im Fernsehraum bei ihnen als Ausgehen.

In Raum drei gab es ein Bett, einen Sessel und einen Tisch in der Ecke, außerdem ein Waschbecken, einen Papierkorb und ein in der rechten oberen Ecke gesprungenes Fenster mit einem schönen Blick auf einen Sportplatz. Mrs. Rees saß mit dem Rücken zur Tür. Ich ging zu ihr. Sie trug einen Morgenmantel. Ihr Gesicht war dem Licht zugewandt, das von draußen hereinfiel, aber ihr Blick wirkte leer.

»Mrs. Rees?«

Ich stellte mich so hin, dass sie mich sehen konnte, aber sie reagierte nicht. Ich kniete mich neben ihren Sessel und legte eine Hand auf ihren Arm. Sie richtete den Blick auf die Hand, nicht auf mich.

»Ich bin wegen Brendan hier«, erklärte ich. »Brendan Block. Kennen Sie ihn?«

»Tee«, sagte sie. »Es ist Tee.«

»Nein«, erwiderte ich etwas lauter. »Brendan. Sie wissen schon, Brendan.«

»Es ist Tee«, sagte sie wieder.

»Soll ich Ihnen eine Tasse Tee holen?«, fragte ich.

»Es ist Tee.«

»Mrs. Rees?«

Diesmal antwortete sie nur mit einem Wimmern. Das Ganze war ein Fiasko. Ich wusste nicht mal, ob diese Frau wirklich Mrs. Rees war. Ebenso wenig wusste ich, ob es sich bei Mrs. Rees überhaupt um die Frau handelte, auf die sich die Notiz bezog. Womöglich war sie eine neue Bewohnerin dieses Raums. Ich wusste ja noch nicht mal, ob die Frau, auf die sich die Notiz bezog, wirklich etwas mit Brendan zu tun hatte, und selbst *wenn* sie etwas mit ihm zu tun hatte, war mir nicht so ganz klar, was ich eigentlich von ihr erfahren wollte. Und falls tatsächlich die richtige Frau vor mir saß, würde sie ganz offensichtlich nicht in der Lage sein, mir irgendetwas zu erzählen. In meiner Verzweiflung stand ich auf und begann im Raum umherzuwandern. Mir fiel auf, dass nichts Scharfkantiges oder Zerbrechliches herumstand, sogar das Geschirr bestand aus Plastik. Über dem Tisch entdeckte ich zwei Fotos, die mit Klebeband an der Wand befestigt waren. Das eine schien ziemlich alt zu sein und zeigte einen schnurrbärtigen Mann in Uniform. Er hatte seine Kappe keck aufgesetzt und lächelte spitzbübisch. Wahrscheinlich ihr Ehemann. Auf dem zweiten Foto war eine Frau zu sehen, die zwei Kinder an der Hand hielt. Ich nahm es genauer in Augenschein. Es handelte sich um die Frau im Sessel. Auf dem Foto wirkte sie etliche Jahre jünger, ihr Haar war zwar bereits grau, aber längst noch nicht so weiß wie jetzt. Der etwa zehnjährige Junge im schicken Schulblazer, der neben ihr in die Kamera grinste, war unverkennbar Brendan. Ich nahm das Foto von der Wand und hielt es der Frau hin.

»Mrs. Rees«, sagte ich und deutete auf das Foto. »Das ist Brendan.«

Mit gerunzelter Stirn betrachtete sie die Aufnahme.

»Das ist Simon«, sagte sie.

»Simon?«

»Simon und Susan.«

Als ich ihr weitere Fragen zu stellen versuchte, begann sie erneut über Tee zu sprechen. Frustriert machte ich mich daran, das Foto wieder an die Wand zu kleben, aber es hielt nicht mehr, sodass ich es einfach an die Wand lehnte. Dann schlich ich auf Zehenspitzen aus dem Zimmer und kehrte eilig nach unten zurück. Die Frau, die vorhin den Gang geputzt hatte, war verschwunden. Ich entdeckte sie in einem Raum hinter dem Empfang, wo sie gerade kochendes Wasser aus einem Kessel in eine große Tasse schüttete.

»Ich habe Mrs. Rees gefunden«, erklärte ich.

»Ja?«

»Ich muss mit ihrer Tochter Susan sprechen.«

»Mit ihrer Enkelin, meinen Sie.«

»Ja, natürlich. Ich habe etwas Wichtiges für sie. Könnten Sie mir ihre Adresse geben?«

Die Frau starrte mich mit halb geöffnetem Mund an. Ich

war nicht sicher, ob sie mich verstanden hatte, aber sie begann bereits mit ihren rissigen Fingern einen Karteikasten durchzugehen.

33. KAPITEL

Susan Lyle wohnte am Ostrand der Stadt, in der Nähe eines Friedhofs. Die Adresse lautete 33 Primrose Crescent. Nummer 33 gehörte zu einer Reihe von beigen und grauen Häusern. Die Vorhänge waren zugezogen, die rote Farbe der Haustür blätterte ab, und als ich läutete, ertönte eine kurze, ziemlich falsch klingende Melodie aus »How Much is that Doggie in the Window?«.

Ich hatte nicht lange darüber nachgedacht, was ich da eigentlich tat, und außerdem angenommen, dass Susan Lyle ohnehin nicht zu Hause sein würde, sodass es mich ziemlich überraschte, als schon nach wenigen Sekunden die Tür aufging und eine Frau vor mir stand, die den ganzen Eingang ausfüllte. Einen Moment lang war ich völlig geschockt über so viel Masse. Sie trug blaue Leggings, in denen ihr riesiger Bauch ausgesprochen unförmig aussah, und dazu ein weißes T-Shirt, auf dem in kühnem Pink die Aufschrift prangte: »Do Not Touch!« Das Shirt spannte über ihrer üppigen Brust. Ihr Hals war dick, ihr Kinn legte sich in Falten, an ihren Handrücken bildete das Fett Grübchen. Ich spürte, wie ich rot wurde, und empfand dabei fast so etwas wie Scham. Krampfhaft bemüht, nirgendwo anders hinzusehen als in ihre Augen, die in ihrem breiten weißen Gesicht viel zu klein wirkten, versuchte ich mich auf den Menschen unter dem Berg aus Fett zu konzentrieren. Auf dem Foto ihrer Großmutter hatte sie mager und x-beinig ausgesehen. Was war ihr im Leben widerfahren, dass sie sich so entwickelt hatte?

»Ja?«

»Susan Lyle?«

»Ja.«

Im Hintergrund heulte ein Kind.

»Sie müssen entschuldigen, dass ich Sie einfach so überfalle. Könnte ich vielleicht kurz mit Ihnen reden?«

»Worum geht es? Sind Sie von der Stadt? Das Jugendamt hat sich die Wohnung doch schon angesehen.«

»Nein, nein, ich bin nicht von der Stadt, nichts dergleichen. Ich bin … mein Name ist Miranda, und ich kenne Ihren Bruder.«

»Simon?« Sie runzelte die Stirn. »Sie kennen Simon?«

»Ja. Vielleicht könnte ich für einen Moment …«

Ich trat einen kleinen Schritt vor, aber sie rührte sich nicht von der Stelle. In das Geheule, das im Hintergrund zu hören war, mischte sich eine zweite, schrillere Stimme.

»Sie kommen wohl doch besser herein, bevor sie sich gegenseitig umbringen«, sagte sie schließlich, und ich folgte ihr in die Diele, wo die Heizung auf Hochtouren lief, obwohl es draußen ziemlich mild war.

Im Wohnzimmer herrschte Dämmerlicht, weil die Vorhänge zugezogen waren, sodass ich eine Weile brauchte, bis ich sämtliche Kinder in dem stickigen, voll gestopften Raum lokalisiert hatte. Im Laufstall saß ganz friedlich ein Baby mit einem Schnuller im Mund, umgeben von einem Berg von Plüschtieren. Die Quelle des Geheuls war ein in einem Hochstuhl festgeschnallter kleiner Junge. Sein Lätzchen war mit etwas Pflaumenfarbenem verschmiert, und auf dem Boden lag eine umgekippte Schüssel. Auf dem Sofa saß ein kleines Mädchen. Sie hielt einen Lutscher umklammert und starrte auf den Fernsehschirm, wo eine Spielshow ohne Ton lief. Als ich einen Blick in die Babytragetasche warf, die auf dem Boden stand, entdeckte ich darin ein weiteres Baby, das trotz des Lärms fest schlief. Es hatte die Hände vor sich ausgestreckt, als würde es sich an einem unsichtbaren Gegenstand festhalten, und seine Augenlider zuckten. Wovon Babys wohl träumten?

»So viele Kinder«, sagte ich munter. Aus einem künstlichen Kamin mit Schutzgitter strömte extrem heiße Luft, und ein Geruch nach Windeln und Raumspray stieg mir in die Nase. Schlagartig empfand ich ein Gefühl von Beklemmung, als könnte ich nicht mehr richtig durchatmen. »Sind das alle Ihre?« Sobald ich die Frage ausgesprochen hatte, wurde mir klar, wie dumm sie war, weil das schon rein mathematisch gar nicht sein konnte.

»Nein«, antwortete sie und starrte mich mit milder Verachtung an. »Bloß das eine.« Dann fügte sie voller Stolz hinzu: »Dreimal die Woche kommen nachmittags nach der Schule noch drei größere. Damit verdiene ich recht gut. Ich bin bei der Stadt als Tagesmutter gemeldet.«

Zärtlich befreite sie den schreienden kleinen Jungen aus dem Hochstuhl und wischte ihm mit einer Ecke des Lätzchens über den Mund. »Jetzt aber still«, sagte sie. »Schhh!« Sofort verstummte er, und sein immer noch verschmierter Mund verzog sich zu einem Lächeln, während er mit einer Hand in ihr dichtes dunkles Haar griff.

Nachdem sie den Kleinen auf ihrer ausladenden Hüfte platziert hatte, wo er sich an sie klammerte wie ein kleiner Koalabär, wandte sie sich wieder an mich: »Was ist nun mit Simon?«

Ich hatte mir nicht überlegt, wie ich anfangen sollte, deswegen kam meine erste Frage viel zu abrupt:

»Wann haben Sie ihn das letzte Mal gesehen?«

»Sind Sie von der Polizei?«

»Nein.

»Sozialarbeiterin?«

»Nein, ich bin bloß ...«

»Was gibt Ihnen dann das Recht, einfach so in mein Haus zu platzen, die Nase zu rümpfen, als würde es hier schlecht riechen, und mir solche Fragen zu stellen?«

»Entschuldigen Sie, ich wollte nicht ... Ich mache mir nur Sorgen und wäre Ihnen wirklich dankbar, wenn Sie mir helfen könnten.«

»Hat er Sie sitzen lassen?«

»Was?« Einen schrecklichen Moment lang dachte ich, Brendan wäre mir sogar bei seiner Schwester zuvorgekommen und hätte ihr bereits seine Version der Geschichte erzählt.

»Warum würden Sie sonst zu mir gerannt kommen und mich um Hilfe bitten?« Sie ließ sich mit dem Jungen auf das Sofa sinken. Sofort kletterte das kleine Mädchen ebenfalls auf ihren Schoß und drückte ihr klebriges Gesicht in die Falten von Susans Hals, was diese aber gar nicht zu bemerken schien. Ohne die Kleine eines Blickes zu würdigen, griff sie nach der Fernbedienung und zappte ein paar Programme durch, ehe sie erklärte: »Ich habe ihn schon eine Ewigkeit nicht mehr gesehen. Wir gehen getrennte Wege. Er hat sein eigenes Leben, und ich habe meines. Warum? Wieso interessiert Sie das?«

»Wie gesagt, ich bin eine Bekannte von Simon. Ich kenne ihn nun schon fast ein Jahr.« Ich ließ mich auf der Kante des Sofas nieder. »Ich fürchte, es geht ihm nicht besonders gut.«

»Sind Sie Ärztin?« Sie wischte den Lutscher beiseite, der ihr von dem kleinen Mädchen vor die Nase gehalten wurde, als würde sie nach einer lästigen Fliege schlagen.

»Nein.«

»Wenn er krank ist, soll er zum Arzt gehen. Was erwarten Sie von mir? Er ist schließlich erwachsen.«

»So habe ich es nicht gemeint. Ich wollte damit sagen… nun ja, er hat sich in letzter Zeit ziemlich seltsam verhalten und…«

»Oh, ich verstehe. Sie glauben, er ist krank im *Kopf*, habe ich Recht? Hmm?« Sie klang plötzlich genau wie Brendan.

»Ich bin nicht sicher. Deswegen wollte ich ja mit Ihnen sprechen.«

»Das können Sie sich sparen. Mit Si ist alles in Ordnung.« Sie stand so plötzlich auf, dass die Kinder, die auf das weiche Sofa plumpsten, überrascht nach Luft schnappten. Für eine so dicke Frau war sie erstaunlich agil. »Für wen halten Sie sich eigentlich?«

»Ich wollte nicht…«

»Verschwinden Sie!«

»Ich wollte bloß helfen«, log ich.

Ihre Wut schien schlagartig verflogen. »Ich könnte eine Kippe gebrauchen«, erklärte sie, während sie eine Videokassette vom Couchtisch nahm und in den Recorder unter dem Fernseher schob. Zeichentrickfiguren begannen über den Bildschirm zu hasten. Nachdem sie den Ton wieder laut gedreht hatte, holte sie eine Keksdose aus dem Regal und fischte drei Schokobonbons heraus, die sie in drei gierige Hände drückte.

Ich folgte ihr in die Küche, wo sie sich mit einem Seufzer auf einen Stuhl plumpsen ließ, sich ein großes Glas Limonade einschenkte und eine Zigarette anzündete.

»Ist er in Schwierigkeiten?«

»Ich weiß es nicht«, antwortete ich vorsichtig. Je vager und zweideutiger ich blieb, desto weniger brauchte ich sie anzulügen. »Mir geht es eher darum, eventuellen Schwierigkeiten vorzubeugen, wenn Sie verstehen, was ich meine.

Deswegen bin ich auf die Idee gekommen, Sie aufzusuchen und mal mit jemandem zu reden, der ihn schon kannte, bevor er ins Heim musste.«

»Was?«

»Ich dachte…«

»Ins Heim?« Ihr Lachen klang wie ein hohes, heiseres Keuchen. »Woher haben Sie denn diesen Unsinn?«

»Das heißt, er musste nie von zu Hause weg?«

»Nein, wieso auch? Wir hatten doch immer jemanden, der sich um uns kümmerte, erst unsere Mum und dann unsere Nan. Wir waren nie im Heim. Sie sollten aufpassen, was Sie sagen.«

»Ich muss das irgendwie falsch verstanden haben«, erklärte ich in beschwichtigendem Ton.

Sie zog an ihrer Zigarette und blies dann eine blaue Rauchwolke in die Luft.

»Si war kein schlechter Junge«, sagte sie.

»Auf welche Schule ist er gegangen?«

»Overton«, antwortete sie. »Wieso wollen Sie das wissen? Er war im Unterricht immer gut, er hat es bloß gehasst, wenn ihm jemand befahl, was er zu tun hatte, oder ihn kritisierte. Er hätte keine Probleme gehabt, wenn sie ihn nicht…« Sie hielt inne.

»Was?«

»Egal.«

»Haben sie ihn bestraft?«

»Es wird nicht gern gesehen, wenn Jungen wie er zu gescheit sind.«

»Er wurde von der Schule verwiesen?«

Sie drückte die Zigarette aus, kippte den Rest ihrer Limonade hinunter und stand auf. »Ich sehe lieber mal nach, was meine Kleinen da drin treiben.«

Ich starrte sie an. »Was ist dann passiert, Susan?«

»Sie finden bestimmt selbst hinaus.«

»Susan, bitte! Was hat er gemacht, nachdem er von der Schule verwiesen wurde?«

»Wer sind Sie überhaupt?«

»Das habe ich Ihnen doch gesagt. Eine Bekannte von Brendan.«

»Brendan? *Brendan*? Was soll das?«

»Simon, meine ich natürlich.«

»Ich habe die Nase voll von Leuten, die ihre Nase in unsere Angelegenheiten stecken. Leben und leben lassen, das ist meine Devise. Außerdem glaube ich Ihnen sowieso nicht, dass Sie Si helfen wollen. Sie wollen bloß *spionieren*!«

Der feindselige Ton, mit dem sie das Wort aussprach, erinnerte mich erneut an Brendan. Er mochte seine Vergangenheit hinter sich gelassen, einen anderen Namen angenommen und sich von Grund auf neu definiert haben, aber irgendwie war er trotzdem mit all seinen Wurzeln verbunden geblieben.

»Verlassen Sie mein Haus«, sagte sie. »Und zwar schnell. Ziehen Sie Leine, bevor ich die Polizei rufe.«

Also ging ich – hinaus in die frische Luft, wo sich der Himmel nach einem schweren Regenguss gerade wieder aufzuhellen begann. Das bedrohliche Dunkelgrau löste sich in einzelne Wolken auf, und am Horizont konnte man bereits einen Streifen Blau sehen. Ich trank einen Schluck Wasser und schob mir ein Pfefferminzbonbon in den Mund, dann ließ ich den Wagen an. Ich fuhr dieselben Straßen zurück, die ich gekommen war, aber nach ein paar Minuten hielt ich wieder an. Brendan ließ nie etwas auf sich beruhen, dachte ich grimmig. Nie.

Ich öffnete das Fenster, und als eine Frau vorbeiging, beugte ich mich hinaus und fragte: »Endschuldigen Sie, könnten Sie mir vielleicht sagen, wo die Overton High School ist?«

Anscheinend hatten einige Klassen gerade Schulschluss. Die meisten Kinder, die aus dem Gebäude strömten, waren mit schweren Rucksäcken beladen, ein Teil trug zusätzlich Musikinstrumente oder Sportbeutel. Ich blieb im Wagen sitzen und beobachtete sie eine Weile. Eigentlich wusste ich selbst nicht so recht, was ich hier eigentlich wollte. Dann stieg ich aus und schlenderte zu zwei Frauen hinüber, die sich neben ihren Autos unterhielten.

»Darf ich Sie kurz stören?«, fragte ich.

Sie sahen mich erwartungsvoll an.

»Ich ziehe demnächst in diese Gegend«, erklärte ich. »Und meine Kinder – nun ja, ich wollte Sie fragen, ob Sie diese Schule empfehlen können.«

Eine der beiden zuckte mit den Achseln. »Sie ist ganz in Ordnung«, meinte sie.

»Ist das Unterrichtsniveau gut?«

»Normal, würde ich sagen. Nicht schlecht, aber auch nicht spektakulär. Deine Ellie kommt recht gut klar, oder?«, wandte sie sich an die andere Frau.

»Gibt es viele schwarze Schafe, die die anderen schikanieren?«

»Die gibt es an jeder Schule.«

»Oh«, antwortete ich lahm. Dann fügte ich hinzu: »Ein Freund von mir ist hier zur Schule gegangen. Lassen Sie mich überlegen… das muss zwölf oder dreizehn Jahre her sein. Er hat mal was von irgendeinem Zwischenfall erwähnt.«

»Was meinen Sie damit?«

»Ich weiß nicht mehr genau, worum es dabei ging. Nur, dass er von einem Vorfall erzählt hat…«

»Keine Ahnung«, sagte eine der beiden Frauen. »Irgendwelche Vorfälle gibt es doch immer.«

»Er hat bestimmt das Feuer gemeint«, mischte sich die andere ein. »Das war natürlich vor unserer Zeit, aber die Leute reden immer noch darüber.«

Ich wandte mich zu ihr um. »Feuer?« Meine Haut begann zu kribbeln.

»Es hat hier mal gebrannt«, erklärte sie. »Man kann es heute noch sehen. Ein ganzes Klassenzimmer ist völlig zerstört worden, außerdem der halbe Computerbereich.«

Sie deutete zu einem flachen Ziegelbau auf der anderen Seite des Hofs, der neuer aussah als der Rest der Schule.

»Du meine Güte«, sagte ich. Mir wurde erst heiß, dann kalt. »Wie ist das passiert?«

»Das wurde nie so ganz geklärt. Wahrscheinlich zündelnde Kinder. Schrecklich, was ihnen heutzutage so alles einfällt. Da kommt ja Ellie.« Sie winkte einem hoch aufgeschossenen Mädchen mit Zöpfen, das auf uns zusteuerte.

»Der Schuldige wurde also nicht gefasst?«

Aber sie waren schon am Einsteigen. »Einen guten Umzug!«, rief mir die eine noch zu. »Vielleicht sehen wir uns ja bald wieder, falls Sie sich für die Schule entscheiden.«

Ich setzte mich wieder in meinen Lieferwagen und schob mir ein weiteres Pfefferminzbonbon in den Mund. Nachdenklich lutschte ich daran herum, bis es in zwei Hälften zerbrach und sich schließlich ganz auflöste. Dann ließ ich den Wagen an, blieb aber bei laufendem Motor noch eine Weile sitzen und starrte zu dem neuen Klassenzimmer hinüber. Vor meinem geistigen Auge sah ich orangefarbene Flammen emporlodern. Simon Rees' Rache. Ich schauderte trotz der Wärme. Es war wie ein Zeichen, das ich inzwischen genau verstand. Als hätte er ein Graffiti an die Wand gesprüht: Brendan war hier.

34. KAPITEL

Don war in vielerlei Hinsicht sein eigener schlimmster Feind. Er rauchte zu viel, schlief unregelmäßig und wirkte zerstreut. Ich gelangte zwar immer mehr zu der Überzeugung, dass Letzteres oft täuschte, aber manchmal stimmte es tatsächlich. Als ich gerade den Boden versiegelte, kam er mit zwei Tassen herein, und ich konnte gerade noch verhindern, dass er größeren Schaden anrichtete. Ich folgte ihm auf den Gang hinaus, wo er mir eine Tasse reichte und laut darüber nachzudenken begann, was in seiner Wohnung noch alles getan werden müsste. Ob ich nicht auch fände, dass die Fensterstöcke schon ein wenig ramponiert aussähen. (Ja, das fand ich auch.) Und ob man gegen die Risse in der Wohnzimmertür etwas tun könne. (Ja, wenn Geld kein Thema war.) Ich atmete den Duft des starken schwarzen Kaffees ein, um den harzigen Geruch des Bodenlacks aus der Nase zu bekommen.

»Was Sie da gerade machen, ist ziemlich gefährlich«, erklärte ich. »Auf diese Weise können die Kosten in Schwindel erregende Höhen schießen.«

»Ja, das habe ich auch schon gehört«, antwortete Don. »Das Problem ist, dass einem viele Ideen erst kommen, wenn die Arbeit bereits im Gange ist. Geht Ihnen das nicht auch so?«

Ich schüttelte den Kopf.

»Da könnte man endlos weitermachen«, entgegnete ich. »Es lässt sich immer etwas zum Reparieren oder Renovieren finden. Ich schätze es, wenn ein Auftrag abgeschlossen ist.«

»Sie wollen nicht mehr Arbeit?«

»Komisch, dass Sie das sagen«, antwortete ich. »Ich habe

nämlich das Gefühl, dass ich hier nicht die Einzige bin, die arbeiten sollte. Was ist mit Ihnen?«

Dons Blick wirkte plötzlich listig.

»Was das betrifft, habe ich ein kleines Problem«, sagte er. »Ich leide nämlich am Aufmerksamkeitsdefizitsyndrom.«

»Ist das eine richtige Krankheit?«

»Eher eine Ausrede mit einem langen Namen. Heute ist der Tag, an dem ich zu Hause arbeite.«

»Zählt das als Arbeit?«

»Ich brauche zwischendrin einen gewissen Leerlauf. Zum Nachdenken, Schreiben und Planen.«

»Was machen Sie die restliche Zeit?«

»Ein bisschen Unterrichten, Termine mit Patienten, allen möglichen anderen Kram.«

»Dafür sehen Sie eigentlich noch zu jung aus«, stellte ich fest.

»Sie meinen, zu unreif?«

»Nehmen Sie es als Kompliment«, erwiderte ich. »Ich wollte damit bloß sagen, dass ich beeindruckt bin.«

»Ich finde es viel beeindruckender, wenn man so was kann wie Sie.«

»Das ist nur halb so toll, wie Sie glauben. Erinnern Sie sich übrigens an den Typen, von dem ich Ihnen erzählt habe, diesen Brendan?«

»Ja.«

»Ich habe seine Schwester aufgespürt. Sie lebt in einer Sozialwohnung in Chelmsford.«

»Sie waren bei ihr?«

»Ja.«

»Warum?«

Da mir darauf keine kurze Antwort einfiel, berichtete ich ihm genau, was ich getan hatte, ebenso, dass Brendan in

Wirklichkeit Simon hieß und was er an seiner Schule geliefert hatte.

»Ist das nicht beängstigend?«, schloss ich.

»Haben Sie denn Angst?«

»Ich?« Ich schüttelte den Kopf. »Es geht dabei nicht mehr um mich. Beim nächsten Mal wird es andere treffen. Oder sehen Sie das nicht so?«

»Schwer zu sagen.«

»Sie haben selbst gemeint, dass er gefährlich klingt. Alles deutet darauf hin.«

»Möglich.«

»Er hat seine Schule angezündet. Würden Sie das nicht als Symptom einer geistigen Störung werten?«

»Sie haben mir keine Einzelheiten erzählt. Wurde er wegen der Brandstiftung bestraft? War er danach irgendwie in Behandlung?«

Ich holte tief Luft.

»Das Ganze konnte ihm nie nachgewiesen werden.«

»Hat das seine Schwester gesagt?«

»Nicht explizit, aber zwischen den Zeilen war es deutlich herauszulesen. Sehen Sie denn nicht, dass hier ein klares Muster vorliegt? Alles passt genau ins Bild. Es stimmt doch, dass Brandstiftung im Kindesalter zu den frühen Anzeichen für späteres psychopathisches Verhalten gehört, oder etwa nicht?«

Ich hatte inzwischen meinen Kaffee ausgetrunken, und Don nahm mir sanft die Tasse aus der Hand.

»Diese Unterhaltung läuft ganz und gar nicht so, wie ich das geplant hatte«, bemerkte er.

»Wie meinen Sie das?«

»Eigentlich hatte ich auf eine Gelegenheit gehofft, Ihnen zu sagen, wie sehr ich mich freue, dass Sie hier für mich arbeiten, und wie nett ich es fände, wenn wir mal zusammen auf einen Drink gehen könnten. Ich hatte vorgehabt, gleich hinzuzufügen, dass Sie bestimmt dauernd solche lästigen Angebote bekommen. Und dann hätte ich mich wahrscheinlich noch entschuldigt, weil es für eine Frau wie Sie bestimmt unmöglich ist, in Ruhe ihre Arbeit zu machen, ohne ständig von Leuten wie mir belästigt zu werden.«

Ich konnte mir ein Lächeln über seine Worte nicht verkneifen.

»Und stattdessen rede ich schon wieder von nichts anderem als diesem Psychopathen.«

»Genau«, antwortete Don. »Hoffentlich habe ich Sie jetzt nicht gekränkt.«

»Ich bin nicht so leicht zu kränken.«

Don sah mich einen Moment an, als versuchte er herauszufinden, ob das der Wahrheit entsprach.

»Sie machen mir ein bisschen Sorgen. Irgendwie scheinen Sie meine Warnungen vom letzten Mal nicht ganz ernst genommen zu haben.«

»Warum macht Ihnen das Sorgen?«

»Sie hätten nicht zu diesen beiden Frauen fahren sollen.«

»Sie glauben, ich habe mich dadurch in Gefahr gebracht?«

Er nahm einen Schluck Kaffee und verzog dann angewidert das Gesicht.

»Kalt«, stellte er fest. »Sie sollten da ein bisschen vorsichtig sein. Es ist meist keine so gute Idee, sich zu sehr in das Leben anderer Menschen einzumischen.«

»Ich hab Ihnen ja gesagt«, erwiderte ich in etwas heftigerem Ton, »dass Brendan gefährlich ist. Oder sind Sie anderer Meinung?«

»Manche meiner Kollegen erstellen für Sozialarbeiter Gutachten über gefährdete Kinder. Hin und wieder kommt so ein Kind ums Leben, und dann wird den Sozialarbeitern, den Psychiatern und der Polizei vorgeworfen, sie hätten von der Gefährdung des Kindes gewusst und trotzdem nichts unternommen. Was die Presse in einem solchen Fall nicht erwähnt, sind die unzähligen anderen Kinder, die ebenfalls in dieser Grauzone von Armut, Schutzlosigkeit, Gefährdung und Hoffnungslosigkeit leben. Trotzdem überstehen es die meisten von ihnen mehr oder weniger unbeschadet. Es gibt keine magische Checkliste, Miranda. Sie glauben gar nicht, wie viele von den Leuten, mit denen ich zu tun habe, auf der Kippe stehen. Bei den meisten kann man alle Kästchen ankreuzen. Sie sind als Kinder schikaniert, geschlagen und sexuell missbraucht worden. Und ja, viele von ihnen haben wahrscheinlich auch Brände gelegt. Egal, was die Experten in ihren Profilen schreiben, das macht einen trotzdem noch nicht automatisch zu Jack the Ripper. Das Wichtigste ist doch, dass dieser Typ aus Ihrem Leben verschwunden ist und Sie sich seinetwegen keine Gedanken mehr zu machen brauchen.«

»Mal angenommen, Sie hätten einen Wagen verkauft und bekämen im Nachhinein eine Mitteilung, dass es lebensgefährlich sei, damit zu fahren, weil die Bremsen nicht mehr richtig funktionierten – würden Sie das Ganze einfach vergessen, Don? Würden Sie sich deswegen keine Gedanken machen?«

Don wirkte irritiert.

»Ich weiß nicht, Miranda. Ich muss sagen, dass ich Sie dafür bewundere. Sie verhalten sich in diesem Fall wie eine barmherzige Samariterin. Noch dazu für jemanden, den Sie gar nicht kennen. Zwei Punkte wären mir trotzdem noch wichtig: Erstens: Man kann Menschen nicht mit Autos vergleichen. Und zweitens: Was genau wollen Sie eigentlich unternehmen?«

»Ganz einfach«, sagte ich. »Ich möchte herausfinden, ob

er inzwischen eine neue Freundin hat. Falls ja, dann ist sie in Gefahr, und ich muss sie warnen.«

»Sie wird Ihnen dafür nicht unbedingt dankbar sein«, gab Don zu bedenken. »Eine solche Geste könnte falsch verstanden werden.«

»Das macht nichts«, antwortete ich. »Ich bin hart im Nehmen.«

»Und Sie könnten sich dadurch in Gefahr bringen.«

Als er das sagte, lief ein Schaudern durch meinen Körper, aber nicht vor Angst, eher vor Aufregung. Ich hatte das seltsame Gefühl, aus meinem alten Leben und allem, was mich lähmte, herauszutreten.

»Das spielt keine Rolle«, entgegnete ich.

»Werden Sie auf sich aufpassen?«

»Ja«, antwortete ich, meinte damit aber nein. Ich würde nicht auf mich aufpassen, mich von nichts und niemandem aufhalten lassen.

Ich wollte Brendan finden, ohne dass er mitbekam, dass ich ihn gefunden hatte. Das war schwieriger, als ich dachte. Ich rief eine alte Freundin von Laura an, die ich auf der Beerdigung gesehen hatte. Ich vermutete, dass sie mit ihm in Kontakt war. Als ich meinen Namen nannte, klang sie plötzlich ziemlich verlegen und reserviert. Anscheinend hatte sie irgendwelche Geschichten über Brendan, Laura und mich gehört. Einen Moment lang fragte ich mich, ob die Leute wohl Mitleid mit mir hatten. Glaubten sie vielleicht, dass ich auf irgendeine Weise für alles verantwortlich war? Ich schob den Gedanken schnell wieder beiseite. Nachdem ich ihr erklärt hatte, dass ich mich mit Brendan in Verbindung setzen wolle, erkundigte ich mich, ob er noch unter Lauras Nummer zu erreichen sei. Sie wusste es nicht, riet mir aber, bei Lauras Eltern nachzufragen.

Ich tat, wie mir geheißen, und bekam Lauras Mutter an die Strippe. Sie klang müde und sprach sehr langsam, als hätte ich sie mitten am Tag aus dem Bett geholt. Wahrscheinlich nahm sie irgendwelche Medikamente. Wie meine Mutter. Ich nannte meinen Namen und sagte ihr, dass ich eine alte Freundin von Laura sei.

»Ja«, antwortete sie. »Ich glaube, Laura hat mal Ihren Namen erwähnt.«

»Ich war auf der Beerdigung. Es tut mir so Leid. Eine schreckliche Sache.«

»Danke.« Sie sagte das, als hätte ich ihr ein Kompliment gemacht.

»Ich würde mich gern mit Brendan in Verbindung setzen«, fuhr ich fort, »und dachte mir, Sie könnten mir vielleicht sagen, wo er zurzeit erreichbar ist.«

»Nein, tut mir Leid«, antwortete sie.

»Er wohnt nicht mehr in Lauras Wohnung?«

»Nein«, antwortete sie. »Die Wohnung steht zum Verkauf.«

»Ich möchte Ihnen wirklich nicht auf die Nerven fallen, aber könnten Sie mir vielleicht seine Adresse geben?«

»Wir haben schon eine ganze Weile keinen Kontakt mehr mit ihm. Er hat gemeint, er brauche Abstand.«

Ich fand es unglaublich, dass Brendan seinen Schwiegereltern keine Adresse hinterlassen hatte. Was würde mit Lauras Vermögen passieren? Würde er die Hälfte bekommen? Oder alles? Aber das waren keine Fragen, die ich Lauras trauernder Mutter stellen konnte. Nun fiel mir nur noch eine Möglichkeit ein, und zwar eine, bei der ich von vornherein ein ungutes Gefühl hatte. Ich rief Detective Inspector Rob Pryor an, und er klang in der Tat alles andere als erfreut, von mir zu hören.

»Keine Angst«, sagte ich. »Ich habe bloß eine ganz einfache Frage. Sie sind doch inzwischen mit Brendan befreundet. Ich muss mich mit ihm in Verbindung setzen. Können Sie mir sagen, wo er sich im Moment aufhält?«

»Warum?«

»Was meinen Sie mit ›warum‹? Ist das wichtig?«

»Immerhin haben Sie mich mal aufgefordert, gegen ihn zu ermitteln, und zwar wegen – was war es noch mal? – Mord? Warum wollen Sie ihn sprechen?«

»Was sind Sie? Seine Empfangsdame? Ich brauche lediglich seine Adresse.« Am anderen Ende der Leitung herrschte Schweigen. »Na schön«, fügte ich hinzu. »Ich habe ein paar Sachen für ihn. Er hat sie in einer Wohnung zurückgelassen, in der er mal kurz gelebt hat.«

»In Ihrer Wohnung?«

»Nein, in einer anderen.«

»Wie sind Sie dann an die Sachen gekommen?«

»Warum interessiert Sie das?«, fragte ich. »Was geht Sie das überhaupt an?«

»Ich weiß nicht, was mit Ihnen los ist, Miranda, aber ich finde, Sie sollten endlich mit diesem Unsinn aufhören.«

»Ich möchte bloß seine Adresse.«

»Tja, von mir bekommen Sie sie jedenfalls nicht.« Nach einer kurzen Pause fügte er hinzu: »Ich werde ihm sagen, dass Sie angerufen haben.«

»Danke.«

»Aber rufen Sie mich nicht mehr an.«

Ich legte auf. Das war nicht besonders gut gelaufen.

35. KAPITEL

Warum klingeln Telefone eigentlich immer, wenn man gerade in der Wanne liegt? Ich beschloss, nicht ranzugehen, aber es läutete derart hartnäckig weiter, dass ich mich schließlich doch in ein Handtuch wickelte und ins Wohnzimmer hastete. Als ich die Hand nach dem Hörer ausstreckte, hörte es zu läuten auf. Fluchend kehrte ich ins Bad zurück. Kaum hatte ich mich wieder in das wohlig warme Wasser gleiten lassen, begann das Telefon erneut zu klingeln. Diesmal war ich schneller.

»Hallo?«

In der kurzen Pause, die nun folgte, wusste ich mit einem Mal ganz genau, wer am anderen Ende der Leitung war. Ich verzog das Gesicht und wickelte mich noch fester in mein Handtuch.

»Mirrie?«

Allein schon der Klang seiner Stimme, die Art, wie er dieses Wort aussprach, verursachte mir wieder das vertraute Gefühl von Ekel und Beklemmung. Es war, als wäre die Luft im Raum plötzlich stickig und schmutzig, sodass ich kaum noch atmen konnte. Innerhalb von Sekunden trat mir der Schweiß auf die Stirn. Ich wischte ihn mit einem Zipfel meines Handtuchs weg.

»Ja.«

»Ich bin's.«

»Was willst du?«

»Was *ich* will?«

»Hör zu …«

»Es geht doch wohl eher um das, was *du* willst.«

»Nein, ich …«

»Beziehungsweise, was du für mich hast.«

Ich umklammerte den Hörer und schwieg.

»Rob hat mich gerade angerufen«, fuhr er fort. »Wie ich höre, suchst du nach mir.«

Aus meiner Kehle drang eine Art Stöhnen.

»Du willst mich sehen.«

»Nein.«

»Rob hat gesagt, du willst mir etwas geben. Etwas, das ich irgendwo zurückgelassen habe. Ich frage mich, was das sein könnte.«

»Nichts Wichtiges.«

»Es muss wichtig sein, wenn du dir deswegen solche Umstände machst. Hmm, Mirrie?«

»Ein Buch«, stammelte ich lahm.

»Ein Buch? Was für ein Buch denn?« Als ich ihm keine Antwort gab, fuhr er fort: »Könnte es vielleicht sein, dass das Buch nur ein Vorwand ist? Du kannst einfach nicht loslassen, stimmt's?«

Einen Moment verschwamm alles vor meinen Augen.

»Hör mit dem Scheiß auf«, sagte ich dann. »Ich bin's, Miranda. Sonst kann uns niemand hören. Du weißt, was ich über dich weiß. Du weißt es, und ich weiß, dass du es weißt, und jeden Tag denke ich daran, was du Troy und Laura und Kerry angetan hast, und wenn du glaubst …«

»Schhh!«, sagte er in beschwichtigendem Ton. »Du brauchst Hilfe. Rob ist auch dieser Meinung. Er macht sich deinetwegen große Sorgen. Seiner Meinung nach gibt es einen Namen für das, was du hast. Für dein Syndrom.«

»Syndrom? *Syndrom*? Ich möchte dir bloß dieses gottverdammte Buch schicken.«

»Das Buch. Natürlich. Das Buch, an dessen Titel du dich nicht erinnern kannst.«

»Du gibst mir jetzt deine Adresse, und dann will ich nie wieder was von dir hören!«

»Das glaube ich nicht.« Ich wusste genau, wie er jetzt lächelte.

»Lieber Himmel!« Am liebsten hätte ich vor Wut laut aufgeheult. »Hör zu …«

Aber die Leitung war bereits tot, Brendan hatte aufgelegt. Ich starrte einen Moment lang benommen auf den Hörer in meiner Hand, dann knallte ich ihn entnervt auf das Basisteil.

Ich kehrte in das lauwarme Wasser zurück, ließ heißes nachlaufen, hielt mir die Nase zu und tauchte unter. Ich hatte das Gefühl, vor Wut gleich zu platzen.

Als ich wieder auftauchte, um Luft zu holen, kam mir plötzlich ein Gedanke, der mich aus dem Bad springen und nackt zum Telefon laufen ließ. Ich wählte die 1471 und wartete, bis die Computerstimme mir die Nummer des Anrufers nannte. Ich hatte vergessen, einen Stift bereitzuhalten, sodass ich mir die Zahlen merken musste. Um sie ja nicht zu vergessen, sang ich sie immer wieder vor mich hin, während ich in meinen Schubladen nach Stift und Papier wühlte, und notierte sie schließlich auf eine einzelne Spielkarte, die mir in die Finger kam. Dann wählte ich nochmals die 1471, nur um sicherzugehen.

Es war eine 7852er Nummer. Wo war das? Irgendwo in Süd-London vielleicht. Auf jeden Fall handelte es sich um einen Stadtteil, in dem ich selten anrief, so viel stand fest. Ich zog den Stöpsel aus der Wanne und zog mir was an. Dann begann ich mein Adressbuch nach den besagten vier Zahlen durchzusehen. Ich hoffte, auf diese Weise herauszufinden, in welchem Teil von London Brendan sich mittlerweile aufhielt, kam aber bald zu dem Schluss, dass es eine bessere Methode geben musste. Ich holte das Telefonbuch und fuhr mit dem Zeigefinger über die Reihen der Namen und Nummern. Früher oder später würde ich auf die entsprechende Vorwahl stoßen. Die konzentrierte Suche war anstrengend, und die Zahlen begannen mir schon vor den Augen zu verschwimmen, als ich endlich fündig wurde: Brackley. Das war von mir aus nicht allzu weit.

Und jetzt? Ich konnte ja schlecht aufs Geratewohl in Brackley herummarschieren und nach ihm suchen. Vielleicht sollte ich einfach die Nummer anrufen und – tja, und was? Noch einmal mit Brendan sprechen? Das konnte ich nicht, allein schon der Gedanke daran ließ mich schaudern. Ich schenkte mir ein großes Glas Rotwein ein und setzte mich vor meinen Laptop. Zwei Minuten, ein paar Suchmaschinen, und schon hatte ich es: Crabtrees, ein Café in Brackley. Ich beglückwünschte mich zu meiner Hartnäckigkeit und nahm darauf einen Schluck Rotwein. Dann warf ich einen Blick auf die Uhr: kurz nach halb acht.

Nun, da ich wusste, dass es sich um ein Café handelte, wagte ich es doch, dort anzurufen. Es läutete endlos, und als ich gerade wieder auflegen wollte, ging jemand ran.

»Ja?«

»Ist dort das Crabtrees?«

»Ja. Das öffentliche Telefon. Mit wem möchten Sie denn sprechen?«

»Ähm – könnten Sie mir vielleicht die Öffnungszeiten sagen?«

»Was?«

»Ich wollte nur fragen, wie lange das Café geöffnet hat.«

»Das weiß ich nicht genau. Ich bin heute das erste Mal hier. Das Café ist neu, und ich wollte es mal ausprobieren – ich glaube, draußen auf dem Schild stand, dass sie morgens um acht aufmachen.«

»Verstehe. Vielen Dank.«

»Es ist aber kein Pub.«

»Nein?«

»Man bekommt keinen Alkohol – bloß Cappuccino und

Latte und alle möglichen Kräutertees, die wie Stroh schmecken.«

»Danke.«

»Und vegetarisches Essen. Aus biologischem Anbau.«

»Sie haben mir sehr geholfen …«

»Alfalfa und solches Zeug. Ich dachte immer, Alfalfa wäre nur was für Kühe.«

Ohne nachzudenken schüttete ich den Wein in die Spüle, griff nach meiner Jeansjacke und brach auf. Nach Brackley geht keine U-Bahn, sodass ich den Wagen nahm. Es war ein milder Abend, der Himmel leuchtete golden, und in dem sanften Licht wirkten sogar die tristesten Straßen ein wenig heimeliger.

Das Crabtrees lag im schickeren Teil des Viertels, zwischen einem Laden, in dem es Kerzen und Windspiele gab, und einer Bäckerei, die damit warb, das Brot genauso zu backen, »wie es die alten Römer machten«. Ich parkte ein Stück entfernt, damit Brendan mich nicht aussteigen sah, falls er sich hier irgendwo rumtrieb.

Kurz darauf schlenderte ich langsam an dem Café vorbei und fühlte mich trotz meines aufgestellten Jackenkragens schrecklich sichtbar – wie die peinliche Parodie eines Privatdetektivs. Womöglich saß Brendan an einem Fenstertisch und sah mich. Ich warf hastige Blicke durch das Glas, konnte ihn aber nicht entdecken. Zögernd kehrte ich um und ging noch einmal vorbei. Das Café war so gut wie leer und Brendan nirgendwo zu sehen.

Ich entschloss mich hineinzugehen. Es war hell erleuchtet und roch nach Kaffee, Vanille, Gebäck und Kräutern. Nachdem ich mir einen Birnensaft und einen großen Haferkeks bestellt hatte, zog ich mich in eine Ecke zurück. Was, wenn er jetzt hereinkam? Ich hätte eine Zeitung mitbringen sollen, dann hätte ich mich wenigstens dahinter verstecken können. Ich hätte ein Loch hineinschneiden und durchspähen können, irgendwas in der Art. Selbst ein Buch zum Drüberbeugen wäre besser gewesen, als hier wie auf dem Präsentierteller zu sitzen. Trotzdem war es in dem Café schön warm und sauber, sodass ich mir einen Moment lang gestattete, mich zu entspannen. Mir wurde bewusst, dass ich mich todmüde fühlte, allerdings auf eine Art, die nicht durch Schlaf zu kurieren war. Ich ließ den Kopf in die Hände sinken und spähte durch meine Finger auf die Straße. Eine Menge Leute gingen vorüber. Keine Spur von Brendan.

Nachdem ich eine halbe Stunde lang an meinem Haferkeks genagt und kleine Schlucke von dem Saft getrunken hatte, zahlte ich und fragte die junge Frau hinter dem Tresen, wie lange das Café noch geöffnet habe.

»Bis neun«, antwortete sie. Sie hatte seidiges blondes Haar, eine Menge Sommersprossen auf dem Nasenrücken und ein nettes, offenes Lächeln. Sie warf einen Blick auf die Uhr an ihrem zarten Handgelenk. »Nur noch sieben Minuten. Gleich habe ich es geschafft.«

»Und wann machen Sie morgens auf?«

»Um acht.«

»Danke.«

Ich wusste, dass es lächerlich war, aber um acht war ich wieder da, diesmal mit einer Zeitung bewaffnet. Ich bestellte einen Milchkaffee und eine Brioche und bezog wieder an dem Tisch in der Ecke Stellung, damit Brendan mich nicht gleich sah, wenn er hereinkam. Diesmal arbeiteten hinter der Theke zwei Frauen mittleren Alters, und in der Küche werkelte ein Mann.

Ich blieb anderthalb Stunden und bestellte zwei weitere

Tassen Kaffee, dann ging ich erschöpft und nervös von dem vielen Koffein nach draußen und setzte mich in den Lieferwagen. Ich rief Bill an und informierte ihn, dass ich ein paar Tage nicht zur Arbeit kommen würde. Anschließend hinterließ ich eine Nachricht auf Dons Anrufbeantworter, in der ich mich für mein Nichterscheinen entschuldigte und versprach, bald wiederzukommen. Wann genau das sein würde, sagte ich nicht, weil ich es selbst noch nicht wusste und außerdem nicht über die Aussichtslosigkeit meines Unterfangens nachdenken wollte. London war eine riesige Stadt, in der es von Menschen nur so wimmelte. Wer sich dort verstecken wollte, wurde unter Umständen nie gefunden. Vielleicht war Brendan nur zufällig vorbeigekommen und würde nie wieder in dem Café auftauchen, während ich hier in einer Ecke saß, verschanzt hinter einer Zeitung, und mit wild klopfendem Herzen auf etwas wartete, das nie eintreten würde. Genauso gut konnte er aber direkt gegenüber an einem Fenster im ersten Stock sitzen und auf die Straße herunterblicken. Oder er kam gerade den Gehsteig entlang, und wenn ich mich nicht beeilte, würde ich ihn verpassen. Vielleicht wurde ich auch langsam verrückt: Wieso sonst saß ich in gebückter Haltung in einem Lokal, versteckte mich in meinem Lieferwagen und wanderte durch die Straßen eines Stadtviertels, das kilometerweit von meiner Wohnung entfernt war?

Ich ging in den Kerzenladen und verbrachte eine ganze Weile damit, mir eine Glasschale und ein paar wie Seerosen aussehende Schwimmkerzen auszusuchen, während ich zwischendrin immer mal wieder auf die Straße spähte. Danach besorgte ich mir beim Bäcker nebenan einen Laib dunkles Sauerteigbrot, das so teuer war, dass ich mich einen Moment lang fragte, ob beim Preis vielleicht das Komma um eine Stelle verrutscht war. Anschließend schlenderte ich ganz langsam die Straße auf und ab. Im Schaufenster einer Buchhandlung entdeckte ich einen Band über Fußmärsche in und um London. Ich ging hinein und kaufte es. Dann stöberte ich in einem Eisenwarenladen herum, bis mich die vorwurfsvollen Blicke des Mannes hinter dem Verkaufstresen wieder hinaustrieben. In einem Schreibwarengeschäft erstand ich einen linierten Notizblock und einen Stift, außerdem ein paar Bonbons, damit ich etwas zu lutschen hatte, während ich weiter Wache hielt. Schließlich kehrte ich wieder ins Crabtrees zurück, das sich langsam zu füllen begann.

Inzwischen waren auch ein paar Kellner eingetroffen, die aussahen wie Studenten, ebenso die hübsche junge Frau vom Abend zuvor. Obwohl gerade großer Mittagsandrang war und sie einen gehetzten Eindruck machte, schien sie mich wiederzuerkennen, denn sie nickte mir kurz zu, als ich eine Bohnensuppe und ein Glas Mineralwasser bestellte. Ich zog mich in meinen Winkel zurück und blätterte das Buch mit den Fußmärschen durch, während ich ganz langsam meine Suppe löffelte. Als ich fertig war, holte ich mir noch eine Tasse Tee. Jedes Mal, wenn die Tür aufging, beugte ich mich zum Boden hinunter, als müsste ich meine Schnürsenkel binden, und spähte dann vorsichtig hoch, um zu sehen, wer hereinkam. Um kurz nach zwei begann ich noch einmal ziellos die Straßen auf und ab zu trotten, obwohl mir schon die Füße wehtaten und ich furchtbar genervt war, weil ich mir der Aussichtslosigkeit meines Unterfangens immer mehr bewusst wurde. Ich sagte mir, dass ich ausharren würde, bis das Café schloss. Falls sich bis dahin nichts getan hatte, wollte ich die ganze Aktion abbrechen.

Als ich gegen halb fünf ins Café zurückkehrte, wirkte die junge Frau ein wenig überrascht, mich schon wieder zu sehen. Ich ließ mir eine Kanne Tee bringen und dazu ein Stück Zitronenkuchen.

Um sieben bestellte ich Gemüselasagne und einen grünen Salat, doch nachdem ich ein paar Minuten lustlos darin herumgestochert hatte, beschloss ich zu gehen. Ich holte den Lieferwagen und parkte ihn mit Blick auf das Café, um im Dämmerlicht zu warten, bis sie dichtmachten. Eine Weile saß ich einfach nur so da und starrte auf die Silhouetten der Gebäude hinaus, die sich dunkel vor dem Abendhimmel abzeichneten. Ich fühlte mich sehr weit weg von Zuhause. Verloren. Aus einem Impuls heraus rief ich noch einmal bei Don an, und als er ranging, sagte ich ganz schnell, ehe ich es mir anders überlegen konnte: »Sie haben doch beim letzten Mal etwas von einem Drink erwähnt. War das ernst gemeint?«

»Ja«, antwortete er, ohne zu zögern. »Wann haben Sie Zeit? Jetzt gleich?«

»Nein, jetzt geht es nicht. Vielleicht morgen?«

»Großartig.«

Er schien sich wirklich zu freuen, und eine Ahnung dieser Freude blieb bei mir im Wagen, nachdem ich mich von ihm verabschiedet hatte – ein klein wenig Sonnenlicht in der Düsternis.

Ich muss eingedöst sein, denn als ich plötzlich hochfuhr, stellte ich fest, dass es fast schon dunkel war und der Verkehr auf der Straße merklich nachgelassen hatte, auch wenn vor dem Pub ein paar Häuser weiter immer noch ein Grüppchen von Leuten stand. Es war kurz vor neun, mein ganzer Körper fühlte sich steif an, mir tat alles weh, und ich hatte Durst. Ich startete den Wagen, schaltete das Licht ein, legte den Rückwärtsgang ein, löste die Handbremse, warf einen Blick in den Rückspiegel und erstarrte.

Wenn ich ihn im Spiegel sehen konnte, sah er mich dann auch? Nein, bestimmt nicht. Für ihn war ich bloß ein Streifen Gesicht, zwei Augen. Ich schaltete den Motor und die Scheinwerfer wieder aus und ließ mich ein Stück nach unten gleiten. Gleich darauf ging er an meinem Lieferwagen vorbei, nur einen halben Meter von mir entfernt. Ich hielt die Luft an. Er blieb vor der Tür des Crabtrees stehen, wo die junge Frau gerade das »Geöffnet«-Schild auf die »Geschlossen«-Seite drehte. Als sie Brendan entdeckte, hellte sich ihre Miene auf, und sie hob eine Hand zum Gruß, ehe sie ihm die Tür aufmachte. Ich setzte mich ein bisschen aufrechter hin und beobachtete, wie er sie in den Arm nahm. Sie schmiegte sich an ihn, und er küsste sie erst auf die Augen und dann auf den Mund.

Sie war sehr schön, Brendans neue Freundin. Und sehr jung – bestimmt nicht älter als ein- oder zweiundzwanzig. Sie schien völlig vernarrt in ihn zu sein. Ich beobachtete, wie sie die Hände in sein dichtes Haar schob und sein Gesicht noch einmal zu sich heranzog. Genervt schloss ich die Augen und stöhnte laut auf. Was auch immer Don und mein gesunder Menschenverstand mir sagten, ich konnte es nicht sein lassen – nicht, nachdem ich die Sommersprossen auf ihrer Nase und ihre strahlenden Augen gesehen hatte.

Die Frau holte ihren Mantel und schloss die Tür ab. Sie winkte jemandem zu, der sich noch im Café befand, dann gingen sie und Brendan Arm in Arm in die Richtung, aus der er gekommen war. Ich wartete, bis sie fast außer Sichtweite waren, stieg dann aus und folgte ihnen. Vor einem Eingang zwischen einem Fahrradladen und einem rund um die Uhr geöffneten Lebensmittelgeschäft blieben sie stehen und lösten sich voneinander. Das Mädchen suchte in ihrer Tasche nach ihrem Schlüssel. Demnach war es ihre Wohnung, dachte ich. Typisch. Brendan war immer der Kuckuck in den Nestern anderer Leute. Sie drückte die Tür auf, und die beiden verschwanden im Haus.

Kurz darauf ging in einem Zimmer im ersten Stock das Licht an. Einen Moment lang sah ich Brendan im Schein einer Lampe am Fenster stehen. Er zog die Vorhänge zu.

36. KAPITEL

Es war nicht gerade ein normales erstes Rendezvous: Wir stöberten in einer ehemaligen Kirche in Hackney herum, die man vor ein paar Jahren in ein Reclamation Centre umgewandelt hatte. Aber vielleicht war es besser so – es hat ohnehin immer etwas Peinliches, sich von Angesicht zu Angesicht in einem Pub gegenüberzusitzen, billigen Wein zu trinken und einander auf den Zahn zu fühlen, indem man höfliche Fragen stellt. Don stand im vorderen Teil der Kirche, wo sich früher der Altar befunden hatte, und bewunderte gerade eine Metallbadewanne mit stämmigen Füßen, während ich im hinteren Teil ein paar steinerne Wasserspeier betrachtete. Abgesehen von dem Mann, der uns hereingelassen, sich jedoch wieder in sein Büro in der Seitenkapelle zurückgezogen hatte, waren wir allein. Alles war in mattes farbiges Licht getaucht, und wenn wir miteinander sprachen, hallten unsere Stimmen in dem großen Raum wider.

»Warum kenne ich das noch nicht?«, rief er und deutete auf die ihn umgebenden Steinblöcke, die großen Holzschränke, die Porzellanwaschbecken, die an der Wand lehnten, die Kisten voller Messingtürklinken und -vorhängeschlösser.

»Weil Sie nicht für eine Baufirma arbeiten.«

»Ich möchte das alles haben. Sehen Sie sich diese Gartenbänke an. Oder dieses Vogelbad.«

Während ich ihn quer über den Raum angrinste, durchströmte mich plötzlich ein ungeheures Glücksgefühl, und mir wurde vor Erleichterung fast schwindlig.

»Sie haben doch gar keinen Garten«, gab ich zu bedenken.

»Stimmt. Haben Sie einen?«

»Nein.«

»Tja dann. Geben Sie mir einen Rat, was ich nehmen soll.«

»Wie wär's mit einer Kirchenbank?«

»Einer Kirchenbank?«

»Sie würde ausgezeichnet in Ihr Wohnzimmer passen.«

Er kam den Gang herunter, betrachtete aber nicht die alte hölzerne Kirchenbank mit den geschnitzten Armlehnen, sondern mich. Ich spürte, wie ich rot wurde. Er legte seine Hände auf meine Schultern.

»Hat Ihnen schon mal jemand gesagt, dass Sie wundervoll sind?«

»In einer Kirche noch nie«, antwortete ich, wobei mir fast die Stimmte versagte.

Und dann küsste er mich. Wir lehnten uns gegen einen Holzofen, der sechshundertneunzig Pfund kostete. Ich schob die Hände unter seine Jacke und sein Hemd, spürte seine warme Haut, die Form seiner Rippen. Dann ließen wir uns auf der Kirchenbank nieder, und als ich ihn ansah, lächelte er.

Hinterher genossen wir den schönen warmen Abend, indem wir uns in den Garten eines Pubs setzten, etwas zu trinken bestellten und unter dem Tisch Händchen hielten.

Dann gingen wir noch Indisch essen. Ich sprach den ganzen Abend kein einziges Mal über Brendan. Ich war es leid, dass er sich in jeden meiner Gedanken hineinfraß und sogar aus der Ferne ständig präsent war, indem er in meinem Schädel obszönes Zeug vor sich hin flüsterte. Deswegen schob ich ihn einfach beiseite. Auch Troy und Laura schob ich beiseite. Ich ließ sie erst wieder in meinen Kopf, als ich Don vor seiner Wohnung abgesetzt hatte und nach Hause fuhr. Obwohl es eigentlich gar nicht mehr mein Zuhause war – nur noch der Ort, wo ich lebte. Draußen hing bereits das »Verkauft«-Schild, und auch drinnen spürte man, dass sich niemand mehr um die Räume kümmerte.

Die Geister kehrten zurück, aber an diesem Abend fühlte ich mich nicht ganz so elend, weil ich endlich dabei war, etwas zu unternehmen. Ich hatte eine Aufgabe, ein Ziel, eine Mission. Und ich hatte einen Mann, der mich wundervoll fand: Das nahm der Einsamkeit gleich einiges von ihrem Schrecken.

Am nächsten Morgen fand ich mich Punkt acht wieder im Crabtrees ein, aber sie war nicht da. Stattdessen stand hinter dem Tresen ein Mann, den ich auch schon vom Sehen kannte. Ich setzte mich auf einen der Barhocker, bestellte mir einen Kaffee und Zimtgebäck und fragte ihn, ob die junge Frau, von der ich gestern bedient worden sei, auch bald komme, weil ich eventuell meinen Schal vergessen hätte und hoffte, dass sie ihn gefunden hatte.

»Naomi? Die kommt heute gar nicht.«

»Wann arbeitet sie denn wieder?«

»Keine Ahnung. Sie arbeitet in der Regel nur zwei- bis dreimal die Woche hier. Im wirklichen Leben studiert sie Medizin. Von einem Schal hat sie aber nichts erwähnt. Wenn Sie möchten, kann ich gerne mal nachschauen.«

»Nicht nötig. Ich komme ein anderes Mal wieder«, antwortete ich.

An der Bushaltestelle herrschte gerade Hochbetrieb, und ich mischte mich unter die wartenden Leute. Die Haltestelle lag nur ein paar Meter von dem Haus entfernt, in das Naomi und Brendan am Vorabend verschwunden waren. Die Vorhänge im ersten Stock waren noch zugezogen. Ich stand dort fünfzehn Minuten, trat von einem Fuß auf den anderen und sah zu, wie die Busse eintrafen und wieder abfuhren. Schließlich wurden die Vorhänge aufgezogen, wenn ich auch nicht sehen konnte, von wem. Wenn ich nur lange genug wartete, würde einer von beiden herauskommen. Falls es sich um Brendan handelte, würde ich an der Tür klopfen und hoffen, dass sie mich hineinließ. Falls Naomi als Erste ging, würde ich versuchen, sie einzuholen und mit ihr zu sprechen. Falls sie gemeinsam herauskamen – nun, darüber würde ich nachdenken, wenn es so weit war.

Am Ende war es Brendan, der als Erster das Haus verließ. Er trug eine weite schwarze Hose, eine graue Wolljacke und einen silberfarbenen Rucksack über der Schulter. Ich drückte mich an die Bushaltestelle, weil ich befürchtete, dass er mir direkt in die Arme laufen würde, aber zum Glück ging er auf der anderen Straßenseite vorüber. Sein Gang wirkte beschwingt, und er pfiff vor sich hin.

Ich wartete, bis er außer Sichtweite war, dann überquerte ich die Straße und steuerte auf die Tür zu. Nervös fuhr ich mir mit der Hand durchs Haar, holte tief Luft und läutete. Eine ganze Weile kam keine Reaktion, und ich fragte mich, ob sie womöglich schon lange vor Brendan das Haus verlassen hatte, aber dann hörte ich jemanden die Treppe herunterkommen. Die Tür ging nur einen Spalt weit auf. Naomi war im Bademantel und hatte ein Handtuch um ihr

Haar geschlungen. In diesem Aufzug wirkte sie noch jünger als sonst.

»Ja?«, fragte sie und spähte zu mir heraus. »Kann ich …?« Verblüfft hielt sie inne. Offenbar hatte sie mich erkannt. »Sind Sie nicht die Frau aus dem Crabtrees?«, fragte sie.

»Ja. Entschuldigen Sie, dass ich Sie so überfalle. Ich würde gern kurz mit Ihnen sprechen.«

»Das verstehe ich nicht. Was tun Sie hier? Woher wissen Sie überhaupt, wo ich wohne?«

»Darf ich kurz reinkommen? Dann könnte ich es Ihnen erklären. Es dauert wirklich nur ein paar Minuten.«

»Wer sind Sie?«

»Bitte lassen Sie mich kurz …«

»Sagen Sie mir erst, wie Sie heißen.«

»Miranda«, antwortete ich. Ich sah, wie ihre Augen sich weiteten, und fluchte innerlich. »Sie haben vielleicht schon von mir gehört.«

»O ja. Von Ihnen habe ich allerdings schon eine ganze Menge gehört«, erwiderte sie in feindseligem Ton. »Ich glaube, Sie gehen jetzt besser wieder.«

Sie wollte die Tür zuschieben, aber ich hielt mit der Hand dagegen.

»Bitte. Bloß ganz kurz«, sagte ich. »Es ist wichtig. Ich wäre nicht hier, wenn es nicht wichtig wäre.«

Sie starrte mich an, biss sich zögernd auf die Lippe.

»Es dauert wirklich nicht lang«, beteuerte ich. »Aber ich muss Ihnen unbedingt etwas sagen. Bitte!«

Schließlich ließ sie mich achselzuckend hinein.

»Obwohl ich mir beim besten Willen nicht vorstellen kann, was Sie mir zu sagen haben könnten.«

Ich folgte ihr die Treppe hinauf in ihr winziges Wohnzimmer. Auf dem Tisch stand ein Marmeladenglas mit einem ausladenden Strauß Glockenblumen, daneben lagen ein paar medizinische Bücher. Über dem Stuhl hing eine Herrenlederjacke. Naomi stemmte die Hände in die Hüften und musterte mich, bot mir aber keinen Platz an.

»Ich weiß nicht, was Sie alles über mich gehört haben«, begann ich.

»Mir ist bekannt, dass Sie mit Ben zusammen waren«, erklärte sie. Ich blinzelte sie einen Moment verwirrt an. Demnach nannte er sich jetzt also Ben. »Und ich weiß, dass Sie es nicht akzeptieren konnten, als er das Ganze beendete. Dass Sie ihm eine Weile das Leben zur Hölle gemacht haben.«

»Was ist mit Laura?«, fragte ich. »Hat er Ihnen auch von ihr erzählt?«

»Natürlich. Laura war seine Frau. Ihr Tod hat ihm das Herz gebrochen.« Ich sah, wie sich ihre sanften grauen Augen mit Tränen füllten. »Er hat mir alles erzählt. Der arme Ben.«

»Und das mit Troy? Das hat er Ihnen sicher auch gesagt, oder?«, fragte ich schroff.

»Er hat deswegen immer noch Albträume.«

»Naomi, hören Sie mir zu. Sie wissen nicht, worauf Sie sich da einlassen. Brendan – Ben – irgendwas stimmt mit ihm nicht. Ich meine … er tickt nicht ganz richtig.«

»Wie können Sie es wagen! *Ausgerechnet* Sie! Er hat in seinem Leben mehr gelitten, als ein Mensch eigentlich ertragen kann, aber es hat ihn trotzdem nicht verbittert oder verschlossen gemacht. Er spricht sogar nett über *Sie*. Er versteht, warum Sie sich so benommen haben.«

»Das meiste, was er sagt, ist erfunden.«

»Nein.«

»Doch, Naomi, er lügt. Aber das ist noch nicht alles.« Mir war fast übel, so frustriert und elend fühlte ich mich.

»Ich möchte nichts mehr davon hören.«

Nun hielt sie sich tatsächlich die Ohren zu. Ich sprach lauter.

»Ich glaube, Sie sind in Gefahr.«

»Sie sprechen über den Mann, den ich liebe.«

»Hören Sie mir zu. Bitte hören Sie sich an, was ich zu sagen habe. Dann gehe ich wieder. Aber bitte hören Sie mir zu, Naomi. *Bitte*.«

Ich legte meine Hand auf ihren Arm. Als sie ihn wegzuziehen versuchte, verstärkte ich meinen Griff.

»Ich glaube nicht, dass sie dir zuhören will. Niemand will dir mehr zuhören, stimmt's? Hmm? Und jetzt lass sie sofort los.«

Ich drehte mich um.

»Brendan«, sagte ich.

»Ben«, sagte Naomi. »Oh, Ben!«

Sie lief zu ihm und schlang die Arme um ihn.

»Ich frage mich, wie du mich gefunden hast. Das war bestimmt nicht einfach.«

Ich warf einen schnellen Blick zu Naomi. Der einzig klare Gedanke, den ich in dem Moment fassen konnte, war, dass ich sie in meinem Bemühen, sie zu retten, womöglich noch mehr in Gefahr gebracht hatte.

»Ich wollte nicht, dass du da hineingezogen wirst«, sagte Brendan zu ihr. »Ich wollte dich beschützen. Jetzt mache ich mir große Vorwürfe. Ist mit dir alles in Ordnung?«

»Oh, du brauchst mich nicht zu beschützen!« Sie blickte zärtlich zu ihm auf und berührte ihn leicht an der Wange. »Außerdem bin ich selbst schuld. Ich habe ihr aufgemacht.«

»Ich gehe jetzt«, erklärte ich.

»Tu das«, antwortete Brendan. Er trat ein paar Schritte auf mich zu, bis er auf mich herabblicken konnte. Die Andeutung eines Lächelns umspielte seine Lippen. »Meine arme Mirrie.«

37. KAPITEL

Drei Tage später bekam ich einen Anruf von Rob Pryor.

»Ich dachte, wir beide reden nicht mehr miteinander«, meinte ich fröhlich.

»Jetzt müssen wir reden«, entgegnete er.

Sein ernster Ton beunruhigte mich ein wenig.

»Ist was mit Naomi passiert?«

»Nein«, antwortete er. »Mit Naomi ist nichts passiert. Ich konnte kaum fassen, dass Sie bei ihr waren. Dass Sie sie beobachtet haben.«

»Mir blieb nichts anderes übrig«, sagte ich. »Ich empfand es als meine moralische Pflicht.«

»Ich möchte, dass Sie zu mir aufs Revier kommen.«

»Weswegen?«

»Wegen dieser ganzen Sache mit Ihnen und Brendan. Das kann so nicht weitergehen.«

»Ich weiß, was Sie meinen«, antwortete ich. »Ich fühle mich wie mit einem Virus infiziert.«

»Wir müssen das klären.«

»Wann soll ich kommen?«

»Lassen Sie uns vorher noch etwas anderes besprechen. Miranda, haben Sie einen Anwalt?«

»Wie meinen Sie das?«

»Ich denke, es wäre ratsam, wenn Sie irgendeine Art juristischen Beistand hätten.«

»Ich habe in meinem Leben nur ein einziges Mal einen Anwalt zurate gezogen. Das war, als ich meine Wohnung kaufte.«

Das Ganze kam mir total lächerlich vor, aber Pryor gab nicht auf. Er fragte mich, ob es in meinem Bekanntenkreis nicht einen Anwalt oder eine Anwältin gebe. Ich dachte einen

Moment nach, dann kam mir Polly Benson in den Sinn. Sie war am College das wildeste Partygirl von uns allen gewesen, was durchaus etwas hieß. Pryor riet mir, sie mitzubringen. Ich hielt das für keine so gute Idee, weil ich schon seit einer Ewigkeit keinen Kontakt mehr mit Polly hatte, aber Pryor war so hartnäckig, dass ich langsam misstrauisch wurde.

»Gibt es irgendein Problem?«, fragte ich.

»Wir werden das alles in Ruhe klären«, entgegnete er. »Aber es wäre für Sie bestimmt hilfreich, wenn Sie sich mit jemandem beraten könnten. Rufen Sie mich an, wenn Sie mit Ihrer Bekannten gesprochen haben. Dann vereinbaren wir einen Termin.«

Also rief ich Polly an. Nachdem sie begriffen hatte, wer ich war, stieß sie einen Freudenschrei aus. Was für eine Überraschung, sie freue sich wahnsinnig über meinen Anruf, wir müssten uns unbedingt auf einen Drink treffen. Wann ich denn mal Zeit hätte. Ich hörte etwas klappern, offenbar suchte sie auf ihrem Schreibtisch nach dem Terminkalender. Ich antwortete, das sei eine großartige Idee, aber vorher müsse ich noch etwas mit ihr bereden. Ich fragte sie, ob sie mich eventuell zu einer Besprechung begleiten könne. Es handle sich um einen Termin mit einem Detective, aber es sei nicht so, wie sie jetzt wahrscheinlich denke. Sie sagte sofort zu, ohne auch nur eine Sekunde zu zögern. So wie man es sich von einer Freundin wünschte. Kein Problem, antwortete sie, selbstverständlich werde sie mich begleiten. Ich erklärte, ich würde sie wie eine ganz normale Klientin dafür bezahlen, woraufhin sie lachend meinte, das solle ich gleich wieder vergessen, außerdem könnte ich mir das sowieso nicht leisten. Dann wollte sie wissen, worum es bei der Sache gehe, und ich erzählte ihr die Zwei-Minuten-Version der Brendan-Geschichte. Sie murmelte ein paarmal mitfühlend vor sich hin.

»Was für ein Mistkerl«, stellte sie fest, als ich fertig war. »Aber du weißt nicht, worum es konkret geht?«

»Brendan hat sich mit diesem Detective angefreundet. Vielleicht hat er sich irgendwie über mich beschwert.« Lachend fügte ich hinzu: »Oder er will ein Geständnis ablegen.«

»Vielleicht hat er Einwände gegen das, was du über ihn erzählt hast«, meinte Polly. »Man muss mit solchen Sachen sehr vorsichtig sein.«

»Trotzdem verstehe ich nicht, warum ich juristischen Beistand brauche. Das macht mir schon ein bisschen Sorgen«, gestand ich.

»Es kann auf keinen Fall schaden, wenn ich dabei bin«, erklärte sie.

Ich war nicht sicher, ob meine Frage damit wirklich beantwortet war, aber wir vereinbarten einen Termin für den nächsten Tag und fanden in der Woche auch gleich noch einen Abend, an dem wir beide Zeit hatten, uns auf einen Drink zu treffen.

Ich informierte Pryor, der keine Einwände hatte, sodass ich – ohne recht zu wissen, wie mir geschah – am nächsten Nachmittag vor dem Polizeirevier stand und mich mit einer meiner alten College-Freundinnen unterhielt. Ich hatte versucht, mich ein wenig schick zu machen, indem ich in eine dunkle Jacke und eine schwarze Hose geschlüpft war, aber Polly kam direkt aus ihrer Kanzlei und befand sich schon rein optisch auf einem ganz anderen Niveau der Geschäftsmäßigkeit. Sie trug einen grauen Nadelstreifenanzug und sah mit ihrem rabenschwarzen glatten Haar und ihrer braunen Haut einfach umwerfend aus. Wir umarmten uns.

»Es tut mir Leid, dass ich mit diesem Unsinn deine kostbare Zeit verschwende. Eigentlich müssten wir in einer Minute wieder draußen sein.«

Ein uniformierter Beamter führte uns in Pryors Büro, das bereits voller Menschen zu sein schien. Brendan war in Begleitung einer ebenfalls sehr formell gekleideten Frau mittleren Alters, die Pryor uns als Deirdre Walsh vorstellte, Brendans Anwältin. Sie musterte mich leicht irritiert, als hätte sie jemand ganz anderen erwartet. Ich stellte ihnen Polly vor und gab mir große Mühe, nicht in Brendans Richtung zu sehen. Pryor fragte, ob sie über die Situation Bescheid wisse.

»Ich habe sie aufgeklärt«, antwortete ich. »Aber ich weiß ja selbst nicht genau, worum es eigentlich geht.«

Pryor, Brendan und Walsh sahen sich an. Sie führten definitiv etwas im Schilde. Pryor fingerte einen Moment nervös an einer Akte auf seinem Schreibtisch herum. Dann schlug er sie auf.

»Auf Mr. Blocks Bitte hin«, begann er, »handelt es sich hierbei um ein inoffizielles Treffen.«

»Was soll das heißen?«, fragte ich.

»Das werden Sie gleich hören«, antwortete Pryor und nahm ein Blatt aus der Akte. »Wir wissen alle mehr oder weniger, was passiert ist. Trotzdem dürfte es sinnvoll sein, die wichtigsten Vorfälle kurz durchzugehen.« Er schürzte die Lippen und zögerte einen Moment, ehe er weitersprach. »Letztes Jahr hatten Sie beide eine kurze intime Beziehung, die von Mr. Block beendet wurde.«

»Das stimmt nicht«, protestierte ich.

»Bitte, Miss Cotton, lassen Sie mich einfach …«

»Nein. Ich werde nicht ruhig hier sitzen und zu einer solchen Lüge nicken. Es war ganz einfach. Ich habe Brendan dabei erwischt, wie er mein Tagebuch las …«

»Bitte, Miss Cotton, Miranda, lassen Sie mich erst mal weitermachen. Sie können sich hinterher dazu äußern.«

Ich biss die Zähne zusammen und schwieg.

»Mr. Block zufolge hat er die Beziehung beendet. Durch eine vielleicht etwas unglückliche Fügung kam er anschließend mit Ihrer Schwester zusammen und hatte dann eine Beziehung mit einer gemeinsamen Freundin …«

»Sie war *meine* Freundin«, stellte ich richtig.

»Eine Beziehung«, fuhr Pryor fort, als hätte er meinen Einwand nicht gehört, »die tragisch endete.«

»Für *Laura*«, bemerkte ich. »Nicht für Brendan.«

Deirdre Walsh stieß eine Art wütenden Seufzer aus. Als ich sie ansah, funkelte sie zornig zurück.

»Miranda, bitte«, sagte Pryor.

Polly beugte sich zu mir herüber und legte mir eine Hand auf den Arm. Ich nickte. Pryor sprach weiter.

»Ich werde die vielen Konfliktsituationen, zu denen es kam, während Brendan mit Ihrer Schwester verlobt war, nicht im Einzelnen zur Sprache bringen, sondern stellvertretend nur die Gelegenheit erwähnen, als Sie dabei erwischt wurden, wie Sie in Brendans Zimmer seine Sachen durchwühlten.«

Ich wandte mich zu Polly um. Davon hatte ich ihr nichts erzählt. Sie verzog keine Miene.

»Mr. Block räumt ein, dass seine Trennung von Ihrer Schwester ein schmerzhafter Prozess war, aber zumindest stand er danach nicht mehr mit Ihrer Familie in Verbindung. Was jedoch nur dazu führte, dass Ihr unberechenbares Verhalten ihm gegenüber noch extremer wurde. Da wären beispielsweise die wilden Anschuldigungen zu nennen, die Sie gegen ihn erhoben. Sie sprachen darüber mit mehreren Personen, unter anderem … nun ja, unter anderem mit mir. Sie beharrten sogar dann noch auf Ihren Behauptungen, als ich mir die Mühe machte, Ihnen zu erklären, dass diese Anschuldigungen – beispielsweise im Hinblick auf Lauras Tod – nachweislich falsch waren.«

»Das stimmt einfach nicht«, widersprach ich. »Es hing alles davon ab, wie lange man bis zu Lauras Wohnung braucht, und Sie haben sich die falsche Strecke angesehen. Ich habe das überprüft: Wenn man zu Fuß unterwegs ist und den direkten Weg durch die Wohnsiedlung nimmt, geht es viel schneller. Es ist also ohne weiteres möglich, dass Brendan ihr gefolgt ist und kurz darauf wieder auf der Party war.«

Im Raum herrschte einen Moment Schweigen. Dann meldete sich Deirdre Walsh zum ersten Mal zu Wort.

»Entschuldigen Sie, Miss Cotton, ich bin nicht sicher, ob ich das jetzt richtig verstanden habe. Sie sind die Strecke selbst abgegangen und haben gemessen, wie lange man dafür braucht?«

»Irgendjemand musste es ja tun«, antwortete ich.

»Entschuldigung«, sagte Polly zu den anderen, lehnte sich zu mir herüber und flüsterte mir ins Ohr: »Ich glaube, es wäre besser, du würdest nicht Punkt für Punkt auf diese Vorwürfe eingehen, sondern erst mal warten, bis der Detective fertig ist.«

»Warum?«, fragte ich.

»Bitte.«

»Na schön«, sagte ich und wandte mich wieder Pryor zu.

Er nahm ein weiteres Blatt aus seiner Akte.

»Sagt Ihnen der Name Geoffrey Locke etwas?«

Ich überlegte einen Moment. Der Name kam mir tatsächlich bekannt vor.

»Ach, Sie meinen Jeff? Er ist ein Bekannter von mir.«

»Sie haben ihn wegen Mr. Block angerufen.«

»Ich wollte mich mit Brendan in Verbindung setzen.«

»Haben Sie im Telefonbuch nachgesehen?«

»Da stand er nicht drin.«

»Leon Hardy?«, fuhr Pryor fort.

»Mit dem habe ich nur ganz kurz telefoniert.«

»Weswegen?«

»Ich wollte mich mit Brendan in Verbindung setzen.«

»Craig McGreevy?«

»Ich weiß nicht, was es bringen soll, dass Sie hier alle diese Namen vorlesen.«

»Tom Lanham haben Sie sogar besucht.«

»Tut mir Leid, ich verstehe nicht, wo das Problem liegt.«

Ich warf einen Blick zu Brendan hinüber. Auf seinem Gesicht lag der Hauch eines Lächelns. So ähnlich hatte er mich angesehen, als wir uns zum ersten Mal trafen und ich mir einbildete, dass er mich wirklich mochte. Ich sah Pryor an. Er lächelte nicht.

»Sie haben nicht nur mit Lanham gesprochen. Sie haben Dinge mitgenommen, die Mr. Block gehörten.«

Ich wandte mich wieder zu Polly um. Sie sah mich nicht an.

»Ich hatte vor, mich mit Brendan zu treffen«, erklärte ich. »Bei der Gelegenheit wollte ich ihm die Sachen geben. Lanham war daran gelegen, sie loszuwerden. Wenn Sie mit ihm gesprochen haben, dann wissen Sie ja auch, dass Brendan sich aus dem Staub gemacht hat, ohne seine Miete zu bezahlen.«

Pryor sah erneut in seine Akte.

»Mr. Blocks Großmutter, Victoria Rees, leidet unter schwerer Demenz. Sie haben Sie in ihrem Pflegeheim besucht.«

»Ja.«

»Dachten Sie, sie könnte Ihnen Mr. Blocks Adresse geben?«

»Ich wollte etwas über seine Kindheit erfahren. Aus verschiedenen Gründen.«

»Seine Schwester haben Sie ebenfalls besucht«, fuhr Pryor fort. »Und ihr beleidigende und indiskrete Fragen gestellt.«

»So würde ich es nicht nennen.«

»Nach all den Tragödien, die über ihn hereingebrochen sind, versucht Mr. Block gerade, sein Leben wieder auf die Reihe zu bringen. Er hat eine neue Beziehung. Sie sind an seine neue Partnerin herangetreten. Sie haben ihr nachspioniert und sie bedroht.«

»Ich habe sie nicht bedroht.«

»Ich habe mit Mr. Block und seiner juristischen Vertreterin vereinbart, dass ich dieses Treffen arrangieren und in seinem Namen mit Ihnen sprechen würde. Trotzdem möchte ich Mr. Block jetzt bitten, uns kurz zu erklären, wie er das alles aus seiner Perspektive sieht.«

Brendan hüstelte.

»Es tut mir Leid, Mirrie«, begann er. »Ich empfinde wirklich Mitleid mit dir. Aber ich fühle mich durch dein Verhalten schon seit längerem ...« Er legte eine Pause ein, als wäre das alles so schmerzlich, dass er kaum darüber sprechen konnte. »... verletzt. Bedroht. Belästigt. Beunruhigt.«

»Ha! Mein Herz blutet für dich«, erwiderte ich wütend.

»Miranda!«, sagte Polly in scharfem Ton.

»Ich möchte noch eins hinzufügen«, erklärte Pryor. »Ms. Walsh und Mr. Block sind mit diesen Informationen zu mir gekommen. Vieles davon war mir bereits bekannt. Ich muss sagen, dass es sich hierbei um einen eindeutigen Fall von Belästigung handelt, und verweise in diesem Zusammenhang auf das entsprechende Gesetz von 1997.«

»Was zum Teufel meinen Sie damit?«, fragte ich. »Behauptet Brendan wirklich, ich hätte ihn belästigt?«

»Hören Sie zu, Miss Cotton«, antwortete Pryor. »Als Polizeibeamter kenne ich mich mit diesen Dingen aus, und für mich besteht kein Zweifel daran, dass hier ein Fall von Belästigung vorliegt. Ich möchte das sowohl Ihnen als auch Ihrer Anwältin in aller Deutlichkeit sagen. Als ich diese

Akte hier zum ersten Mal las, hätte ich Sie am liebsten sofort verhaftet. Ihre Anwältin wird Ihnen bestätigen, dass es sich hierbei um ein Vergehen handelt, das mit sechs Monaten Gefängnis oder einer Geldstrafe bis zu fünftausend Pfund oder beidem geahndet werden kann. Es stünde durchaus in meiner Macht, Sie auf der Stelle festzunehmen und bei Ihnen eine Hausdurchsuchung durchführen zu lassen.«

Ich war derart geschockt, dass ich vor Bestürzung und Wut kaum etwas herausbrachte.

»Das ist doch eine absolute Farce!«, stammelte ich schließlich. »Ich habe doch bloß... Jedenfalls habe ich Brendan in keinster Weise belästigt. Ich habe lediglich mit ein paar von seinen Freunden gesprochen.«

»Was unter Belästigung im Einzelnen zu verstehen ist, wird in dem entsprechenden Gesetz nicht genau definiert«, erklärte Deirdre Walsh. »Wenn man der Meinung ist, belästigt zu werden, und eine ernst zu nehmende Person wie beispielsweise ein Richter das auch so sieht, dann liegt erwiesenermaßen Belästigung vor. Ich muss sagen, dass mir noch nie ein eindeutigerer Fall untergekommen ist.«

»Ms. Walsh hat Recht«, pflichtete Pryor ihr bei. »Meiner Meinung nach sollten gegen Sie rechtliche Schritte eingeleitet werden. Ich betrachte Sie als potenzielle Gefahr für Mr. Block. Ihm aber war daran gelegen, das Ganze auf inoffiziellem Weg zu regeln. Käme dieser Fall vor Gericht, würde sofort eine einstweilige Verfügung gegen Sie verhängt werden. Mr. Block ist bereit, sich mit einer schriftlichen Erklärung von Ihnen zufrieden zu geben. Sollten Sie dazu nicht bereit sein, werden wir das Ganze noch einmal überdenken müssen.«

»Sie meinen, dann werden Sie mich verhaften?«

»So ist es«, antwortete Pryor.

»Das ist doch kompletter Wahnsinn«, erklärte ich. »Wenn hier jemand belästigt worden ist, dann ich. Ich habe mit Brendan Schluss gemacht, und daraufhin hat er sich in meine Familie gedrängt, in mein Leben. Eigentlich sollte ich eine einstweilige Verfügung gegen *ihn* erwirken.«

Nun folgte eine lange, peinliche Pause.

»Sie gehen auf eine sehr unkonventionelle Weise an die Sache heran«, stellte Pryor schließlich fest. »Ich glaube, Sie sollten sich jetzt kurz mit Ihrer Anwältin beraten. Wir werden Sie beide einen Moment allein lassen.«

Die drei erhoben sich. Ich musste aufstehen, damit sie vorbeikamen. Pryor zog die Tür hinter sich zu, aber die Innenwand seines Büros bestand aus Glas. Während sie alle drei zur Kaffeemaschine gingen, unterhielten sie sich miteinander. Deirdre Walsh warf einen Blick über die Schulter und ertappte mich dabei, wie ich ihnen nachsah. Polly starrte auf den Teppich.

»Damit hatte ich nicht gerechnet«, sagte ich.

Sie drehte sich zu mir um. Die Farbe war aus ihrem Gesicht gewichen.

»Ich bin nicht sicher, ob ich dafür die Richtige bin«, erklärte sie. »Du brauchst vielleicht jemanden mit mehr Erfahrung.«

»Ich möchte nur deinen Rat, Polly.«

Sie biss sich auf die Lippe.

»Ist es wahr, was sie sagen?«, fragte sie. »Ist das alles wirklich passiert?«

»Es ist zumindest nicht direkt unwahr«, antwortete ich. »Aber die Umstände waren … ich meine, nehmen wir beispielsweise mal ihren Vorwurf, ich hätte Brendans Sachen durchwühlt. Er wohnte zu dem Zeitpunkt im Haus meiner Eltern, es war also keineswegs so, dass ich bei ihm eingebrochen bin. Und diese ganzen Telefonate waren überhaupt nicht der Rede wert, du weißt doch, wie das ist, wenn einen A an B verweist und B sagt, man soll C anrufen, und so weiter. Ich habe bloß versucht, ihn zu finden. Die Vorstellung, ich hätte Brendan belästigt, ist einfach absurd. Meiner Meinung nach ist dieser Mann sehr gefährlich. Was hätte ich denn tun sollen?«

Polly stand auf. Sie wich meinem Blick noch immer aus.

»Ich hätte mich nicht darauf einlassen dürfen«, erklärte sie. »Wir kennen uns. Deswegen bin ich in diesem Fall nicht objektiv. Aber mir war nicht klar ... Hör zu, Miranda, wenn du mich fragst, brauchst du – abgesehen von allem anderen – erst mal professionelle Hilfe.«

»Du meinst, von einem Therapeuten? Ich war schon in Behandlung. Bei einer Psychologin.«

»Das hast du mir gar nicht gesagt«, bemerkte Polly. »Und so einiges andere auch nicht.«

»Ich habe mit ihr über meine Gefühle nach dem Verlust meines Bruders und meiner besten Freundin gesprochen.«

»Das hättest du mir sagen sollen.«

»Wieso? Weil du dann alles, was ich dir erzählt habe, als Symptom irgendeiner psychischen Störung hättest abtun können?« Polly widersprach mir nicht. »Ich werde mich mit ihrem Vorschlag auf keinen Fall einverstanden erklären«, fügte ich hinzu.

Polly schüttelte energisch den Kopf.

»Hör auf, Miranda. Sie haben dir ein sehr großzügiges Angebot gemacht.«

»Das sollen sie erst mal vor Gericht beweisen.«

»Miranda!« Polly packte mich so fest am Arm, dass ich fast aufgeschrien hätte. »Wenn du vor Gericht gehst, wirst du verlieren. Glaub mir, bei einem Kreuzverhör zu den Punkten, die der Detective vorgelesen hat, wirst du nicht gut abschneiden. Sie werden dich verurteilen, das kann ich dir versprechen. Wenn du den falschen Richter erwischst, landest du womöglich für ein paar Monate in Holloway. Möchtest du das wirklich? Das verfolgt dich den Rest deines Lebens, jedes Mal, wenn du ein Formular ausfüllst, jedes Mal, wenn du dich um einen Job bewirbst oder ein Visum beantragst.« Der mitleidige Blick, mit dem Polly mich musterte, machte mich rasend. »Ich weiß nicht genau, was passiert ist, aber es tut mir sehr Leid. Miranda, lass mich fünf Minuten lang deine Anwältin sein. Wir müssen ihr Angebot auf jeden Fall akzeptieren. Wie es auch aussehen mag, sie lassen dich definitiv mit einem blauen Auge davonkommen. Bist du einverstanden, wenn ich sie jetzt wieder hereinrufe?«

Ich konnte vor Wut kaum sprechen. Meine Haut fühlte sich heiß und feucht an, mein Mund dagegen völlig ausgetrocknet.

»Meinetwegen«, antwortete ich.

Auf dem Weg nach draußen sah ich Brendan auf dem Gang stehen. Er unterhielt sich gerade mit Rob Pryor. Als er meinen Blick bemerkte, lächelte er. Er hob den rechten Zeigefinger und bewegte ihn leicht hin und her, als wäre er ein Lehrer und ich ein unartiges Kind. Dann ließ er den Finger an seinem Hals entlanggleiten. Was meinte er damit? Wollte er auf diese Weise ein Messer andeuten, mit dem jemandem die Kehle aufgeschlitzt wurde? Oder die Schlinge um Troys Hals? War das eine Warnung? Leg dich bloß nicht mit mir an.

»Hast du das gesehen?«, fragte ich Polly.

»Was?«

Außer mir schien es nie jemand zu sehen.

Als wir wieder draußen im grellen Sonnenlicht standen, meinte Polly, ich könne sehr froh sein, so glimpflich davongekommen zu sein. Ich hatte eine von Deirdre Walsh vorbereitete Erklärung unterschrieben, in der ich versprach, jede weitere Kontaktaufnahme mit Brendan oder seinen Freunden und Familienmitgliedern zu unterlassen. Polly hatte sich außerdem in meinem Namen entschuldigt und erklärt, ich hätte unter sehr großem Druck gestanden und sei deswegen bereits in psychiatrischer Behandlung. Nun streckte sie mir zum Abschied die Hand hin.

»Das macht mir alles nichts aus«, sagte ich. Polly starrte mich verwirrt an. »Es ist sowieso kompletter Schwachsinn«, fuhr ich fort. »Eigentlich war von vornherein klar, dass Brendan bei so was besser abschneiden würde als ich. Jemand, der sich so gut aufs Lügen versteht wie Brendan, wird es immer schaffen, jemanden wie mich als Lügnerin hinzustellen. Ich glaube, du hast mir einen guten Rat gegeben. Ich musste dieses Dokument unterschreiben. Ich sollte dir also dafür danken, dass du mich vor Schlimmerem bewahrt hast. Aber eins muss ich dich unbedingt noch fragen: Glaubst du mir?«

Polly zögerte.

»Glaubst du mir, oder glaubst du mir nicht?«

Sie machte eine verlegene Handbewegung.

»Woher soll ich denn wissen, ob du die Wahrheit sagst?«

»Weil du meine Freundin bist«, antwortete ich. »Wenn du eine wirkliche Freundin wärst, würdest du mich kennen und mir vertrauen.«

»Tut mir Leid, Miranda«, entgegnete sie. »Sogar Freunde können krank werden.«

Ich gab ihr die Hand. Noch am selben Abend rief Polly mich an und erklärte mir, sie müsse unseren geplanten Drink leider absagen, ihr sei etwas dazwischengekommen.

38. KAPITEL

Ich ging in den nächsten Zeitungsladen und besorgte mir einen Notizblock. Sie hatten nur einen in einem schrecklichen Lilaton, aber was spielte die Farbe schon für eine Rolle? Zehn Minuten später setzte ich mich an meinen Tisch und schlug den Block auf. Der erste Kugelschreiber, den ich fand, funktionierte nicht. Ich musste mehrere Schubladen durchwühlen, ehe ich einen zweiten fand. Entnervt fasste ich einen weiteren Entschluss: Sobald ich ein neues Zuhause für mich gefunden hatte, egal, wo, würde ich hundert – nein, zweihundert – Stifte kaufen und sie in der ganzen Wohnung verteilen. Ich würde sie in sämtlichen Schubladen deponieren, in allen Regalfächern und Schränken, hinter Büchern und Sofas, in den Taschen meiner Mäntel und Jacken, damit ich immer einen greifbar hatte.

Dabei war ich im Moment gar nicht in der richtigen Stimmung. Ich machte mir erst mal eine Tasse Kaffee. Bei der Gelegenheit widerlegte ich die Behauptung, wenn man auf etwas warte, dauere es besonders lange. Ich stellte einen Topf mit kaltem Wasser auf den Herd und starrte ihn gedankenverloren an, und in null Komma nichts hörte ich das Pfeifen und sah den Deckel wackeln. Als der Kaffee fertig war, legte ich die Hände um die heiße Tasse und genoss die Wärme, während ich aus dem Fenster starrte, ohne etwas wahrzunehmen. Dann wandte sich mein Blick wieder dem Wohnzimmer zu. Bald würde alles in Kisten verpackt und irgendwo eingelagert sein, um später wieder ausgepackt und irgendwo anders aufgestellt zu werden. Obwohl im Moment noch alles so wie immer aussah, fühlte ich mich bereits wie eine Emigrantin, die ihr ganzes altes Leben hinter sich lassen würde. Vorher aber hatte ich noch ein, zwei

Dinge zu erledigen, und das hier war das Allerwichtigste. Ich kehrte an den Tisch zurück und begann zu schreiben.

Liebe Naomi,

wenn Sie diese Worte lesen, bedeutet das zumindest, dass Sie den Umschlag nicht gleich in den Müll geworfen haben, und das ist ja schon mal was wert.

Wie Sie wahrscheinlich wissen, werde ich, falls Sie diesen Brief an Brendan/Ben oder die Polizei weitergeben – das läuft auf dasselbe hinaus –, verhaftet und wegen Belästigung angeklagt. Zumindest hat man mir damit gedroht. Ich hoffe, Sie werden es nicht tun. Ich möchte nicht ins Gefängnis. Aber falls Sie den Brief tatsächlich weitergeben, könnten Sie ihn bitte vorher lesen? Ich möchte auch, dass Sie folgendes Versprechen zur Kenntnis nehmen: Dies ist meine letzte Nachricht an Sie. Ich werde mich nie wieder mit Ihnen in Verbindung setzen. Nun liegt es an Ihnen.

Ich will mein Verhalten Ihnen gegenüber nicht rechtfertigen. Das wäre alles viel zu kompliziert, und wahrscheinlich würde ich sowieso nicht die richtigen Worte finden, um es Ihnen zu erklären.

Ich kann jetzt nur versuchen, mich so klar wie möglich auszudrücken. Man hat mich beschuldigt, eine Gefahr für Brendan darzustellen. Zufällig bin ich der Meinung, dass es sich andersherum verhält. Wenn ich nachts aufwache, befürchte ich bei jedem Knacken, das ich höre, er könnte gekommen sein, um mich kaltzumachen. Das ist natürlich nicht Ihr Problem. Ich habe um mich selbst Angst, bin aber ziemlich sicher, dass Sie sich in noch größerer Gefahr befinden als ich. Vielleicht nicht heute, vielleicht auch nicht morgen, aber eines Tages, wenn etwas schief läuft, wie es in jeder Beziehung mal passiert. Ich glaube nicht, dass Brendan es ertragen kann, wenn irgendetwas nicht so läuft, wie er es geplant hat.

Was soll ich Ihnen schreiben? Eigentlich wollte ich Ihnen eine Art Checkliste schicken. Glauben Sie, dass er Ihnen die Wahrheit sagt? Sorgt er sich um Sie, oder kontrolliert er Sie? Verschweigt er Ihnen etwas? Gibt es in seinem Verhalten Anzeichen für Wut? Gewalttätigkeit? Wissen Sie, was er tut, wenn er nicht mit Ihnen zusammen ist? Wie viel wissen Sie wirklich über ihn? Glauben Sie, was er Ihnen erzählt?

Aber das ist alles Unsinn. Vergessen Sie, was ich gerade geschrieben habe. Sie werden es selbst merken.

Ich wünsche Ihnen Glück und dass Sie nie in eine Situation geraten, in der Sie es für nötig halten, sich mit mir in Verbindung zu setzen. Ich ziehe gerade aus meiner Wohnung aus und weiß noch nicht, wo ich hingehen werde, aber für den Fall, dass Sie doch irgendwann den Wunsch haben sollten, Verbindung mit mir aufzunehmen, werde ich diesem Brief die Telefonnummern mehrerer Leute beifügen. Jemand von ihnen müsste in der Lage sein, den Kontakt mit mir herzustellen.

Ich fürchte, Ihr Leben steht im Moment nicht unter einem guten Stern. Trotzdem wünsche ich Ihnen Glück.

Miranda

Bevor ich es mir anders überlegen konnte, steckte ich den Brief in einen Umschlag, adressierte ihn c/o Crabtrees, ging zu dem Briefkasten an der Ecke und warf ihn ein.

Es ist eine Lebensregel, dass man, um eine verloren gegangene Socke wiederzufinden, bloß die zweite Socke wegzuwerfen braucht. Und wenn Sie wissen möchten, warum Sie einen bestimmten Brief nicht einwerfen sollten, wird Ihnen der Grund genau in dem Moment klar werden, in dem Daumen und Zeigefinger den Umschlag loslassen. Als ich den Brief an Naomi auf die anderen Briefe fallen hörte, wurde mir schlagartig bewusst, dass es eine weitere Möglichkeit gab, die ich nicht bedacht hatte. Bei Brendan war das meistens der Fall. Ich war davon ausgegangen, dass Naomi den Brief ungelesen wegwerfen oder aber lesen und den Inhalt für sich behalten würde. In beiden Fällen würde ich nichts hören. Sie konnte ihn natürlich auch Brendan weitergeben, der ihn dann seinerseits an die Polizei leiten würde, sodass ich in ein, zwei Tagen sehr unangenehmen Besuch von Beamten bekommen konnte.

Jetzt aber fiel mir noch eine weitere Möglichkeit ein. Naomi würde den Brief Brendan geben, aber der würde ihn nicht an die Polizei weiterleiten, sondern ihn lesen und erkennen, dass ich unbelehrbar war. Zu Naomi würde er sagen, dass es sich nicht lohne, deswegen etwas zu unternehmen, aber insgeheim würde er beschließen, dass sehr wohl etwas geschehen müsse.

Ich blieb fünfundvierzig Minuten neben dem Briefkasten stehen, bis ein roter Lieferwagen anhielt und ein Postbeamter mit einem großen grauen Leinensack ausstieg. Ich erklärte ihm, dass ich versehentlich einen falschen Brief eingeworfen hätte, den ich unbedingt zurückhaben müsse. Er löste einen Riegel an der Seite des säulenförmigen Briefkastens und leerte Dutzende von Briefen in seinen Sack. Dann sah er mich an, wie mich in letzter Zeit so viele Menschen angesehen hatten – als wäre ich wahnsinnig –, und schüttelte den Kopf.

39. KAPITEL

Hallo! Miranda?«

Seine Stimme schallte durchs Treppenhaus, und dann hörte ich seine Schritte. Er nahm jeweils zwei Treppenstufen auf einmal. Ich strich noch ein letztes Mal vorsichtig mit dem Glanzlack über die Fußleiste, dann legte ich den Pinsel auf dem Deckel des Farbkübels ab.

»Die Farbe ist noch feucht«, warnte ich ihn, als er zur Tür hereinkam. Er war gerade damit beschäftigt, seine Krawatte zu lockern. »Bitte fass nichts an.« Ich stand auf und ging durch den leeren Raum auf ihn zu.

»Nur dich«, antwortete er. Er legte die Hände auf meine schmerzenden Schultern und küsste mich hingebungsvoll. Ich spürte, wie sich meine verspannten Muskeln langsam lösten, und dachte dabei: Wie ist es nur möglich, sich gleichzeitig erregt und geborgen zu fühlen, jemanden so gut zu kennen und trotzdem das Gefühl zu haben, dass es da noch eine Menge zu entdecken gibt?

»Na, läuft's bei dir heute gut?«, fragte ich.

»Das Beste ist, dass ich ganze fünfzig Minuten Zeit habe, bevor ich wieder zurück in die Arbeit muss. Ich habe uns ein paar Sandwiches mitgebracht.«

»Können wir uns damit noch ein bisschen Zeit lassen?« Ich nahm ihn bei der Hand und führte ihn eine schmale Treppe in den Speicher hinauf, vorbei an frisch gestrichenen Wänden und noch unbehandelten Brettern. Der kleine Raum dort diente mir im Moment als Schlafzimmer. Unter dem Fenster lag eine Matratze, und meine Kleidung war in Holzkisten gestapelt.

Während ich Don Jacke und Krawatte abnahm, knöpfte er meinen Overall auf, und wir grinsten uns an wie zwei

Idioten, weil wir an einem ganz normalen Mittwochmittag hier im Speicher standen und im Begriff waren, in einem leeren Haus Liebe zu machen. Durch die Jalousie fiel Licht. Ich hängte seinen Anzug ordentlich über einen Bügel. Er warf meinen farbverschmierten Overall in eine Ecke des Raums.

»Ich würde am liebsten den ganzen Tag hier bleiben«, erklärte ich ein wenig später und streckte mich genüsslich auf meiner Matratze aus, während Don sich neben mir auf einen Ellbogen stützte und über mein Haar streichelte.

»Gegrilltes Gemüse mit Mozzarella oder Bauern-Cheddar mit Pickles?«

»Von jedem die Hälfte?«

»Einverstanden.«

»Lass sie uns in der Küche essen, dann kann ich dir zeigen, was ich geschafft habe, seit du das letzte Mal hier warst.«

Ich hatte versucht, meinen Wohnsitz von London aufs Land zu verlegen. Ich hatte alle Brücken hinter mir abgebrochen, Bills Firma verlassen, in Rekordzeit meine Wohnung verkauft und meine Sachen eingelagert. Gleichzeitig hatte ich alle Leute angeschrieben, die ich in der Branche kannte, erste unverbindliche Gespräche geführt und all meine Optionen in Betracht gezogen. Als potenzielle Orte für meinen Neuanfang hatte ich Wales und Lincolnshire in Betracht gezogen und ein paar Tage lang sogar die Bretagne, wo anscheinend viele Engländer verzweifelt darauf warteten, dass eine ehemalige, zur Innenausstatterin avancierte Malerin und Tapeziererin ihre pittoresken alten Bauernhäuser aufmotzte. Aber genau wie bei Alice, die beim Durchschreiten des Spiegels feststellt, dass sie rückwärts gehen muss, um voranzukommen, kam bei meinen ganzen Bemühungen das genaue

Gegenteil von dem heraus, was ich eigentlich angestrebt hatte. Bei meinem Versuch, mich aus dem großen, sich drehenden Rad der Stadt zu lösen, war ich irgendwie direkt in seiner Nabe gelandet.

Ich wohnte zurzeit gleich südlich von King's Cross in einem hohen, schmalen Haus, das ich komplett renovierte, während der Besitzer für neun Monate in Amerika weilte. Als er mir den Job angeboten hatte – eine extravagante modernistische Umwandlung der Art, wie sie mir immer vorgeschwebt hatte, mit freier Logis als zusätzlichem Anreiz –, hatte ich das Gefühl gehabt, einfach nicht nein sagen zu können. Eine solche Gelegenheit bekam ich womöglich nie wieder. Ich hatte mich von unten nach oben vorgearbeitet – die alte Küche herausgerissen und stattdessen ein Labor für Nahrungszubereitung eingerichtet, einen minimalistischen Wintergarten angefügt, das Wohnzimmer zum Garten hinaus geöffnet, das kleinste der Schlafzimmer in ein nobles Badezimmer umgewandelt. Acht von den neun Monaten waren inzwischen vergangen. Nun musste nur noch der Speicherraum, in dem ich schlief, verputzt, gestrichen und zum Himmel geöffnet werden.

»Du hast hier wirklich tolle Arbeit geleistet.« Don schob sich das letztes Stück Sandwich in den Mund und schlüpfte in seine Jacke.

»Es ist schön geworden, oder?«

»Und jetzt bist du fast fertig.«

»Ja.«

»Miranda?«

»Ja.«

»Danach …«

Aber in dem Moment begann oben im Schlafzimmer mein Handy zu klingeln, sodass wir uns eilig voneinander verabschiedeten. Als ich im Speicher nach meinem Telefon griff, hörte ich unten die Tür zufallen. Rasch trat ich unter das Dachfenster. Wenn ich mich auf die Zehenspitzen stellte und mir den Hals verrenkte, konnte ich ihn vielleicht noch sehen. Eiligen Schrittes ging er die Straße entlang. Er hatte seine Krawatte vergessen.

Am frühen Abend drehten wir eine Runde mit dem Fahrrad und kehrten in einem Café ein. Obwohl es bereits kühl wurde, tranken wir unseren Kaffee im Freien. Wir waren nun schon fast ein Jahr zusammen, hatten alle vier Jahreszeiten miteinander erlebt. Er hatte mir geholfen, die kritischen Tage zu überstehen – Troys Todestag, Weihnachten, Lauras Todestag. Ich hatte ihn meinen verwirrten Eltern vorgestellt, ihn zu Kerry und ihrem Verlobten mitgenommen, ebenso zu all meinen Freunden. Er ließ es sich gefallen, dass ich ihn um drei Uhr morgens aufweckte, um mit ihm über die Dinge zu sprechen, über die ich tagsüber nicht reden wollte. Er war mit mir durch Baustofflager gewandert und hatte sich bemüht, Interesse für die verschiedenen Holzarten zu zeigen, oder mir die Leiter gehalten, während ihm von oben Farbe aufs Haar tropfte. Im Moment radelte er neben mir her, und ich betrachtete ihn liebevoll. Offenbar spürte er meinen Blick, denn er hob den Kopf und scherte gleichzeitig ein wenig aus. Mein Herz zog sich zusammen.

Als wir wieder in seiner Wohnung waren, bereitete er ein Abendessen für uns zu, während ich auf der alten Kirchenbank saß, die er im Reclamation Centre gekauft hatte, und ihm zusah. Nachdem er sich zum Essen hingesetzt hatte, nahm er eine kleine Gabel voll, schob den Teller aber gleich wieder weg.

»Ähm – was ich heute Nachmittag sagen wollte …«

»Ja?«

»Du weißt schon, wegen deiner weiteren Pläne. Na ja, ich habe mir gedacht – du könntest doch bei mir einziehen.«

Ich setzte zu einer Antwort an, aber er hielt mich mit einer Handbewegung zurück.

»Moment. Das ist jetzt ganz falsch rübergekommen. ›Du könntest doch bei mir einziehen.‹ Das wollte ich gar nicht sagen. Ich meine, natürlich kannst du bei mir einziehen, aber eigentlich wollte ich damit etwas ganz anderes ausdrücken. Und wenn ich sage, ich habe mir gedacht, du könntest bei mir einziehen, dann klingt das, als wäre es mir gerade erst eingefallen. Dabei denke ich an nichts anderes mehr.«

»Du verwirrst mich.«

»Das liegt daran, dass ich so aufgeregt bin.« Er holte tief Luft und sagte dann: »Ich könnte mir nichts Schöneres vorstellen, als mit dir zusammenzuleben.« Nervös drehte er den Stiel des Weinglases zwischen seinen Fingern hin und her. »Ich wünsche mir, dass du meine Frau wirst, Miranda.«

Glück blubberte in mir hoch wie eine unterirdische Quelle, die den Weg an die Oberfläche gefunden hatte. Ein unerwartetes, unverdientes Glück, das in mein durch Verluste geprägtes Leben getreten war, als ich ihn kennen lernte.

»Ich möchte Kinder mit dir haben ...«, fuhr er fort.

»Don«, sagte ich.

»Ich möchte mit dir alt werden. Nur mit dir. Mit niemand anderem als mit dir. So, jetzt weißt du es.«

»Oh«, antwortete ich.

»Ich habe so was noch nie gesagt.« Er schnitt eine Grimasse und rieb sich die Augen. »Eigentlich wärst du jetzt mit einer Antwort dran, glaube ich.«

»Hör zu, Don«, begann ich.

»Ich höre.«

Ich beugte mich vor, nahm sein wundervolles, kluges,

liebes Gesicht in beide Hände und küsste ihn erst auf die Augenlider und dann auf den Mund.

»Ich liebe dich«, sagte ich. »Ich liebe dich sehr. Sehr, sehr, sehr. Nur dich.«

»Das ist gut«, antwortete er.

»Kannst du ein bisschen warten?«

»Warten?«

»Ja.« Ich wich seinem Blick nicht aus.

»Natürlich kann ich warten – aber bedeutet das, dass du dir nicht sicher bist? Was mich betrifft, meine ich?«

»Nein. Das bedeutet es überhaupt nicht.«

»Was dann?«

»Ich bin mir meiner Gefühle für dich absolut sicher. Früher habe ich mich immer gefragt, woran man wohl erkennt, dass es der Richtige ist. Inzwischen weiß ich es.«

»Warum willst du dann warten?«

»Das ist ziemlich kompliziert«, antwortete ich ausweichend.

»Hast du Angst?«

»Du meinst, mich zu binden oder so was?«

»Nicht direkt. Aber vielleicht hast du nach allem, was du durchgemacht hast, das Gefühl, dass es falsch ist, glücklich zu sein.«

»Nein, das ist es nicht.«

»Oder vielleicht glaubst du, dass du immer noch in Gefahr bist und damit jeder, der mit dir zusammen ist, ebenfalls. Wir haben darüber schon ein paarmal gesprochen – dass du das Gefühl hattest, die anderen anzustecken. Ist es das? Hast du Angst, dass jeder, den du liebst, sterben muss?«

»Du bist der Psychologe«, antwortete ich.

»Ich habe damit nämlich kein Problem«, erklärte er. »Das ganze Leben ist ein Risiko. Man muss sich nur entscheiden, auf welche Art von Risiko man sich einlassen möchte. Ich habe mich schon vor langer Zeit entschieden. Jetzt musst du es auch tun.«

Ich legte meine Hände über seine, drehte seine Handflächen nach oben und küsste sie. »Ich habe mich entschieden«, sagte ich.

»Du weinst ja«, stellte er fest. »In dein Essen.«

»Tut mir Leid.«

»Natürlich werde ich warten.«

Ich habe einen Mann kennen gelernt. Don. Ich wünschte, du könntest ihn auch kennen lernen. Ich glaube, du würdest ihn mögen. Er würde dich bestimmt mögen. Das ist ein ganz seltsames, beunruhigendes Gefühl – ach, ich weiß auch nicht, irgendwie kommt es mir einfach nicht richtig vor, dass ich wieder jemanden liebe. Ich hätte nie gedacht, dass mir das noch mal passieren würde – nicht nach alldem. Ich dachte, das wäre für mich endgültig vorbei. Und manchmal – nein, eigentlich sogar ziemlich oft – habe ich plötzlich das panische Gefühl, dass es wirklich nicht richtig ist. Glücklich zu sein, meine ich, obwohl du nicht mehr bei mir bist, Laura nicht mehr lebt und Mum und Dad völlig am Ende sind und so viele Menschen gelitten haben. Durch meine Schuld. Zumindest denke ich das. Ich habe alle mit diesem ganzen Schrecken angesteckt. Du würdest über diesen Satz wahrscheinlich süffisant grinsen, ich sehe dein Gesicht förmlich vor mir, aber ich habe trotzdem Recht. Du wirst mir immer fehlen, Troy. Jede Minute jedes Tages jeder Woche jedes Jahres, das mir noch bleibt. Wie kann ich mir da erlauben, wieder glücklich zu sein? Vielleicht ist das gar nicht möglich. Wir werden sehen.

40. KAPITEL

Meine Augen waren fest geschlossen, mein Atem ging stoßweise. Mein Herz schlug so schnell, dass mein ganzer Körper zu surren schien. Ich schwitzte. Den Schmerz spürte ich kaum, auch wenn ich wusste, dass er da war. In meinem Gesicht, im Bereich des Kinns. Ich schmeckte Blut, warm und metallisch. Mein Hals hatte auch etwas abbekommen. Meine Rippen schmerzten, wahrscheinlich hatte ich Blutergüsse. Meine Augen waren noch immer geschlossen, aus Angst vor dem, was ich sehen würde. Ich hörte jemanden kommen, spürte die Schritte auf der Treppe. Die Finger, die mich schließlich berührten, strichen nur ganz sanft über mein Gesicht und meine Wangen, ließen mich aber trotzdem zusammenzucken. Ich machte die Augen nicht auf, murmelte bloß etwas vor mich hin.

»Um Gottes willen, Miranda!«, sagte die Stimme. »Ich habe Glas splittern gehört… Was zum Teufel? Miranda?«

Ich öffnete die Augen. Das Licht schmerzte. Don. Dons liebes Gesicht blickte besorgt auf mich herab. Dann lief er zum Fenster. Ich murmelte wieder etwas, aber Don verstand mich nicht. Er kam zurück, beugte sich über mich.

»Er hat gesagt, er wolle mich umbringen.« Meine Stimme war kaum mehr als ein Flüstern.

»Wer?«

»Er hat mir wehgetan«, sagte ich. »Wehgetan.«

Seine Miene verfinsterte sich. »War er es? Brendan?«

»Er hat gesagt, er wolle mich fertig machen.«

»Was hat er getan?«

Ich spürte, wie er erneut sanft mein Gesicht berührte, mir übers Haar streichelte, meine Bluse öffnete, um die Verletzungen näher in Augenschein zu nehmen.

»Du blutest.«

Ich stöhnte. Er blickte sich um.

»Da ist Blut auf dem… Was zum Teufel hat dir dieser Mistkerl angetan? Ich rufe die Polizei. Und einen Krankenwagen.«

»Nein«, protestierte ich und richtete mich halb auf. Der Schmerz ließ mich zusammenzucken. »Nein… es ist nicht…«

»Was redest du denn da?«, entgegnete Don fast wütend. »Tut mir Leid, Miranda. Da kann ich nicht auf dich hören.« Sein Handy piepste dreimal kurz, als er die Nummer eingab. Als ich mich zurücksinken ließ, hätte ich fast aufgeschluchzt, nicht nur vor Schmerz, sondern auch, weil mir vor dem graute, was jetzt kommen würde.

Ich war nicht mehr dabei, als die Polzeibeamten den Raum durchsuchten, das Blut von der Wand tupften, Haare vom Teppich aufsammelten und das Messer in eine Plastiktüte steckten. Dafür war ich dankbar. Ich hätte dabei das Gefühl gehabt, die Situation nach Troys Tod noch einmal durchleben zu müssen. Don erzählte mir später davon. Er hatte eigentlich mit mir ins Krankenhaus fahren wollen, aber einer der Polizeibeamten hatte ihn gebeten dazubleiben und mitzuhelfen, die Gegenstände am Tatort zu identifizieren, damit sie wüssten, was davon mir gehörte, was Don und was »fremd« war. Viel, viel später erzählte mir Don, er habe es – trotz seiner Sorge um mich – sehr interessant gefunden, wie die Experten von der Spurensicherung mit all ihren besonderen Handschuhen, Pinzetten und Skalpellen hantierten, Beweisstücke in Plastiktüten verstauten und mit

Etiketten versahen, von allem Aufnahmen machten. Für ihn sei es eine ziemlich aufregende Erfahrung gewesen, sich innerhalb der Absperrung zu befinden, die den Tatort von der Welt draußen abgrenzte.

Währenddessen wurde ich in Begleitung einer Polizeibeamtin ins Krankenhaus gebracht. Die Polizistin war für mich wie eine VIP-Eintrittskarte, die bewirkte, dass ich mich nicht am Ende der Schlange anzustellen brauchte. Ich wurde durch einen Wartebereich voller Leute geführt, die sich trotz ihrer diversen Verletzungen für mich interessierten – eine junge Frau, die von zwei Krankenschwestern und einer uniformierten Beamtin begleitet wurde. Was mir wohl Schlimmes widerfahren war? Sie selbst würden bestimmt stundenlang warten müssen. Bei mir dauerte es kaum zwei Minuten, und schon wurde ich von einem jungen Arzt und einer Krankenschwester untersucht. Eine Minute später machte der junge Arzt einem älteren Platz, der einen weißen Mantel und eine gepunktete Krawatte trug. Ich war ziemlich nervös, wie meist, wenn man mit Ärzten zu tun hat.

Er untersuchte mein Gesicht und das Innere meines Mundes.

»Womit wurden Sie geschlagen?«, fragte er.

»Mit einer Wand«, antwortete ich.

»Wissen Sie, wer es getan hat?«

Ich nickte. Er wandte sich an die Beamtin.

»Sie werden das fotografieren müssen. Den Hals auch.«

»Es ist schon jemand unterwegs«, antwortete sie.

»Wir werden eine Röntgenaufnahme machen, aber der Wangenknochen ist aller Wahrscheinlichkeit nach gebrochen.

Ich stieß einen Schmerzensschrei aus, weil er leicht mit einem Finger gegen meine Wange gestupst hatte, als wollte er seine Theorie testen. Er leuchtete mir mit einer kleinen Taschenlampe in Augen und Ohren. Dann hielt er einen Finger hoch und forderte mich auf, auf die Spitze zu schauen, während er ihn bewegte.

»Hat er sich sexuell an Ihnen vergriffen?«, fragte er.

»Nein.«

Trotzdem bat er mich, mich auszuziehen, damit er mich untersuchen konnte. Die Beamtin nannte mir ihren Namen – sie hieß Amy O'Brien – und fragte mich, ob es mir etwas ausmache, wenn sie bei der Untersuchung anwesend sei. Ich schüttelte den Kopf. Während ich mich auszog, erklärte sie, dass sie meine Kleidung als Beweismaterial benötigen würden, und bat mich, sie gleich mitnehmen zu dürfen.

»Was soll ich denn dann anziehen?«

»Wir besorgen Ihnen ein Nachthemd«, mischte sich der Arzt ein.

»Vielleicht könnte Ihnen Ihr, ähm...«, begann Amy.

»Mein Freund.«

»Meinen Sie, er könnte Ihnen ein paar Sachen hierherbringen?«

»Ja, bestimmt.«

Nach dem Röntgen wurde ich fotografiert und anschließend in ein Einzelzimmer gebracht. Auf dem Tisch stand eine Vase ohne Blumen, und durchs Fenster sah man die Häuserwand gegenüber. Der Arzt erklärte, sie wollten mich eine Nacht zur Beobachtung dabehalten. Amy fügte hinzu, sobald ich mich besser fühlte, würden sie gern meine Aussage aufnehmen. Je eher, desto besser. Ich antwortete, das könnten wir sofort machen. Es ging alles ganz schnell. Innerhalb einer Stunde klopfte ein Detective an meine Tür, zog seine Jacke aus und holte einen Stapel Papier aus seiner Tasche. Er hieß Seb Brett und war extrem blass, als würde er sich die ganze Zeit im Dunkeln aufhalten. Er zog sich einen kleinen Tisch an mein Bett, und nun ging alles ganz langsam. Ich kam mir vor, als wäre ich wieder in der Schule. Er schrieb sich erst mal meinen Namen, meine Adresse und mein Geburtsdatum auf. Dann schob er seine Finger ineinander und bog sie mit einer abrupten Bewegung nach hinten durch, sodass seine Gelenke krachten wie trockene Holzstöckchen. Ein unangenehmes Geräusch.

»So«, sagte er. »Nun bitte von Anfang an.«

Es bestand kein Zeitdruck, kein Mangel an Papier. Ich erzählte ihm die Geschichte in allen Einzelheiten: Wie Brendan an der Tür geklingelt und sich gewaltsam Zutritt zur Wohnung verschafft hatte; wie er mich am Hinterkopf gepackt und mein Gesicht gegen die Wand geknallt hatte; wie er plötzlich aus irgendeiner Tasche ein Messer zog und es mir an den Hals drückte. Wie ich ihn anflehte, mir nichts zu tun, woraufhin er lächelnd antwortete, nun werde er mich endlich kaltmachen. Dann hörte ich plötzlich die Wohnungstür. Brendan sprang erschrocken auf und rannte davon, wohin, konnte ich nicht sehen. Obwohl das Ganze nur ein paar Minuten gedauert hatte, brauchte ich zwei Stunden und vierzehn Seiten Papier, um meine Aussage zu machen. Am Ende fühlte ich mich total erschöpft, aber Detective Brett bat mich, alles noch mal durchzulesen und am Ende jeder Seite zu unterschreiben. In Seb Bretts runder, sauberer Handschrift klangen meine Worte irgendwie ganz anders. Er hatte aufgeschrieben, was ich gesagt hatte, bloß manches ein wenig anders formuliert. Obwohl es inhaltlich genau stimmte, kam es mir ein bisschen so vor, als wäre es von einem Computer in eine andere Sprache übertragen und dann von einem anderen Computer wieder ins Englische rückübersetzt worden. Es fiel mir schwer, mich zu konzentrieren, sodass ich auch fürs Durchlesen sehr lang brauchte. Als ich etwa die Hälfte geschafft hatte, klopfte es an der Tür. Instinktiv spürte ich, dass dieses Klopfen nichts Gutes verhieß. Es war Rob Pryor.

»Miranda«, sagte er. »Ich habe es gerade gehört. Ich bin sofort rübergekommen. Wie fühlen Sie sich?«

»Miserabel«, antwortete ich.

»Kein Wunder.« Er kam zum Bett und griff nach den Seiten, die ich bereits gelesen hatte. »Darf ich?«

Ich warf einen Blick zu Brett hinüber, der lediglich mit den Achseln zuckte. Also ließ ich ihn. Nun konnte ich mich erst recht nicht mehr konzentrieren. Während Rob die Seiten las, mit denen ich fertig war, versuchte ich mich durch den Rest zu kämpfen, verlor aber immer wieder den Faden, sodass er mich schnell eingeholt hatte. Jedes Mal, wenn ich mit einem Blatt fertig war, nahm er es mir sofort aus der Hand. Beim Lesen stieß er hin und wieder ein spöttisches »Ts-ts-ts«-Geräusch aus, das mich rasend machte. Als ich ihm die letzte Seite reichte, gab er sie mir gleich wieder zurück.

»Sie müssen weiter oben unterschreiben, da, wo der Text endet«, erklärte er.

»Warum?«

»Damit nicht irgendein böser Polizist zwischen Text und Unterschrift einfügen kann: ›Und dann wachte ich auf und stellte fest, dass alles nur ein Traum war.‹ Was Sie ja dann mit Ihrer Unterschrift bestätigen würden.«

Ich unterschrieb gleich neben dem letzten Wort, das »Polizei« lautete.

»Wie haben Sie so schnell davon erfahren?«, fragte ich.

»Mr. Block wird bereits verhört. Er hat mich angerufen.«

»Aber was haben *Sie* damit zu tun?«

»Wie Sie sehr genau wissen, hatte ich im Rahmen meiner Arbeit schon öfter mit ihm zu tun, und deswegen dachte ich mir, eine gewisse Kontinuität wäre von Vorteil …«

»Das klingt, als wäre er Ihr Klient.«

»Ganz und gar nicht«, entgegnete er schroff.

Ich wandte mich an Brett.

»Ist das überhaupt zulässig? Pryor ist ein Freund von Brendan.«

Brett sah ihn fragend an. Pryor ging zu ihm, und die beiden sprachen eine Weile im Flüsterton miteinander, sodass ich kaum etwas verstand. Das ging ein paar Minuten so, wobei Brett mehrmals ziemlich verwirrt dreinblickte. Am Ende nickte er und sah mich an.

»DI Pryor hat mich gefragt, ob er kurz mit Ihnen sprechen kann. Sind Sie damit einverstanden?«

»Worüber wollen Sie mit mir reden?«

»Es dauert bloß eine Minute«, antwortete Pryor.

»Ich glaube das einfach nicht«, wandte ich mich an Brett. »Wissen Sie überhaupt, wer dieser Mann ist? Genauso gut könnten Sie Brendans Anwalt zu mir hereinschicken, damit er mich mal kräftig in die Mangel nimmt. Und das, nachdem das Ganze gerade erst passiert ist. Das ist doch wirklich... ich bin erst vor ein paar Stunden von diesem Wahnsinnigen angegriffen worden!«

»Ich habe Seb gerade von Ihrer früheren Verbindung mit Mr. Block erzählt.«

»Und?«

Pryor setzte sich neben mein Bett. Es war fast, als würde Brendan selbst auf dem Stuhl sitzen. Seine Nähe verursachte mir ein Gefühl von Übelkeit. Er musterte mich eindringlich. Ich erwiderte seinen Blick, ohne mit der Wimper zu zucken.

»Das sieht aber nicht schön aus, Miranda«, meinte er schließlich. »Das tut bestimmt weh.«

Ich gab ihm keine Antwort.

»Um welche Zeit hat das Ganze stattgefunden?«, fragte er.

»Sie haben doch gerade meine Aussage gelesen.«

»Ihr Freund hat heute Abend um – wann war es noch mal? –, um fünf nach sieben bei der Polizei angerufen.«

Ich sagte noch immer nichts. Ich würde mich von ihm nicht in ein Gespräch verwickeln lassen.

»Ihr Freund«, wiederholte Pryor. »Er ist irgend so eine Art Doktor, oder?« Ich zuckte nur mit den Achseln. Er beugte sich vor, sah mich mit zusammengekniffenen Augen an. »Wissen Sie, was?«

»Nein«, antwortete ich. »Was?«

»Ich glaube Ihnen nicht.«

»Was?«

»Hat er Ihnen geholfen? Ihr Freund? Er wäre dazu durchaus in der Lage, stimmt's? Ein paar Blutergüsse, ein paar schöne Schrammen, das macht viel her, richtet aber nicht viel Schaden an.«

»Was zum …?«, stammelte ich. »Was sagen Sie da?«

»Er hatte ein Messer«, erklärte Brett. »Er hat es fallen lassen. Wir überprüfen gerade die Fingerabdrücke.«

»Sie haben zusammengewohnt«, entgegnete Pryor. »Falls auf dem Messer wirklich seine Fingerabdrücke sind, könnten sie noch von damals stammen.«

»Wir haben nie zusammengewohnt«, widersprach ich. »Was zum Teufel soll das?«

Sein Gesicht war jetzt so nah vor meinem, dass ich ihn fast riechen konnte. »Er hat ein Alibi«, erklärte er.

Ich holte tief Luft. Es fiel mir sehr schwer, mich zu beherrschen.

»Das interessiert mich nicht«, sagte ich schließlich. »Warum erzählen Sie mir das? Ich war dort, ich weiß, was ich weiß.«

»Wollen Sie denn gar nicht hören, wer sein Alibi ist?«

»Na schön. Wer?«

»Seine Freundin, Naomi Stone.« Er sah mich triumphierend an. Ich kannte diesen Gesichtsausdruck schon. »Das scheint Sie nicht besonders zu treffen«, fügte er hinzu.

»Vielleicht habe ich mich inzwischen daran gewöhnt, dass mir nie jemand glaubt«, antwortete ich. »Wie gesagt, ich war dort. Er hat mir das Messer an die Kehle gehalten. Sehen Sie her.« Ich hob mein Kinn.

Er klatschte leise in die Hände.

»Oh, sehr gut«, sagte er. »Eine reife schauspielerische Leistung. So würdevoll. Nicht übertrieben. Ziemlich überzeugend. Aber Sie haben darin schließlich auch schon Übung.«

Ich versuchte mich zu konzentrieren. Lass dich nicht von ihm provozieren.

»Ist Ihnen jemals in den Sinn gekommen, dass Sie sich irren und Brendan tatsächlich gefährlich sein könnte?«

»Egal, was Sie sagen«, entgegnete Pryor. »Er kann Sie nicht angegriffen haben. Er war zu Hause. Er war auch noch zu Hause, als die Polizei bei ihm angerufen hat. Laut Ms. Stone hat er das Haus den ganzen Abend nicht verlassen.« Er griff nach meiner Aussage und warf noch einmal einen Blick darauf. »Sie erwähnen ein dunkelblaues Hemd. Als ich ihn vor ein paar Minuten sah, trug er ein braunes.«

»Er kann sich umgezogen haben«, erwiderte ich. »So was kommt vor, ob Sie es glauben oder nicht.«

Er schüttelte lächelnd den Kopf.

»Mr. Block macht gerade seine Aussage. Ein paar Telefonate, dann können wir diese Farce beenden. Wenn Sie meine ehrliche Meinung hören wollen …« In dem Moment wurde Pryor vom Klingeln seines Handys unterbrochen. Mit einem genervten Seufzer zog er es aus der Tasche. »Ja?« Plötzlich änderte sich sein Gesichtsausdruck. »Was sagen Sie da?« Er warf mir einen raschen Blick zu. Seine Augen wirkten plötzlich seltsam glasig. »Ja, ich komme sofort.«

Nachdem er das Gespräch beendet hatte, murmelte er Brett etwas zu, stürmte dann aus dem Raum und knallte die Tür hinter sich zu. Brett schnitt eine Grimasse. Ich glaube, im Großen und Ganzen war er auf meiner Seite. Er folgte Pryor. Endlich war ich mal ein paar Minuten allein. Ich ließ mich auf mein Kissen sinken, starrte zur Decke und versuchte meinen Kopf von alldem zu befreien. Plötzlich hatte ich das Gefühl, mich in einer ganz anderen Welt zu befinden, in der mich diese Ereignisse und Probleme nicht mehr betrafen. Als die Tür wieder aufging, wandte ich nur leicht den Kopf. Es war eine weitere Polizeibeamtin. Sie setzte sich in die Ecke, unternahm aber keinen Versuch, ein Gespräch mit mir anzufangen. Ich versuchte zu schlafen, aber das war hoffnungslos. Trotzdem schloss ich die Augen, damit sie mich in Ruhe ließen.

Etwa nach einer Stunde ging die Tür erneut auf, und jemand trat an mein Bett.

»Sind Sie wach?«

Ich schlug die Augen auf. Brett.

»So halb«, antwortete ich. »Was ist los? Sie sehen so fröhlich aus.«

»Entschuldigung«, sagte er. »Wie fühlen Sie sich?«

»Ich weiß nicht so recht.«

»Morgen wird es schlimmer sein.«

»Ja, das hat mir der Arzt auch schon gesagt. Sie haben mir Tabletten gegen die Schmerzen gegeben.« Wir schwiegen einen Moment. »Was ist passiert? Was war denn plötzlich mit Pryor los?«

Auf Bretts Gesicht breitete sich ein Lächeln aus.

»Er ist im Augenblick kein sehr glücklicher Mann«, antwortete er. »Meine Kollegin hat mit Naomi Stone gesprochen. Nur um zu sehen, ob sie sich wegen des Alibis auch wirklich sicher ist. Sie hat Ms. Stone von den Haaren erzählt, die am Tatort gefunden wurden. Und von dem Messer.«

»Und?«

»Sie hat ihr Alibi zurückgezogen. Und es kommt noch besser: Wir haben das dunkelblaue Hemd gefunden.«

»Wo?«

»Es war nicht bei seinen anderen Sachen, sondern steckte ganz unten in einer Mülltüte vor seinem Haus. Es hat ein paar Flecken. Sie müssen zwar erst noch genauer untersucht werden, aber wir wissen bereits, dass es sich um Blut handelt. Menschliches Blut.«

»Meines?«

»Wir werden sehen. Ich habe zu Rob Pryor gesagt, dass er kommen und sich bei Ihnen entschuldigen soll.«

»Was hat er geantwortet?«

»Dass er zu einem wichtigen Termin muss. Es ist noch nicht offiziell, aber ich glaube, ich kann Ihnen trotzdem schon verraten, dass wir morgen früh Anklage gegen Mr. Block erheben werden.« Er nahm meine Hand. »Wir lassen Sie jetzt allein.«

Brett und die Polizistin verließen den Raum. Bevor sie die Tür hinter sich zuzogen, schalteten sie das Licht aus. Ich dachte noch eine Weile über alles nach, versuchte meine Gedanken zu ordnen, aber inzwischen war ich so müde, dass ich bald in einen traumlosen Schlaf sank.

41. KAPITEL

Ich verbrachte viel Zeit damit, einen geeigneten Ort auszuwählen. Zuerst dachte ich an einen Platz mit vielen Menschen, Oxford Street oder Trafalgar Square. In einer Menschenmenge konnte man sich zumindest verlieren, namenlos und unsichtbar werden. Aber ich verwarf den Gedanken gleich wieder. Als Nächstes zog ich eine Autobahnraststätte in Betracht, wo man auf einem Parkplatz stehen oder an einem Ecktisch neben einem Fenster sitzen und Doughnuts essen und dazu bitteren Kaffee trinken konnte. Aber an einer solchen Raststätte machten zu viele Menschen Halt, und schon ein Einziger genügte. Vielleicht vor einer U-Bahn-Station in irgendeinem Vorort, an der Endstation, wo London langsam ausläuft, man aber trotzdem noch nicht auf dem Land ist. Oder irgendwo auf einer sumpfigen Wiese. Ich konnte die Strecke vorher abfahren und dann eine detaillierte Wegbeschreibung formulieren: die M 11 bis Junction 10, dann die A 505 in östlicher Richtung. Eine Mülldeponie, eine Wäscherei in einer tristen Kleinstadt, ein Rastplatz an einer Schnellstraße, ein Wald in der Nacht…

An einem schönen und klirrend kalten Neujahrstag stand ich ganz früh auf. Bevor ich ging, küsste ich Don auf die Wange, aber nur ganz sanft, damit er nicht aufwachte. Dann blickte ich noch einen Moment auf ihn hinunter. Ja. Er war der Richtige. Ich nahm den Wagen und lenkte ihn stadtauswärts. Die Straßen waren fast leer. Ich fuhr über die Blackfriars Bridge, von wo ich die Kuppel von Saint Paul's im eisigen Licht leuchten sah, dann weiter durch New Cross, Blackheath und auf die A 2. Kurz nach Gravesend legte ich einen kurzen Zwischenstopp ein, um zu tanken. Ich war schon im Begriff, dem Mann an der Kasse meine Kreditkarte zu geben, als ich es mir anders überlegte und bar bezahlte. An der Tankstelle nahm ich mir auch gleich noch einen Becher Kaffee mit, den ich im Wagen trank, bevor ich weiterfuhr. Ich war inzwischen ganz ruhig. Im strahlenden Licht dieses schönen Wintertags sah ich die Dinge plötzlich mit neuer Klarheit und Schärfe.

Ich bog auf die M 2 ein und nahm ein paar Kilometer später die Ausfahrt Richtung Sheerness. Ich konnte bereits die Medway-Mündung sehen, die Sumpfebene und die Grüppchen schäbiger Häuser, zwischen denen sich ein paar kahle Bäume im Wind bogen. Über alldem spannte sich ein weiter, wolkenloser Himmel. Bald setzte ich auf die Insel Sheppey über. Ich hielt an und warf einen Blick auf meine Landkarte, ehe ich weiterfuhr. Am Kreisverkehr rechts, nach ein paar Meilen wieder rechts, eine holprige kleinere Straße entlang, dann links auf die Kirche zu, deren Turm schon kilometerweit zu sehen war. An der Kirche parkte ich und warf einen Blick auf die Uhr. Zehn. Ich musste noch drei Kilometer gehen und hatte dafür eine knappe Stunde Zeit.

Als ich die Wagentür öffnete, schlug mir eisige Kälte entgegen, und ich konnte die wehmütig klingenden Schreie der Seevögel hören. Ich zog meine warme Jacke an, vermummte mich mit Schal und Wollmütze und schlüpfte in Handschuhe. Trotzdem hatte ich das Gefühl, als würde mir der scharfe Wind die Haut von den Wangen reißen. Ich marschierte los. Wäre Don jetzt bei mir gewesen, hätte er mir die Namen der Vögel nennen können, die über mir in der Luft kreisten oder im Sturzflug aufs Wasser herabschossen. Ich rieb meine Hände aneinander, um die Durchblutung anzuregen. Außer mir war kein Mensch zu sehen. Ein paar Schafe knabberten an Grasbüscheln, und hin und wieder stelzte ein Vogel auf langen Beinen vorsichtig über eine Schlammfläche. Ich kehrte dem Meer den Rücken zu und marschierte auf das landeinwärts gelegene Sumpfgebiet zu.

Nach etwa vierzig Minuten sah ich am Horizont einen Punkt auftauchen, der schnell größer wurde. Aus dem Punkt wurde eine Gestalt, die auf mich zukam. Eine Frau in einem dicken Mantel. Sie trug eine Mütze, aber ein paar Strähnen ihres blonden Haars waren entwischt und wehten über ihre bleichen Wangen. Keine von uns winkte oder verlangsamte ihre Schritte. Wir gingen einfach weiter aufeinander zu, bis wir nur noch ein paar Schritte voneinander entfernt waren.

»Naomi«, sagte ich.

»Hallo.«

»Alles gut gegangen?«

»Ich habe aufgepasst. Wie Sie gesagt haben.«

Ich hatte sie seit jenen Tagen vor Gericht nicht mehr gesehen. Damals hatte ich mich krampfhaft bemüht, nicht zu ihr hinzuschauen. Trotzdem war ich mir ihrer Anwesenheit ständig bewusst gewesen. Einmal waren sich unsere Blicke für den Bruchteil einer Sekunde begegnet, woraufhin wir beide ganz schnell wieder weggeschaut hatten, als hätten wir uns verbrannt. Sie hatte abgenommen und war auffallend blass. Außerdem wirkte sie älter, Jahre älter als die Frau mit dem offenen, lieben Gesicht, die ich im Crabtrees kennen gelernt hatte. Vielleicht lag es daran, dass sie ihre Unschuld verloren hatte. Binnen weniger Monate waren ihr all ihre Illusionen geraubt worden. Brendan hatte ganze Arbeit geleistet.

»Sollen wir ein Stück gehen?«, fragte ich sie. Naomi nickte. Wir wanderten den Pfad zurück, den sie gekommen war. Anfangs mussten wir hintereinander gehen, dann wurde der Weg breiter. Wir erreichten einen Campingplatz, der in seiner Verlassenheit fast gespenstisch wirkte. Von hier führte der Weg weiter zum Deich. Vor uns lag das weite Mündungsgebiet, auf der anderen Seite die flache Küste Kents. Am Rand des Wassers lagen Kieselsteine und Muschelstücke, aber auch alte Dosen, zerbrochene Flaschen, zerfetzte Plastiktüten.

»Hatten Sie Probleme, sich unbemerkt davonzustehlen?«

»Es gibt im Moment eigentlich niemanden, der darauf achtet, was ich tue.« Ihre leise Stimme klang ausdruckslos. »Und bei Ihnen?«

»Ich habe zu Don gesagt, dass ich mir ein Haus ansehe. Ein potenzielles neues Arbeitsprojekt.«

»Oh.«

Ein paar Minuten lang hörte man nur das Knirschen des gefrorenen Grases unter unseren Füßen. Ich war mir sicher, dass wir gerade beide an dasselbe dachten – jene seltsame Stunde, in der wir uns getroffen hatten, um wie zwei Hexen die Köpfe zusammenzustecken, im Flüsterton Pläne zu schmieden und verstohlen ein paar Dinge auszutauschen. Sie hatte aus ihrer Tasche eine kleine Plastiktüte mit ein paar dunklen Haaren hervorgeholt, die sie aus Brendans Bürste gezogen hatte, außerdem das in weiche Papiertücher gehüllte Tranchiermesser mit der gezackten Klinge, das sie mir vorsichtig reichte, um ja nicht den hervorlugenden Griff zu berühren. Dann hatte sie ein dunkelblaues Hemd herausgeholt und vor uns ausgebreitet. Ich hatte ihr meinen linken Zeigefinger hingehalten, in den sie, widerstrebend und nervös auf ihrer Unterlippe kauend, mit einer Sicherheitsnadel hineinstach. Aus meiner Fingerspitze quoll ein dunkler Tropfen Blut, den ich in Kragennähe über das Hemd verteilte. Anschließend rieb ich noch ein paarmal mit dem Finger über den Stoff.

»Darf ich Sie was fragen?«, brach Naomi jetzt das Schweigen.

»Klar.«

»Wie haben Sie das mit Ihrer Wange damals so hinbekommen? Sie haben bei der Verhandlung noch schrecklich ausgesehen, obwohl das Ganze doch schon Wochen zurücklag.«

Das schien alles so lange her zu sein.

»Als ich Don draußen kommen sah, knallte ich mein Gesicht gegen die Wand, so fest ich konnte, als würde mich jemand an den Haaren halten und dagegenschleudern. Das habe ich so lange wiederholt, bis ich vor lauter Blut nichts mehr sehen konnte.«

»Wie haben Sie das bloß geschafft?«, flüsterte sie.

»Ich habe an Troy gedacht – auch an Laura, aber hauptsächlich an Troy. Da fiel es mir plötzlich ganz leicht; einen Moment lang tat es mir sogar irgendwie gut. Es war überhaupt kein Problem.«

Naomi nickte, als könnte sie mich verstehen.

»Sie müssen mir auch etwas erzählen«, sagte ich. »Ich hatte bisher nie die Zeit, Sie danach zu fragen.«

»Ja?«

»Wie haben Sie die Wahrheit über Brendan herausgefunden?«

»Sind Sie sicher, dass Sie das wissen wollen? Es könnte vielleicht schmerzhaft…«

»Sagen Sie es mir.«

»Er hat mir berichtet, was er mit Troy gemacht hat, und gesagt, er würde mit mir dasselbe tun, wenn ich ihn verließe.«

Mein Magen zog sich schmerzhaft zusammen, und ich spürte ein Brennen hinter den Augen. Ich blinzelte in den Wind, blieb aber nicht stehen. Irgendwie ist es leichter, über schreckliche Dinge zu sprechen, wenn man sich bewegt und den Blick dabei auf einen Punkt in der Ferne richtet.

»Er hat Ihnen wirklich davon erzählt?«

»Ja.«

»Warum?«

Sie zuckte mit den Achseln. »Vielleicht aus demselben Grund, warum er den Strick behalten hat? Aus einer Art wahnhaften Selbstsicherheit heraus? Manches werden wir wahrscheinlich nie erfahren, oder?«

»Nein, wahrscheinlich nicht. Aber warum sind Sie dann nicht zur Polizei gegangen?«

»Ich musste daran denken, wie es Ihnen ergangen war. Ich wusste nicht, ob man mir glauben würde.«

»Was genau hat er gesagt?«

»Dass er ihn mit Tabletten voll gepumpt und dann an dem Balken aufgehängt hat. Dass er ihn einfach sterben ließ.«

»Was noch?«

»Er hat gesagt –« Sie wandte sich kurz zu mir, dann richtete sie den Blick wieder auf den Weg. »Er hat gesagt, Troy habe noch versucht, etwas zu sagen.«

»Was?« Meine Stimme war nur noch ein Flüstern.

»Er hat versucht, Ihren Namen zu sagen.«

Ich lief weiter, setzte einen Fuß vor den anderen. Es ist schwer zu verstehen, wie man es schafft weiterzugehen, wenn der Schmerz so groß ist, dass man eigentlich nur noch den Wunsch verspürt, sich zusammenzukrümmen, die Arme um den Körper zu schlingen und wie ein Baby zu schreien. Er hatte versucht, meinen Namen zu rufen, weil er glaubte, dass ich bald nach Hause käme. Ich hatte ihm versprochen zu kommen. Er hatte gehofft, ich könnte ihn noch retten. Aber ich war spät dran. Ich kam nicht.

»Geht es einigermaßen?«

Ich brachte ein zustimmendes Geräusch zustande.

»Ich nehme an, das hat ihm gehört.« Naomi zog eine Hand aus der Jackentasche und hielt mir ein Lederarmband mit drei matten Holzkugeln hin.

Ich nahm das Armband. »Ja, das hat ihm gehört. Seit er klein war. Er hat es sich gekauft, als wir mal alle zusammen in Italien im Urlaub waren. Es ist bloß ein billiges Ding.« Trotzdem drückte ich es kurz an meine Wange, ehe ich es mir übers Handgelenk streifte.

»Mein Wagen parkt nicht weit von hier«, sagte Naomi.

Wir blieben stehen und sahen uns an.

»Was werden Sie tun?«, fragte ich.

Naomi blickte sich um, als befürchtete sie, im Schilf oder in dem langen, wogenden Gras könnte sich jemand verstecken und uns hören.

»Ich habe den Blick gesehen, mit dem er mich vor Gericht gemustert hat«, antwortete sie. »Als ich gegen ihn ausgesagt habe. Er hat mich angelächelt. Sie wissen ja, wie er dann lächelt. In dem Moment wusste ich ganz genau, was ich tun würde. Ich gehe aus London weg. Fange irgendwo ein ganz neues Leben an.«

»Können Sie das einfach so?«

»Warum nicht? Ich habe keine Familie. Vielleicht war das der Grund, warum ich mich so in Brendan verliebt habe – ich dachte, wir zwei Waisen könnten uns in der bösen Welt gegenseitig beschützen.« Sie stieß ein hartes Lachen aus, das eher wie ein Bellen klang, und schüttelte dann den Kopf, als könnte sie die traurigen Gedanken auf diese Weise loswerden. »Eines Tages wird er wieder auf freiem Fuß sein und versuchen, mich zu finden.«

»So schnell wird er dazu keine Gelegenheit haben.«

»Nein, aber ein paar Jahre sind schnell um. Wie viele werden es sein? Was glauben Sie?«

»Er hat zehn bekommen, also wird er nach fünf oder sechs wieder draußen sein – ein mit Sicherheit vorbildlicher Häftling, der alle ganz schnell für sich einnehmen wird. Aber Pryor hat gesagt, sie werden wegen Laura und Troy noch einmal ermitteln, vielleicht... na ja, wer weiß. Vielleicht bleibt er doch länger hinter Gittern.«

»Vielleicht, vielleicht nicht.«

»Wo werden Sie hingehen?«, fragte ich.

Sie musterte mich einen Moment eindringlich, als versuchte sie, sich mein Gesicht einzuprägen.

»Ins Ausland. Aber wahrscheinlich ist es besser, ich sage Ihnen nicht, wohin.«

»Da mögen Sie vielleicht Recht haben.«

»Ich weiß, dass ich Recht habe.«

»Viel Glück«, sagte ich. »Ich werde an Sie denken.«

»Was werden Sie tun?«

»Nichts.«

»Nichts?«

»Mir bleiben sechs Jahre. Die werde ich genießen, Tag für Tag, und versuchen, genauso sehr zu lieben, wie ich gehasst habe. Danach – wir werden sehen.«

»Oh«, sagte sie leise. »Dann warten Sie also noch immer?«

Ich verzog das Gesicht. Doch sie hatte natürlich Recht. Ich wartete immer noch auf Brendan, und wenn er kam, würde ich für ihn bereit sein – wie ein Soldat, der es sogar im Schlaf spürt, wenn sein Feind sich nähert.

»Wir werden uns niemals wiedersehen, oder?«

»Wahrscheinlich nicht.«

»Dann müssen wir jetzt Abschied nehmen«, sagte ich und lächelte sie zum ersten Mal an.

Wir streckten beide gleichzeitig den Arm aus. Unsere Hände berührten sich, und wir starrten uns in die Augen. Es war, als würde man in einen Abgrund blicken.

»Es war möglicherweise falsch, oder?«, fragte sie. »Ich stelle mir manchmal vor, wie es wäre, wenn ich mich vor jemandem rechtfertigen müsste, und ich weiß nicht, was ich dann sagen würde. Höchstens, dass ich es getan habe, um…«

»Um Ihr Leben zu retten«, fiel ich ihr ins Wort.

»Ich hoffe es«, antwortete sie. »Und Sie? Werden Sie es Ihrem… Ihrem Freund sagen?«

»Don? Das sollte ich wohl. Aber ich werde es nicht tun. Ich behalte es lieber für mich.«

Mehr gab es dazu nicht zu sagen. Wir ließen beide die Hand sinken.

»Passen Sie auf sich auf«, meinte sie.

»Sie auch.«

Sie drehte sich um und ging den Weg zurück, den sie gekommen war. Ich sah ihrer immer kleiner werdenden Gestalt nach, bis sie nur noch ein Punkt am Horizont war, der sich schließlich in nichts auflöste. Dann drehte ich mich ebenfalls um, stemmte mich gegen den Wind und ging, begleitet von den am Himmel kreisenden Vögeln, über das triste Marschland zurück zu der alten grauen Kirche. Dort stieg ich wieder in mein Auto, fuhr die kleine Straße entlang, bis ich auf die größere stieß, die mich zur Autobahn führte, zurück in die brodelnde Stadt, in der mein Leben auf mich wartete.

Atemlos rannte ich die Treppe hinauf, zurück zu Don.

»Ich bin wieder zu Hause«, sagte ich. Wie schön das klang. Sicherheitshalber wiederholte ich es. »Zu Hause.«

»Du hast mir gefehlt.«

»Jetzt bin ich ja wieder da«, antwortete ich und küsste ihn.

Liebster Troy, ich glaube, ich muss dich jetzt loslassen. Ich weiß nicht, wie ich es ohne dich schaffen soll, aber ich werde es versuchen.

Es tut mir Leid.

Achevé d'imprimer le 22 octobre 2015
sur les presses de
La Manufacture - Imprimeur – 52200 Langres
Tél. : (33) 325 845 892

N° imprimeur : 150853 - Dépôt légal : 2015
Imprimé en France

Cet ouvrage a été composé
par Atlant'Communication
au Bernard (Vendée)